Comme un air de famille

Lisa Jewell

Comme un air de famille

Roman

Traduit de l'anglais par Catherine Berthet

ÉDITIONS
FRANCE
LOISIRS

Titre original : *The Making of us*

Ce livre est une œuvre de fiction. Les noms et les personnages sont le fruit de l'imagination de l'auteur. Toute ressemblance avec des personnes réelles, vivantes ou mortes, serait pure coïncidence.

Édition du Club France Loisirs,
avec l'autorisation des Éditions Presses de la Cité.

Éditions France Loisirs,
123, boulevard de Grenelle, Paris
www.franceloisirs.com

ISBN : 978-2-298-05944-1

À Sarah et Elliot Bailey

1979

GLENYS

Glenys Pike avait trente-cinq ans, de longs cheveux noirs et un cou de cygne. Trevor, son mari, avait cinq ans de moins qu'elle. Au début, elle avait cru que cette différence d'âge l'aiderait à se sentir plus jeune. En vérité, quand elle pensait qu'il avait à peine trente ans, elle se sentait aussi vieille que sa grand-mère. Trevor, lui, avait encore l'allure et la démarche d'un jeune homme, d'épais cheveux couleur acajou, un estomac plat et dur comme du béton. Il vivait aussi comme un jeune homme, allait en boîte avec ses potes jusqu'au petit matin. L'année précédente, il était même parti en vacances dans un club réservé aux dix-huit-trente ans, pour la seule raison qu'il avait encore l'âge de le faire. Trevor était en pleine forme et fumait comme un cow-boy. Trevor était un dieu.

Et, comme Glenys venait tout juste de l'apprendre, Trevor était stérile.

Elle n'en était pas certaine à cent pour cent. Mon Dieu, non. Trevor Pike n'accepterait jamais de se masturber pour mettre un peu de son sperme dans un flacon et le faire analyser. Non, il ne ferait jamais cela, et encore moins si une femme médecin le lui demandait. Mais elle était bien obligée de le croire, puisque, de son côté à elle, rien ne clochait. Absolument rien. Cinq ans qu'ils essayaient de faire un bébé. Cinq ans de symptômes fantômes, de semaines d'attente, de faux espoirs. On lui avait même dit de garder les jambes en l'air après l'amour. Et tout ça pour rien. Pas la moindre fausse-couche, pour prouver qu'elle avait au moins tenté quelque chose.

Ce matin, elle était allée voir le médecin de la clinique de fertilité pour prendre ses résultats, et les mots étaient écrits là, visibles comme le nez au milieu de la figure : *Fonctionnement normal.*

« Et votre mari, madame Pike ? Est-il venu passer des tests chez nous ? »

Glenys s'était étranglée de rire.

« Mon Dieu, non ! Mon mari ne sait même pas que la stérilité masculine existe.

— C'est un macho ?

— Entre autres, admit Glenys. Il aime faire la fête. Prendre du bon temps. Boire avec ses potes. »

La jeune femme médecin s'était renversée dans son fauteuil en soupirant, comme si elle avait déjà entendu la même chanson un bon millier de fois.

« Dans ce cas, je vous suggère de le faire changer d'habitudes. Ce style de vie ne peut pas être bon pour son sperme. Est-ce qu'il fume ?

— Quarante cigarettes par jour.

— Il boit ?

— Quarante verres par jour. Non, ça, c'est une blague, ajouta vivement Glenys avec un sourire.

Quoique. Certains samedis soir, il n'en est pas loin.

— Son alimentation est saine ?

— Les frites, c'est sain ? »

Glenys avait fait un clin d'œil à la jeune femme. Celle-ci était restée de marbre.

« Non, je plaisante. Il aime les frites, et aussi les pâtes. Sa grand-mère était italienne, et il dit qu'il a ça dans le sang. Je lui sers des légumes avec son repas. Petits pois, pommes de terre, carottes. Il mange toujours ses légumes.

— Il fait de l'exercice ?

— Je le trouve plutôt en forme. Il joue au football le dimanche. Il va au travail à pied. Il a une énergie étonnante, vous savez, quand on est au lit. »

Le médecin avait choisi d'ignorer cette allusion à la vie sexuelle de sa patiente.

« Tout de même, il semblerait qu'il y ait pas mal de choses à améliorer. Essayez encore pendant environ six mois, en supprimant l'alcool et le tabac. Et s'il n'y a toujours pas de résultat, votre mari devra venir passer des tests…

— Six mois ?! s'était écriée Glenys d'une voix aiguë. Mais dans six mois j'aurai trente-six ans ! Je ne peux pas attendre six mois ! Mes ovules…

— Vos ovules sont en très bon état, rassurez-vous. Vous êtes en forme. Essayez simplement de faire en sorte que votre mari change de mode de vie. Ah, et aussi, qu'il évite les pantalons trop étroits et les sous-vêtements serrés. Achetez-lui des caleçons en coton. »

Glenys avait ricané une nouvelle fois en imaginant son Trevor dans un caleçon. Trevor était fier de ses bijoux de famille. Il voulait les faire admirer, pas les cacher sous un slip large. Et il avait drôlement raison. Ces trucs-là, c'était tout juste bon pour les prêtres.

« Vous savez, je connais mon mari. Et je sais que ça ne marchera pas avec lui. Il ne voudra ni porter de caleçons ni se passer de cigarettes. En fait, c'est quand il a un pantalon serré et des cigarettes qu'il se sent un homme. Sans cela, il aurait l'impression d'être… d'être un pédé. Vous comprenez ? »

Le médecin s'était penché au-dessus de son bureau.

« Dans ce cas, il faudrait peut-être que vous commenciez à envisager d'autres solutions…

— D'autres solutions ? De quel genre ? »

La femme médecin avait soupiré.

« Eh bien, des tests de fécondité pour votre mari et un changement de mode de vie sont vraiment les premières actions à envisager… Ensuite, avait-elle poursuivi en comptant sur ses doigts effilés, il vous reste l'adoption, le don de sperme, la fécondation in vitro…

— Le don de sperme ?!

— Oui.

— Comment ça ? Un type vient vous donner son sperme, juste comme ça ?!

— Pas tout à fait. Il ne vous le donne pas à vous. Pas directement. Il en fait don à une clinique, et c'est la clinique qui sélectionne le sperme pour vous.

— Mince alors ! Et comment ça marche, pour… vous savez ? »

Nouveau soupir du médecin. Glenys savait qu'elle n'était qu'une fille des vallées du pays de Galles, pas très maligne, qui n'avait pas consacré beaucoup de temps dans sa vie à réfléchir au vaste monde. Elle ne s'intéressait pas aux informations, télévisées ou autres, et se contentait de vivre dans sa bulle, dans le petit monde douillet de Glenys. Elle avait bien entendu parler d'une femme, du village voisin, qui avait récupéré un préservatif usagé de son petit ami. Elle en avait aspiré le sperme à l'aide d'une poire à jus et se l'était injecté elle-même. Elle était tombée enceinte, mais le bébé n'avait pas tenu. Comme s'il avait su qu'il était la conséquence d'une mauvaise action. Mais cette histoire d'hommes qui donnaient leur sperme à des femmes inconnues, alors ça, elle n'en avait jamais entendu parler.

« Le sperme est injecté dans le vagin à l'aide d'une seringue. En période de fécondité, naturellement.

— Ouah… Le sperme d'un homme qu'on ne connaît pas… et mes ovules. Ça alors ! Mais comment ils décident quel sperme ils vont me donner ? Comment ils le choisissent ?

— Eh bien, on ne peut pas dire qu'ils choisissent vraiment. On vous communique quelques caractéristiques du donneur. Sa taille. La couleur de ses cheveux, de ses yeux. Sa nationalité. Son niveau d'éducation. »

Éducation. Voilà un mot qui plaisait bien à Glenys.

« Vous voulez dire qu'il pourrait être professeur, ou quelque chose dans ce genre ? »

Le médecin avait haussé les épaules.

« En théorie, oui. Mais il y a plus de chances que ce soit un acteur au chômage, ou un étudiant. »

Des acteurs. Des étudiants. Des professeurs. Imaginez ça ! Elle aimait son Trevor. Elle l'adorait. C'était le gars le plus sexy du monde. Il était beau, sympa, rude et costaud, tout ce qu'on aime chez un mec. Chaque fois qu'il la regardait, ça lui donnait des frissons. Mais il n'était pas intelligent comme ça, son Trevor. Il en connaissait un bout sur les choses qui l'intéressaient : le rugby, le cricket, le foot, la pêche. Il parlait même un peu l'italien. « *Te amo, mi amore.* » Quand il lui disait ça, elle avait envie de poser la main sur son pantalon et de lui agripper le sexe. Mais pour certaines choses... ça lui faisait de la peine de dire ça, mais pour certaines choses Trevor était vraiment limité.

Une fois sortie de la clinique, Glenys n'avait plus pu s'enlever de la tête l'idée de recevoir le sperme d'un autre homme. Elle avait passé le reste de la journée à traînasser en s'imaginant sur une table de consultation, les pieds dans les étriers, tandis qu'on introduisait la semence d'un inconnu dans les profondeurs obscures de son corps. Elle se représenta les petits spermatozoïdes se frayant vaillamment un chemin vers la lumière dorée émanant de son ovule. Puis elle pensa au sperme de Trevor. Des spermatozoïdes d'alcoolo, bien trop occupés à faire les intéressants entre eux pour trouver leur chemin dans le noir. Elle les imagina en train de se mesurer les uns aux autres, de se bagarrer pour des broutilles. Stupides spermatozoïdes. Stupides et paresseux. Des spermatozoïdes de macho.

Lorsqu'elle arriva chez elle, elle était vraiment très en colère contre Trevor et ses spermatozoïdes, et elle avait pris sa décision : elle allait le faire. Elle allait se rendre dans une clinique de fertilité et demander le sperme d'un homme intelligent, gentil, et qui ne buvait pas d'alcool. Mais quand elle franchit la porte de leur joli petit appartement, situé à la sortie de Tonypandy, Trevor était là, en train de découper un poisson sur le comptoir de la cuisine. Il avait mis ce tablier idiot, celui que son frère lui avait offert l'année précédente pour Noël, avec une femme nue juste devant. Son regard s'éclaira quand il la vit. Il était tellement beau, et tellement idiot, et tellement parfait, bon sang, que ce fut plus fort qu'elle. Elle eut envie de le câliner et de l'embrasser, et non de lui parler de ses spermatozoïdes, ou de bébés, ou de caleçons en coton.

Ce n'est que quatre jours plus tard, quand elle s'éveilla en sentant entre ses jambes l'humidité qui annonçait l'arrivée de ses règles, qu'elle éprouva de nouveau de la colère. À quoi servait un homme stérile ? À quoi pouvait servir un homme qui savait découper un flétan en filets et expédier un ballon dans les buts, s'il n'était même pas capable de cesser de boire assez longtemps pour permettre à ses spermatozoïdes de dessoûler ?

C'est ce matin-là que Glenys Pike décida qu'elle désirait bien plus avoir un bébé qu'un homme dans sa vie. C'est ce matin-là qu'elle décida de se débrouiller toute seule.

RODNEY

Rodney Pike était tombé amoureux de Glenys à la seconde où il avait posé les yeux sur elle. C'était arrivé la veille de son anniversaire, dans le salon de sa mère. Mais ce n'était pas pour lui que Glenys se trouvait dans leur salon. Elle attendait Trevor qui finissait de se coiffer devant le miroir de la salle de bains, au premier. Il y avait souvent une fille assise dans le canapé du salon, attendant que Trevor ait fini de se coiffer. En général elles étaient blondes et habillées à la dernière mode, avec des franges et des boucles d'oreille bon marché, en plastique coloré. Celle-ci était différente. Elle avait de longs cheveux noirs. Et un cou fin, très gracieux. Elle portait des vêtements simples ; une chemise blanche ceinturée, un pantalon de coton bleu ciel et des chaussures argentées qui ressemblaient à des ballerines de danseuse. Elle était assise bien droite, comme si on lui avait appris à se tenir ainsi depuis toute petite. Il s'attendait un peu à ce qu'elle parle comme Audrey Hepburn. Ce ne fut pas le cas. Elle avait un fort accent gallois, et lorsqu'elle sourit son visage se déforma, semblant devenir une caricature de lui-même. Ce bref moment mis à part, Rod avait considéré Glenys Reeves comme une créature exotique venue d'un autre monde pour prendre possession de son âme, et ce sentiment ne l'avait plus quitté.

Trevor avait fait montre de plus d'intelligence au cours des trente secondes qu'il lui avait fallu, un an plus tard, pour demander Glenys Reeves en mariage que dans tout le reste de son existence. Rod avait approuvé du chef quand Trevor et Glenys, assis dans ce même canapé vert, avaient annoncé la nouvelle à la famille.

« J'ai demandé à Glenys de m'épouser, et vous ne devinerez jamais quoi ! avait lancé Trevor. Elle a dit oui ! »

Son frère aurait été fou de ne pas se marier avec elle. Cette fille l'adorait, c'était clair. Non seulement c'était la plus jolie fille que Rod ait jamais vue, mais elle était également douce et affectueuse. On ne tombait pas sur une fille comme elle tous les jours. Rod n'était jamais tombé sur une fille de ce genre. En réalité, il ne rencontrait jamais de filles, pour la bonne raison qu'il était trop petit. Les Galloises aimaient les costauds, et il était plutôt freluquet : un mètre soixante-sept, et bâti comme un lutin. Il avait les traits réguliers de Trevor, mais à une échelle réduite. Rod avait toujours espéré devenir aussi grand que son frère aîné, ça n'était jamais arrivé. Il était condamné à garder toute sa vie la taille d'un écolier.

Glenys avait toujours été assez sympa pour flirter avec lui, sans en avoir l'air. Elle laissait échapper des remarques du genre: «Oh, je n'ai peut-être pas épousé le frère qu'il fallait», et elle s'arrangeait pour s'asseoir à côté de lui, au pub ou au restaurant. Contrairement à son frère, Rodney n'était pas stupide: il savait qu'elle essayait juste d'être gentille. Il savait qu'elle savait ce qu'il éprouvait pour elle, et il savait qu'elle savait ce qu'il pensait de lui-même, et qu'elle voulait simplement lui donner un peu confiance en lui. Un petit coup de fouet pour le *booster*. Et ça fonctionnait. Quand il était en compagnie de Glenys, il avait toujours l'impression de mesurer plus d'un mètre soixante-dix.

Aussi, quand elle vint le trouver un matin, au début de l'année 1979, plus élégante que jamais dans sa jupe ajustée et sa chemise à jabot en mousseline, et qu'elle posa une main sur la sienne en disant: «Rod, il faut que tu m'aides, je suis désespérée», il sut tout de suite que, quoi qu'elle lui demande, il répondrait oui.

Au début, il ne comprit pas de quoi il était question.

— C'est Trevor. Ses spermatozoïdes ne valent rien. C'est pour cela que nous n'avons pas encore eu de bébé.

Rodney remonta ses lunettes sur son nez et contempla sa belle-sœur d'un air interrogateur.

— Qu'est-ce que ça veut dire, qu'ils ne valent rien?

Il était troublé d'entendre Glenys prononcer le mot «spermatozoïdes», alors même qu'ils se trouvaient seuls. Il ne l'avait jamais entendue utiliser ce genre de langage, et il était si choqué qu'il ne parvenait pas à comprendre le sens de sa phrase.

— Ils sont nuls, Rod. Trevor est stérile. Tu sais, il n'a pas de munitions… Il tire à blanc.

— Oh, bonté divine ! s'exclama Rod, plaquant une main sur sa bouche. Tu en es sûre ?

Comment Trevor aurait-il pu être stérile ? Il n'y avait qu'à le regarder pour voir qu'il était la virilité incarnée.

— Eh bien, oui, j'en suis sûre, parce que je suis allée dans une clinique spécialisée, et ils ont eu beau me tourner dans tous les sens et m'examiner sous toutes les coutures, ils n'ont rien trouvé qui clochait chez moi. Et ça fait cinq ans que ça dure, Rod. Cinq ans, et ce n'est pourtant pas faute d'essayer, tu t'en doutes.

Rod cligna lentement les paupières, s'efforçant de chasser de son esprit l'image de Glenys et de son frère en train d'« essayer ».

— Le médecin de la clinique m'a dit que Trevor buvait trop, tu vois. Et qu'il fumait trop. Je ne peux pas dire à Trevor qu'il devrait arrêter de boire et de fumer. Et il porte des pantalons trop serrés. Tu imagines Trevor avec un pantalon large ? Enfin…

Elle secoua tristement la tête. Rodney l'imita.

— Tu lui en as parlé ?

— Oh, mon Dieu, non ! Tu plaisantes ? Il ferait une crise d'apoplexie. Il ne me pardonnerait jamais, tu ne crois pas ?

Rodney acquiesça d'un hochement de tête. Elle avait raison. Trevor n'était pas du genre à prendre à la légère l'idée qu'il n'était pas tout à fait l'homme qu'il croyait être. Rodney retint sa respiration. Quelque chose de terrible se préparait. Cette conversation allait déboucher sur une sorte de séisme. Il le sentait dans l'atmosphère, il le devinait à la crispation du joli visage de Glenys. Il essaya de ne pas laisser l'idée s'ancrer dans son esprit, car c'était trop hallucinant. Il n'y avait pas une chance sur mille, ni sur un million ni même sur un milliard, que Glenys lui demande d'être le père de son enfant. C'était hors de question. Il secoua inconsciemment la tête pour repousser l'idée. Non. Cela voudrait dire qu'il faudrait tromper son frère, ou bien s'engager dans un affreux procédé mécanique, avec des tubes et des seringues, et cette pensée lui donnait carrément la nausée. Glenys et lui avaient le même esprit, il le savait. Ils étaient des gens bien, d'une nature saine, ils n'étaient pas enclins à jurer ou à dire des grossièretés comme certains. Glenys ne l'admettrait pas, et lui non plus. Aussi resta-t-il silencieux, attendant que Glenys continue.

— Je vais aller dans une banque du sperme, finit-elle par annoncer. À Londres. Et je veux que tu viennes avec moi.

Rod avait entendu parler de ces banques un peu spéciales. Il avait même pensé faire un don il y avait quelques années, à l'époque où il était au chômage et avait désespérément besoin d'argent. Puis il avait réfléchi. Il avait pensé aux petits Rod qu'il risquait de semer de par le monde, et qui le maudiraient à cause de leur corps maigrichon, de leurs cheveux clairsemés et de leur vue défaillante. Et aussi, sérieusement : quelle femme accepterait qu'on lui injecte le sperme d'un arboriculteur myope de Tonypandy, mesurant tout juste un mètre soixante-sept ?

— D'accord, dit-il en se frottant le menton. Je vois. Tu ne veux pas y aller avec Trevor ?

Glenys lui lança un regard dont il comprit immédiatement la signification.

— Non, reprit-il, bien sûr que non.

Il fixa le sol un moment, réfléchissant à la demande de sa belle-sœur. Puis il leva les yeux. Glenys avait un air dur. Non. Déterminé. Elle n'avait pas le moindre doute.

— Tu as bien réfléchi, n'est-ce pas ?

Elle acquiesça d'un signe de tête, avec fermeté.

— Et si je n'y vais pas avec toi ?

— Alors, j'irai seule. Mais je n'ai pas envie d'y aller toute seule, Rod. Qu'est-ce qu'ils penseraient de moi ? Ils vont se dire que je suis folle, pour demander un bébé, comme ça, sans mon mari. Je veux dire, quel genre de femme ferait ça ? J'ai besoin de toi, Rod. J'ai besoin que tu viennes à Londres, que tu t'assoies à côté de moi dans la salle d'attente et que tu fasses semblant d'être mon mari…

— Si je faisais cela, Glenys – et crois-moi, je voudrais vraiment t'aider –, ça impliquerait que je mente à Trevor. À mon frère.

Elle hocha la tête, l'air désespérée.

— Bon sang, Glenys. Je ne sais pas…

— Ton frère sera tellement heureux, Rod. Tu imagines, quand il tiendra ce bébé dans ses bras ? Il pourra se dire qu'il est vraiment un homme.

Rod cligna les paupières et déglutit. Il était coincé. Glenys venait de marquer un point. Trevor ne l'avouerait jamais, mais Rod savait qu'il était vexé de ne pas encore avoir d'enfants. Tout avait toujours été si facile pour Trevor, et il avait cru que ce serait pareil pour concevoir un bébé. Il parlait même d'en avoir quatre ou cinq. Néanmoins, il parlait aussi des joies qu'offrait une vie sans enfants. Les clubs, les vacances, les soirées au pub. C'étaient peut-être juste des mots, se dit Rodney. Des fanfaronnades de macho pour empêcher le doute de s'installer.

—Alors? fit Glenys en le regardant d'un air suppliant. Tu viendras?

—C'est où?

—Dans Harley Street.

—Eh bien, tu m'en diras tant..., murmura-t-il d'un ton songeur.

—Je ne veux pas le faire près d'ici. Les gens parlent trop. Et on ne sait jamais, ça pourrait être quelqu'un que je connais. Tu imagines, si je me retrouvais avec un gamin qui ressemble à l'employé de la quincaillerie?!

Ils se mirent à rire, très fort, pour briser la tension nerveuse. Quand ils se calmèrent, Rodney soupira.

—Il faut que j'y réfléchisse...

—Oui, réfléchis. C'est une décision importante, Rod, je le sais. Et je ne te demanderais pas de me rendre ce service si je n'avais pas entièrement confiance en toi.

Elle lui prit la main et approcha son visage du sien.

— Je ne te le demanderais pas si tu n'étais pas l'homme que tu es.

Rod sourit, son cœur se gonfla de bonheur. Il ferait n'importe quoi pour cette femme. Il irait même jusqu'à trahir son grand frère.

1998

LYDIA

Fermant les yeux, Lydia Pike passa les bras autour de ses genoux, le visage offert au soleil brûlant. Son chien était assis à côté d'elle, la langue pendante, mort de chaud sous son gros manteau de poils drus. L'herbe était haute, plus haute que jamais, et sur la petite pente de la ligne de chemin de fer désaffectée l'air était lourd et chargé du parfum du cerfeuil sauvage. Lydia passait ici chaque jour avec le chien, cela faisait partie de leur promenade entre son immeuble et le centre commercial. D'habitude elle ne s'arrêtait pas en chemin, car aux autres périodes de l'année ce lieu était humide et peu attirant. À présent, après six semaines de l'été le plus chaud qu'on ait connu depuis longtemps, le sol était sec et durci et des papillons voletaient au-dessus des fleurs des champs qui agrémentaient les talus. Une coccinelle se posa sur son poignet, et elle la fit délicatement retomber sur le sol. Le silence était total. Elle posa la tête dans l'herbe, sentit les bestioles d'été s'agiter sous sa chevelure. Elle ferma les yeux. Le soleil lui transperçait les paupières de ses rayons.

Quelques instants passèrent puis Lydia se rassit, fouilla dans son sac et en sortit un flacon de vingt-cinq centilitres de vodka. Il était déjà à moitié vide, elle avait bu le reste en chemin, mélangé à une canette de Coca light. Elle porta le flacon à ses lèvres et but avec avidité. L'alcool donnait encore plus de piquant à la situation. Elle se trouvait là, le long d'une ligne de chemin de fer abandonnée depuis longtemps, essayant d'échapper à sa maison et à son existence. Le sentiment de solitude et de désespoir s'évanouit et Lydia eut l'impression que le monde retrouvait des couleurs. Elle passa un bras autour du gros berger allemand. Ils vivaient côte à côte, la fille et son chien, depuis dix ans. C'était son papa qui lui avait offert Arnie, pour qu'il veille sur elle. Ce n'était pourtant pas le genre d'homme à être obsédé par la sécurité de sa fille, mais il ne voulait tout simplement pas s'en charger lui-même. Depuis qu'elle avait huit ans, Lydia avait la responsabilité totale d'Arnie. Elle l'avait toujours nourri, promené, toiletté, et elle dormait avec lui dans son petit lit à une place. Arnie était son meilleur ami.

Les gens la trouvaient bizarre. Ils l'appelaient la Bohémienne, elle le savait. Ou bien la Gothique au Chien. Pourtant elle n'était pas gothique. Elle aimait le noir, c'est tout. Elle n'avait ni piercing ni tatouage, mais elle restait tout de même la Gothique au Chien. Et aussi la Punk. Elle trouvait que cette étiquette lui allait mieux. Elle adorait Nirvana, et aussi Alice in Chains et Pearl Jam. Avant, quand elle avait quatorze, quinze ans, elle était *greebo*. Mais elle préférait être punk. *Greebo*, cela voulait dire qu'elle s'intéressait à Motorhead et à Whitesnake. Ou bien qu'elle traînait avec des types qui sentaient mauvais et qu'elle ne se lavait jamais les cheveux. En réalité, personne ne savait vraiment qui était Lydia. C'est à peine si Lydia elle-même le savait. Elle avait dix-huit ans. Elle vivait au troisième étage d'un immeuble dans un petit village en dehors de Tonypandy, avec son père, âgé de quarante-neuf ans. Sa mère était morte quand elle avait trois ans. Elle venait juste de passer son baccalauréat, et elle s'attendait à obtenir d'excellentes notes dans chaque matière (une autre raison de détester Lydia, c'est qu'elle était intelligente, en plus du reste). Elle avait un gros chien qui s'appelait Arnie. Elle voulait devenir scientifique. Elle buvait trop.

Une heure plus tard, Lydia regagna l'appartement où elle vivait avec son père. Devant les immeubles, il y avait un terrain de jeu. En plein cœur de l'été, au milieu des vacances scolaires, il était envahi par les jeunes. Des adolescentes en tee-shirt moulant et pantalon large accrochées aux balançoires, des garçons en débardeur et treillis. Certains fumaient. L'un d'eux avait une boîte à rythmes sur l'épaule. *The Boy Is Mine*, par Brandy & Monica, c'était la bande sonore qui rythmait leur été, pas celui de Lydia. Elle connaissait la plupart de ces jeunes depuis la petite enfance. Elle était allée à l'école avec certains, elle en avait promené d'autres en poussette dans le lotissement, pendant que leurs mères cancanaient sur un banc avec des copines.

Aucun d'entre eux n'était son ami. Lydia se raidit, mais les ados parlaient entre eux et ne prêtaient aucune attention à ce qui arrivait en dehors de leur petit cercle.

Elle tira sur la laisse d'Arnie et passa rapidement, sans faire de bruit, le long du terrain de jeu, pour gagner l'immeuble. Comme toujours, son regard tomba sur la plaque de goudron, juste devant l'entrée, où se détachait une tache de peinture rose à l'intérieur de laquelle on distinguait vaguement les contours d'une main et la trace arrondie d'un doigt. Comme toujours, l'odeur de la peinture lui emplit les narines, une odeur lourde, nocive, terrifiante.

Elle s'engagea dans la cage d'escalier en béton ouverte sur l'extérieur. Deux ados se tournèrent un instant vers elle et s'écartèrent pour lui laisser le passage, trop intéressées par le contenu des petits sachets en plastique qu'elles tenaient au creux de leur main pour s'occuper de la fille en noir qui montait au troisième étage.

Elle fit tourner la clé dans la serrure de la porte numéro 31, ouvrit et retint sa respiration. Son père était relié à son réservoir d'oxygène. Il souffrait d'une maladie pulmonaire chronique, rien d'étonnant vu qu'il avait fumé quarante cigarettes par jour depuis l'âge de quinze ans. Le réservoir d'oxygène était une nouvelle étape dans la progression de la maladie, et il devait y rester relié quinze heures par jour. C'était effrayant pour Lydia de le voir dans cet état. Il avait l'air bizarre, déformé, comme un personnage d'un film de

David Lynch. Il leva les yeux quand elle entra et sourit faiblement.

—Bonsoir, ma chérie, dit-il en écartant le masque de sa bouche.

—Bonsoir.

—Tu as fait une bonne promenade?

—Oui, il fait un peu chaud.

—Oui, fit-il en laissant son regard errer vers la fenêtre. Oui.

Cela faisait treize jours qu'il n'était pas sorti et qu'il passait le plus clair de son temps dans ce canapé. Il aurait pu s'asseoir sur le balcon, au soleil, mais il avait fermé la porte du balcon à clé quinze ans auparavant. Il l'avait verrouillée et ne l'avait plus jamais ouverte.

Lydia prépara une tasse de thé et la lui apporta. Il tendit ses deux mains sèches et froides, dont la peau faisait penser à celle d'un reptile. Lydia lui demanda s'il avait besoin d'autre chose, il répondit que non, aussi prit-elle sa tasse de thé et partit-elle dans sa chambre avec Arnie. Elle s'assit sur le lit étroit et essaya de ne pas se sentir coupable de laisser son père seul. Il était mourant, pour autant qu'elle pouvait en juger.

Elle lutta contre la culpabilité pendant une minute ou deux, jusqu'au moment où elle pensa à l'homme qu'il avait été avant que ses poumons se détériorent et que son corps s'affaiblisse. Il n'était pas mauvais, mais ce n'était pas un bon père. Il était gentil avec elle, maintenant. Maintenant qu'il n'avait plus qu'elle.

Lydia contempla sa chambre, avec son mur d'une couleur terreuse baptisée «magnolia». Un soupçon de rose cyclamen transparaissait juste en dessous. Son père avait demandé à son copain Tony de venir l'aider à repeindre la chambre de Lydia, quelques jours après la mort de sa mère. Elle les avait regardés, désespérée, recouvrir le rose vif des murs à grands coups de pinceau. Un peu comme s'ils voulaient faire disparaître son bonheur sous une couche de peinture terne. À présent, le magnolia lui convenait très bien. Elle avait du mal à imaginer qu'elle avait pu être le genre de petite fille à réclamer une chambre rose.

Lydia allait sur ses quatre ans quand sa mère était morte. Elle gardait très peu de souvenirs d'elle. Des cheveux foncés. Les petits cygnes argentés qu'elle lui fabriquait avec le papier qui garnissait l'intérieur de ses paquets de cigarettes. Une jupe imprimée de fleurs bleues. Des ongles longs glissant sur son dos pour la gratter doucement sous son pull. « Plus fort ? Plus doucement ? Par là ? Là ? Laisse-moi chasser cette petite puce qui te pique… » Elle s'appelait Glenys. Lydia se rappelait la musique, Terry Wogan à la radio, un évier plein de vaisselle, une cigarette allumée abandonnée dans le cendrier, l'odeur des frites dans la friteuse, les barreaux de son parc, un carton si grand qu'elle pouvait se cacher à l'intérieur, le programme de télévision posé sur la table basse du salon, des émissions entourées au Bic bleu, et un petit oiseau jaune dans une cage qui faisait de joyeuses pirouettes chaque fois que la mère de Lydia s'approchait de lui. Après la mort de sa mère, toutes ces choses avaient disparu, les unes après les autres, comme des étoiles filantes s'éteignant dans le ciel sombre. L'oiseau jaune, les programmes de télé, Terry Wogan, les frites, les gratouillis dans le dos, les frêles cygnes en argent, la peinture rose dans la chambre. Tout ce qui restait, c'était le cendrier.

Lydia entendit son père tousser dans la pièce à côté. Elle se raidit. Chaque quinte de toux semblait devoir être la dernière. À cette pensée, elle était tiraillée entre la joie et la panique. S'il mourait, elle se retrouverait seule au monde. Complètement seule au monde. Elle avait envie d'être seule, mais pas seule au monde. Elle jeta un coup d'œil à son chien, avec son corps massif et solide, ses oreilles aux poils doux. Elle n'était pas totalement seule, puisqu'elle avait Arnie. Elle ferma les yeux, s'efforça d'oublier la toux rauque de son père, les inquiétudes sur son avenir, et, aidée par la vodka, sombra dans un profond sommeil.

2009

LYDIA

Bendiks fit remonter la jambe de Lydia par-dessus son épaule et ses mains coururent sur son mollet en le pressant doucement. Quelques gouttes de sueur coulèrent sur le front de Lydia, gagnèrent ses tempes et s'insinuèrent dans son oreille. Elle se gratta pour chasser la démangeaison.

— Quel effet ça te fait ? demanda Bendiks.

Lydia serra les dents et sourit.

— C'est génial. Absolument génial.

Un ombre d'inquiétude assombrit le beau visage de Bendiks.

— Ce n'est pas trop dur ?

— Non. C'est parfait.

Il sourit et souleva sa jambe encore plus haut. Les muscles à l'arrière de sa cuisse résistèrent, et elle esquissa une petite grimace. Bendiks avait posé un genou sur son entrejambe et ses épais cheveux noirs effleuraient presque les lèvres de Lydia. Il étira délicatement la jambe de la jeune femme et la reposa sur le sol.

— Voilà, annonça-t-il. C'est fini.

Lydia poussa un soupir. Bendiks se tenait au-dessus d'elle, les mains sur les hanches, et lui souriait gentiment.

— Tu as été très bien, aujourd'hui, dit-il en l'aidant à se relever. Vraiment bien. Tu veux qu'on le fasse dans le parc, jeudi ?

— Dans le parc ? Oui, pourquoi pas ?

— Super.

Il sourit de nouveau, et Lydia lui rendit son sourire. Elle aurait voulu dire quelque chose de spirituel, juste pour faire la conversation, mais rien d'intéressant ne parvint à sortir des méandres de son cerveau, aussi lança-t-elle simplement « À jeudi » avant de tourner les talons.

La cliente suivante passa brièvement dans son champ de vision. Encore cette femme, avec son pantalon Juicy Couture beaucoup trop serré, et son faux bronzage. De dos, ses épaules affaissées évoquaient vaguement l'image d'un canapé bon marché. Lydia la méprisait, non pour son aspect physique, mais à cause de ses manières provocantes avec Bendiks.

— Salut, beau gosse, l'entendit-elle grogner dans son dos. Tu es prêt ?

Bendiks émit un rire un peu nerveux, et Lydia poussa les portes battantes pour se rendre au vestiaire. Sa séance d'entraînement individuel était terminée pour aujourd'hui.

Lydia ne vivait pas très loin du luxueux club de remise en forme où elle s'entraînait un jour sur deux avec Bendiks Vitols. Le club était tellement fermé qu'il était presque impossible de deviner sa présence au fond d'un *mews*, ces anciennes écuries restaurées, à Saint John's Wood. Aux yeux des passants, ce n'était qu'une très jolie maison privée. Lydia ne connaissait son existence que parce que c'était l'endroit où Bendiks travaillait. Elle avait lu un article sur lui dans un magazine sur papier glacé glissé dans sa boîte aux lettres trois mois auparavant. *Vous voulez être en forme pour le printemps ?* annonçait l'en-tête. *Nous avons rencontré trois experts de la forme physique.* Il y avait une photo de Bendiks, avec ses épais cheveux noirs coiffés sur le côté, et un tee-shirt sombre moulant, souriant à un interlocuteur invisible, comme s'il était pris au dépourvu par une réflexion impertinente. Lydia avait immédiatement eu très envie d'être en forme pour le printemps. Elle voulait non seulement être en forme pour le printemps, mais aussi pour l'été, l'automne, et l'hiver. Et dès l'instant où elle avait vu la photo de Bendiks, elle avait su qu'elle avait trouvé la personne qu'il lui fallait pour atteindre ce but. Pas seulement parce qu'il était beau, mais aussi parce qu'il y avait de la douceur dans son visage, et qu'il émanait de lui une sorte de bonne humeur. Elle avait su qu'il la mettrait à l'aise, et elle ne s'était pas trompée.

À en juger par son apparence physique, personne n'aurait pu penser que Lydia avait besoin d'une remise en forme. Elle était mince et son corps frêle ne présentait pas le moindre bourrelet, en dehors d'une légère rondeur au niveau du nombril. Mais Lydia connaissait la vérité sur son corps. Elle savait qu'il n'était qu'une coquille abritant une bombe à retardement, avec ses organes mal nourris et ses artères négligées.

Elle gravit les marches du perron, déposa son sac de sport dans le hall et salua Juliette, sa gouvernante, qui montait à l'étage avec une pile de linge repassé. La gouvernante s'arrêta en voyant un livreur d'Ocado approcher de la porte d'entrée.

— Voulez-vous que je m'en occupe ?

— Non, non, c'est bon. Je m'en charge.

Juliette sourit et continua de monter. L'employé déposa les sacs sur la table de la cuisine, tandis que Lydia cherchait quelques pièces dans son porte-monnaie pour lui témoigner sa gratitude de lui avoir épargné la corvée de faire les courses. Quand l'homme fut parti, Lydia se mit à ranger les produits. Elle ouvrait rarement ses placards de cuisine. Elle avait une vague idée de ce que chacun contenait, puisqu'elle leur avait attribué une fonction lors de leur installation, mais à dire vrai certains étaient encore un peu mystérieux. Par exemple, où devrait-elle ranger le vinaigre de riz ?

Juliette la rejoignit un moment plus tard, alors qu'elle errait dans la cuisine, un paquet de vermicelles à la main.

— C'est là, dit-elle en les prenant pour les ranger dans un grand tiroir, à côté du réfrigérateur. Je vais finir.

Lydia acquiesça et prit une bouteille de Sprite light dans le réfrigérateur.

— Je serai dans mon bureau, dit-elle avec cette étrange intonation qu'elle prenait pour s'adresser à la femme qu'elle payait pour s'occuper de son intérieur.

Ce qui voulait dire: «Je ne suis pas votre amie, non, mais je ne suis pas non plus un de ces résidents sans cœur et surpayés de Saint John's Wood qui vous considèrent au mieux comme un esclave rémunéré. Je sais que vous êtes un être humain, et je suis consciente que vous avez une vraie vie en dehors de chez moi, mais je ne tiens pas vraiment à parler de vos enfants avec vous, pas davantage à savoir ce qui vous a poussée à quitter les rivages bordés de palmiers des Philippines pour venir vivre dans notre vieille ville crasseuse. Je suis quelqu'un de gentil, et j'ai parcouru moi aussi un long chemin pour arriver là où je suis aujourd'hui, mais j'aimerais que notre relation reste purement professionnelle. Si cela vous convient aussi. Merci.»

Cela ne faisait que quelques mois que Lydia avait une gouvernante. Ce n'était pas elle qui avait eu cette idée, mais son amie Dixie. Elle s'était longtemps contentée d'une femme de ménage, une fois par semaine. Mais, lorsque Dixie avait vu la somptueuse et immense demeure de Lydia à Saint John's Wood, elle avait décrété:

«Il te faut une gouvernante. Tu ne peux pas faire autrement.»

Le bureau de Lydia se trouvait au dernier étage de la maison. Il était blanc, avec un toit mansardé, et un petit velux duquel, en grimpant sur une chaise, Lydia pouvait voir le cimetière et les globes blancs à l'aspect irréel du Lord's Pavilion. La fenêtre donnait aussi sur un terrain de jeu et parfois, quand le vent soufflait dans sa direction, Lydia entendait les cris d'une dizaine d'enfants qui jouaient en bas. Alors, pendant un instant, elle était transportée à une autre époque, dans un autre lieu, très, très loin d'ici.

Elle dévissa le bouchon de la bouteille de Sprite et but au goulot. La séance d'entraînement lui avait donné soif. Le ciel était d'une couleur dense, et pommelé, un peu comme un morceau de papier mâché, encadré par le châssis de la fenêtre. Juliette avait déposé son courrier sur le bureau, rangé en une pile bien nette, pendant qu'elle était sortie. La pièce abritait une plante verte dont elle ignorait le nom, et deux peintures abstraites étaient posées contre un mur, attendant d'être suspendues. Juste avant d'emménager, elle s'était rendue dans un salon d'art contemporain, où elle avait dépensé cinq mille livres en tableaux. Le montant des dépenses entraînées par cette installation dans sa nouvelle maison frôlait des sommets alarmants. Une lampe à deux cent quatre-vingts livres qui, dans le contexte de sa vie précédente, lui aurait paru hors de prix, devenait presque une affaire, maintenant qu'elle avait dépensé près de quatre millions de livres pour acheter la maison. Si peu? Waouh! À ce prix-là, j'en prendrai deux! Elle avait donc dépensé cinq mille livres en tableaux contemporains, un peu comme elle aurait fait ses courses au supermarché, jetant les marchandises dans un chariot imaginaire, sans même regarder le prix.

Elle avait sauté plusieurs barreaux d'un coup sur l'échelle de la propriété, en passant directement d'un appartement de Camden, en colocation avec Dixie, à une maison jumelée de Saint John's Wood. La colocation de Camden aurait pu durer indéfiniment, aucune des deux jeunes femmes ne voyant l'intérêt de prendre un prêt bancaire pour avoir plus d'espace et des chambres dont elles n'avaient pas l'usage. Puis Dixie avait rencontré Clem. Très vite, elle était tombée enceinte, et il était devenu clair que ni elle ni son compagnon n'avaient envie de partager les joies de la vie de famille avec une colocataire. En plus, Lydia avait une somme ridiculement élevée sur son compte en banque. D'ordinaire, les entrepreneurs multimillionnaires ne vivaient pas en colocation dans les rues un peu miteuses de Camden. Elle avait presque trente ans. C'était un signe. C'était le moment. Elle aurait aimé rester dans le coin, éprouvant un étrange réconfort dans le fait d'être environnée par des marchands de kebabs, des dealers, et des boîtes où on pouvait aller se soûler à trois heures du matin. Mais Saint John's Wood semblait être un investissement plus sûr, un endroit où elle pouvait sans risque placer son argent. Le quartier n'avait jamais été à la mode, donc il ne se démoderait pas, c'était juste un lieu agréable, propre et aéré, fait pour les riches.

Ce n'était pas sa faute si elle était riche. Elle n'avait rien fait pour cela. C'était un pur hasard.

À l'odeur, on se serait cru dans une ruelle de Shanghai. Juliette était en train de préparer des vermicelles de riz aux fruits de mer, et un sauté de poulet aux noix de cajou. Pas pour elle, pour Lydia. Et aussi pour Clem et Dixie. Et Viola. Quoique Viola ne mangerait ni vermicelles ni poulet, puisqu'elle n'avait que cinq jours. Lydia avait proposé à ses amis de leur rendre visite pour admirer le bébé, mais Dixie avait déclaré qu'elle venait de passer cinq jours enfermée à la maison, et qu'elle était dégoûtée à vie de son intérieur et des lasagnes surgelées. Pouvaient-ils plutôt venir dîner chez elle ?

Lydia ne savait pas cuisiner. Elle avait essayé, pourtant. Elle se débrouillait pour le petit déjeuner, elle pouvait même réussir les œufs brouillés, mais pour tout ce qui se situait après onze heures du matin, elle avait jeté l'éponge. Elle n'avait même pas eu besoin de demander à Juliette si elle pourrait cuisiner pour elle de temps à autre. Il avait suffi à celle-ci de lancer un coup d'œil à Lydia pour suggérer aussitôt : « Je peux aussi faire les repas, d'accord ? »

— Ça sent bon, dit Lydia d'un ton appréciateur.

— Et ça l'est, rétorqua Juliette en souriant. Délicieux, même. Goûtez.

Elle lui tendit une fourchette. Lydia attrapa quelques vermicelles qu'elle fourra dans sa bouche.

— Mmm. Mmm, mmm, mmm. Fantastique.

— Ne m'en veuillez pas de vous poser la question, reprit Juliette en s'essuyant les mains sur son tablier, mais vous avez pensé à acheter un cadeau pour le bébé ?

Lydia fronça les sourcils et pinça les lèvres.

— Euh… non. En fait, non.

— Il faut un cadeau pour le bébé.

Lydia secoua la tête et se passa les mains dans les cheveux.

— Mon Dieu. Je n'y avais pas pensé.

— Ce n'est pas grave, dit Juliette avec un sourire rassurant. Il y a un Baby Gap, à une minute d'ici, précisa-t-elle en indiquant l'arrière de la maison. Il faut prendre du rose.

— Du rose ?

— Oui. Du rose, ou du blanc. Mais pas de bleu.

Elle lui tourna le dos pour se laver les mains dans l'évier. Lydia se balança un moment d'un pied sur l'autre, espérant que la gouvernante allait lui donner d'autres précieux conseils. Rien ne venant, elle mit son sac à bandoulière sur l'épaule et prit la direction de High Street.

Par chance, Lydia pouvait s'appuyer sur quelques détails basiques. Le bébé était une fille, donc comme Juliette l'avait suggéré, il fallait éviter le bleu. Ensuite, le bébé n'avait que cinq jours, c'est-à-dire que c'était un nouveau-né, ce qui correspondait en taille au rayon « premier âge ». Lydia savait au moins où elle devait chercher. Et comme on était au milieu de janvier, des vêtements chauds s'imposaient. Finalement, après avoir longuement parcouru le magasin en tous sens, elle arriva à la caisse un peu déboussolée et munie d'un petit cardigan rose et d'un pantalon en lainage de même couleur, décoré d'une multitude de minuscules ours en peluche.

— C'est pour un cadeau ? demanda la vendeuse.

— Euh, oui.

Lydia résista à l'envie de répondre que non, c'était pour elle, inutile de les emballer, car elle allait les mettre tout de suite. Puis elle comprit que la vendeuse avait peut-être cru que les vêtements étaient destinés à son bébé. Cette pensée l'étourdit. Avait-elle l'allure d'une femme qui avait récemment mis un enfant au monde ? Ressemblait-elle à une mère de famille ? C'était peu vraisemblable. Elle était si loin de songer à la maternité... Voilà bien un concept qui lui paraissait totalement étranger et inaccessible. La pensée que quelqu'un ait pu imaginer un instant qu'elle puisse être ce genre de femme la troubla, et la flatta en même temps.

Elle emporta le paquet cadeau dans le sac en papier bleu de Gap et retourna chez elle, s'arrêtant en chemin dans une cave à vin très chic, au coin de la rue, où elle acheta, sur les conseils du vendeur, une bouteille de gewürztraminer à vingt-sept livres quatre-vingt-dix-neuf. À Camden, elle aurait eu au moins trois bouteilles pour la même somme. Tout en composant le code de sa carte bancaire, elle se dit que l'argent avait perdu sa valeur, son sens habituel. C'était sans doute ainsi, quand on était riche.

Une heure plus tard, Lydia arpentait la cuisine en proie à une certaine agitation, allant à plusieurs reprises jeter un coup d'œil dans le couloir, jusqu'à ce qu'enfin elle voie la silhouette de ses invités apparaître à travers la vitre opaque de la porte d'entrée. Elle inspira profondément. Non seulement elle n'avait pas l'habitude de recevoir, mais elle n'avait pas l'habitude non plus de voir ses amis avec des bébés nouveau-nés. Elle ouvrit la porte en souriant.

— Bonsoir ! Entrez !

Elle embrassa Dixie comme d'habitude sur la joue en inspirant son parfum citronné, tandis que Clem lui donnait une tape amicale dans le dos. Elle prit leurs manteaux et les fit entrer dans la cuisine. C'est seulement lorsqu'ils s'assirent que Lydia vit qu'ils avaient apporté avec eux un siège auto en plastique moulé contenant un bébé endormi. Elle éprouva immédiatement un sentiment de malaise. Un peu comme si Dixie avait soudain débarqué avec une cicatrice sur le visage, ou un fiancé qui sentait mauvais. Il y avait dans la vie de son amie quelque chose de nouveau et destiné à durer, et elle se sentait obligée de prononcer des paroles positives et encourageantes à ce sujet. Elle plaqua une expression de douceur sur son visage, pour contempler le contenu du siège auto.

— Alors, voilà la petite Viola ? dit-elle en souriant.

— Ça se prononce Vii-ola, en accentuant le *i*, corrigea Dixie.

— Désolée, Vii-ola, je me suis posé la question de la prononciation, en effet. Bonjour, Vii-ola. Comme tu es petite !

Dixie ricana.

— Tu ne dirais pas ça si tu avais dû l'expulser de ton corps. Sans la moindre anesthésie pour t'aider.

— Euh, non, sûrement pas...

Lydia laissa la phrase en suspens et fronça le nez. C'était exactement le genre de choses qu'elle avait redouté pour cette soirée. Entendre parler de contractions, de péridurale et, dans pas longtemps probablement, de choses dégoûtantes comme les selles et les renvois après la tétée.

Le bébé en question semblait plongé dans un rêve très vivant et intéressant. Ses paupières étaient crispées, ses traits se tordaient de temps en temps, et il tendait ses mains devant lui comme pour griffer. Lydia se rappela qu'elle était censée faire un compliment.

— Eh bien, dit-elle au bout d'un moment. Elle dort bien. Tant mieux.

Clem sourit et contempla le nourrisson avec tendresse.

— Elle ne fait que ça, dormir. Elle rêve, elle mange, elle fait caca, elle dort. C'est un ange.

Pendant un instant, les trois adultes demeurèrent en contemplation devant Viola, inconsciente de leurs regards. Puis ils se secouèrent, et Lydia s'occupa des boissons et des amuse-gueule.

Elle remarqua non sans surprise, en tendant un verre d'eau minérale gazeuse à Dixie, que celle-ci semblait être toujours enceinte. Elle portait une tunique froncée et un jean étroit, et ne semblait pas très différente de la dernière fois qu'elle l'avait vue, deux semaines auparavant, juste avant la naissance. Lydia s'étonna et eut un moment d'inquiétude en se demandant si son amie n'avait pas une maladie quelconque, une tumeur par exemple. Elle s'abstint néanmoins de poser des questions.

Elle tendit un verre et une canette de Grolsch à Clem, se servit aussi un verre de bière et s'assit avec ses amis.

— Alors, c'est vraiment votre première sortie depuis qu'elle est née ?

Ils hochèrent la tête à l'unisson.

— C'est-à-dire que je l'ai déjà emmenée jusqu'au magasin du coin de la rue, mais officiellement, c'est sa première sortie en voiture et son premier dîner, précisa Dixie.

— Eh bien, je dois dire que vous avez l'air en pleine forme. Un peu fatigués, mais tout de même en pleine forme.

Elle ne savait pas très bien à quoi elle s'était attendue. Des visages livides, des vêtements tachés de vomi, des regards sans expression, vidés de toute leur personnalité. En fait, ils paraissaient enjoués, vifs, et à peu près normaux.

— Je suis crevée, admit Dixie en dénouant les lacets de ses vieilles Converse.

Elle les poussa sous la table d'un coup de pied, avec une décontraction qui rappelait leur passé de colocataires.

— Bien qu'elle soit dans notre lit, ce qui m'évite de me lever au milieu de la nuit pour l'allaiter.

— C'est génial pour moi, ajouta Clem, car je n'ai même pas besoin de me réveiller !

Dixie lui lança un regard noir.

— Ton heure viendra. Quand elle sera sevrée, tu apprendras tout sur les stérilisateurs et le lait maternisé Cow and Gate, crois-moi.

Clem sourit faiblement en caressant son verre. Lydia se leva pour aller allumer le gaz sous les deux woks, suivant scrupuleusement les instructions laissées par Juliette.

— Eh bien, dit-elle en souriant, nous en avons fait du chemin, non ? Il me semble qu'hier encore nous vivions tous les trois entassés dans notre petit appartement. Et maintenant vous êtes parents, et moi je vis dans cette immense maison. C'est donc arrivé, nous sommes devenus adultes ?

Clem et Dixie éclatèrent de rire.

— Jamais ! s'exclama Dixie. Dieu nous en préserve ! Je n'arrête pas de me dire que quelqu'un va finir par s'apercevoir que nous sommes complètement immatures, et nous enlever le bébé. Je suis sûre que la sage-femme nous a pris pour des incapables...

Clem et Dixie rirent encore, et Lydia les regarda, de l'autre côté de l'îlot où se trouvait la plaque de cuisson. Ses amis. Clem avait un visage doux et une grosse masse de cheveux noirs et épais, des cicatrices sur les joues et un peu de ventre. Dixie était petite et habillée à la mode. Ses cheveux blonds oxygénés avaient en ce moment des racines d'un doré pâle, car apparemment la décoloration ne faisait pas bon ménage avec la grossesse. Ils ressemblaient à un couple d'étudiants attardés. À vrai dire, ils étaient des étudiants attardés. Lydia avait rencontré Dixie à l'université d'Aberystwyth. Le vrai nom de son amie était Suzanne Dixon, mais on l'appelait Dixie depuis qu'elle était toute petite. Dixie étudiait le cinéma, et Lydia la chimie. Aucune des deux ne se rappelait comment elles s'étaient liées d'amitié, différentes comme elles l'étaient. Le jour et la nuit. Malgré tout, elles avaient cohabité sans problème pendant dix ans, tout d'abord dans une chambre au-dessus d'une boutique, puis, lorsque leurs carrières respectives avaient décollé et les avaient propulsées à Londres, dans le petit trois-pièces de Camden. Un vieux couple. C'était ainsi qu'elles se voyaient. Dans cette optique, Dixie, la jolie petite femme d'intérieur, qui décidait de but en blanc et sans raison spéciale de faire des *cupcakes*, était la fille. Et Lydia, grande, mince, et absolument incapable de faire la différence entre le sucre en poudre et le sucre glace, était l'homme. Clem était entré dans leur vie un an auparavant et il avait tout de suite plu à Lydia. Il était sain, se moquait de la mode et savait parler d'autre chose que des réalisateurs de films en vogue, et des soirées dans les bouges de Camden. Il emmenait Dixie se promener à Hampstead Heath et lui faisait manger de la viande (Dixie était vaguement végétarienne). Et puis très vite, beaucoup trop vite selon Lydia, il l'avait mise enceinte. Dixie avait vingt-neuf ans. Cela semblait bien trop jeune pour avoir un bébé. Et leur relation bien trop récente pour décider de fonder une famille. Mais, à partir du moment où ils surent que le bébé était en route, ils n'eurent plus le moindre doute. Cet enfant était leur avenir.

« Pourquoi pas ? avait dit Dixie. Ce sera une aventure. »

Lydia, elle, avait le sentiment que les aventures n'étaient pas toujours positives.

Viola se mit à gigoter et Lydia se crispa. Ce n'était pas qu'elle n'aimait pas les bébés, juste qu'elle ne les connaissait pas. Elle n'avait pas tenu de nourrisson dans ses bras depuis qu'elle était adolescente, et même elle n'était pas sûre de l'avoir fait. Ce n'était peut-être qu'une sorte de faux souvenir.

Elle s'agita avec zèle dans la cuisine pour éviter que Clem ou Dixie n'essaye de lui refiler le nouveau-né dans les bras, évitant de le regarder lorsqu'un de ses parents le détacha et le sortit de son siège. Et pourtant, soudain, elle se retrouva nez à nez avec Viola. Son petit visage n'était qu'à quelques centimètres du sien, et elle la regardait avec une inquiétude évidente. Lydia la regarda aussi avec inquiétude, et naturellement l'enfant se mit à hurler. Clem serra immédiatement le petit paquet contre sa poitrine et s'éloigna.

— Traumatisée à vie, déclara Lydia d'un ton plat.

Bien sûr, le bébé s'était mis à pleurer, comme elle s'y attendait. Lydia ne s'entendait pas avec les nouveau-nés, elle n'avait pas le genre de visage et d'attitude susceptibles de plaire à un nourrisson.

Viola passa la plus grande partie du dîner à téter bruyamment le sein exagérément gonflé de Dixie, puis, appuyée à son épaule, à contempler le mur qui était derrière elle, ce que Lydia trouva navrant. L'enfant lui faisait un peu pitié. Elle était si petite, si mal équipée pour affronter le monde. Chaque jour, ses yeux verraient un peu mieux, son cerveau appréhenderait un peu plus la réalité, ses membres minuscules s'allongeraient et grossiraient, elle apprendrait, absorberait, s'identifierait avec les autres, comprendrait, et grandirait, grandirait, grandirait, et un beau jour elle serait un être humain de plus sur terre. Un voyage d'une longueur et d'une ampleur considérables qui semblait n'apporter que des récompenses dérisoires.

Lorsque ses amis furent partis, en emmenant avec eux la petite Viola et ses nouveaux vêtements roses, Lydia éprouva une étrange tristesse. Elle entassa dans son lave-vaisselle Miele flambant neuf les grands plats en porcelaine de Royal Doulton et jeta les vermicelles qui collaient aux assiettes dans la poubelle conçue par un designer allemand pour être habilement cachée à l'intérieur d'un placard. Ils avaient bu tout le vin qui franchement était loin de valoir vingt-sept livres quatre-vingt-dix-neuf, et elle mit la bouteille vide ainsi que les canettes de bière dans le conteneur destiné au recyclage, puis elle essuya toutes les surfaces blanc cassé avec du papier absorbant. Elle lava les woks, les sécha et les rangea. Et à chaque geste qu'elle accomplissait, elle sentait quelque chose de lourd et d'aigre peser dans son estomac, et ce n'était pas à cause de ce qu'elle avait mangé pour le dîner. Non, elle était en proie à une espèce de mélancolie.

Cet état d'esprit avait un rapport avec Viola. Lydia aussi avait été un bébé, autrefois. Elle avait été ce minuscule miracle, soigné, nourri, talqué et habillé de vêtements de poupée. C'était difficile à imaginer, mais elle avait été un bébé dodu, aux boucles noires, aux joues rouges comme des cerises et à la peau pâle comme du petit-lait. Elle avait des photos d'elle en barboteuse dont les élastiques serraient ses cuisses potelées, souriant à l'objectif comme si elle était convaincue d'être la chose la plus adorable du monde. Elle avait d'autres clichés, où on la faisait sauter sur les genoux comme si elle était la trouvaille de la journée, ou encore tenue à bout de bras comme un trophée de football. Elle était toujours le centre du monde, c'était toujours pour elle que la photo avait été prise. Elle ne se souvenait de rien, naturellement, rien de l'époque où elle était bébé. Mais elle avait été désirée, cela elle le savait. Profondément désirée par une mère douce et attentive, même si son père, lui, était indifférent.

Si elle éprouvait de la nostalgie aujourd'hui, ce n'était pas pour le bébé qu'elle avait été, mais pour la vie qui lui était promise à l'époque, pendant ces jours brillants et mystérieux. La promesse de voix douces, de baisers chaleureux, d'une maison douillette. Des promesses et de fausses idées sur le monde que l'on donnait à tous les nouveau-nés. Mais peu d'entre eux étaient dépouillés de cette aura de bonheur aussi brutalement que Lydia l'avait été. Ce n'était pas qu'elle n'aimait pas les bébés, ou qu'elle ne les trouvait pas intéressants. Le problème n'était pas non plus qu'elle en voulait à ce nourrisson-là de lui avoir pris ses amis pour les emporter dans un royaume étrange et inaccessible, même si c'était effectivement le cas. Non, le problème, c'était qu'au lieu de ressentir de la joie quand elle voyait un nouveau-né, elle éprouvait de la peur.

Le jeudi suivant, Lydia retrouva Bendiks à Regent's Park. Il était éblouissant, dans son tee-shirt blanc et sa grosse veste rouge à capuche. Vêtue d'un simple jogging noir et d'un sweat gris, Lydia se sentit particulièrement terne. Elle éprouva pourtant l'habituelle bouffée de bonheur en apercevant son coach personnel. Elle n'aurait su dire pourquoi Bendiks lui faisait cet effet. D'ordinaire, elle n'était pas attirée par les jolis garçons vêtus de pulls marins qui ressemblaient aux mannequins des publicités pour after-shave. D'ailleurs, pour autant qu'elle le sache, elle n'était plus attirée par personne, ces temps-ci. Elle était une scientifique. Une femme d'affaires. Elle était riche. Elle était solitaire. Et il y avait des années qu'elle ne pensait plus aux hommes et aux femmes, au sexe, ou à tout ce qui s'y rapportait.

— Bonjour ! lança Bendiks, rayonnant.

— Bonjour, répondit Lydia en se frottant les mains pour se réchauffer.

On était en janvier, et l'air était glacé.

— Comment vas-tu, ce matin ?

— Oh, je vais bien. Plutôt pas mal. Et toi ?

— Je suis dans une forme fantastique !

Lydia approuva d'un hochement de tête.

— Bien, reprit-il. Il fait froid ce matin, alors nous allons nous échauffer rapidement. Pour cela, nous allons sauter.

Il sourit, et Lydia ravala un grognement de protestation. Sauter dans la salle de gym, c'était une chose. Ici, en public, c'en était une autre. Bendiks avait une technique spéciale : les mains au niveau des genoux, les jambes pliées, il fallait effectuer des bonds de grenouille.

— D'accord, dit-elle, mais seulement si tu sautes avec moi.

Bendiks sourit.

— Pas de problème.

Agrippant leurs genoux, ils se mirent donc tous deux à sauter, Lydia résistant à une envie folle de coasser. Au bout d'un moment elle se réchauffa, ses joues se colorèrent, les battements de son cœur s'accélérèrent et elle sourit malgré elle. *Côa. Côa.*

La dernière expérience sexuelle qu'elle avait eue remontait à huit ans en arrière, avec un copain étudiant qui s'appelait William. C'était William qui lui avait suggéré de prendre son composé chimique révolutionnaire et de le combiner à son sens des affaires, pour en faire un produit qui intéresserait des millions de gens. C'est aussi William qui avait été la cause de son premier et unique chagrin d'amour.

— Alors, dit Bendiks pendant qu'ils gagnaient en courant tranquillement la piste en plein air de Primrose Hill, tu es un savant ?

— Eh bien, oui. En quelque sorte. Enfin, je l'étais. À présent, j'ai l'impression d'être plutôt une femme d'affaires.

— Waouh. Et comment une scientifique devient-elle femme d'affaires ?

Lydia sourit.

— Oh, c'est une histoire longue et ennuyeuse.

— Peu importe, répondit Bendiks avec une moue adorable, en fixant l'allée. Je suis coach, je peux tout entendre !

Il avait un corps extraordinaire. Souple, tonique. Lydia n'aimait pas les hommes qui avaient un corps très dur, elle n'aimait pas sentir les muscles tendus sous la chair. Celui de Bendiks était parfait. Une incroyable perfection qui expliquait peut-être l'étrange fascination qu'elle éprouvait.

— Allez, raconte, la pressa Bendiks.

— Oh, mon Dieu, c'est vraiment une histoire très ennuyeuse. J'ai mis au point à l'université un composé chimique, à la suite d'une obsession bizarre que j'avais. Je voulais trouver un composé pour neutraliser l'odeur de la peinture.

— La peinture ?

— Oui, la peinture sur les murs. C'était pendant ma dernière année d'université. En réalité, je n'avais jamais cessé de travailler sur ce problème depuis le lycée, pendant mon temps libre. Je ne sais pas pourquoi, c'est juste que… je déteste l'odeur de la peinture. J'ai trouvé cette formule, totalement par hasard, car je travaillais sur un autre projet à l'époque. Et environ deux ans plus tard, quand j'ai voulu décorer mon appartement, j'ai constaté qu'on ne trouvait pas de peinture écologique sur le marché. Aussi, j'ai fait un emprunt pour créer une affaire, et j'ai pu lancer une petite gamme écolo et inodore. Juste cinq couleurs pour commencer. Elles se sont si bien vendues que j'en ai rajouté cinq autres. Au bout de cinq ans j'avais une palette de quarante teintes et je vendais en ligne sur les sites de Homebase et B&Q. Il y a dix-huit mois, j'ai cédé mon affaire à Dulux pour un très bon prix. Et je touche toujours des droits pour la formule originale, car je l'ai fait breveter et je l'ai vendue à d'autres fabricants. J'ai donc l'argent que m'a versé Dulux, plus un revenu régulier grâce aux *royalties*...

—Tu attends tranquillement que l'argent te tombe du ciel, c'est ça?

—Non, pas exactement, répondit Lydia, amusée. Je me suis transformée en une sorte de consultante et journaliste occasionnelle. Je travaille pour des petites sociétés, pour l'industrie pétrochimique, j'écris dans des revues commerciales. Tout cela n'est pas très prestigieux, mais, depuis que j'ai vendu mon affaire de peinture, je n'ai plus envie de me remettre à la science. C'est comme si... comme si j'avais eu une mission, que je l'avais accomplie, et que je n'avais plus désormais qu'à me laisser porter par le courant. J'ai essayé de prendre des vacances, mais bon... les loisirs, ce n'est pas mon truc. Alors, je prends tout ce qui passe, en termes de boulot.

—Génial ! Alors, tu es une accro au travail ? commenta Bendiks, l'air admiratif. Je suis bluffé, là.

Lydia sourit. Elle ne dit rien, mais elle était enchantée d'avoir pu impressionner son coach.

Tout en courant à travers le parc, Lydia assena quelques coups de poing contre la main gantée de cuir de Bendiks. À chaque fois, son poing émettait un bruit mou, comme celui d'un corps tombant sur le sol. Elle n'aimait pas trop ça, frapper Bendiks. Ni frapper qui que ce soit, d'ailleurs. Certaines femmes disaient que le fait de donner des coups était libérateur et que ça leur offrait une impression de pouvoir. Elle trouvait que ça manquait surtout de dignité.

Une femme était assise près de son bébé endormi dans sa poussette, tandis que son autre petit garçon s'activait sur l'aire de jeu. La mère regardait un magazine ouvert sur le banc, à côté d'elle. Elle tournait les pages lentement et régulièrement, apparemment plus concentrée sur les mouvements de son poignet que sur sa lecture. De son autre main, elle berçait le nourrisson. De temps en temps elle levait les yeux et regardait le bébé endormi, puis le petit garçon déchaîné, et tournait encore une page, sans jamais cesser de balancer la poussette. Il était rare que Lydia perçoive quelque chose d'attrayant dans la maternité. Les tâches des parents semblaient toujours terriblement mécaniques et fastidieuses.

Tout à coup, le bambin se retrouva devant eux. Figé, il regardait la méchante dame brune qui frappait le joli monsieur, encore et encore.

Lydia lui jeta un coup d'œil, en espérant qu'il allait s'éloigner. Pars, songea-t-elle. Va-t'en. Mais il n'en fit rien. De toute évidence, il était captivé. Soudain la fascination du garçon se mua en inquiétude, puis de l'inquiétude il passa au chagrin. Son visage se plissa et, fondant en sanglots, il retourna en courant vers sa maman qui finit par sortir de sa transe répétitive pour le prendre dans ses bras et le protéger de l'horrible spectacle qu'offrait la méchante dame en train de frapper le joli monsieur.

Lydia soupira. Elle n'errait plus dans les rues vêtue d'un pull usé jusqu'à la trame et accompagnée d'un chien énorme, elle ne traînait plus le long des vieilles voies ferrées en buvant de la vodka et ne se lavait plus les cheveux avec du liquide vaisselle. Elle était devenue une femme élégante qui pouvait même avoir du chic quand elle s'en donnait la peine. Elle utilisait du fil dentaire, mettait du parfum, vernissait ses ongles de pied, faisait ses courses dans de belles boutiques et prenait soin de sa peau. Et pourtant, pour tous ceux qui savaient voir au-delà des apparences, pour les enfants, les bébés, les animaux, et les personnes les plus perspicaces, elle était toujours l'Effrayante Dame en Noir. Elle l'avait toujours été. Dix ans avaient passé, elle avait vingt-neuf ans, et elle n'avait toujours aucun charme pour qui que ce soit.

Bendiks suivit des yeux le bambin en pleurs et la regarda d'un air amusé.

— Il a cru que nous nous battions. Pauvre petit, il est traumatisé. Il va avoir besoin d'une assistance psychologique !

Lydia sourit et laissa ses mains retomber sur les côtés. Leur séance d'entraînement était terminée pour aujourd'hui. Soudain, elle eut envie de retirer quelque chose de sain de cette séance, de ne pas se laisser envelopper par une impression désastreuse d'elle-même.

— Et toi, comment es-tu devenu coach ?

Bendiks éclata de rire, exposant de belles dents blanches et régulières. Il rangea les gants dans son sac tout en le lui expliquant :

— Parce que, contrairement à toi, j'étais trop stupide pour faire autre chose ! Bon, moi je vais par là, et toi tu pars dans l'autre direction. Passe un super week-end, et on se voit lundi au club, d'accord ?

Échevelée, des mèches humides plaquées sur le front et des gouttes de sueur roulant sur le visage, Lydia le regarda s'éloigner. Avec ses fesses solides, ses épaules musclées, Bendiks s'en allait quelque part ailleurs, pour être Bendiks avec quelqu'un d'autre. Alors, elle éprouva le sentiment désespéré qui la submergeait quelquefois quand elle observait les autres. Une douleur sourde à la pensée de ne pas pouvoir prendre leur place, pas même une minute, et d'être obligée de toujours rester elle-même.

Lydia rentra chez elle un quart d'heure plus tard, et lorsqu'elle franchit la porte d'entrée elle vit une grande enveloppe de papier kraft sur les marches de l'escalier. Juliette avait dû la poser là, en pensant la monter plus tard dans le bureau. L'enveloppe retint l'attention de Lydia car, contrairement à tous les courriers qu'elle recevait, l'adresse était écrite à la main, presque maladroitement. Elle s'assit sur la dernière marche et fit glisser la lettre vers elle. Le cachet était celui de Tonypandy.

Lydia poussa une légère exclamation de surprise.

Toute sa vie, depuis qu'elle était adulte, elle avait plus ou moins consciemment attendu que quelqu'un de chez elle essaye de la contacter. Ce moment était enfin arrivé. Elle contempla l'enveloppe un moment. Elle savait à qui appartenait cette écriture. Car il n'y avait qu'une seule personne dans la famille qui s'intéressait assez à elle pour prendre la peine de la chercher. C'était oncle Rod.

Oncle Rod était la personne la plus proche d'elle dans sa famille, car il était célibataire et sans enfants. Il s'était montré bon envers Lydia et l'avait aidée, ce que ses tantes, qui avaient elles-mêmes une famille et des obligations, n'avaient pas pu faire. À en croire son propre frère, il était aussi « le meilleur type du monde ». Des mots très forts, venant du père de Lydia qui était d'avis que la plupart des gens ne valaient même pas la corde pour les pendre. Mais, quelques jours après la mort de Glenys, oncle Rod avait disparu et on ne l'avait jamais revu. Lydia était alors trop jeune pour s'en étonner, ou même pour s'en apercevoir. Mais elle avait souvent pensé à lui, par la suite. Elle ne l'avait revu que plusieurs années plus tard, à l'enterrement de son père, lorsqu'il s'était détaché de la foule pour s'éclipser dans un bouquet d'arbres. Il était vêtu d'un costume noir bon marché, et le soleil avait fait scintiller un anneau d'argent à son oreille. Lydia avait demandé qui était cet homme et on lui avait répondu que c'était son oncle Rod, le frère de son père. Elle s'était étonnée un instant qu'il ne soit pas resté, puis la cérémonie l'avait accaparée.

Le regard rivé sur les vitres opaques de la porte d'entrée, elle laissa affluer à sa mémoire les derniers jours de la vie de son père. Elle sentait encore les odeurs de l'hôpital, elle croyait entendre les roues des chariots roulant dans les couloirs vers des destinations mystérieuses, sentir les doigts glacés de son père agrippant sa main et la serrant comme des pinces, tandis qu'il murmurait des mots qui n'avaient pas de sens :

« Tu seras toujours ma fille, toujours. Personne ne peut m'enlever ça. Je t'ai élevée, tu es à moi et à personne d'autre. Tu m'entends ? Tu comprends ? À personne d'autre. »

Pour Lydia ce n'étaient que des mots. Sur le moment, elle ne s'était pas demandé ce qu'ils signifiaient. Elle ne cherchait pas de réponse. Tout ce qu'elle voulait, c'était qu'il meure et qu'elle ne soit pas obligée de passer le premier trimestre universitaire dans cet hôpital victorien tout vermoulu, ou bien de lui préparer interminablement des tasses de thé dans leur petit appartement froid et humide. Elle voulait qu'il s'en aille, pour que sa vie à elle puisse commencer. Qu'il y ait une cassure nette avec son village, son passé. Elle était prête à le voir partir. Et lui, elle le voyait bien dans ses yeux, était prêt aussi à renoncer non seulement à elle, mais à cette existence malheureuse et sans but.

Il finit par mourir, la dernière semaine d'août. Dehors, l'air était doux et chaud. L'hôpital sentait le renfermé. Il n'y avait personne d'autre. Juste son père et elle.

« Dis-leur que je n'ai plus mal. Dis-leur. »

Ce furent ses derniers mots. Elle vit un ultime souffle franchir ses lèvres. Elle s'attendait presque à ce que ce soit un petit nuage de fumée grise, un minuscule nuage toxique, mais l'air passa vivement, comme un lézard froid et complètement paniqué s'échappant de son âme.

Sa main devint inerte, sa tête retomba mollement contre l'oreiller, et ce fut fini. Brusquement, Lydia se retrouva orpheline.

Au cours des années qui suivirent la mort de son père, Lydia ne regarda pas souvent en arrière. Elle ne retourna jamais dans le village voisin de Tonypandy, pas même lorsqu'elle recevait par la poste des invitations bien intentionnées la conviant aux mariages de ses cousins et cousines, pas davantage lorsque ses tantes la suppliaient de venir passer l'après-midi de Noël dans leurs petites maisons douillettes, à manger de la dinde rôtie, entourée par les derniers-nés de la famille. Elle continua de vivre sa vie à Aberystwyth, dans l'appartement situé au-dessus du magasin, et y passa même par trois fois ses vacances d'été, alors que Dixie était partie. Elle travailla dans le pub du quartier pendant toutes ses années universitaires, chaque soir et chaque week-end. Quand elle n'était pas au pub, elle était au laboratoire, cherchant d'une façon méthodique, presque obsessionnelle, une formule pour neutraliser l'odeur de peinture. Elle était persuadée qu'elle le faisait dans un but commercial, et ne se rendait même pas compte qu'elle essayait ainsi de gommer de sa conscience toute une série de souvenirs d'enfance à l'odeur putride.

Maintenant, à vingt-neuf ans, c'est à peine si on pouvait encore déceler dans ses intonations un vague accent gallois. Elle était devenue millionnaire, elle avait réussi dans la vie. Elle était grande, brune, intelligente, mystérieuse, à des millions de kilomètres de ses tristes et humbles origines. Et soudain, une partie de son passé resurgissait dans une enveloppe brune posée sur ses genoux. Elle prit une longue inspiration et se décida à l'ouvrir.

Lydia contempla la coupure de journal étalée sur son bureau. Sa main droite tenait un verre glacé contenant du gin tonic et des glaçons. La pièce était baignée d'une lumière jaunâtre adoucie d'ombres mauves, et quelques lambeaux de jour s'attardaient encore dans le ciel. Toutes les lumières de la maison étaient éteintes, à l'exception de la lampe d'architecte qui illuminait l'article du journal. Elle avait passé une demi-journée assise là. Six heures. Les yeux fixés sur le journal, à descendre froidement une bouteille entière de Bombay Sapphire. Tout était tordu, déformé, étiré. Sa maison n'était plus la même. Elle avait l'impression que ses jambes n'étaient plus les siennes. Juliette était devenue une étrangère. Elle l'avait renvoyée chez elle plus tôt que d'habitude, avait éteint toutes les lumières et s'était mise à boire.

Le contenu de la grosse enveloppe brune avait de quoi choquer, et pourtant elle n'avait même pas été étonnée. Les formulaires officiels d'une clinique de fertilité du centre de Londres affirmaient qu'elle avait été conçue par un procédé d'insémination artificielle, à l'aide du sperme d'un Français, dont le statut était indiqué : *Étudiant en médecine*. À l'intérieur de l'enveloppe, il y avait aussi un article découpé dans un exemplaire du *Western Mail & Echo*. C'était l'histoire d'une femme de Llanelli qui avait découvert à vingt-cinq ans que non seulement elle avait été conçue dans une clinique, sous des spots halogènes aveuglants, mais aussi qu'elle avait quatre demi-sœurs, vivant toutes dans un rayon de cent kilomètres autour de chez elle. Lydia plissa les yeux pour observer encore une fois la joyeuse petite bande. Elles se tenaient toutes par le bras, la joue pressée contre celle de la voisine. Elles avaient toutes des cheveux bruns et un nez un peu épaté. Aucun doute possible, elles étaient sœurs.

La personne anonyme qui lui avait envoyé cette pochette surprise contenant des informations de nature à provoquer dans sa vie un changement aussi radical qu'un séisme avait joint à l'envoi un prospectus concernant un site Web intitulé *Registre des fratries issues de donneurs du*

Royaume-Uni. Les adultes qui savaient avoir été conçus par insémination artificielle et connaissaient le nom de la clinique où le processus avait eu lieu pouvaient s'inscrire et faire effectuer des tests d'ADN, afin d'être mis en contact avec d'autres enfants conçus grâce au sperme du même donneur. En d'autres termes, ils pouvaient retrouver leurs frères et sœurs.

Lydia ne s'était jamais demandé pourquoi elle n'avait pas de frères et sœurs. C'était évident. Sa mère était morte avant d'avoir pu avoir d'autres enfants. Elle était donc enfant unique, et cela faisait absolument partie d'elle, c'était une qualité intrinsèque. Elle ne pouvait pas imaginer son enfance ni sa personnalité autrement.

Désespérée, elle observa les sœurs du journal et remplit son verre. Elle n'avait plus bu de gin depuis ses dix-huit ans, depuis que son père était mort. À la minute où il avait disparu, le point sensible et douloureux qu'elle sentait au creux de son estomac et qu'elle tentait en vain d'anesthésier avec l'alcool avait disparu aussi. L'odeur du white spirit, la buée au bord d'un verre ou encore l'odeur aigre d'un fruit blet le faisaient resurgir parfois, et alors elle éprouvait de nouveau la douleur d'être une adolescente de dix-huit ans à l'allure tragique, que personne n'aimait.

Elle pensa à son père, cet homme fort fait de blocs de béton et de Bacardi, ce battant bourré de testostérone, à l'époque où il se ratatinait et se flétrissait dans la chambre voisine de la sienne, desséché, momifié, vidé, tandis que la vie s'échappait de son corps. Elle pensa à la façon dont il l'avait élevée. Il lui avait appris à faire attention à elle, car personne d'autre ne le ferait à sa place. À avoir des yeux dans le dos. À ne faire confiance à personne. À ne croire personne. À être seule. Elle songea aux derniers jours passés avec lui, aux mots dénués de sens qu'ils avaient échangés, aux cadeaux donnés sans y penser le jour de Noël, aux coups de téléphone, aux comprimés administrés avec gaucherie, aux silences lourds de secrets, aux moments interminables qu'elle n'avait pas compris à l'époque, juste un besoin d'air, d'espace, et qui soudain prenaient du sens, devenaient poignants. Elle n'était pas sa fille. Pas sa fille.

Son vrai père avait été étudiant en médecine à Londres, il avait des yeux et des cheveux noirs, il mesurait un mètre quatre-vingts et était originaire de Dieppe. Son vrai père était français. Son vrai père était médecin. Son vrai père n'était pas Trevor Pike. Elle sentit quelque chose de fluide, une vague de soulagement, se répandre dans ses membres. Elle éprouva quelque chose qui ressemblait à un grand bonheur.

Dehors, quelque part, peut-être dans la rue sous sa fenêtre, peut-être dans un immeuble de Llanelli, ou bien dans un bar du bord de mer à Dieppe, il y avait d'autres gens comme elle. Des frères. Des sœurs. Elle n'avait encore jamais rencontré quelqu'un qui lui ressemblait. À en juger par le vague souvenir qu'elle gardait de sa mère, elles n'avaient pas grand-chose en commun. Elle ne ressemblait pas à son père non plus. Pourtant... comme il lui avait parlé de ses ancêtres italiens, pendant toutes ces années ! Son père s'était efforcé de la rendre fière de ses racines latines. Elle savait à présent que ces racines n'existaient pas. Pas plus que les contes de fées de son enfance. Elle n'y avait jamais cru, de toute façon, à cette prétendue italianité... Chaque fois qu'il en était question, elle haussait les sourcils, agacée. « Ce n'est pas parce que c'est la seule chose intéressante chez toi, répondait-elle en secret, que tu dois essayer d'en faire aussi la seule chose intéressante chez moi ! »

Elle savait bien, elle, qu'elle n'était pas la fille d'un poissonnier presque illettré. Tout au fond d'elle-même, elle le savait. Elle s'était toujours sentie plus proche de son vieux chien Arnie que de son père. La culpabilité qu'elle avait portée presque toute sa vie, parce qu'elle avait envie de voir son père mourir afin de pouvoir vivre sa vraie vie, s'évanouit et disparut, comme un démon enfin exorcisé. Il ne restait plus qu'un fouillis de sentiments divers, comme la nouveauté, la bizarrerie, la tristesse, et la joie.

Elle but un autre verre de gin tonic et tapa l'adresse du Registre des fratries issues de donneurs dans sa barre d'adresses. Pendant que la page se chargeait, elle sentit son pouls s'accélérer, un sentiment de panique l'envahir. Elle n'était pas encore prête. Elle referma le navigateur, éteignit son ordinateur et se laissa sombrer dans un sommeil troublé, peuplé de rêves d'inconnus.

Elle appela Dixie le lendemain matin. Son amie parut étonnée de l'entendre.

— Désolée, dit Lydia. Je te dérange dans ton travail ?

— Non, non, répondit Dixie en étouffant un bâillement. Non, j'étais juste en train de… de faire un somme.

Lydia regarda l'heure. Il était onze heures du matin. Cela ne ressemblait pas à Dixie de dormir à onze heures du matin, alors qu'il y avait des étagères à ranger, des livres à lire, et des conversations à tenir avec des gens dans le but de les aider à améliorer leur carrière. Dixie considérait le sommeil comme quelque chose qui lui était imposé en dépit de sa volonté, une chose à laquelle elle se soumettait une fois par jour, et dont elle émergeait un peu assommée et fâchée, comme si le sommeil lui avait dérobé son âme.

— Oui, poursuivit-elle, Viola a passé une mauvaise nuit, mais elle a fini par s'endormir et j'en profite pour rattraper le sommeil en retard…

— Oh, merde, Dix, je suis désolée. Je ne savais pas.

Dixie se moucha bruyamment. Lydia ne put s'empêcher de penser qu'elle voulait lui faire comprendre qu'elle était vraiment profondément endormie, et qu'elle avait dû fournir un effort considérable pour s'éveiller et répondre au téléphone. Un peu agacée, Lydia reprit :

— Tu aurais dû éteindre ton téléphone.

— Oui, tu as raison.

Elle renifla de nouveau et bâilla.

— Je n'y ai pas pensé. Je ne pense pas beaucoup, ces temps-ci, ajouta-t-elle avec un rire sec.

« Ces temps-ci. » Et ce rire. Lydia fut encore plus agacée. Elle détestait que les gens aient des bébés. Ou plutôt non. Elle détestait le fait que Dixie ait un bébé. Tous les autres pouvaient bien aller se faire voir et avoir des centaines de bébés, ça lui était égal. Mais elle ne voulait pas que Dixie en ait un. Elle venait tout juste de s'habituer à Clem. « Avoir un petit ami », pour Lydia, cela ne voulait pas dire grand-chose, mais elle pouvait vaguement comprendre, puisqu'elle en avait eu un à un moment de sa vie. Mais un bébé, c'était comme un extraterrestre. Un bébé c'était quelque chose qui vous absorbait, comme aucun petit ami, même le plus demandeur, ne pouvait le faire. Un bébé, ça changeait tout. Et le fait d'avoir un bébé, contrairement au fait d'avoir un petit ami, était irréversible.

— Très bien, continua-t-elle en faisant un réel effort pour prendre un ton désinvolte. Je ne voulais pas te déranger, mais...

Elle s'interrompit. Avant « le bébé », elle se serait lancée la tête la première dans le sujet dont elle voulait discuter. À présent, il y avait ce spectre qui flottait au-dessus de leur tête. Est-ce que Dixie lui accorderait la moindre attention, maintenant qu'elle vivait au Pays des Bébés ? Comprendrait-elle même ce qu'elle voulait lui dire ? « Pardon, que disais-tu, un donneur de sperme ? Au fait, je t'ai parlé des dernières selles de Viola ? »

— Comment vous allez, tous les trois ? parvint-elle à articuler.

— Bien. Je crois. Est-ce qu'on va bien, Clem ?

Lydia entendit Clem grommeler quelque chose, en arrière-plan.

— Oui, reprit Dixie, nous allons bien. Et toi ?

— Pas mal. La gueule de bois.

Au moment où elle prononça les mots, elle sut que ce n'était pas la chose à dire. Cela laissait entrevoir une nuit passée à boire des vins pétillants et des cocktails à base de tequila dans un endroit sympa et jazzy, bref, rien à voir avec un bébé nouveau-né et des couches sales.

— Oh, quelle chance tu as ! fit Dixie en soupirant.

Lydia soupira également et se prépara à s'ouvrir à Dixie de sa nuit passée à boire du gin, seule dans le noir.

— Non, pas vraiment. C'était…

« C'était horrible », aurait-elle voulu dire. Mais, avant même qu'elle ait pu prononcer la première syllabe, une petite plainte aiguë interrompit la conversation. Dixie marmonna quelques mots dans lesquels il était question de l'heure du dîner au zoo, et demanda à Lydia si elle pouvait la rappeler dans une minute. Lydia répondit que oui, bien sûr, même si elle savait que ça ne serait pas dans une minute mais au moins dans une centaine de minutes. Elle se demanda pourquoi Clem ne pouvait pas se charger pendant un moment de l'enfant qui pleurait, mais elle savait aussi que l'absence physique du bébé en pleurs ne rendrait pas son amie capable de se concentrer sur autre chose que le royaume des bébés dans lequel elle vivait actuellement. Lydia se rendit compte avec une profonde tristesse qu'elle n'allait pas pouvoir parler à son amie de la chose la plus importante qui lui soit arrivée en plus de dix ans.

Elle raccrocha et Dixie disparut, comme d'un coup de baguette magique, laissant Lydia seule et abandonnée.

Dixie ne rappela pas cent minutes plus tard. Elle ne rappela même pas trois jours plus tard. Le samedi matin, elle envoya à Lydia un SMS qui disait : *Je viens de projeter du lait à deux mètres devant moi et c'est tombé pile dans l'œil du chat. Et toi, qu'est-ce que tu fais ?* Chaque fois que Dixie faisait un pas supplémentaire en direction du monde des bébés et de la normalité, Lydia se sentait repoussée en arrière, dans un monde de bizarrerie et de solitude. Lydia répondit par un autre SMS : *Achète des lunettes au chat ! Je ne fais rien de spécial.* Dixie n'envoya pas de nouveau message, et d'ailleurs Lydia ne pensait pas qu'elle le ferait. Elle passa la journée à travailler et à boire, en alternance. Le samedi soir, elle sortit un album de photos d'un placard, l'emporta dans son lit. Elle l'avait pris en quittant le petit trois-pièces minable où elle vivait avec son père. C'était celui de Glenys. De sa maman. Lydia n'avait pas de robes sentant la naphtaline, ni de boucles d'oreille en perles héritées de grand-mères ni même de mèche de cheveux à caresser doucement en songeant à sa mère. Après la mort de Glenys, son père avait fait disparaître toutes les traces de sa femme, mais il avait gardé cet album. Lydia ne comprenait absolument pas l'étrange cheminement de pensées qui l'avait conduit à le mettre de côté pour elle, mais il l'avait fait, et c'était devenu son bien le plus précieux.

Dans le passé, elle avait contemplé ces photos comme si c'étaient celles d'une star disparue, façon Marilyn Monroe, ou même la reine Victoria. Une personne charismatique, inaccessible, impossible à connaître, mais puissante, et morte. Mais ce soir-là elle les voyait sous un angle différent. Elle avait toujours pensé à sa mère comme à une jeune fille, car c'était ainsi que les gens parlaient d'elle : c'était une fille super. Une fille drôle. Une fille adorable. Une jolie fille. Ah oui, Glenys était une fille adorable. Mais les filles n'allaient pas à Harley Street pour tomber enceintes par un tour de passe-passe. C'étaient les femmes qui faisaient cela. Les femmes qui voulaient un enfant. « Ta mère m'adorait, tu le sais ? Elle vénérait le sol où je marchais. » Son père lui avait dit cela. Pas une seule fois, non, il le lui répétait continuellement, c'était sa façon de la garder toute pour lui. Mais, en observant les photos, Lydia fut soudain frappée par l'idée que sa mère l'avait beaucoup plus aimée, elle, que son mari. Après tout, elle avait été prête à prendre tous les risques pour elle.

Le dimanche, Lydia alla se promener. Elle était sobre et fatiguée, et le trottoir lui paraissait aussi mou qu'une éponge. Le ciel était à la pluie mais elle portait des lunettes de soleil, ce qui lui donnait l'impression d'être une petite créature presque aveugle émergeant d'une longue période d'hibernation. Elle fit trois fois le tour du vieux cimetière, en évitant de regarder le terrain de jeu où des nounous asiatiques poussaient des enfants français sur des balançoires, et où des mamans américaines entraient des données dans leur Blackberry pendant que leurs rejetons buvaient des jus de fruits naturels dans des emballages en carton recyclables. Elle déambula le long de la rue principale de Saint John's Wood, passa devant des boutiques de bagels et de vêtements d'enfants, croisa des 4 × 4 garés en double file, et observa toutes les personnes qu'elle rencontrait avec une sorte de curiosité animale. Elle se trouvait à deux kilomètres du lieu où elle avait été conçue. Elle marchait peut-être parmi une foule de gens avec qui elle avait des liens de parenté. Elle examinait le nez, la démarche, les mains, les yeux de toutes les personnes qu'elle croisait.

Repérant une similitude dans la forme de la mâchoire d'une femme, elle suivit celle-ci sans même en avoir conscience et entra dans une pâtisserie. Elle s'arrêta après avoir franchi le seuil et retourna dans la rue. Lydia s'était toujours sentie différente du reste du monde, dans une position plus élevée. Plus intelligente, plus calme, plus forte, plus autonome. C'était son père qui l'avait rendue ainsi. Il l'avait élevée en lui laissant croire qu'elle était invincible. Et seule. Et c'est ce qu'elle était devenue. Elle considérait le reste de l'humanité comme une espèce de masse informe, une énorme tache de chair et de sang. Rien à voir avec elle. Elle avait néanmoins permis à quelques personnes de franchir les barrières. Dixie pour commencer, et puis Clem. Elle avait aussi laissé passer William, et dans une certaine mesure Bendiks, à qui elle avait alloué une petite place dans sa conscience. Toutefois, à l'âge de vingt-neuf ans, elle n'avait toujours pas eu avec qui que ce soit de lien aussi solide que celui qui l'avait unie à son chien.

Après avoir erré de cette façon bizarre, sans but, pendant une heure, elle rentra chez elle. En considérant sa maison depuis le trottoir, elle fut parcourue d'un frisson. La bâtisse était tellement grande. Sans âme. Intimidante. Et si peu accueillante, avec ses vitres opaques, tels des yeux blancs et aveugles. Elle prit conscience, avec un brusque désarroi, que c'était un vrai reflet d'elle-même. D'ailleurs, Dixie le lui disait parfois : « Tu fais peur ! » Et c'était très bien. Lydia était très contente de faire peur, car quand on faisait peur aux gens ils se tenaient à l'écart. Mais tout à coup venait de surgir l'infime possibilité que le monde s'introduise chez elle, et qu'elle ne puisse rien faire pour empêcher ce phénomène. Ce qui était plus surprenant encore, c'était l'idée qu'elle ne voulait pas vraiment arrêter le processus.

Ce soir-là, elle emporta dans son bureau une bouteille de Sprite et un sachet de bonbons Haribo. Elle dévissa le bouchon et attendit une seconde que la première bouffée de gaz s'échappe de la bouteille avant de l'ouvrir complètement et d'avaler une longue gorgée de liquide sucré. Puis elle passa quelques minutes à examiner le contenu du sachet de bonbons, hésitant entre les diverses formes et couleurs. Finalement, elle se décida pour une bouteille vert et rouge qu'elle mâcha pensivement pendant un moment. Elle envisagea d'appeler Dixie. Le pas qu'elle s'apprêtait à franchir dans sa vie était énorme, et cependant elle n'en avait soufflé mot à âme qui vive. Le week-end avait été long et intense. Elle se sentait en marge de la réalité. Elle était à la fois effrayée, excitée et malade. Une fois qu'elle aurait accompli ce geste, son existence basculerait. Cinq minutes. Et ensuite, de l'autre côté de ces cinq minutes, elle découvrirait quelque chose qu'elle ne pouvait même pas concevoir pour l'instant. Elle imagina Dixie, assise avec son bébé collé à son énorme sein, les yeux perdus dans le vague, soupirant en voyant le numéro de Lydia s'afficher sur son téléphone. Non. Il fallait qu'elle fasse ça toute seule.

Elle tapa l'adresse e-mail et remplit le formulaire en ligne. Puis elle prit un autre bonbon qui avait la forme d'une tétine de bébé.

Une fois que Lydia eut rempli les renseignements du Registre des fratries, les jours passèrent. Ils s'écoulèrent lentement, de façon ennuyeuse, lui donnant l'impression d'être prise dans un gigantesque embouteillage qui l'empêchait d'atteindre son but. Janvier céda la place à février. Elle ne parvenait à se concentrer sur rien. Elle ne voyait pas au-delà de son ordinateur. Elle passait des heures devant l'écran, à manger des bonbons, ignorant le téléphone, consultant sans arrêt ses e-mails. Les seules choses qui parvinrent à l'atteindre au fond de la grotte où elle hibernait, ce furent ses trois rendez-vous hebdomadaires avec Bendiks, et une invitation qu'elle posa sur son bureau, pour une *Réception en l'honneur de la venue au monde de Viola* qui devait avoir lieu trois semaines plus tard.

Elle était chez elle et attendait Bendiks. L'entraînement allait avoir lieu chez elle aujourd'hui, car il avait quitté le club de sport. Lydia ne lui avait pas demandé pourquoi. Mais elle se sentait de plus en plus nerveuse au fur et à mesure que l'aiguille de sa montre approchait de onze heures. Dans un instant Bendiks serait là. Elle ouvrirait la porte, il lui sourirait, et elle l'inviterait à entrer. Dans une existence parallèle ce serait le soir, elle déboucherait une bouteille de bon vin, ils bavarderaient un moment à la lueur des chandelles, puis ils passeraient une partie de la nuit à découvrir leurs corps dans les draps frais et parfumés de Lydia. Mais dans cette existence, dans cette réalité dure et sans fioritures, elle le conduirait dans l'espace de bien-être situé au sous-sol (oui, elle avait un espace de bien-être qui se trouvait déjà là quand elle avait acheté la maison) et il lui ferait faire des mouvements ennuyeux et répétitifs pendant quarante-cinq minutes, puis il partirait et elle ne le reverrait pas avant quarante-huit heures.

On sonna à la porte. Elle se regarda dans le miroir avant de descendre l'escalier. Elle avait une expression hagarde, presque démente. Juliette avait sursauté en arrivant, ce matin-là, quand elle avait vu Lydia dans l'escalier, et elle lui avait immédiatement préparé un sandwich au poulet. Bendiks parut moins déconcerté que la gouvernante.

— Bonjour, Lydia, lança-t-il en franchissant la porte avec son sac de sport, enveloppé par une fraîche senteur de cannelle et de musc. Tu as une très jolie maison.

— Merci, dit-elle en s'effaçant pour le faire entrer dans le hall.

Il était très élégant, comme d'habitude. Lydia était sûre qu'elle avait tort de s'intéresser à Bendiks. Il était probablement gay. Oui, bien sûr, il était gay. Avec ses sourcils épilés, son sweat à capuche d'un noir impeccable, ses dents blanchies et ses jolis tatouages, il était gay, c'était une certitude. D'ailleurs, elle espérait qu'il l'était. Car si Bendiks était homosexuel, elle pouvait cesser d'être troublée chaque fois qu'elle se trouvait en sa présence. Si Bendiks était gay, elle pouvait continuer de vivre tranquillement sa vie.

— Je peux t'offrir quelque chose ? Un verre d'eau ?

— Non, c'est bon, répondit-il en tapotant son sac de sport. J'ai ma bouteille.

Il lui sourit, et elle comprit. Il n'était pas gay. Un homosexuel n'aurait pas pu sourire à une femme de cette façon. Elle en était certaine.

— Alors, tu as passé un bon week-end ?

Elle le précéda dans l'escalier qui menait au sous-sol, et appuya sur un interrupteur au passage.

— Oui, ça va. Plutôt morne. Et toi ?

— Pareil, répondit-elle.

Bendiks se mit à rire.

— Si cette maison m'appartenait, j'inviterais tous les week-ends des gens très beaux et j'organiserais de très, très grandes fêtes.

Lydia eut un sourire triste.

— Je ne connais pas de gens très beaux, dit-elle sèchement.

— Tu me connais, moi.

— C'est vrai.

Elle appuya sur un autre interrupteur.

— Regardez-moi ça ! C'est fantastique ! Super.

— Oui, admit-elle en se grattant la nuque. J'avoue que je ne descends pas très souvent ici.

— C'est comme si tu avais un spa pour toi toute seule ! Il y a même un bain à remous !

— Oui, et aussi un sauna. Et une salle de soins, par ici.

Elle ouvrit une porte et lui montra une petite pièce aux murs blancs ornés de fleurs de cerisiers.

— Il y a un *home cinéma* par là-bas.

Bendiks haussa ses sourcils à l'arc parfait et répéta :

— Waouh. Waouh. Génial.

Sa réaction ne procura aucune satisfaction à Lydia. Elle avait beau essayer d'aimer cette maison, elle s'y sentait totalement étrangère. Dans sa tête, la demeure appartenait toujours au couple d'Américains à l'aspect un peu sévère auquel elle l'avait achetée. C'était toujours la maison de Caitlin et Tom Schnobel, et de leurs trois fils adolescents. Dans sa tête, les trois chambres d'amis appartenaient toujours aux garçons, et ce vaste espace en sous-sol consacré au bien-être physique appartenait à Caitlin. («Appelez-moi Cait», avait-elle dit.) Elle s'attendait presque à les voir tous débarquer un beau jour, avec leurs bagages de luxe et leur bronzage des Antilles, et à s'entendre remercier d'avoir pris soin de la maison en leur absence.

—Je me suis dit que nous pourrions travailler ici, dit-elle en désignant un espace près de la porte de derrière, équipé d'une barre de danse et de miroirs, plus quelques tapis de gymnastique intégrés au sol.

—Oui, c'est ta salle de gym personnelle, cela paraît logique de choisir cet endroit pour s'entraîner. Tu sais, dans mon métier j'ai vu des maisons extraordinaires, je suis allé chez des célébrités, et tout. Mais ta maison est la plus belle de toutes. C'est celle qui correspond le plus à… à moi, tu vois?

Il sourit et sortit ses affaires de son sac.

—Bon alors, tu es prête?

Elle fit un faible signe de tête.

—J'espère que tu ne m'en voudras pas de te dire ça, mais tu n'as pas bonne mine aujourd'hui.

—Oh, merci beaucoup.

—Non, je ne veux pas dire que tu es déplaisante, je veux dire qu'il y a l'air d'y avoir de mauvaises choses dans ta tête. Comme si un poids invisible t'accablait, tu comprends?

Lydia grimaça. Elle s'imagina écrasée par un poids, telle une limace sous une pierre.

—Ce n'est rien, marmonna-t-elle. Juste des trucs bizarres qui se passent dans ma vie, c'est tout.

—Tu as envie d'en parler?

Elle rit, un peu trop fort.

—Quoi, tu crois que je ne sais pas écouter? fit-il d'un ton taquin. Tu me prends pour un gros balourd?

—Non, bien sûr que non. C'est juste que... je ne sais pas. Nous ne parlons jamais, et ça me paraîtrait un peu bizarre, du coup.

Bendiks croisa les bras en souriant.

—Écoute. Je suis ton coach personnel, d'accord? Tu me payes pour que je te garde en bonne forme physique. C'est notre contrat. Mais pour ça, il faut que je sache que tout va bien dans ta tête. Et j'ai remarqué ces derniers temps que ce n'était pas le cas. Quand on se quitte, je te vois faire ça... expliqua-t-il en courbant les épaules et le dos d'un air pathétique. Et ça, ce n'est pas bon. Alors, si tu penses que ça peut t'aider, parle-moi. Ça te coûtera moins cher que d'aller voir un psy!

—Oh, mon Dieu. Je ne saurais pas par où commencer. Vraiment pas.

—Essaye. Je crois que j'ai déjà entendu tout ce qu'on peut entendre, et il est très difficile de me choquer.

Lydia lui décocha un coup d'œil. Il devait plier un peu les genoux et les hanches pour être à son niveau. Son visage était uniformément bronzé, et elle était sûre de discerner un soupçon d'anti-cernes sous ses yeux. Cela la conforta dans l'idée que Bendiks était gay. Et donc, s'il l'était, il était aussi accessible sur le plan des émotions.

— Bon, très bien, fit-elle, encore un peu sur la défensive. Voilà. Il y a encore quatre semaines, j'ignorais que ma mère, qui est morte dans des circonstances mystérieuses quand j'avais trois ans, avait eu recours à un donneur de sperme pour tomber enceinte de moi. Quelqu'un de ma ville d'origine me l'a révélé dans une lettre anonyme. Alors, la semaine dernière, je me suis inscrite sur un site qui propose de me faire connaître les éventuels frères et sœurs que je peux avoir de par le monde, sans le savoir. J'ai fait effectuer un test d'ADN, et on m'a dit que mon père était le Donneur 32, et que jusqu'à présent aucun autre de ses enfants ne s'était inscrit sur le site. Depuis, je passe toutes mes journées assise devant mon ordinateur à vérifier, et vérifier, et vérifier encore, si quelqu'un d'autre s'est fait inscrire, et si j'ai un frère ou une sœur. Et j'ai énormément de mal à me concentrer sur autre chose. Quand je ne suis pas devant mon ordinateur, je marche dans la rue en dévisageant les gens comme une démente, en me demandant s'ils me ressemblent et s'ils pourraient faire partie de… de ma famille.

Elle sentit son corps se détendre au fur et à mesure que les mots franchissaient ses lèvres. Ils lui semblaient doux comme du sirop, et le fait de les prononcer avait un effet apaisant.

Bendiks relâcha lentement le souffle qu'il retenait dans ses joues gonflées et s'assit sur le sol.

— Ouf. C'est incroyable.

Lydia acquiesça d'un hochement de tête.

— Et ton père ? Celui qui t'a élevée ? Il ne pouvait pas… ?

— Je suppose que non, fit-elle en haussant les épaules.

— Et il savait ? Il savait que tu n'étais pas sa fille ?

— Aucune idée. Un jour, juste avant de mourir, il a dit quelque chose de bizarre. Il a dit que j'étais autant à lui qu'à l'autre. Je n'ai pas compris ce que ça signifiait, j'ai cru qu'il faisait allusion à ma mère. Mais maintenant, cela prend un sens, non ? Ça explique aussi pourquoi il me détestait.

Bendiks émit un grognement de protestation.

— Non, c'est vrai. J'ai toujours su qu'il me détestait, et je croyais que c'était parce qu'il aurait préféré que je meure à la place de ma mère. Je me suis toujours sentie coupable, parce que je ne pouvais pas le consoler d'avoir perdu maman. Et puis… eh bien maintenant je sais qu'il n'était pas vraiment mon père, et s'il le savait aussi, ce qui est probable, eh bien… il n'était pas du tout obligé de m'aimer, n'est-ce pas ?

Un lourd silence suivit ces paroles.

— Je comprends, dit doucement Bendiks.

Lydia leva les yeux, et il répéta :

— Je te comprends. J'ai perdu mon frère. Il a été renversé par un camion, devant notre maison.

Lydia cligna les paupières et examina fixement le bout de ses doigts.

— Je suis désolée.

— Ce n'est pas ta faute, répliqua-t-il en souriant.

— Non, je sais, c'est... c'est ce qu'on dit quand on a de la peine pour quelqu'un. Quel âge avais-tu ?

— Quatorze ans. Mon frère en avait huit. Alors tu vois, je comprends ce que tu ressens. Autrefois, j'avais un frère. Maintenant je ne l'ai plus, et je le vois toujours partout. J'essaie de l'imaginer à quatorze ans, à vingt ans, à vingt-quatre ans. C'est l'âge qu'il aurait maintenant.

L'espace d'une seconde, ses yeux s'emplirent de tristesse.

— Et, ouah... si je pensais avoir une chance de me découvrir un autre frère, ou bien une sœur, quelqu'un qui me ressemble un peu... ce serait un miracle. Tu vois, je te comprends, dit-il en lui prenant la main. Je comprends ce que tu ressens.

Lydia posa les yeux sur la main qui couvrait la sienne. Elle contempla les ongles parfaitement manucurés et imagina cette main glissant sur son bras nu, repoussant les cheveux sur son épaule, lui agrippant la nuque. Il avait fallu qu'elle le choisisse, lui, comme confident. Lui, Bendiks. Son coach. L'homme qui lui faisait faire des sauts de grenouille et l'entraînait à lui donner des coups de poing. Cet homme qui venait d'un pays lointain.

Entre leurs deux histoires, ils auraient eu de quoi parler pendant une nuit entière, mais Lydia se referma, lentement et résolument, comme se replient les mâchoires impitoyables d'une plante carnivore. Elle se sentait trop exposée, trop vulnérable. Il était temps de revenir à l'essentiel.

— Allons, dit-elle en sautant sur ses pieds. Il faut faire un peu d'exercice.

— Tu en es sûre? demanda Bendiks d'une voix teintée d'inquiétude. Nous pouvons parler encore.

Lydia ouvrit la bouche. Elle avait envie de dire oui. Oui, je veux parler, parler, parler, et ensuite je veux t'enlever tous tes vêtements, et je veux que tu m'enlèves mes vêtements, et puis je veux transpirer et m'agiter, respirer, grogner, et puis m'allonger avec ton superbe corps enroulé autour du mien, dans une mare de transpiration salée provenant de nos corps unis, et alors je veux parler encore.

— Non, dit-elle, non. J'ai assez parlé pour le moment. Mais je te remercie. J'ai cru que j'étais devenue folle. Et maintenant, grâce à toi, je sais que je ne le suis pas.

L'ÉTÉ DERNIER

ROBYN

Robyn Inglis célébra son entrée dans sa dix-huitième année avec un verre de boisson énergétique Voltz, et la pilule du lendemain.

En réalité, le soir précédent, elle n'avait encore que dix-sept ans. Mais elle n'allait tout de même pas programmer sa fête d'anniversaire un dimanche soir! Alors là non, pas question. De toute façon, c'était presque bon, puisque la fête n'avait pas commencé avant neuf heures. Elle avait eu dix-huit ans à minuit, et pendant les quatre heures restantes elle s'était amusée comme un membre normal de la population adulte, merci beaucoup.

L'homme, ou plutôt le garçon, puisque ce pauvre idiot n'avait encore que dix-sept ans, n'avait aucune importance. Il fallait juste qu'elle le fasse, aussi vite que possible, pour consacrer son statut d'adulte. Il s'appelait Christian. Malgré ce prénom chrétien, il était juif et circoncis. Il avait joui trop vite. Robyn s'en fichait. Il était mignon, il sentait bon, et ainsi elle n'avait raté que dix minutes de sa fabuleuse fête d'anniversaire. Il y avait presque un an qu'elle préparait cette fête, un peu comme si c'était son mariage, ou quelque chose comme ça. Son père et sa mère lui avaient donné cinq cents livres pour ça, et elle en avait rajouté encore cent, économisées sur son job du samedi chez Zara. Une limousine! Oui, c'était une limousine qui était venue les chercher chez elle samedi soir, elle et ses trois meilleures copines. Elles avaient l'air de vraies stars, c'est sûr. Robyn avait imité le look d'Anna Friel, avec une vraie robe de bal, des jupons, et tout le reste. Elle avait mis du rouge à lèvres et ses cheveux étaient relevés en chignon. Tout le monde l'avait trouvée stupéfiante. Tout-le-monde.

La mère de Robyn était devenue toute drôle quand elle avait descendu l'escalier dans sa robe de soirée. Elle avait plaqué les mains sur sa bouche en ravalant un petit cri, puis elle avait dit:

« Tu es splendide. Splendide. Une vraie princesse. »

Son père avait eu son grand sourire idiot, et il avait paru assez fier d'elle. Et puis ils avaient débité leurs niaiseries habituelles. « Ne va nulle part sans avertir tes amis, appelle-nous si tu as un souci, quelle que soit l'heure », et aussi: « Fais attention à ce qu'on met dans ton verre, et n'accepte rien d'un inconnu à moins d'avoir vu de tes propres yeux le barman te servir… » Oui, oui, oui. Comme si elle n'était encore jamais sortie prendre un verre! Pour l'amour du ciel… elle sortait depuis qu'elle avait treize ans. Elle savait ce qu'elle faisait.

Et même quand elle s'était retrouvée avec Christian (pourquoi des juifs avaient-ils appelé leur fils Christian, ça n'avait pas de sens !) contre un mur, à l'extérieur des toilettes des hommes, elle avait contrôlé la situation. Totalement. Sauf qu'il n'avait pas voulu mettre de préservatif. En réalité, ça n'avait pas tellement d'importance, car elle savait qu'elle avait deux pilules du lendemain dans le tiroir de sa commode, et elle se disait qu'il sentait trop bon pour avoir une MST. Un mec dont les cheveux sentaient la rose ne pouvait pas avoir une MST. De toute façon, elle maîtrisait complètement la situation. Elle lui avait agrippé sa cravate, lui avait ôté son pantalon et l'avait embrassé fort, vraiment fort.

« J'ai décidé que tu serais mon cadeau d'anniversaire », lui avait-elle chuchoté à l'oreille.

Quand les gens du restaurant les avaient fichus à la porte, vers une heure du matin, ils avaient déambulé dans la grande rue en chantant, bras dessus bras dessous. Une superbe bande de garçons et de filles, on aurait dit une scène de film. Elle avait essayé de prendre une photo avec son téléphone mobile, mais il n'y avait pas assez de lumière, on ne voyait que la lueur trouble des réverbères et de vagues lambeaux de couleurs. Mais elle la garderait quand même toujours. En souvenir de la meilleure soirée de sa vie.

Elle avala la pilule avec la boisson énergétique en espérant que les deux resteraient dans son estomac. Elle n'avait plus qu'une seule pilule, et si elle régurgitait celle-ci, il lui faudrait retourner chez le médecin. Elle n'avait pas la gueule de bois. Robyn ne savait pas ce qu'était une gueule de bois. Elle avait un foie en acier. Mais elle se sentait aussi ankylosée qu'un mort tout juste sorti de sa tombe. Elle repoussa ses cheveux noirs en arrière et se regarda dans le miroir de sa coiffeuse. Etait-il normal de se trouver aussi jolie? Est-ce que les autres filles de dix-huit ans s'admiraient dans leur miroir, en pensant : Hmm, jolie? Elle, oui. Chaque fois qu'elle se voyait, elle était traversée d'un petit frisson de plaisir, de satisfaction. Elle appréhendait déjà de perdre sa beauté. Elle savait qu'en approchant de la trentaine elle se ferait injecter du Botox comme une dingue. Ou bien n'importe quoi d'autre qui se ferait en 2018. Se plonger dans un seau plein de pipi de Martien, par exemple. En vérité, elle préférait de loin le Botox au pipi de Martien. Quoi qu'il en soit, elle serait branchée à fond sur les nouvelles techniques.

Robyn ne pouvait croire qu'il existât quelque chose de pire au monde que de ne pas être belle. Par chance elle était resplendissante, même avec seulement cinq heures de sommeil et un système sanguin imprégné de vodka. Elle avait des yeux en amande couleur noisette, et ses sourcils joliment arqués avaient une belle nuance de brun. Son nez était... parfait, il n'y avait vraiment pas d'autre mot. Ni retroussé, ni long, ni court, absolument droit, avec de jolies petites narines. Et puis il y avait sa bouche. Sa bouche était... pulpeuse. Enfant, elle ressemblait presque à un extraterrestre : de grands yeux qui lui mangeaient le visage, et des lèvres qui semblaient appartenir à une femme de trente ans. Il avait fallu qu'elle attende d'avoir ses traits définitifs, que son ossature se mette en place, pour supporter des lèvres pareilles. On lui disait parfois qu'elle ressemblait à Angelina Jolie. Et elle s'interrogeait sur ces lèvres, se demandait d'où elles venaient. On aurait dit des lèvres d'Africaine. C'était possible, après tout. Elle n'avait pas pris de sa mère, ça c'était certain. Sa mère avait une bouche dure, mince comme un fil. Quant à son père... eh bien, manifestement elle ne pouvait tenir de lui, puisqu'il n'était pas son vrai père. Et comme sa mère n'avait jamais vu son vrai père, elle ignorait complètement à quoi il ressemblait. Il devait avoir des lèvres pleines. Il était sans doute brun, avec des lèvres sensuelles et des pommettes saillantes en forme de boomerang.

Elle savait tout de même quelques petites choses sur son vrai père. Il était français. Il vivait à Londres. Il étudiait la médecine. Et pas n'importe quelle médecine. La médecine pour enfants. Fantastique, non? Et il était... quel mot avaient donc employé ses parents? Ah oui, *altruiste*. C'est cela. Il soignait les enfants malades, et il donnait son sperme à des inconnus. Ce qui était très drôle, car apparemment l'altruisme existait aussi dans le monde animal, où certaines créatures renonçaient à leur confort et à leur propre sécurité pour assurer la propagation de leurs gènes. Pas nécessairement en faisant don de leur sperme aux femelles, mais juste en veillant sur les représentants de leur espèce. Quoi qu'il en soit, c'était l'homme le plus merveilleux du monde. Robyn ne ferait jamais sa connaissance mais elle l'aimait tout de même. Elle l'aimait pour son altruisme, et aussi parce qu'il l'avait faite comme elle était, si jolie et si intelligente, et tout.

Tout le monde savait que le père biologique de Robyn était un donneur de sperme. Il n'y avait pas de quoi en faire un plat. Dans l'école de Robyn, trois élèves avaient des parents gays, dans le genre deux mamans ou deux papas, et il y avait même un gamin de troisième qui prenait un traitement hormonal pour devenir une fille. Alors à côté de ça, avoir un père anonyme, ce n'était vraiment rien du tout. La moitié des gamins au centre de jeunes du coin devaient avoir des pères anonymes, mais Robyn était prête à parier que ce n'étaient pas des pédiatres français.

Son téléphone vibra sur la coiffeuse et elle l'agrippa.

—Nush! Putain!... Tu es bien rentrée?... Merde, j'ai eu peur que ce type te harcèle... Ouais, celui qui était bizarre. Dis donc, il était vraiment mytho, ou je me fais des idées?... Ha ha! Ouais... Non, je me sens bien, tu me connais. Un foie à toute épreuve... Ouais. Ouais. C'était génial, non? Vraiment génial... Complètement. Je sais... Aujourd'hui? Oh, rien de spécial. Déjeuner au restau avec papa, maman, ma tante et mes cousins, et tout. On va au *Hog's Head*... Non, ça va être super. J'ai mis ma robe Kookaï, tu sais, celle qui a un foulard noué autour de la taille. Et je me fais un chignon, forcément... Oh, et merci pour le collier, il est magnifique. Je l'adore. Je t'adore... Oui, c'est vrai, Nush! Je t'aime, Nush! Je t'adore tellement qu'il y a plein de petits oiseaux bleus qui volent autour de moi... Ouais. Là, juste maintenant. Ils volent, ils volent autour de mon cœur, tu ne les entends pas chanter ? Écoute...

Un peu plus tard ce jour-là, au *Hog's Head*, Robyn eut l'impression d'être une célébrité. Elle venait au *Hog's Head* avec ses parents depuis qu'elle était bébé, et tout le monde la connaissait. Les gens là-bas avaient connu Robyn avant même qu'elle soit née. Il y avait un article de journal accroché au mur de sa chambre, dont le titre proclamait : *Le bébé du bonheur pour le couple de Buckhurst Hill.* Il y avait une photo pour illustrer l'article. Sa maman, vraiment très mal coiffée, assise dans le canapé de leur ancienne maison avec son bébé dans ses bras, et son papa derrière elle, une main posée sur son épaule. Ils n'avaient pas vraiment l'air de baigner dans le bonheur, en fait ils faisaient vieux et leur expression était tragique. Mais ils venaient de traverser quelques années vraiment tragiques, et Robyn se disait qu'ils n'étaient pas encore tout à fait prêts pour le bonheur. La maman de Robyn racontait toujours qu'elle n'avait pas voulu croire que tout se passerait bien tant qu'elle n'avait pas enfin tenu son bébé dans ses bras. Et c'était compréhensible, en vérité, quand on pensait à tout ce qu'ils avaient subi. Mais dans cette photo, c'était surtout le visage de son père que Robyn trouvait intéressant. Qu'avait-il dû ressentir, en sachant que ce n'était pas son bébé que sa femme portait dans son ventre ?

Robyn était assise sur ses genoux en ce moment, les genoux de son adorable gros nounours de papa. Il était solide comme un fauteuil, et il sentait le coton et l'adoucissant pour textiles. Ils passaient un très bon moment. Ils formaient une famille heureuse. Elle l'embrassa sur la joue et quitta ses genoux pour aller s'asseoir au bout de la table.

— Alors, demanda Jan, la sœur de son père. Quel effet ça fait d'être adulte ?

Robyn sourit. Cela faisait déjà des années qu'elle se sentait adulte.

— Ça me plaît. Je vais pouvoir voter aux élections, tous les jours, et enfin pratiquer la sodomie au grand jour…

Jan éclata de rire. Dans la famille de Robyn on parlait de sexualité librement, sans tabou.

— Ha, ha ! Oui, fais-le maintenant, avant d'avoir eu des gosses, ma chérie. Parce qu'après tu ne voudras plus !

Robyn fronça le nez et essaya de ne pas penser à ce qu'elle voulait dire.

Elle laissa son regard s'attarder sur sa famille ; sa mère, son père, ses cousines, sa tante. Je suis différente, se dit-elle. Et ce n'était pas la première fois qu'elle le pensait. Je suis mieux que vous. Ce n'était pas une gentille pensée. C'était une pensée hideuse, dégoûtante. Mais elle ne pouvait pas s'en empêcher. Toute sa vie, elle avait été différente. Plus jolie que les autres. Plus intelligente. Elle avait étudié onze matières pour le Certificat général de l'enseignement secondaire. Quatre au lieu de trois pour le baccalauréat. Et elle allait commencer ses études de médecine à l'université de Londres. Elle marchait dans les traces de son mystérieux et fascinant père biologique.

Pendant qu'elle faisait la queue au buffet, elle sourit à Steve, le chef de cuisine, qui transpirait sous les spots avec sa toque de papier blanc et son long couteau à découper.

— Bon anniversaire, Robyn, dit-il avec un sourire timide.

— Merci!

Steve était amoureux de Robyn. Ils étaient dans la même classe à l'école primaire, et il était déjà amoureux d'elle à cette époque. Tout le monde savait que Steve aimait Robyn. Il avait probablement demandé à travailler aujourd'hui parce qu'il savait qu'elle fêterait son anniversaire au restaurant.

— J'ai une carte pour toi, annonça-t-il en s'essuyant le front du revers de la main, avant de découper une tranche de dinde rôtie. Je te la donnerai plus tard, quand je me serai lavé les mains.

Robyn hocha la tête en souriant, consciente qu'il avait envie de l'embrasser.

— Merci, Steve. C'est vraiment gentil.

— Tu veux de la farce, avec le blanc?

— Non, merci. Juste une tranche de bacon.

— Tu es très jolie.

— Merci. Tu viendras prendre un verre avec nous, après ton service? Je crois que nous allons rester un bon moment.

Les traits de Steve s'adoucirent.

— Oui, c'est sympa, dit-il.

Robyn mit des pommes de terre rôties dans son assiette, quelques bouquets de brocolis et une tonne de choux de Bruxelles, puis elle noya le tout sous une épaisse couche de sauce. Le Hog's Head était réputé pour sa sauce *gravy.* Elle retourna s'asseoir à table avec son assiette, et tout le monde poussa des « Oh » et des « Ah », en s'extasiant sur son appétit d'ogre, du genre : « Oh, mais où mets-tu tout ça ? »

Robyn observa ses parents, des gens plutôt bien enrobés. Sa tante aux courbes opulentes qui disait toujours des trucs comme : « Il suffit que je regarde un morceau de *cheese-cake* pour prendre un kilo ! » Puis son regard se posa sur ses cousines, avec leurs petites bouches, leurs visages bouffis et leurs grands pieds. Je ne suis pas l'une des vôtres, songea-t-elle. Je viens d'une autre tribu, nous avons une génération d'écart dans l'échelle de l'évolution. Cela ne voulait pas dire qu'elle ne les aimait pas. Elle aimait passionnément sa famille. Mais les gens aimaient aussi passionnément leur chien, et ce n'était pas pour cela qu'ils lui ressemblaient.

— Tu t'es bien amusée, hier soir, avec tes amis ? demanda tante Jan.

— Fantastique. C'était la meilleure soirée de ma vie.

— Je me souviens de mon dix-huitième anniversaire. Je portais une salopette, et je m'étais fait une permanente. Je me trouvais superbe. Je ressemblais à Brian May ! C'était dur, d'être jeune dans les années quatre-vingt. Les filles sont tellement bien habillées, maintenant. Il y a plein de jolies choses pour vous, dans les boutiques.

Le téléphone de Robyn se mit à vibrer. Elle venait de recevoir un SMS de Christian. *Salut, bébé, tu fais quoi ?*

Elle poussa un grognement. « Salut, bébé »... À quoi ça lui servait de sentir bon, s'il envoyait des messages qui commençaient par « Salut, bébé » ? Elle frissonna et lui répondit, en faisant courir furieusement ses doigts sur les touches : *Je déjeune avec ma famille. À bientôt.* Elle s'abstint délibérément d'ajouter un point d'interrogation, car cela aurait laissé entendre qu'elle espérait le voir bientôt. Or, elle espérait ne pas le revoir de sitôt. Elle serait même très heureuse de ne plus le revoir du tout. Robyn ne s'intéressait pas aux hommes qui vivaient ici. Elle voulait bien boire en leur compagnie, faire la fête, coucher avec eux. Mais pour le long terme, pour faire sa vie, ce qu'elle voulait c'était un médecin.

— Un toast ! s'exclama son père en levant sa pinte de bière. Un toast pour ma petite fille. Notre petite fille, précisa-t-il en souriant à sa femme. Nous sommes si fiers de toi, ma chérie. Si fiers de tout ce que tu as réussi. Tu ne nous as apporté que du bonheur au cours de ces dix-huit ans. Que du bonheur. Nous n'aurions pu avoir de meilleure fille que toi. Merci, Robyn, d'être ce que tu es.

Une larme glissa sous ses paupières et coula le long de son nez. Il l'essuya et sourit à sa fille pour s'excuser.

— Je t'aime, dit-il d'une voix étranglée.

— Oh, papa.

Robyn se pelotonna contre lui.

— Je t'aime aussi. Merci, dit-elle en attirant sa mère dans ses bras. Vous êtes les meilleurs parents du monde, et je vais faire tout ce qu'il faut pour que vous soyez toujours fiers de moi.

C'était cela, le bonheur. Ses parents serrés contre elle, toute sa famille rassemblée, la chaleur de cet après-midi d'août, c'était le bonheur. Tout ce qu'elle aimait, tout ce dont elle avait besoin. Elle avait dix-huit ans, maintenant. Elle pouvait prendre contact avec son père biologique, si l'envie lui en prenait. Mais elle ne le ferait pas. Son vrai père, c'était l'homme qui était là, avec son pull vert de chez Blue Harbour, ses Clarks, et ses épaules de maçon. C'était son père, et elle n'en voulait pas d'autre.

Son autre père, le pédiatre français, resterait toujours dans un coin de son esprit. Sans le savoir, il la pousserait vers une carrière de médecin, et grâce à lui elle se sentirait toujours un peu au-dessus des autres. Mais son attachement pour lui n'allait pas plus loin. Elle l'aimait pour ce qu'il était dans sa tête à elle… un personnage de conte de fées.

Un peu plus tard ce soir-là, Robyn était assise dans le canapé, blottie contre son père, ses pieds ramenés sous elle. Ils regardaient l'émission *Big Brother.* Sa mère entra, tenant quelque chose dans ses mains, pressé contre son cœur. Elle souriait, mais ses traits étaient tendus. Quand il la vit, son père se redressa, et Robyn déplia instinctivement les jambes pour poser ses pieds sur le tapis.

— Tu te sens bien, maman ?

— Oui, ma chérie, très bien. Mais j'ai quelque chose à te montrer. Pousse-toi.

Robyn jeta un coup d'œil aux documents que sa mère tenait à la main.

— Oh, non ! s'exclama-t-elle, d'un ton mélodramatique. Ne me dis rien... je suis une enfant adoptée ?

Sa mère sourit.

— Ce sont les papiers qu'on m'a donnés à la clinique, quand j'étais enceinte de toi.

— Je n'en veux pas, déclara Robyn en portant une main à sa gorge.

Sa mère soupira et lui posa une main sur les genoux.

— Tu n'es pas obligée de les lire, mais je tiens à ce que tu les aies. Tu as dix-huit ans, maintenant, tu es adulte. Ces papiers ne m'appartiennent plus.

— Mets-les à la poubelle. Déchire-les. Fais-en ce que tu voudras, mais je ne les veux pas.

— Ce n'est qu'une lettre, insista sa mère avec un nouveau soupir. Je l'ai lue. Elle ne contient rien d'inquiétant. Il y a son numéro de donneur, et des renseignements au cas où tu voudrais le contacter...

— Je ne veux pas ! Et je ne veux pas lire cette lettre ! J'en sais déjà assez sur lui, je suis très reconnaissante et tout ce qu'on voudra, mais je n'ai pas besoin de lui dans ma vie, d'accord ? Je ne veux vraiment, vraiment pas savoir.

Sa mère lui pressa gentiment la jambe.

— Tu sais, nous ne serons pas toujours là, papa et moi. Nous ne sommes pas vieux, mais nous ne rajeunissons pas non plus. Et quand nous serons partis, tu seras toute seule. Prends ces papiers, ma chérie, et garde-les. Au moins, s'il se passe quelque chose… Ce que je ne souhaite pas, affirma-t-elle en pressant de nouveau les doigts sur la jambe de Robyn, mais si jamais cela arrive et que tu décides de le rencontrer, tu auras les moyens de le faire, d'accord ? Et puis, pense à autre chose : même si tu ne veux pas connaître ton père biologique, tu as peut-être des frères, ou des sœurs ? Je sais, reprit-elle, prévenant les protestations de Robyn. Je sais que tu n'en veux pas, pour l'instant. Mais dans le futur, un jour, peut-être… D'accord ?

Robyn posa les yeux sur la chemise contenant les documents et soupira. C'était une bombe à retardement, et elle croyait presque entendre le tic-tac du mécanisme. Elle songea à ces frères et sœurs, sans nom, sans visage, et elle les détesta. Elle les imagina, comme de grotesques caricatures d'elle-même, avec leurs grosses lèvres et leur attitude dédaigneuse, tous persuadés qu'ils étaient des êtres à part parce que leur père était un donneur de sperme, un pédiatre français. Cela, c'était son rôle à elle, et à personne d'autre. De plus, elle avait eu des sœurs, deux très jolies sœurs. Elle n'arrivait pas à se persuader qu'elles étaient mortes, elles étaient toujours là, dans son cœur, et il n'y avait plus de place pour quelqu'un d'autre. Robyn repoussa une lourde mèche de cheveux noirs derrière son oreille et considéra la chemise cartonnée.

— Qu'est-ce que tu en feras, si je ne les prends pas ?

— Je les rangerai dans un endroit sûr. Quelque part où tu pourras les trouver, plus tard, quand nous ne serons plus là.

Robyn réfléchit. Il était possible qu'un jour, pour une raison ou une autre, elle veuille contacter son père biologique. Elle aurait peut-être besoin d'une greffe de foie, ou quelque chose de ce genre. À moins qu'un de ses enfants n'ait un problème génétique rare. Un jour, il faudrait alors que cet homme cesse d'être un prince appartenant au monde imaginaire de Disney, et qu'il devienne un être humain, de chair et de sang, avec un ADN. Et alors, il vaudrait mieux que ces documents soient en sa possession. Elle se renversa dans le canapé de suédine beige, avec une expression résignée.

— Très bien. D'accord. Donne-les-moi, dit-elle en tendant la main.

Le classeur était aussi lourd que s'il avait contenu du sable mouillé.

— Mais je ne m'approcherai pas de ça à moins d'y être vraiment obligée. Tu le sais, n'est-ce pas ? Je n'ai pas besoin de ce type ni de ses autres enfants. J'ai tout ce qu'il me faut. D'accord ?

Elle s'éveilla au milieu de la nuit, troublée, la peau moite, hantée par un rêve qui rôdait obstinément aux frontières de sa conscience. Elle se sentait perdue, désorientée. Elle n'avait pas digéré le gâteau, la dinde et le vin blanc. Elle se leva immédiatement, poussée par l'idée qu'elle avait quelque chose à faire. Elle se mit à marcher dans sa chambre en tous sens, comme une folle, en massant son estomac gonflé. Elle savait ce qu'elle allait faire. Elle l'avait su à l'instant où elle avait tenu le classeur dans ses mains, où elle était devenue propriétaire de ces documents. Elle prit la chemise cartonnée qu'elle avait rangée dans le dernier tiroir de sa commode, et l'ouvrit.

MAINTENANT

Robyn tenait son dossier de microbiologie sous le bras et arborait ses lunettes de vue à monture noire, bien qu'en réalité elle n'en ait besoin que pour lire. Elle avait une robe à carreaux vraiment chouette de chez Urban Outfitters, des collants verts et des bottines à lacets. Le tout lui donnait un look intello et décontracté. Ce qu'on appelait le *Geek* chic. Pour la faculté, elle ne s'habillait pas comme lorsqu'elle était chez elle. Là-bas, à Buckhurst Hill, elle était plus classique. Mais ici, dans les impitoyables rues londoniennes, elle se relâchait un peu. Pour rien au monde elle n'aurait voulu avoir l'allure d'une fille sortie tout droit de son Essex natal. En revanche, elle portait toujours de la belle lingerie, un rouge à lèvres de chez Mac, et Boudoir, son parfum préféré de chez Agent Provocateur.

Elle était dans Gower Street et venait de quitter la bibliothèque pour se rendre à l'Institut de neurologie, où devait avoir lieu une conférence. Elle était seule. Le soleil était encore bas dans le ciel, et un calme étrange régnait sur la ville, comme c'était souvent le cas à l'aube, juste avant que le métro ne recommence à fonctionner. Où donc était passée la foule ? De fait, elle aimait bien ces moments qui lui donnaient l'impression que la rue lui appartenait. Un peu comme lorsqu'une avenue était barrée pour le tournage d'un film, et que tous les gens ordinaires étaient obligés de faire un détour, ou bien regardaient bouche bée des personnes qui leur paraissaient importantes et qui n'étaient probablement que des techniciens, des électriciens ou des accessoiristes. Dans les rues désertes, Robyn avait l'impression d'être la star de son film personnel. Elle sourit pour elle-même et se mit à onduler des hanches. Il n'y avait personne, mais elle s'imagina que tout le monde la regardait. Elle aimait ces intermèdes, où elle pouvait être étudiante en médecine sans être réellement en train d'étudier. Entre deux cours elle en profitait pour se vider la tête de tous les détails fastidieux, du jargon médical, de ces noms et de ces nombres qui la poursuivaient en permanence, et elle se contentait d'exister. Le reste du temps, elle était submergée et paralysée par tout ce qu'il y avait à apprendre. Des livres gros comme des pavés contenant une foule d'informations indispensables, des contrôles de connaissances tous les trois jours… Il fallait sans cesse étudier, mémoriser. Ce n'était pas du tout ce à quoi elle s'attendait. Elle s'était imaginé qu'il suffisait de s'asseoir dans un amphithéâtre spacieux, un bloc-notes posé devant elle, et d'écouter religieusement des femmes et des hommes savants, en mâchonnant doucement le bout de son crayon.

Elle avait cru que les examens seraient faciles et qu'elle passerait les épreuves les doigts dans le nez. Au fil des mois, la vérité commençait à lui apparaître, par à-coups. Peut-être n'était-elle pas aussi intelligente qu'elle l'avait cru ?

Elle tourna au coin de la rue et se trouva face au centre Brunswick. Elle sourit, attirée comme un aimant par la pensée de toutes ces boutiques inconnues. Dans le centre commercial, elle découvrit un magasin de robes de soirée au nom admirablement choisi. Joy. Son regard fut aussitôt capté par une robe couleur flamme, exposée en vitrine. Elle était brillante, dans des tons de rouge et d'orangé, avec un corsage très décolleté et une longue jupe évasée, serrée à la taille. Elle serait parfaite pour la soirée d'anniversaire de Nush qui aurait dix-neuf ans le mois prochain. Elle pourrait la mettre avec son cardigan à perles et ses sandales à plate-forme dorées. Mais elle coûtait quatre-vingt-dix livres. Où allait-elle pouvoir trouver quatre-vingt-dix livres ? Ses parents lui en avaient donné mille pour son anniversaire, mais cette somme était destinée à payer quelque chose de super important. Une année à l'étranger, ou bien une voiture, ou encore l'ouverture d'un compte pour acheter un appartement. Il ne fallait pas la dilapider en s'achetant des robes. De toute façon, de combien de robes de soirée avait-on besoin ? Robyn résista donc à la tentation d'entrer l'essayer. Sur elle, la robe serait géniale, et elle n'avait pas besoin de la passer pour le savoir. Mais, une fois que vous aviez essayé un vêtement, il y avait soixante pour cent de chances pour que vous passiez à la caisse dans la minute suivante.

Elle renonça à cet achat et continua son chemin, tout en se félicitant de sa force de caractère. Elle grandissait. Elle changeait. Elle glissa la main dans sa poche et pressa entre ses doigts une feuille de papier pliée en quatre, pour se rassurer. C'était la lettre de son père, de son vrai père, que sa mère lui avait donnée en août, quand ils étaient rentrés à la maison après son déjeuner d'anniversaire.

Robyn la gardait tout le temps sur elle. Elle ne savait pas pourquoi, et elle n'avait pas vraiment envie de le savoir. La lettre était courte, elle n'emplissait même pas une page de format A4. Elle l'avait apprise par cœur, mot pour mot, avec les petites erreurs de grammaire, et les points d'exclamation qui ponctuaient le texte. La lettre était inoffensive, elle n'avait en rien abîmé son rêve. À vrai dire, elle l'avait même consolidé, y ajoutant des détails et donnant de l'épaisseur au personnage. Elle imaginait un beau médecin aux lèvres pleines, en blouse blanche, coiffé d'un de ces jolis chapeaux que les pédiatres portaient pour mettre les enfants à l'aise. Elle le voyait les mains dans les poches, s'adressant avec un sourire bienveillant à un petit enfant couché dans son lit d'hôpital. Peut-être même se balançait-il sur ses talons tout en parlant. À présent, elle pouvait ajouter une touche plus personnelle à cette image. Une maîtrise imparfaite du participe passé anglais qui ne faisait qu'ajouter à son charme. Une tendance à terminer ses phrases sur une note amusée, une certaine timidité, un brin de modestie.

La lettre, loin de ramener cet homme à l'état déplaisant d'être humain ordinaire, n'avait servi qu'à propulser son auteur dans le royaume inaccessible de l'imaginaire. Et cela rendait Robyn absolument certaine de ne jamais vouloir le rencontrer.

Mais cela se passait par un beau mardi matin de février, à mi-chemin entre un cours et une conférence, exactement deux semaines avant qu'elle rencontre Jack Hart et tombe amoureuse de lui.

C'était jeudi, et les boutiques restaient ouvertes tard le soir dans Oxford Street. Robyn était à la caisse du rez-de-chaussée, au rayon hommes. Le magasin allait fermer dans une demi-heure, et elle se sentait aussi fatiguée que si elle avait travaillé au fond d'une mine de charbon. Elle était partie de chez elle à huit heures du matin, avait passé une journée à suivre des cours magistraux, avait eu une séance de travaux pratiques épuisante en fin d'après-midi, s'était brièvement requinquée en prenant un verre avec une copine, avant d'arriver chez Zara à six heures pour son service de la soirée.

Jack Hart entra dans le magasin à huit heures trente et une. Il passa devant Robyn sans lui accorder un regard et se dirigea droit vers un rayon de lainages aux couleurs automnales. Quelque chose dans sa silhouette attira l'œil de Robyn qui se redressa instinctivement et s'humecta les lèvres. Il n'était pas grand, et sa stature n'était pas terriblement virile, mais il y avait quelque chose chez lui qui dénotait une sorte de souplesse. On s'attendait presque à le voir exécuter un salto arrière sans élan. Il portait un jean, des baskets, un pull et un manteau. Ses cheveux étaient noirs et ébouriffés. Robyn n'avait pas encore vu ses traits, mais elle était fascinée par son dos, par la coupe de son manteau, la position de ses épaules, la façon dynamique dont il se tenait, les pieds bien écartés. Il n'y avait rien d'incertain ou d'irréel chez lui. Il se comportait comme si le monde lui appartenait, tel un roi inspectant ses sujets. Il passa les cardigans en revue, d'un air désappointé. Apparemment il cherchait quelque chose de bien précis, quelque chose qu'il s'était représenté dans sa tête et qui n'existait pas dans la vraie vie.

— Vous avez besoin d'aide ? demanda-t-elle, en s'efforçant de mettre en sourdine son accent de l'Essex et en contenant son sourire.

L'homme se retourna et la dévisagea avec surprise, comme s'il avait cru être seul dans le magasin.

Un sourire flotta sur son visage, lui donnant un air insouciant.

— Euh… eh bien oui, en fait, répondit-il comme si l'idée de s'adresser à une vendeuse ne l'avait encore jamais effleuré. Oui. Je cherche un pull, un peu comme celui-ci, mais dans un ton de brun…

Il écarta les pans de son manteau pour montrer le pull qu'il portait. Robyn sourit.

— Ce pull est très joli. Je pense que nous avons exactement ce que vous voulez.

Elle passa devant lui pour traverser la boutique. Elle portait un pantalon gris taupe et un débardeur en mousseline, et elle savait ce qu'il voyait, car elle avait jeté un coup d'œil à sa silhouette de dos, quand elle s'était changée dans la cabine d'essayage avant de travailler. Ses cheveux relevés dévoilaient sa nuque, ainsi que le minuscule tatouage en haut de son dos. Les initiales entrecroisées de ses sœurs, un *G* et un *R*. Gemma et Rachel. Elle l'avait fait faire l'année précédente, après avoir demandé la permission à ses parents.

« Tu pourras toujours le cacher sous tes cheveux si tu regrettes, plus tard », avaient-ils dit.

Ils avaient pleuré quand ils avaient vu le tatouage. Ils l'avaient trouvé beau, c'était un adorable témoignage d'amour pour ses deux sœurs.

— Hmm, dit l'homme en observant le troisième pull couleur café qu'elle venait de déplier sur une table, au fond du magasin. C'est presque ça.

— Mais pas tout à fait ?

— Non, c'est juste un peu trop doré. Je suis un vrai cauchemar, non ? ajouta-t-il en se pinçant le menton.

— Non, pas du tout. C'est bien, de savoir ce que vous voulez. Vous ferez moins d'erreurs dans la vie.

— Ah. Aurais-je affaire à quelqu'un d'aussi perfectionniste que moi ?

Robyn sourit.

— Probablement. Oui. Je sais ce que je veux, je sais ce que j'aime, et je ne suis pas prête à faire des compromis.

Il fit mine de reculer d'un air effrayé, et Robyn se mit à rire.

— Cette fois, c'est moi qui suis un vrai cauchemar !

— Non, pas du tout. En fait, j'ai l'impression que vous êtes exactement mon type de fille.

Il flirtait ouvertement, mais Robyn n'en fut pas choquée. Elle s'attendait à ce genre de réaction. Pas seulement parce qu'elle était jolie et qu'elle avait l'habitude que les hommes flirtent avec elle, mais parce que tout chez cet homme lui paraissait familier. Pour elle, la remarque ne surgissait pas de nulle part, c'était un peu comme la suite d'une longue conversation qu'ils auraient déjà eue.

Elle posa les yeux sur lui. Elle ne l'avait pas encore vraiment regardé, trop absorbée par le choix du pull. Il était adorable. Il n'y avait pas d'autre mot. Adorable. Ses traits étaient doux, presque féminins, lui donnant une allure vaguement androgyne mais pas trop. Il avait un teint clair et uni, et des yeux d'un bleu-vert transparent comme de la glace. Un nez droit, une bouche sensuelle. Mais ce qui était encore plus fascinant que sa beauté, c'était l'impression d'intelligence et d'humour qui émanait de lui.

Sans relever sa remarque, elle demanda :

— C'est pour quelle occasion ?

— Oh, rien de spécial. Juste pour arrêter de mettre toujours le même.

Robyn vérifia s'il portait une alliance. Il avait l'allure de quelqu'un de marié, ou de casé. Les gens disaient souvent qu'il y avait chez les célibataires quelque chose de désespéré. Ce n'était pas l'avis de Robyn. Pour elle, ils avaient plutôt l'air vulnérables. Il y avait une sorte de fragilité chez une personne qui recherchait l'âme sœur. Quelque chose de fin, de délicat, de friable comme la coquille d'un œuf de moineau. Et la personne avait beau essayer de cacher cette vulnérabilité sous des airs bravaches et des fanfaronnades, elle était là, juste sous la surface, tel un oisillon qui vous faisait pitié. Cet homme, lui, était solide. Il était soit gay soit marié, mais pas du tout à la recherche d'une femme.

—Où avez-vous acheté celui-ci? demanda-t-elle en désignant son pull.

Elle dut résister à la tentation de presser la paume de sa main contre lui.

—Ici, chez Zara, il y a environ trois ans. Mais les mites se sont mises dedans, expliqua-t-il en tirant sur le pull pour lui montrer un petit trou, dans le dos.

—Je déteste les mites, dit-elle en grimaçant. C'est un fléau.

—Absolument! Alors, j'ai pensé qu'il était temps d'acheter un nouveau pull Zara. Et c'est une excellente occasion pour changer un peu du gris.

Finalement, Robyn lui vendit trois pulls. Un marron, un gris et un noir. Ce n'était pas parce qu'elle le trouvait attirant qu'elle ne pouvait pas aussi faire en sorte de gagner une commission sur la vente.

Ils allèrent à la caisse, elle ôta les étiquettes, plia les pulls et les mit dans un sac, tout cela dans une ambiance tendue. Elle avait ignoré sa tentative pour engager la conversation, et de toute évidence il n'avait pas envie de renouveler l'expérience.

— Cela fera cent dix-huit livres, annonça-t-elle.

Il haussa un sourcil, laissant entendre que cela représentait beaucoup d'argent, et lui tendit une carte Visa.

— Merci.

Elle essaya de lire le nom sur la carte, avant de la glisser dans l'appareil. Elle réussit à voir un *M.*, suivi de deux initiales et du nom, *Hart.* Il s'appelait M. truc machin Hart.

Robyn Hart.

La pensée lui traversa l'esprit à la vitesse d'un TGV. Elle cligna les paupières pour la chasser. Elle n'avait jamais associé son nom à celui d'un homme. Même pas quand elle était à l'école primaire. Elle ne changerait jamais de nom. Son nom lui appartenait, c'était celui de sa mère, de son père, de ses sœurs. C'était à eux. Elle n'en changerait jamais, pour personne. Oui, mais voilà. Le nom s'imposa. Robyn Hart. Docteur Robyn Hart. C'était plus qu'un fantasme de lycéenne. C'était une sorte de prophétie.

— Vous… pouvez taper votre code, dit-elle d'une voix étranglée.

Elle le regarda appuyer fermement sur les touches et s'humecta les lèvres. Le sac était posé sur le comptoir, prêt à être emporté. Le ticket sortit de la machine, et elle le prit.

— Voulez-vous que je mette le ticket dans le sac ?

— Oui, bien sûr.

La rencontre s'arrêtait là. Dans un instant, il aurait refermé les doigts sur les anses du sac, il sourirait une dernière fois et partirait. Et soudain, elle fut certaine que ce serait une tragédie.

— Vous travaillez ici ? À plein temps ?

Robyn sentit sa tension se dissiper. M. Hart venait de leur lancer une bouée de sauvetage. Elle s'y cramponna et sourit.

— Oh, non, seulement le jeudi soir. Et le samedi et le dimanche, je travaille dans une autre succursale, près de chez moi.

— Ah, et que faites-vous le reste du temps ?

— J'étudie, répondit-elle en souriant. Je suis étudiante en médecine.

Il haussa les sourcils, l'air impressionné.

— Waouh, c'est chouette. Vous vous destinez à quoi ?

— Je veux être pédiatre.

— D'accord, mais dites-moi… je ne me rappelle jamais. Un pédiatre, c'est un spécialiste des pieds, ou des enfants ?

— Des enfants, dit-elle en riant. Je veux soigner les enfants malades. Et travailler à la paix dans le monde.

— Donc, un jour vous serez médecin ?

— Oui, c'est mon projet. J'ai encore beaucoup de chemin à faire, bien entendu, je viens juste de commencer. Mais oui, croisons les doigts, en travaillant dur, un jour je soignerai peut-être un de vos futurs enfants.

Il fit la grimace. Tout d'abord, elle crut que c'était l'idée d'avoir des enfants qui le faisait tiquer, puis elle prit conscience de ce que ses paroles impliquaient.

— Oh, mon Dieu, non, je ne voulais pas dire... C'est évident, si vous avez un enfant, j'espère vraiment que je ne le connaîtrai jamais...

— À moins que ça ne soit aussi le vôtre.

Il sourit. Elle réfléchit à toute allure, essayant de reformuler mentalement sa phrase pour s'assurer qu'il avait bien dit ce qu'il avait dit.

— Quoi ? Vous avez...

Il eut l'air embarrassé.

— Rien, c'étaient des bêtises. N'y pensez plus. Merci d'avoir été si patiente, et de m'avoir fourni autant de renseignements sur les pulls. Et... bonne chance.

— Merci. J'espère que vos nouveaux pulls et vous serez très heureux ensemble.

Il eut un sourire crispé. Robyn eut l'impression qu'une foule de mots se bousculaient sur ses lèvres. Elle espéra un instant qu'il allait les laisser s'échapper, mais non, il n'en fit rien.

Elle le regarda partir. Sa démarche ne semblait plus aussi souple ni aussi insouciante que vingt-deux minutes plus tôt. Le magasin était vide. L'horloge indiquait huit heures cinquante-quatre. L'heure de boucler la caisse, d'éteindre les lumières et de partir.

Une demi-heure plus tard elle enfila son manteau, échangea ses chaussures à talons contre des baskets, prit son sac à bandoulière et sortit par la porte principale du magasin, tandis que l'alarme assourdissante résonnait au fond de la salle, comme tous les soirs à la fermeture.

Elle s'apprêtait à tourner à gauche pour se diriger vers la station de métro de Tottenham Court Road avec le directeur et une autre vendeuse, quand un homme surgit à côté d'elle.

— Excusez-moi, dit M. machin truc Hart. Cela fait une demi-heure que je rôde dans la rue comme un malade. Je sais qu'il est tard, mais auriez-vous le temps de prendre un verre ?

Robyn le regarda. Puis elle regarda sa collègue. Celle-ci lui lança un coup d'œil d'avertissement. Robyn reporta les yeux sur l'homme qui venait de l'aborder, et se dit qu'elle pouvait avoir confiance en lui. Elle accepta son invitation d'un bref hochement de tête.

Elle ne le connaissait que depuis une heure, mais elle avait déjà rêvé de devenir sa femme, et il avait parlé d'être le père de son enfant.

Il ne pouvait en aller autrement.

DEAN

— Putain, tu sais que tu es pathétique ?

Dean se crispa, le nez vers le sol, le front pressé contre ses poings. Il fixa une tache sur la moquette. Difficile à identifier. Ce pouvait être une brûlure. Ou encore un morceau de crotte écrasé. Difficile de dire, de là où il se trouvait, si c'était convexe ou concave. Une veine se mit à tressauter sur sa tempe, au même rythme que la voix de Sky. On aurait pu croire qu'une fille qui s'appelait Sky, ce qui signifiait « ciel », devait avoir une voix douce comme le chant d'une alouette ou le roucoulement d'une tourterelle, non ? Une fille avec un nom comme ça aurait dû porter des fleurs dans les cheveux, sentir le jasmin et l'eau de rose ? Eh bien, non. Cette Sky-là, sa Sky à lui, était dure et impitoyable. Elle était petite, minuscule même. Un bébé prématuré qui n'avait jamais rattrapé une taille normale. Mais elle compensait par son attitude ce qui lui manquait en volume. Elle était simplement effrayante. Elle l'était déjà à dix-neuf ans, quand elle était encore une adolescente normale, dont le seul problème était de décider ce qu'elle allait porter comme vêtements le vendredi soir. Mais maintenant qu'elle était enceinte... c'était à croire qu'elle était habitée par un démon. Littéralement. Elle le considérait comme de la merde. Pire que de la merde. Une merde décevante. Il ne correspondait même pas à ce qu'elle attendait d'un tas de merde. Peut-être n'était-il pas assez répugnant pour de la merde ?

— Je vais avoir un bébé, reprit-elle sans lui laisser de répit. Un vrai bébé. J'ai arrêté de boire, j'ai arrêté les clopes, j'ai même arrêté ce putain de Coca light. D'accord ? Et tout ce que je te demande, à toi, c'est d'arrêter tes putains de joints, OK ? C'est trop cher pour toi, et ça te donne mal à la tête. D'accord ?

Il leva lentement les yeux et la regarda, les paupières mi-closes. Le pire, c'est qu'elle avait raison. C'était trop cher pour lui. Ça lui donnait mal à la tête. Mais c'était tout ce qu'il avait. Il soupira. « Laisse-moi au moins quelque chose », voilà ce qu'il avait envie de lui dire. « Tu m'as pris ma jeunesse et ma liberté. Laisse-moi ça. Juste ça. » Au lieu de cela, il lui sourit.

— Je vais finir ce qui reste, dit-il en montrant une boîte sur la table. Et après j'arrête. D'accord ?

Elle haussa les sourcils.

— Ouais. C'est ça. Je le croirai quand je le verrai. Ce n'est pas juste. Avec tous les putains de sacrifices que je dois faire. Et mon corps... Regarde, dit-elle en soulevant sa tunique, ces putains de vergetures. Elles ne partiront jamais. C'est pour la vie, tu sais ? J'ai dix-neuf ans, et mon corps est déjà foutu. Pour toi, c'est juste un grand jeu.

Elle laissa retomber sa tunique et poursuivit :

— Juste un grand jeu. Tu es un putain de petit garçon.

Elle finit par s'extraire des profondeurs du canapé, souleva son derrière avec un effort visible (et, d'après Dean, un bel effet théâtral). Puis elle s'éloigna en traînant les pieds dans ses pantoufles en peau de mouton usées, une main posée sur les reins, l'air accablée de fatigue. Elle entra dans la chambre et fit claquer la porte derrière elle pour souligner le caractère dramatique de la scène.

Dean passa les mains sur son crâne rasé et soupira de nouveau. Il n'y avait pas si longtemps, il était chauffeur de poids lourd, il gagnait plus de deux cent cinquante livres par semaine et avait assez d'argent pour boire, s'acheter de l'herbe et tout ce qui lui faisait envie. Il avait une super petite amie, Sky Donnelly, du sexe autant qu'il en voulait, c'était la belle vie. Et du jour au lendemain il se retrouvait sans job, avec une Sky enceinte, frigide et couverte de vergetures. Elle avait beau être une sale rosse avec lui, il n'était pas question qu'il la laisse se débrouiller toute seule. Pas question. Il n'avait pas été élevé comme ça. En plus, il n'avait pas eu de père, et il ne voulait pas qu'il arrive la même chose à son enfant.

C'était une fille. Une petite fille. Sky voulait l'appeler Isadora. Dean voulait l'appeler Katy, comme sa grand-mère, morte l'année précédente. Dean savait qui allait gagner. Sa Sky, elle était petite, mais elle était implacable.

Isadora Katy Higgins. Cela ne coulait pas tout seul, mais c'était mille fois mieux que tous les noms qu'on donnait aux gamins par ici. Un de ses copains au dépôt avait appelé ses jumelles Gucci et Prada.

Sky ressortit de la chambre cinq minutes plus tard. Elle s'était habillée pour sortir.

— Tu vas où ?

— À l'hôpital.

— Pour quoi faire ?

— Oh, juste pour choisir le mobilier de ma chambre… Tu crois que j'y vais pour quoi ?

— Je ne sais pas. C'est justement pour ça que je te le demande !

— Je saigne.

— Quoi ?

— Oui, je saigne. D'accord ?

— Merde. Tu crois que…

— Je crois que je suis en train de perdre le bébé, voilà ce que je crois. Et je ne vais pas rester là à attendre de voir ce qui se passe. Tu viens, ou quoi ?

Au bout d'une demi-heure passée aux urgences, Sky et Dean apprirent que non seulement l'accouchement avait commencé, mais que le placenta était dangereusement bas et que Sky perdait trop de sang. On les envoya directement à la maternité de Queen Charlotte, où on leur annonça qu'il fallait immédiatement faire sortir le bébé.

— Mais je ne suis qu'à trente semaines de grossesse ! gémit Sky.

— Nous avons un des meilleurs services de néonatalogie du royaume. Le bébé sera bien soigné.

— Mais il va être minuscule !

— Eh bien, oui, mais nous avons déjà eu de plus grands prématurés. Nous avons eu des bébés nés à vingt-deux semaines qui ont survécu et se sont bien développés...

— Mais moi aussi j'étais prématurée ! Je suis restée à l'hôpital pendant des semaines. Et j'ai toujours été en retard pour tout. Et si elle est arriérée mentale ?

— Écoutez, Sky, dit l'une des infirmières. Si on ne fait pas une césarienne maintenant, vous risquez de mourir toutes les deux. Alors il va falloir y aller. D'accord ?

Sky agrippa la main de Dean et lui lança un regard désespéré.

— Oh, merde, Dean ! J'ai peur ! J'ai vraiment très peur !

Dean lui pressa doucement la main et s'obligea à plaquer un sourire sur son visage crispé de terreur.

— Tout va bien se passer, mon bébé. Tu as entendu ce qu'ils t'ont dit ? Tout va bien se passer.

— Comment, mais à seulement trente semaines ? Elle va être tellement petite. Il va falloir racheter des tricots et des grenouillères, et tout... Oh mon Dieu, Dean. Je ne suis pas prête. Pas prête du tout !

Dean n'était pas prêt non plus. Il ne l'avait jamais été, et n'avait même jamais cru qu'il le serait un jour. Il avait mis ce moment en attente quelque part, espérant que s'il n'y pensait pas cela n'arriverait pas, et qu'en quelque sorte sa vie s'évanouirait, tomberait en poussière avant que ça n'arrive. D'un côté, c'était bien, finalement, que ça se passe maintenant. Il serait devenu de plus en plus nerveux au fur et à mesure que la date de la naissance approchait, de moins en moins capable de supporter la réalité. Tandis que là, la réalité lui tombait sur la tête, comme une brique lâchée du haut d'un échafaudage. À tout prendre, ça valait mieux que des semaines d'angoisse à anticiper ce qui allait arriver.

— Tout ira bien, répéta-t-il. Franchement. Je vais demander à ma mère d'acheter de nouveaux vêtements pour le bébé...

— Oh, à votre place je ne m'inquiéterais pas pour les vêtements, lança l'infirmière. Elle va rester là plusieurs semaines, le temps de pousser un peu et de prendre des forces. Nous avons des vêtements pour les prématurés. Et quand vous la ramènerez à la maison, toutes les jolies choses que vous lui avez achetées lui iront.

Cela fit réfléchir Dean. Le bébé allait naître, mais il allait rester ici. D'autres gens s'en occuperaient. Il pourrait rentrer tranquillement chez lui, fumer, et dormir toute la nuit sans être réveillé. Tout cela commençait à lui paraître curieusement facile. Sky ne serait plus enceinte, et elle ne continuerait pas d'être exécrable pendant encore dix semaines. En fait, pendant dix semaines elle serait sans doute à l'hôpital tout le temps. Et lui, il pourrait en profiter pour faire tout doucement la connaissance de sa petite fille. Ça ne se passerait pas tout d'un coup. Elle s'insinuerait dans sa vie petit à petit, au lieu d'y faire irruption à grand fracas.

Il sourit.

— Tout ira bien, dit-il.

Et il le pensait vraiment.

— Mais ils vont m'ouvrir, Dean ! Ils vont m'ouvrir le ventre. Merde ! Je n'aurai plus jamais le ventre plat. Oh, mon Dieu, je n'ai pas appelé maman... Combien de temps me reste-t-il ? demanda-t-elle à l'infirmière.

— Ils sont en train de préparer le bloc, et l'anesthésiste va arriver. D'ici une heure votre bébé sera né.

— Dean ! Merde ! Donne-moi mon téléphone. Donne-le-moi !

— Il est où ?

— Dans ma poche. Celle de mon manteau. Là. Non, là. L'autre ! L'autre, abruti. Putain !

Elle lui arracha le téléphone des mains et appela sa mère.

— Maman ! Je suis à l'hôpital ! Le travail a commencé... Je saigne... Oui. Et ils vont faire sortir le bébé... Non. Une césarienne... Oui. Dean est là, oui... Tu viens, maman ? Tu viens tout de suite ?... S'il te plaît, maman, viens vite. J'ai peur... Oh, mon Dieu, l'anesthésiste est arrivé. Ils vont me piquer... Dépêche-toi, maman. Dépêche-toi !

Sky pleurait. Dean fut étrangement ému en voyant les larmes couler sur les joues de sa compagne. Sky ne pleurait jamais. Elle n'avait même pas pleuré quand son beau-père était mort. Et elle ne pleurait pas non plus quand il y avait des épisodes tristes dans la série *X Factor*. Elle était dure, pas sentimentale pour un sou. Elle lui rendit le téléphone, tourna la tête et contempla désespérément le mur à sa gauche. La sage-femme lui prit le bras et sourit gentiment.

— Vous avez les meilleurs médecins, ici. La meilleure équipe possible. Vous n'avez rien à craindre. Faites-moi confiance.

Sky se retourna et sourit faiblement à la sage-femme. Elle avait son sourire qui voulait dire « Oui, c'est cela, cause toujours ». Celui qu'elle réservait tout le temps à Dean.

— Tu vas appeler ta mère ?

Dean tressaillit.

— Il faut qu'elle sache, Dean. C'est sa première petite-fille. Et je risque de mourir. Il faut que tu lui dises.

Dean haussa les sourcils et fit la moue.

— Je suppose, oui, répondit-il en cherchant son téléphone dans la poche intérieure de sa veste.

Il obtint la boîte vocale de sa mère et lui laissa un message :

— Maman, c'est moi. Rappelle-nous, d'accord ?

Il remit le téléphone dans sa poche et remarqua alors l'expression horrifiée de Sky.

— Rappelle-nous ? Rappelle-nous ? C'est tout ?

— Oui ? Quoi ?

— Tu es un putain d'imbécile, Dean. Tu ne pouvais pas dire quelque chose de sensé ? Où tu étais, par exemple ? Ou bien ce qui se passait ? Ou que j'allais peut-être mourir, putain ? Mon Dieu !

— Quoi ? protesta-t-il mollement. Elle me rappellera. Je lui dirai à ce moment-là.

Sky leva les yeux au ciel, puis grimaça. Dean se mit debout et lui prit la main.

— Tu te sens bien ?

— Oui, oui, c'est juste une douleur. Un truc. Tu sais, une contraction.

Dean lui serra les doigts et se demanda ce qu'il pouvait dire, ou faire, pour l'aider. Tout lui semblait risqué. Mais rester là à ne rien dire et ne rien faire était encore plus dangereux.

— Tu as besoin de quelque chose ? demanda-t-il, d'un air qu'il voulait raisonnable.

— Oui. J'ai besoin d'un placenta normal et de dix semaines de grossesse supplémentaires.

Elle lui adressa son sourire qui signifiait « Tu es un super connard », croisa les bras sur son ventre distendu et regarda de l'autre côté.

L'anesthésiste arriva, un Asiatique avec un bouc et des chaussures dernier cri. Il fit coucher Sky sur le côté, en position fœtale, et lui fit une injection dans le dos. Dean ne pouvait pas regarder. Il avait peur des piqûres, surtout dans l'épine dorsale. Sky fit toute une histoire, mais au bout de quelques secondes elle se calma.

Par la suite, quand il songerait au jour de la naissance de sa fille, Dean ne pourrait se rappeler grand-chose après que Sky avait été emmenée au bloc.

Tout alla très vite. À un moment, Rose, la maman de Sky, débarqua et se comporta aussitôt comme si personne n'avait rien fait de bien avant son arrivée. La mère de Dean l'avait rappelé et lui avait dit qu'elle n'arriverait pas avant au moins deux heures, car elle se trouvait à Brighton. Il était tellement déboussolé qu'il n'avait même pas pensé à lui demander ce qu'elle fichait là-bas. Il avait une photo de lui, prise par la mère de Sky, vêtu d'une tunique et d'un pantalon vert, et d'un bonnet assorti. Comment appelaient-ils ces trucs-là ? Des blouses de chirurgien. À un moment, quelqu'un lui avait fait enfiler ces habits. Ou bien c'était lui tout seul, il ne se rappelait plus. Et puis une infirmière lui avait dit qu'il pouvait entrer dans la salle d'opération, et il se rappelait très clairement avoir pensé : Merde, j'ai même pas le temps d'aller m'en griller une. Il s'était dit aussi que ça devait être drôlement mieux de voir naître son gamin après avoir fumé sa clope. Et tout à coup il l'avait vue. Isadora. Elle était là, comme un petit chat écorché, avec sa peau fripée, ses veines bleues, ses pieds et ses mains pas plus grands que des timbres-poste. Il eut à peine le temps d'apercevoir son visage, avant qu'on l'emmène pour la mettre sous une lampe en forme de soucoupe volante. Puis quelqu'un vint et la leur fit passer devant le nez, vite, très vite, juste assez longtemps pour que Dean puisse voir des yeux très espacés, une grande bouche et une touffe de cheveux noirs descendant très bas sur le front. Pendant ce bref instant, sa fille avait posé sur lui des yeux qui contenaient tant d'intelligence et de savoir que Dean en avait eu le souffle coupé et qu'il s'était senti aussi petit et aussi insignifiant qu'une mouche.

Sky lui lança un regard désespéré quand ils emmenèrent de nouveau le bébé.

— Elle va bien ? s'écria-t-elle. Elle est en bonne santé ?

— Elle est magnifique, dit une infirmière. On l'emmène, juste pour être sûrs, mais elle a l'air en pleine forme. Très robuste.

— Je veux voir maman. Où est maman ?

— Elle attend dehors.

— Je peux la voir ?

— Vous la verrez dès que nous aurons fini de nous occuper de vous, d'accord ?

— Dean, va lui dire. Va lui dire que le bébé est arrivé. Sinon, elle va péter les plombs.

Dean fit ce qu'elle lui demandait. Il avait l'impression que le monde avait explosé en mille morceaux et que ceux-ci tournoyaient follement autour de sa tête. Il ne maîtrisait rien. Il se rappellerait que la mère de Sky avait bondi sur ses pieds en le voyant et lui avait agrippé les bras en criant : « Tout va bien ? Elles vont bien ? »

Puis des gens se mirent à sortir, affolés, de la salle d'opération, il y eut des cris, beaucoup de cris. Il regardait, cloué sur place, incapable de mettre de l'ordre dans ses idées. Toute cette agitation concernait quelqu'un d'autre, il devait y avoir une autre porte à l'intérieur, donnant sur la chambre d'une autre personne.

— Que se passe-t-il ? demanda la mère de Sky en arrêtant une infirmière.

La femme la regarda une fraction de seconde et repartit sans rien dire.

Dean avait la gorge sèche. Il s'humecta les lèvres. Il sentait la peur irradier de la mère de Sky. Plus elle cédait à la panique, plus il se retirait en lui-même. S'il ne disait rien, s'il ne faisait rien, tout irait bien.

— Comment peux-tu rester là à ne rien faire ? C'est ta femme qui est là-dedans ! Va voir ce qui se passe, putain !

Finalement quelqu'un sortit et leur dit que Sky avait eu une hémorragie. Elle avait perdu énormément de sang, et ils avaient du mal à trouver des poches de sang correspondant à son groupe sanguin, mais dès qu'ils en auraient ils lui feraient une transfusion.

Cependant, Dean demeura calme et résigné. Il savait qu'il était impuissant, que des gens faisaient tout ce qu'il y avait à faire, et que très bientôt il pourrait rentrer chez lui. Une fois de plus, il fut traversé par l'idée d'aller fumer une cigarette. Mais avec la mère de Sky dans tous ses états à côté de lui, il savait que c'était impossible. Tout à coup, il eut l'impression d'exister dans trois dimensions différentes. Une partie de lui était là, calme et détendue. Mais deux autres parties, sa fille et sa femme, avaient été détachées et placées quelque part où il ne pouvait les voir. Chaque fois qu'il essayait de consacrer ses pensées à l'une d'elles, l'autre réclamait son attention, et alors il revenait dans sa tête à lui et avait envie d'un joint. Sky, le bébé, un joint, tout tournait.

Et puis, un peu plus tard, peut-être une heure, peut-être moins, un médecin apparut et vint vers Dean et la mère de Sky. Et celle-ci se mit aussitôt à pleurer et à gémir.

— Non, non, non, pas mon bébé, pas ma petite fille, non, non, non…

Personne ne prononça le mot « morte », mais Dean savait.

Sky était morte.

Sa jolie Sky, son insupportable Sky était morte.

La mère de Sky ne voulait pas s'approcher de lui. Comme si c'était lui qui avait tué Sky. Et c'était peut-être vrai. Il l'avait mise enceinte. Si elle n'avait pas été enceinte, elle serait toujours vivante.

Sa mère à lui arriva une heure après la mort de Sky. Dean resta assis et la laissa le tenir dans ses bras, pendant que la mère de Sky criait après tout le monde et hurlait. Dean n'avait pas encore eu de réaction. Il n'avait pas crié, n'avait pas hurlé, ne s'était pas évanoui, n'avait pas frappé quelqu'un ni jeté d'objet. Pour autant qu'il s'en souvenait, il n'avait même pas prononcé un mot. Il n'en avait pas eu besoin. La mère de Sky criait pour deux.

Au bout de quelques minutes, une infirmière qu'il n'avait pas encore vue s'approcha d'eux, et sa mère s'écarta de lui.

— Le bébé va bien. Voulez-vous la voir ?

La question s'adressait à Dean, et ce dernier hocha la tête. Il avait envie de la voir. Il voulait s'échapper d'ici. Sa mère l'accompagna, mais la mère de Sky refusa de quitter sa fille.

— Je viendrai plus tard. Prenez une photo. Embrassez-la pour moi. Oh, mon Dieu.

Sa mère lui tint la main pendant qu'ils suivaient l'infirmière dans le couloir. Au fur et à mesure qu'ils s'éloignaient du lieu marqué par le chagrin et le désordre, pour aboutir dans un univers plus doux, Dean sentait les idées se remettre en ordre dans sa tête.

— Elle est un peu entortillée, expliqua l'infirmière en souriant. Il y a beaucoup de fils et de tubes, mais ne vous effrayez pas. Elle est très robuste, elle n'aura pas besoin de rester longtemps ici.

— Pourrons-nous la tenir dans nos bras ? demanda la mère de Dean.

— Probablement. Il faudra demander aux infirmières du service.

Ils durent se laver les mains dans un petit lavabo en métal, puis franchir un sas de sécurité, avant de se retrouver dans une petite pièce ensoleillée, pleine de couveuses.

Dean regarda autour de lui. La scène semblait irréelle. Huit bébés, pas plus gros que des chatons, reliés à des appareils clignotants.

— Elle est là, dit l'infirmière. C'est votre petite fille.

Dean inspira. Elle se trouvait à sa droite. On lui avait mis un bonnet en laine blanche trop grand pour elle et une gigantesque couche. Avec ses jambes qui émergeaient de la couche, elle ressemblait à un poulet de supermarché. Ses bras étaient étalés sur les côtés et on aurait pu croire qu'elle se faisait tranquillement dorer au soleil.

— Comme elle est belle ! dit sa mère. Oh, Dean, elle est très belle.

Dean jeta un coup d'œil dans la boîte transparente. Elle dormait, en pliant et dépliant les doigts. Avec sa grande bouche et ses yeux espacés, on aurait dit une marionnette du Muppet Show, on s'attendait à voir son visage se diviser en deux si elle ouvrait la bouche. Elle ressemblait à Dean. Elle était exactement comme lui.

— Elle te ressemble, n'est-ce pas ? dit sa mère.

Dean hocha la tête et demanda à l'infirmière :

— Je peux la toucher ?

— Oui, vous pouvez.

— Je ferai doucement, ajouta-t-il avant qu'elle ait pu le dire elle-même et lui donner l'impression d'être une brute.

Il caressa du bout du doigt la paume de main du bébé. Sa peau était tiède, fine et transparente.

— Comme elle est petite, murmura-t-il.

— Elle pèse un peu moins de deux kilos. Ce n'est pas mal, pour un prématuré. Comment allez-vous l'appeler ?

Dean contempla le bébé et fit remonter ses doigts sur sa joue. Celle-ci était couverte d'un fin duvet blanc. Moitié Muppet, moitié loup-garou.

— Isadora, dit-il. Isadora Katy.

— C'est très joli, dit l'infirmière, avec un gentil sourire. Vous aviez décidé, avant… euh…

— Oui. C'était ce que Sky voulait.

— Ah, c'est bien. C'est bien que vous ayez pris la décision avant. Je peux mettre cela dans son dossier, dans ce cas ? Nous pouvons l'écrire ?

I-S-A-D-O-R-A ? et K-A-T-Y ? Higgins ? Très bien. Super. Je vous laisse avec elle, d'accord ?

Sa mère tira une chaise pour lui, et ils restèrent assis quelques minutes, à contempler le bébé. Dean était content que la mère de Sky ne soit pas là. Elle aurait parlé. Alors que sa mère était comme lui, silencieuse, recueillie.

— C'est incroyable, hein ? finit-elle par dire. Elle a tout pris de toi. Tout ce qui fait que tu es Dean. C'est tout là, en elle. Comme les ingrédients d'un gâteau.

Dean acquiesça d'un signe de tête. Il ne s'y attendait pas. Il n'avait pas pensé que le bébé pourrait lui ressembler. Pendant toute la grossesse il n'avait été question que de Sky. C'était son corps, son bébé, sa grossesse, sa vie, son appartement, son monde. Dean avait cru que le bébé serait une Sky miniature. Et maintenant elle était là, deux kilos, et c'était tout lui. Sky n'en serait pas revenue. Elle lui avait même dit, un jour : « J'espère que cette petite ne te ressemblera pas, Dean. Elle passerait sa vie à froncer ses putains de sourcils. Et à hurler à la lune. »

Mais les traits de Dean allaient bien à son visage minuscule. Elle était jolie.

Une autre infirmière les rejoignit.

— Quelle jolie petite fille ! dit-elle en souriant. Je suis désolée que vous ayez perdu votre femme.

Dean eut l'impression de recevoir une gifle. Il n'avait pas encore réalisé qu'il avait perdu quelqu'un. Il essaya de ramener Sky à sa mémoire. Pas la Sky qui venait de mourir sur la table d'opération, ni celle qui avait passé six mois à le détester. L'autre Sky. Celle qu'il avait désirée pendant trois ans, qui l'avait fait fantasmer. La plus jolie fille qu'il ait jamais tenue dans ses bras. Il n'était pas sûr de l'avoir vraiment aimée, mais il s'était attaché à elle, plus qu'à aucune autre.

Non, il n'avait pas perdu l'amour de sa vie. Il n'avait pas perdu son âme sœur. Mais il avait perdu la femme qui allait élever son enfant. Cette personne-là avait disparu, emmenant avec elle son lait, ses berceuses, et son enthousiasme pour acheter de jolies petites robes roses pour son bébé. Cette enfant n'avait plus de mère. Un jour, très bientôt, elle serait assez solide pour quitter cette petite pièce lumineuse, et quelqu'un devrait l'emmener à la maison pour l'élever. Et ce jour-là, tout le monde se tournerait vers lui et le regarderait.

Des images fugaces passèrent dans sa tête. Un appartement vide, un bébé hurlant contre son épaule, le ciel noir derrière la vitre, un biberon tournant sous les lumières du micro-ondes, sa vie réduite à une succession de pleurs, de couches sales, de solitude. Dean se leva et dit qu'il allait aux toilettes. En réalité, il sortit du bâtiment et s'engagea dans une allée couverte de feuillages. Les mains tremblantes, il se roula un joint et tira dessus comme un fou.

Il eut envie de rentrer chez lui. Il commençait à faire nuit, la journée avait passé sans qu'il s'en rende compte. Il jeta un coup d'œil au bâtiment et pensa à ce qui se trouvait à l'intérieur. Un bébé prématuré, minuscule, avec des fils et des tubes dans tous les orifices. Le corps de la mère du bébé, affaissé, vidé de son sang. Les grand-mères du bébé, blêmes, malades, qui venaient de vieillir de dix ans en une demi-heure. Il pensa aux besoins, aux espoirs, aux demandes qui l'attendaient dans ce bâtiment. Il se sentit faible et nauséeux. Le ciel pourpre était bas et menaçant. Les murs du bâtiment se resserrèrent contre lui, le compressant de tous les côtés. Il fallait qu'il se mette à courir, dans un sens ou dans l'autre.

Il opta pour la fuite.

MAGGIE

Maggie Smith ôta l'enveloppe transparente qui protégeait les deux sablés au beurre et en cassa un en deux. Cela fit le même bruit sec que lorsqu'on marche sur une brindille, dans la forêt. Elle plongea l'extrémité du demi-cercle de biscuit dans sa tasse de thé et le laissa tremper trois secondes avant de le porter à sa bouche et de mordre dedans. Elle contempla sa tasse. C'était la sienne. Elle l'avait apportée de chez elle, lasse du goût et de la fragilité des gobelets en plastique. C'était une des tasses qu'elle avait prises chez sa mère, après la mort de celle-ci. Une solide tasse marron, avec un intérieur couleur crème, et une anse qui semblait avoir été rajoutée après coup. Une fêlure fine comme un cheveu était apparue dans la faïence. Il faudrait qu'elle fasse attention, songea-t-elle. Un jour, l'objet risquait de se casser brusquement, et elle pourrait s'ébouillanter.

Elle posa doucement la tasse sur une table à sa gauche, regarda l'homme allongé dans le lit et sourit.

— Comment te sens-tu, Daniel ? Tu veux quelque chose ?

L'homme poussa un grognement. Cela signifiait qu'il avait mal.

— Tu veux tes médicaments, mon chéri ? Je vais leur demander.

Il grogna de nouveau et grimaça de douleur.

Maggie se leva en lissant le devant de son pantalon et alla passer la tête à la porte. Le couloir moquetté était désert. Son regard passa de droite à gauche. On se serait cru dans un hôtel, quand le couloir est vide. Une sorte d'hôtel deux étoiles, comme dans les aéroports, avec sa décoration des années quatre-vingt, dans des tons pastel, pêche et vert clair. Il y avait aussi des fauteuils avec des montants métalliques, des aquarelles représentant des villages de pêcheurs français et des appliques en plastique moulé.

Elle longea le corridor jusqu'au petit bureau vitré, où deux femmes en blouse blanche consultaient des formulaires.

— Excusez-moi de vous déranger, dit-elle d'une voix douce, empreinte de considération.

Qui sait quelle tâche importante ces femmes étaient en train d'accomplir ?

— M. Blanchard ne se sent pas très bien... Quand vous serez libre... pas tout de suite, mais dès que vous aurez une minute...

Elle laissa la phrase en suspens. Une des deux femmes sourit, patiemment, et posa les feuillets qu'elle consultait sur le bureau. Maggie pensait qu'elle s'appelait Sarah, mais elle n'en était pas sûre. Il y avait tant de gens qui allaient et venaient, ici, qu'il était difficile de ne pas s'y perdre.

— Bien sûr, dit la femme. Je viens tout de suite.

Jusqu'à il y a deux semaines, Maggie n'était jamais entrée dans une unité de soins palliatifs. Elle était frappée de la même admiration qu'elle avait éprouvée pour les sages-femmes de la maternité, quand elle avait donné naissance à son premier enfant, vingt-cinq ans auparavant.

Incroyable, avait-elle pensé, stupéfaite que des gens fassent ce genre de travail.

Pendant quelque temps, après avoir eu ses enfants, elle avait envisagé de devenir elle-même sage-femme, de s'investir dans ce travail miraculeux. Mais ce désir avait peu à peu disparu. À présent, elle ressentait la même chose pour les hommes et les femmes qui travaillaient ici. Être présent au bout du chemin, donner de la dignité et de la grâce à ces derniers moments de la vie, être témoin de l'effacement d'une vie humaine. Cela suscitait réellement de l'inspiration chez elle. Elle se sentait à l'aise, ici. À sa place.

Elle retourna dans la chambre de Daniel avec l'infirmière et la regarda manipuler les tubes de perfusion auxquels il était relié.

— Merci, l'entendit-elle murmurer lorsque la morphine s'écoula dans ses veines. Merci.

— Je vous en prie ! roucoula l'infirmière.

Elle marqua une pause, les mains dans les poches, et le regarda un moment en souriant.

— Aimeriez-vous avoir autre chose, monsieur Blanchard ? Un jus de fruits ? Un journal ?

Daniel esquissa l'ombre d'un sourire, un simple plissement des lèvres, et secoua la tête, une seule fois.

— D'accord ! claironna Sarah. Je vous laisse avec votre amie, alors. Reposez-vous. Vous devriez vous sentir mieux dans un petit moment.

Elle pressa sa main qui reposait sur le drap blanc, sortit.

Maggie lui prit l'autre main et la tint entre les siennes. Elle le regarda un moment, vit la tension se dissiper sur ses traits, sur son beau visage. Elle se rappelait encore la toute première fois qu'elle l'avait vu. Il y avait un peu plus d'un an de cela. Il avait surgi comme une apparition, comme un ange grimaçant, au-dessus du bureau de réception du centre de physiothérapie où elle assurait une permanence deux fois par semaine.

« Bonjour », avait-il dit.

Elle avait aussitôt été séduite par son accent doux et mélodieux, français, manifestement. Puis elle avait vu ses traits virils, les lèvres sensuelles, les cheveux noirs striés d'argent, le teint mat, les yeux turquoise, et elle avait senti son estomac se nouer et sombrer. Il était rare, pour une femme d'un certain âge, de rencontrer un homme à peu près du même âge que vous qui vous faisait battre le cœur et vous nouait la gorge.

« Bonjour. »

Elle avait souri, soudain contente d'avoir fait un blanchiment chez son dentiste le mois précédent. Elle se sentait vraiment plus jolie ainsi.

— Je peux vous aider ?

— C'est pour mon dos, avait-il expliqué en grimaçant de douleur. Un de mes amis m'a recommandé ce centre. Il m'a conseillé de consulter Mme Candy Stapleton.

— Ah, oui.

Elle avait eu un large sourire qui laissait bien voir ses jolies dents blanches.

« Bien sûr. Je vais vous donner un rendez-vous… »

Il s'était redressé et l'avait contemplée d'un air désespéré. Le cœur de Maggie s'était serré.

« J'espérais la voir aujourd'hui. Tout de suite. J'ai besoin de soins immédiatement, mon dos est tellement… »

Soulignant ces paroles d'une nouvelle grimace, il avait posé une main sur ses reins.

Le dos. C'était toujours des problèmes de dos. Pendant la saison de ski il y avait les genoux, et tout le reste du temps c'était le dos. Elle l'avait regardé d'un air compatissant.

« Je vais voir ce que je peux faire. Asseyez-vous. »

Finalement, il était resté là pendant près de trois heures. Assez longtemps pour qu'une conversation jaillisse spontanément et qu'elle découvre qu'il était effectivement français, qu'il avait vécu presque trente ans en Angleterre, qu'il ne s'était jamais marié, et que depuis deux mois son dos le faisait de plus en plus souffrir. Maggie lui avait préparé une tasse de thé dans sa théière personnelle, lui avait expliqué qu'elle était divorcée, que ses deux enfants étaient adultes et qu'elle travaillait au centre depuis bientôt cinq ans. Juste pour gagner de l'argent de poche. Son ex-mari lui versait une pension confortable, et elle n'avait pas vraiment besoin de travailler. Elle avait fait tout son possible pour qu'il la trouve intéressante. Elle s'était figuré que comme il était français il était par conséquent plus intéressant qu'elle. Certes, elle se doutait qu'il devait y avoir des gens ennuyeux en France aussi, mais cela ne lui semblait pas très vraisemblable. Selon elle, l'Angleterre était l'endroit le plus ennuyeux du monde, celui où les raseurs étaient en plus grand nombre. Et Maggie avait conscience d'être incluse dans ce lot.

Ce n'était pas un homme très souriant. Il n'avait pas souri une fois au cours des trois heures passées dans la salle d'attente, pas même lorsqu'elle lui avait apporté du thé. Mais, à vrai dire, pouvait-on sourire quand on avait mal au dos ?

Par la suite, il était revenu chaque jour pour voir Candy. La thérapie ne semblait pas très efficace. En fait, plus les jours passaient, plus la douleur dans son dos empirait. Finalement, Candy l'avait envoyé consulter un spécialiste à l'hôpital. Comprenant alors qu'elle risquait de ne plus le revoir, Maggie fit une des choses les plus courageuses qu'elle eût faites dans sa vie. Elle s'était jetée à l'eau :

« Nous pourrions peut-être... »

Il avait souri et ne l'avait pas laissée aller plus loin :

« Oui, nous pourrions. Demain soir, ça vous dit ? Nous irons dîner ensemble, d'accord ? »

Elle avait eu un sourire de reconnaissance. Elle avait été sur le point de suggérer de prendre le thé, mais ce dont elle avait réellement envie, c'était de dîner avec lui. Elle était contente de ne pas s'être trompée sur lui. Et elle était contente qu'il souhaite l'emmener dîner.

Ce premier dîner avait eu lieu dans une ambiance feutrée. Daniel (c'était son nom) avait eu des problèmes à cause de son dos. Il était parvenu à atténuer la douleur grâce au vin rouge, et à de petites pilules blanches qu'il rangeait dans une boîte en plastique transparent qu'il gardait dans sa poche. Quand les desserts étaient arrivés, il était impatient de quitter sa chaise, et ils s'étaient donc retirés dans un coin du bar, installés dans un canapé bas, sous les lumières tamisées. Pendant un moment, les choses s'étaient un peu arrangées. Daniel l'avait complimentée sur ses cheveux.

« Vous avez de très beaux cheveux, Maggie. Vous prenez soin de vous. »

C'était vrai. Adolescente, elle n'avait pas été jolie. Ensuite, elle avait grossi lorsqu'elle avait eu ses enfants. Pendant près de dix ans, elle était restée chez elle, toujours assise, de plus en plus grosse. Puis elle avait divorcé et perdu ses kilos en trop. Et soudain, à trente-six ans, elle était devenue une femme très séduisante. Un peu comme si pendant tout ce temps elle avait abrité une étrangère dans son corps. En approchant de la quarantaine elle était devenue de plus en plus jolie. Ses joues s'étaient enfin adaptées à l'ossature de son visage, elle avait appris à se maquiller d'une façon moderne et naturelle, en suivant les conseils des magazines. De plus, elle se faisait faire des balayages chez le coiffeur et se nourrissait convenablement. Elle n'avait jamais été aussi belle que pour son quarante-deuxième anniversaire. Elle avait atteint le summum de sa beauté, puis celle-ci avait commencé à se faner. Non, non, pas encore, s'était-elle dit alors. Je commence à peine à m'habituer à mon physique, je ne suis pas encore prête à y renoncer. Alors il y avait eu les petits procédés secrets. Le blanchiment des dents, un brin de Botox, des injections de comblement, des suppléments onéreux, et des crèmes. Maintenant, elle avait cinquante-trois ans, et dans une lumière douce comme celle-ci, à l'abri de l'impitoyable lumière du jour, elle pouvait encore passer pour une femme de quarante-deux ans. Oui, vraiment.

Toutefois, bien qu'il l'ait complimentée sur ses cheveux et sur le soin qu'elle apportait à son apparence, Daniel n'avait pas essayé de l'embrasser ce soir-là. Ni les soirs suivants. Et puis, un jour, ils s'étaient retrouvés pour aller au restaurant chinois, et Maggie avait délibérément mis dans son sac un rouleau de bonbons Polo à la menthe pour masquer le goût de l'ail, juste en cas. Et il lui avait dit :

« Maggie, je veux te remercier d'être mon amie. Je suis un homme seul, j'ai mené une vie solitaire, et je n'ai pas beaucoup d'amis. Mais toi, Maggie, je te considère comme une bonne amie. Une très bonne amie. »

Le sourire de Maggie s'était figé. Il allait la plaquer. La plaquer, avant même de l'avoir embrassée. La tristesse lui avait serré le cœur.

« Alors, j'espère que tu ne m'en voudras pas, si je te fais porter le poids d'un secret ? Je n'ai appris qu'aujourd'hui la vérité sur ma santé, aussi j'espère que tu m'excuseras de ne pas être tout à fait dans mon état normal. Apparemment, j'ai une tumeur importante au poumon. C'est ce qui est à l'origine de cette douleur intolérable dans le dos. Et en plus de ça, il paraît que j'ai aussi des métastases dans les jambes et dans l'estomac. Aussi, il semble qu'on ne puisse plus faire grand-chose pour moi, continua-t-il en posant ses grandes mains à plat sur la table. Je suis en train de mourir. »

Maggie avait pressé les poings contre sa bouche, étouffant un gémissement. Puis elle avait laissé ses doigts retomber sur ses genoux et considéré Daniel d'un air horrifié.

« Non. Non ! »

À cet instant, il avait souri. Elle avait trouvé que c'était un moment étrange pour afficher un sourire, alors que ceux-ci étaient si rares. Un peu comme s'il était heureux de ce qui lui arrivait. Non, pas vraiment heureux, mais juste soulagé.

« C'est bien, Maggie, c'est bien comme ça. C'est une question de destinée, tu comprends ? Je n'ai jamais pu m'imaginer vieux, et maintenant... Eh bien, si j'étais arrivé à soixante ans, j'aurais trouvé cela très bien. Mais cinquante-trois ? Il faudra bien que je me contente de ne vivre que cinquante-trois ans... »

Maggie entendait une petite voix dans sa tête qui criait : « Non, non, non ! » Elle entendait ses rêves exploser, son cœur se briser. Non, cinquante-trois ans, ce n'était pas assez, pas du tout, du tout !

Après cela, ils avaient pu aller dîner encore deux fois ensemble, puis Daniel avait commencé sa chimiothérapie. Il lui avait demandé de ne pas lui rendre visite à l'hôpital, mais elle l'avait fait tout de même et l'avait vu dans son pyjama de coton bleu ciel, bordé d'un galon ivoire. Ses pantoufles étaient rangées sous le lit, il y avait un exemplaire du *Times* posé sur le plateau devant lui, et il portait des lunettes en demi-lune pour lire. Maggie ne les avait encore jamais vues. Elles lui donnaient l'air plus intellectuel, naturellement, mais aussi plus vulnérable. Elle avait senti son cœur chavirer. Mais Daniel les avait ôtées rapidement en la voyant approcher, geste qui lui avait laissé entrevoir chez lui comme une pointe de vanité.

« Oh, tu portes des lunettes ?

— D'ordinaire, je mets des lentilles, avait-il marmonné d'un air gêné, mais je me suis dit qu'ici je n'avais pas besoin de m'imposer le maniement de ces petites choses, en plus de tout ça, expliqua-t-il en désignant le matériel médical dont il était entouré. Je pensais aussi ne voir personne que je connaissais. »

Elle avait scruté ses traits, guettant une preuve qu'il la taquinait, qu'en réalité il était secrètement ravi qu'elle ait désobéi à ses ordres et soit venue le voir. N'avait rien décelé de tel.

« Désolée, avait-elle lâché nerveusement, en luttant contre les larmes. Je ne supportais pas l'idée de te savoir seul ici. Et je t'ai apporté des fruits, regarde. »

Elle avait sorti un sachet de son sac à bandoulière, y avait pris trois pommes vertes et deux bananes qu'elle avait déposées sur le plateau, regrettant aussitôt de les avoir apportées. Elles évoquaient une telle image de bonne santé que c'en était presque insupportable.

Daniel n'avait pas regardé les fruits. Il avait posé les yeux sur elle, d'un air faible, et avait soupiré. Elle avait cru alors qu'il allait lui reprocher de lui avoir offert ces fruits, lui dire que c'était idiot, qu'il était trop malade pour manger des fruits, et qu'à dire vrai il ne les aimait même pas. Mais il n'avait rien dit. Il lui avait pris la main, et Maggie avait vu une larme rouler sur sa joue.

« Merci, avait-il chuchoté, tu es très gentille. »

Elle avait souri avec compassion et lui avait donné un mouchoir en papier.

« Ce n'est rien. Vraiment rien. »

Dans les mois qui suivirent, elle songea que c'était un peu injuste. Après avoir passé presque vingt ans toute seule, elle tombait enfin amoureuse de quelqu'un, et celui-ci était malade et sur le point de mourir. Si elle n'avait pas eu un caractère aussi optimiste, si elle n'avait pas été le genre de personne qui trouvait toujours le verre à moitié plein, elle aurait été tentée de dire que c'était un coup classique. Mais non, ça ne l'était pas. La situation n'avait rien d'habituel. En général, sa vie se déroulait tranquillement, et même suivant une ligne vaguement ascendante. En général, Maggie obtenait ce qu'elle voulait, même s'il fallait reconnaître qu'elle ne demandait pas grand-chose. Aussi, au lieu de considérer la mort prochaine de son ami comme un malheur, Maggie décida de voir cela comme un cadeau. Elle avait enfin l'occasion de jouer un rôle important dans la vie de quelqu'un. Une opportunité de s'attacher à une personne et de l'entourer d'affection. Et donc, pendant les derniers mois, c'était ce qu'elle avait fait. Au lieu d'être la petite amie de Daniel, elle était devenue son infirmière personnelle. Au lieu de rester à côté du téléphone pour guetter son appel, de rêver de bague de fiançailles et de robe blanche, Maggie lui faisait ses courses et lui préparait ses médicaments. Au lieu de dîner avec lui dans des restaurants à la lumière tamisée et d'aller pique-niquer au soleil le dimanche, elle l'accompagnait à l'hôpital et lui cuisinait de bons petits repas.

La fin était proche, maintenant. C'était une question de jours, peut-être de semaines, mais ça ne tarderait plus. Il était amaigri, et son visage avait perdu sa parfaite symétrie. Ses traits étaient relâchés par endroits, crispés à d'autres. Quand il souffrait, on lui administrait de la morphine qui le rendait calme et silencieux. Il lui manquait, dans ces moments-là, et elle avait l'impression de voir la vie s'échapper par les pores de sa peau grisâtre, et s'écouler sur le sol en formant de petites flaques au pied du lit. Mais dans les bons jours, quand l'esprit reprenait le dessus sur les opiacés, Daniel lui parlait jusqu'à ce que sa bouche commence à se dessécher ou que le sommeil le terrasse. Maggie savait que les conversations qu'ils avaient à ces moments-là étaient plus franches, plus ouvertes que toutes celles qu'ils avaient eues au cours des mois précédents, quand ils buvaient du vin au restaurant et nourrissaient l'idée extravagante qu'ils allaient vivre tous les deux encore une bonne vingtaine d'années.

Lors de leur quatrième rendez-vous, dans un restaurant thaï, elle l'avait questionné sur sa mère. Il avait haussé les épaules, comme s'il pensait que la mère d'un homme ne pouvait présenter d'intérêt pour qui que ce soit en dehors de lui-même.

« Elle est très vieille, avait-il dit au bout d'un instant. Elle n'est plus la même.

— Quel genre de personne était-ce ? »

Un nouveau haussement d'épaules.

« Une personne différente. Tu comprends ?

— Où vit-elle ?

— En France », avait-il répondu avec une pointe d'exaspération.

Elle aurait aimé pousser l'interrogatoire plus loin. Où ça, en France ? Avec qui ? Les frères et sœurs de Daniel, des petits-enfants, un chat... toute seule ? Mais, sentant son agacement, elle l'avait laissé changer de sujet. Aujourd'hui, cependant, il avait fourni un renseignement nouveau : sa mère vivait dans une maison de retraite. Son frère, qui habitait à Dieppe, pas très loin de cette maison, lui rendait visite chaque jour.

— Je ne me sens pas coupable, dit-il. Ma mère est vieille. Elle ne sait pas qu'elle est dans une maison de retraite. Elle ne sait pas qui elle est. Mais mon frère... chaque jour, il monte dans sa pauvre petite voiture et traverse la triste petite ville où il vit, il prend l'autoroute grise pour se rendre dans cette grande maison au bord de la mer qui sent toujours le poisson et l'écume. Et il s'assoit à côté d'une femme aux yeux larmoyants et aux mains glacées qui a été sa mère, autrefois. Elle ne le reconnaît pas, et quand il repart il se sent coupable de la laisser seule jusqu'au lendemain, jusqu'au moment où il reviendra.

— Et sa femme, sa famille ?

— Il n'a pas de femme ni de famille. Il est comme moi. Il est seul. Nous allons mourir et notre lignée s'éteindra avec nous.

Il se mit à tousser et Maggie lui passa un verre de sirop mélangé à de l'eau.

— Oh, on ne sait jamais, dit-elle d'un ton léger. C'est l'avantage d'être un homme. Tu as peut-être un enfant quelque part, et tu ne le sais pas.

Elle laissa fuser un rire cristallin et lui décocha un coup d'œil, en se demandant si elle ne venait pas de franchir encore une ligne interdite.

Il ferma les paupières et sourit tristement.

— Peut-être, admit-il avec un petit rire. Peut-être. Tout est possible, après tout.

Maggie sourit également, soulagée d'avoir amusé, et non pas irrité, l'homme qu'elle aimait. Puis elle posa sur lui un regard attentif et adorateur, tandis qu'il sombrait lentement dans le cocon épais du sommeil provoqué par les médicaments.

ROBYN

La vie de Robyn était devenue un roman. Un de ces romans avec des chaussures de filles sur la couverture. C'était l'histoire d'une fille qui s'appelait Robyn, qui rencontrait un homme dans un magasin de vêtements et lui vendait un pull marron. L'homme l'attendait devant le magasin après son travail et l'emmenait dans un superbe bar, au sous-sol d'un restaurant chic du cœur de Soho, où ils buvaient de beaux cocktails avec des cerises et de la vodka rose, parlant longtemps après que le dernier métro fut passé. La soirée cédait la place à la nuit, et ils marchaient une demi-heure dans la rue avant de trouver un taxi pour rentrer chez eux. Ensuite le roman suivait l'héroïne et cet homme (son nom était Jack) dans une succession de merveilleux et joyeux clichés romantiques. Ils se retrouvaient, encore et encore, dans des parcs londoniens ensoleillés, dans des restaurants flottants sur les canaux, dans des jardins de pubs décorés de lanternes colorées, dans des galeries d'art, à des concerts de jazz, dans des cinémas d'art et d'essai où ils voyaient des films en version originale sous-titrée.

L'homme, qui s'appelait Jack, avait vingt-sept ans. Comme la vie de Robyn était désormais un roman, il n'était pas employé de banque, pas davantage responsable de budget dans une agence de marketing direct, mais romancier. C'était un vrai écrivain, dont les romans étaient publiés. Il n'écrivait pas de gros livres avec des chaussures de filles en couverture, mais des livres très minces, avec des photos un peu floues, et un titre en un seul mot. Son premier roman avait été publié l'année de ses vingt-cinq ans, le deuxième l'année précédente, et il venait de s'atteler au troisième. Tout cela étant une version romancée de la vraie vie, Jack venait naturellement de céder les droits de son premier roman à un réalisateur de cinéma, pour des milliers et des milliers de livres sterling. Aussi, même si ses romans ne se vendaient pas à des dizaines de milliers d'exemplaires, son compte en banque était bien garni, et il pouvait continuer de donner rendez-vous à Robyn dans des endroits idylliques et lui glisser des billets de vingt livres dans la poche pour le taxi, les soirs où elle rentrait chez elle.

Mais, bien sûr, de plus en plus souvent Robyn ne rentrait pas. Elle restait chez Jack, dans son petit deux-pièces d'apparence juste assez vieillotte pour être photogénique, et situé dans une grande maison aux murs de stuc, au bout d'une allée ombragée de Holloway Square. Il y avait des fenêtres à guillotine déglinguées, des parquets usés, et un immense lit aux montants de fer forgé, au-dessus duquel une peinture abstraite était accrochée, un peu de guingois. Elle se promenait pieds nus dans son appartement miteux mais adorable, vêtue de ses sweat-shirts trop grands pour elle, et elle buvait du thé dans d'énormes *mugs* de chez Starbucks, pelotonnée dans un canapé défoncé mais néanmoins élégant. Jack posait alors la tête sur ses genoux, et elle passait les doigts dans ses cheveux brillants. Elle ne s'était jamais sentie aussi belle. Elle avait la conviction de vivre enfin la vie à laquelle elle était destinée, de suivre la voie qui avait été tracée pour elle des milliers d'années auparavant, par des étoiles qui se trouvaient à des milliards d'années-lumière.

Quand elle n'était pas avec Jack, elle contemplait leurs photos sur son iPhone. Les bras tendus, tête contre tête, souriant à l'objectif. Elle prenait beaucoup de photos depuis quelque temps : le paysage depuis la fenêtre de Jack, les mains de Jack serrées sur un verre, un arrangement sur une table de pub des objets qui leur appartenaient, la nuque de Jack, la trace de leur tête sur les oreillers dans le soleil d'un samedi matin. Aucun détail n'était trop petit, ou trop insignifiant, aucun aspect de leur union n'était jugé indigne d'être fixé à jamais. Jack la taquinait à ce sujet :

« Je viens de faire tomber un peu de houmous sur le sol de la cuisine ! Vite, prends une photo ! »

Mais Robyn ne pouvait pas s'en empêcher. Puisque sa vie était un roman, eh bien elle en faisait un film. À tout hasard. Au cas où, brusquement, tout s'écroulerait. Car, dans les livres avec des chaussures de filles en couverture, il y avait toujours quelque chose qui tout d'un coup n'allait plus. Une fille rencontre un garçon. La fille tombe amoureuse du garçon. Et à la suite d'un malentendu stupide le garçon et la fille se séparent.

Mais il lui semblait inconcevable qu'une union aussi parfaite que la leur, entre deux personnes aussi bien assorties et aussi peu compliquées, puisse se défaire un jour.

Et quand cela arriva, Robyn comprit qu'elle ne vivait plus désormais dans un roman avec des chaussures à talons sur la couverture, mais dans un de ces romans sombres, avec une photo floue et un titre en un seul mot.

Elle y avait déjà pensé, même avant que Nush en ait parlé. Et même, pour être honnête, elle devait admettre qu'elle y avait pensé la toute première fois qu'elle l'avait vu. Elle l'avait fait attendre deux semaines avant de se décider à coucher avec lui. Ce n'était pas dans une tentative pathétique pour le maintenir sur des charbons ardents, ou encore par ruse féminine. Et ce n'était même pas pour prolonger l'innocence enivrante des premiers rendez-vous. Robyn ne jouait pas à ces jeux-là, et pour elle le sexe n'était pas une politique. Si elle l'avait fait attendre, c'était à cause d'un infime sentiment de malaise au plus profond d'elle-même. Elle n'aurait su dire à quoi il était dû, mais il était là et la narguait, comme un inconnu tapi dans l'ombre.

Naturellement, elle n'en avait pas tenu compte.

Elle était amoureuse.

Elle était magnifique.

Il était magnifique.

Il aurait fallu plus qu'un vague sentiment de malaise pour lui faire repousser ses avances. Et de fait, à partir du moment où leur relation fut consommée, ce sentiment s'évapora.

D'autres choses se passèrent au cours de ces deux premières semaines, mais elle les ignora. La possibilité que ses doutes aient été fondés sur une réalité était trop dure à digérer pour qu'elle l'envisage un seul instant.

Il y eut une conversation, sur la terrasse des amis de Jack, à Tuffnell Park. Il lui avait déjà dit que son père était mort. Ceci avait été établi dès leur premier rendez-vous. Le père de Robyn était un donneur de sperme anonyme. Et Jack n'avait que huit mois quand son père était mort dans un accident de voiture. Cela avait créé entre eux un lien supplémentaire.

« Pauvre de nous, avait dit Robyn. Nous n'avons jamais vu le visage de notre père. »

Ils s'étaient regardés tristement, et avaient éclaté de rire. Ce n'était pas drôle, mais ils avaient le droit de rire, parce que c'était leur malheur à eux et qu'ils avaient en quelque sorte payé ce droit.

Au bout d'un mois, Robyn fit la connaissance de Sam, la mère de Jack. C'était une jolie femme, avec des cheveux aux mèches d'un blond extravagant, ramenés sur le sommet de la tête et maintenus par une pince en nacre. Pieds nus, vêtue de vêtements de sport de chez Sweaty Betty, elle avait une allure bourgeoise et exubérante. Son petit cottage, situé à l'extérieur de Saint Albans, était un modèle parfait de décoration des années quatre-vingt-dix, avec des meubles de Designers Guild et des antiquités en pin.

Elle appela Robyn « ma chérie » et l'embrassa sur les deux joues, en la contemplant d'un air à la fois fasciné et affectueux. Ils s'assirent dans la cuisine en pin d'aspect vieillot, équipée d'un évier carré en céramique et d'une cuisinière Aga jaune pâle. Debout sur le seuil de la porte de derrière, Sam fumait des Marlboro light. Elle rejetait la fumée vers l'extérieur, du coin de la bouche, mais la brise la ramenait immédiatement dans la cuisine.

— Vous êtes absolument adorables, tous les deux, dit-elle d'une voix rauque de chanteuse de jazz.

Robyn et Jack échangèrent un regard et sourirent. Ils le savaient déjà.

— Jack m'a énormément parlé de vous, ajouta-t-elle en jetant son mégot de cigarette dans un massif de fleurs, avant de refermer la porte de derrière.

— En bien, j'espère.

— Plutôt, oui. Je dois dire aussi que quand mon fils unique chéri rentre à la maison et me raconte qu'il est tombé amoureux d'une étudiante en médecine qui veut devenir pédiatre, et qui ressemble à Megan Fox, eh bien… c'est doux à entendre ! Vous avez ma bénédiction.

Elle s'assit avec eux à la longue table de ferme en pin, planta son regard direct sur Robyn et sourit de nouveau.

Robyn lui rendit son sourire, en se demandant à quoi elle pensait.

— Jack m'a dit que votre père était un donneur de sperme anonyme, dit Sam de but en blanc.

— Maman !

— Et alors ? Tu m'as dit qu'il n'y avait pas de mystère. Il n'y en a pas, n'est-ce pas, ma chérie ?

Robyn hocha la tête en souriant.

— Cela n'a jamais été un secret.

Sam étrécit les yeux et observa Robyn comme si elle essayait de mettre au point une image floue.

— C'est absolument fascinant. Vous ne trouvez pas ? ajouta-t-elle, cherchant vaguement une confirmation. Vous ressemblez à votre père biologique ?

— Eh bien, comme je ne ressemble à personne de la famille, je suppose que oui, je dois lui ressembler.

— Tout cela, c'était parce que votre père, enfin votre papa, celui qui vous a élevée, avait un problème de stérilité, c'est ça ?

— Maman !

— C'est bon, dit Robyn, franchement je peux en parler sans problème. Non. Cela n'avait rien à voir avec un problème de stérilité. Ils ont eu deux filles avant moi. C'était…

Elle prit une inspiration avant de continuer :

— Mes deux sœurs souffraient du syndrome de Rett. Généralement, il n'y a jamais deux cas dans la même famille, mais ils ont découvert que c'était dû à une mutation dans les spermatozoïdes de mon père. Cela signifiait que mes parents ne pouvaient pas prendre le risque d'avoir d'autres bébés. Rachel est morte à quinze ans, et Gemma à dix-sept. Ils envisagèrent de demander un don de sperme à quelqu'un de la famille, mais comme c'était compliqué, finalement ils ont décidé de faire appel à un donneur anonyme. Et voilà pourquoi je suis là !

Robyn prit la pose et sourit. Elle avait déjà raconté cette histoire une douzaine de fois. « Les Raisons Tragiques de l'origine de mon Existence Miraculeuse. » Elle pouvait la débiter sans avoir le cœur serré ni verser la moindre larme, car elle n'avait pas vraiment connu ses sœurs. Elle avait quatre ans à la mort de Rachel, cinq à celle de Gemma. Elle était alors plus intéressée par l'école et les terrains de jeu que par deux jeunes filles malades qui vivaient dans un hôpital, à trois kilomètres de là.

Sam pressa une main contre sa gorge.

— Vos pauvres, pauvres parents. Perdre deux enfants. Après tout ce qu'ils ont dû traverser, trouver le courage de continuer à vivre, de constituer une famille… Vous savez, on reproche beaucoup de choses à la race humaine, mais vraiment, la plupart du temps, les gens sont absolument extraordinaires, et on ne le sait pas.

Robyn approuva d'un hochement de tête et sourit. Elle savait combien ses parents étaient extraordinaires. Non seulement à cause du courage avec lequel ils avaient persévéré, malgré l'adversité, mais aussi à cause de la façon dont ils l'avaient élevée, de la merveilleuse éducation qu'ils lui avaient donnée.

— Et vous ? continua Sam. Qu'est-ce que vous ressentez pour votre père biologique ? Avez-vous envie de le connaître ?

— Non, jamais, répondit Robyn en secouant la tête.

— Vous n'avez pas envie de savoir ? Savoir à quoi il ressemble ? À qui vous ressemblez ?

— Sincèrement, non. Je suis moi, expliqua Robyn en posant une main sur sa poitrine. Voilà qui je suis. Je ne suis pas ma mère. Je ne suis pas mon père. Cela fait de moi une sorte d'entité unique. Je suis seule. C'est comme si j'étais Ève ! ajouta-t-elle en riant.

Sam battit des paupières, déconcertée.

— La première femme ?

— Oui, je suppose, admit Robyn avec un haussement d'épaules.

— Oh...

Pendant un moment, Sam ne dit rien. Robyn l'observa et eut l'impression que des mots voulaient se former sur ses lèvres. Tout d'abord, elle crut que l'émerveillement avait réduit Sam au silence. Puis elle comprit que celle-ci réfléchissait.

— Vous savez, dit-elle au bout de quelques secondes, je n'avais jamais, jamais, vu les choses sous cet angle.

— Que voulez-vous dire ?

— Oh, fit Sam en se redressant, comme si elle sortait tout à coup d'une transe. Rien. Vraiment rien. Mais c'est intéressant, n'est-ce pas ? Comment chacun de nous forme son identité. La façon dont nous nous construisons. Dont nous traitons la vérité.

L'atmosphère dans la petite cuisine était tendue. Cela faisait le même effet que si un seau venait d'être renversé et qu'un liquide gluant et nauséabond s'en écoulait. Puis la conversation dévia sur un autre sujet, et Sam servit le poulet rôti avec de la purée de pommes de terre. Robyn ne repensa à cette discussion que deux semaines plus tard, quand elle présenta Jack à ses amis.

Ils s'étaient tous retrouvés dans un pub de Mayfair, à quelques pas de la société de gestion de patrimoine dans laquelle Nush travaillait. Officiellement, c'était pour célébrer la promotion de Nush qui passait d'un poste de réceptionniste à celui d'assistante personnelle d'un des directeurs. Mais la raison secrète de cette petite fête, c'était qu'ils voulaient tous faire la connaissance du « mystérieux petit ami de Robyn ». Ce qui signifiait qu'ils seraient plus nombreux que d'habitude, surtout pour une soirée qui avait lieu en dehors de Buckhurst Hill, leur quartier de prédilection.

Robyn s'était sentie très fière ce soir-là, quand elle avait pénétré dans le pub avec un homme si beau, si intelligent et si gentil. Serrant sa main dans la sienne, elle l'avait entraîné vers la table du fond où tout le monde était rassemblé, impatiente de leur présenter la vedette du prochain chapitre de sa « Vie Incroyablement Parfaite ».

Elle était heureuse pour ses amies qui avaient de gentils petits amis, avec un job dans la City et une voiture de sport, qui étudiaient pour devenir professeur et logeaient chez leurs parents, dans des maisons cossues de l'Essex. Elle était aussi heureuse pour ses amies célibataires qui faisaient des projets pour le samedi soir et avaient une vie sur Facebook. Elles étaient heureuses, et Robyn était heureuse de les voir heureuses. Mais personne n'avait ce qu'elle avait. Personne n'avait trouvé ce trésor fabuleux, son âme sœur, un homme qui vivait dans un vieil appartement parqueté, dont les livres étaient édités, et qui avait le physique d'un archange peint par Titien. Ses amies cherchaient encore leur chemin, alors que Robyn baignait dans la satisfaction d'être arrivée à destination. Robyn était arrivée chez elle.

Nush fut la première à les voir, et elle bondit sur ses pieds. Elle était frêle comme un oiseau, avec d'immenses yeux sombres et un visage fin encadré par des cheveux noirs coupés au carré. Elle se jeta au cou de Robyn et la serra très fort dans ses bras.

—Félicitations! dit Robyn d'une voix chantante.

Elle voulait maintenir la façade, faire comme s'ils se retrouvaient tous vraiment là, à des kilomètres de l'endroit où ils vivaient, pour fêter la promotion de leur amie.

—Merci, répondit Nush sur le même ton, cherchant aussitôt Jack des yeux, par-dessus l'épaule de Robyn.

— Voilà Jack, annonça Robyn en s'écartant. Jack, je te présente Nush, ma meilleure amie.

Nush lui serra la main, puis le prit dans ses bras.

— Oh, ouah ! C'est super de te rencontrer. Tu es adorable !

Apparemment, Nush avait commencé à boire longtemps avant le rendez-vous fixé à huit heures. Elle recula et observa Jack, en soutenant son regard.

— Tu es tellement joli !

Robyn et Jack échangèrent un coup d'œil et se mirent à rire.

— Non, c'est vrai, tu es joli. Oh là là, vous deux... vous formez le couple le plus mignon que j'aie jamais vu. Regardez, vous autres, fit-elle en se retournant vers le groupe. C'est Jack. Le fameux Jack. Vous ne trouvez pas que c'est le couple le plus mignon que vous ayez jamais vu ? Non ? Je veux dire...

Elle s'interrompit, regarda de nouveau Jack et Robyn, et ajouta :

— On dirait qu'ils sont frère et sœur.

Il y eut un court silence, et elle poursuivit :

— Oh, mon Dieu ! En fait, ça serait possible ! Oui, c'est possible. Vous pourriez vraiment être frère et sœur. Oh putain...

Les paroles de Nush furent couvertes par les hurlements de rire des autres et Robyn fit un petit sourire à Jack pour s'excuser. Ce dernier lui sourit à son tour d'un air rassurant, puis la conversation dévia sur d'autres sujets. On ne parla plus de Jack et de Robyn, ni de la possibilité qu'ils soient frère et sœur. Et de fait cette idée n'effleura plus Robyn jusqu'au lendemain. Lorsqu'elle vit Jack devant le lavabo de la salle de bains, en train de se raser, le menton levé. Alors, l'espace d'une fraction de seconde, fugitivement, elle eut l'impression de se voir elle-même. La terreur lui noua la gorge.

— Comment était ton père ? demanda-t-elle brusquement.

Jack suspendit son geste et regarda Robyn dans le miroir. Il réfléchit un instant, puis haussa les épaules et rinça son rasoir sous le robinet.

— Je ne sais pas.

— Mais tu as dû voir des photos de lui ?

— Non, dit-il en prenant une serviette éponge. Ma mère les a brûlées.

— Elle a brûlé toutes les photos de ton père ? Mon Dieu, mais pourquoi ?

— Parce qu'elle le détestait.

— Quoi ? C'est vrai ?

— Oui. Ils sont restés trois ans ensemble, ils étaient follement amoureux, mais à l'instant où il a su qu'elle était enceinte il a détalé. Il est parti vivre dans un village en France, s'est mis à la colle avec une fille de dix-huit ans, et on n'a plus jamais entendu parler de lui. Maman a voulu m'emmener dans le village quand j'avais dix-huit mois, pour qu'il me voie. En arrivant là-bas, elle a appris qu'il s'était tué dans un accident de voiture, dix mois plus tôt.

— Et elle a brûlé toutes les photos ?

— Oui, je crois. Ou bien elle les a balancées, je ne sais pas.

— Elle n'en a même pas gardé une, pour que tu saches à quoi il ressemblait ?

— Non. Elle devait penser que je finirais par le rencontrer un jour. Elle ne pouvait pas deviner qu'il allait mourir brusquement.

— Et sa famille ? Ses parents ? Tu ne les as jamais vus ?

— Il n'avait pas de parents. Il a grandi dans un orphelinat. Un foyer de la fondation Barnardo.

C'était un détail de trop. Les villages français, les accidents de voiture, d'accord. Mais un orphelin de la fondation Barnardo, c'était autre chose. L'histoire était trop enjolivée. Trop romantique. Pourtant, cela pouvait être vrai. C'était probablement vrai. Mais ça pouvait aussi ne pas l'être...

Robyn s'assombrit. Des réflexions déconcertantes se mirent à se bousculer dans sa tête. Il y avait eu la force de ce premier regard, quand elle avait vu Jack chez Zara, des semaines auparavant. Et puis sa mère à lui avait été tellement bizarre avec elle, dans la cuisine, le jour où ils avaient parlé de son père biologique. Et puis l'autre soir, au pub, quand Nush avait déclaré qu'ils se ressemblaient comme frère et sœur. Et enfin, à l'instant, le moment où elle avait aperçu son reflet dans le miroir et avait cru se voir elle-même. Par-dessus tout ça, il y avait les photos brûlées, et la fondation du Barnardo.

Elle avait lu ce genre d'histoires dans des magazines idiots. Des frères et sœurs qui avaient été séparés dans leur enfance, qui se rencontraient à l'âge adulte et tombaient instantanément amoureux l'un de l'autre. Elle avait été horrifiée, dégoûtée, en les lisant. Elle essaya de se raisonner. Même si elle avait des frères et sœurs de par le monde, et il ne pouvait y en avoir plus de neuf, c'était la loi, combien de chances y avait-il pour que l'un d'eux vienne, un jeudi soir, acheter un pull dans la succursale de Zara où elle travaillait ? Cette chance était tellement infinitésimale que la possibilité que ça arrive était carrément nulle. Oui, mais était-ce moins probable encore que n'importe quelle autre rencontre ? Qu'une rencontre entre une femme et son âme sœur ? Est-ce que la simple suggestion d'un lien invisible entre deux personnes ne pouvait pas susciter l'élan nécessaire pour pousser l'une d'entre elles dans le sous-sol d'un magasin de vêtements ? Est-ce qu'un lien génétique n'était pas tout simplement capable de prédisposer deux personnes à aimer une certaine chaîne de magasins de mode ? D'ailleurs, Robyn avait fait une demande d'emploi chez Zara justement parce qu'elle aimait leurs vêtements. Donc, en réalité, cela pouvait ne pas être une pure coïncidence. Leur rencontre était peut-être due au fait qu'ils aimaient tous les deux le même genre de pulls marron.

Toutes ces pensées traversèrent l'esprit de Robyn en moins d'une minute. Bouleversée, elle regarda de nouveau Jack. Celui-ci se détourna du miroir et la regarda en souriant. Il n'était pas son frère jumeau. Il avait hérité de sa mère de superbes yeux turquoise, et un visage légèrement ovale. Mais ce nez, ces lèvres... C'étaient les siens. Et lui, il lui appartenait, comme jamais quelqu'un ne lui avait appartenu. Elle le possédait, et il la possédait, c'était évident, comme on s'appartenait dans une même famille.

Une famille…

Parcourue d'un frisson glacé, elle se détourna. Au cours des dix-huit minutes qui suivirent, elle évita de poser les yeux sur lui.

DEAN

Assis dans le canapé, Dean contemplait toujours la même tache sur le tapis. Au creux de sa main se trouvait un joint brunâtre d'un centimètre, ramolli par la salive. Il inhala la dernière bouffée de fumée et écrasa le mégot dans un cendrier. Puis il se leva et s'observa dans le miroir accroché derrière la porte de la salle de séjour. Il portait un costume. Il l'avait acheté la veille, et payé vingt-neuf livres quatre-vingt-dix-neuf, chez Primark. Les chaussures étaient à son oncle, et la cravate venait de la boutique pour la Recherche contre le cancer, au coin de la rue. Il l'avait aspergée avec du Febreze, pour chasser l'odeur de vieux et d'humidité, et maintenant elle sentait encore plus mauvais qu'avant.

Ses yeux semblaient s'être enfoncés dans son crâne, ses pommettes saillaient, ses lèvres étaient sèches et gercées. Il vit le tube de crème pour les mains de Sky, posé sur l'étagère au-dessus du radiateur, et il en pressa un peu sur le bout de ses doigts. Il l'étala sur ses lèvres, et le parfum de la crème l'enveloppa. C'était l'odeur de Sky. L'odeur de ses mains. Il ne l'avait jamais remarquée quand elle était vivante. Il pressa ses lèvres l'une contre l'autre, tira sur le bord de sa veste de chez Primark et sortit de l'appartement pour se rendre à l'enterrement de sa compagne.

C'était une belle journée. Avec un beau ciel bleu et un petit vent frais. Des nuages s'enfuyaient dans le ciel, comme s'ils étaient en retard pour un rendez-vous. L'église était pleine. Sky aurait été contente de voir tout ce monde. Tous ses amis étaient là, sur leur trente et un, pleurant à chaudes larmes. Il avança dans l'allée centrale de l'église avec sa mère, sentit les regards de compassion que les gens lui jetaient. Le désarroi l'envahit. Il avait l'impression d'être le héros tragique d'un film. Et quand le générique se déroulerait, son nom apparaîtrait le premier, en grosses lettres. Mais il avait le sentiment d'avoir volé la vedette à quelqu'un d'autre qui la méritait vraiment. Il était un imposteur. Il n'avait pas vraiment aimé Sky. Il n'avait même pas encore pleuré. Quant à leur petite fille... il n'était toujours pas retourné à l'hôpital. Il n'en avait pas eu le courage. Il était resté assis chez lui, le téléphone débranché, ignorant les coups de sonnette à la porte. La seule personne à qui il avait parlé, c'était sa mère. Elle lui avait apporté des seaux de poulet frit, et neuf bouteilles de Pepsi Max. Elle disait que tout le monde pensait à lui, que tout le monde l'aimait, qu'Isadora allait très bien, que la mère de Sky et elle allaient la voir chaque matin et qu'elles lui donnaient le biberon, que la jaunisse était en train de disparaître, que certains tubes de perfusion avaient été retirés, et qu'elle avait ouvert les yeux. Elle ne lui avait pas dit de lever son derrière du canapé et d'aller voir sa fille. Elle ne lui demandait pas de faire quoi que ce soit. Elle lui donnait seulement de la nourriture, de l'amour et des informations. Dean n'avait jamais autant aimé sa mère que pendant les jours qui venaient de s'écouler.

Il se glissa le long d'un banc et se retrouva assis à côté du cousin de Sky. Celui-ci avait dix ans de plus qu'elle, et il était plus grand d'une tête. Il posa sur Dean un regard indéchiffrable.

Dean passa un doigt dans le col de sa chemise à trois livres quatre-vingt-dix-neuf, qui le serrait trop. La mère de Sky était assise devant lui. Elle se retourna en sentant sa présence dans son dos. Son visage était un masque de froideur, mais elle parvint malgré tout à esquisser un sourire. Ses lèvres formèrent silencieusement le mot « Bonjour ». Dean répondit de la même façon, puis elle chuchota :

— Tu vas bien ?

Il acquiesça d'un hochement de tête. Il se figea aussitôt, soudain conscient qu'il n'était pas censé aller bien, et qu'en réalité il n'était pas bien du tout. Il finit par hausser les épaules et fit un petit sourire pour s'excuser. Elle lui tapota la main puis lui tourna de nouveau le dos. Elle était affreuse. Horrible. Son visage ravagé par le chagrin était badigeonné de crèmes et de couleurs, et elle ressemblait à une repoussante drag queen.

Le cercueil de Sky était blanc, avec des poignées dorées. Les lettres *SKY*, entrelacées de boutons de roses, étaient peintes dessus. Il y avait aussi une photo, un grand cliché en noir et blanc de Sky souriante. Dean ne se rappelait même pas quand il l'avait vue sourire pour la dernière fois.

— C'est une belle photo, lui chuchota sa mère à l'oreille.

Il acquiesça d'un mouvement de tête. Sky était une très belle fille.

Le service se prolongeait. Des gens se levèrent pour parler. On lui avait demandé de dire quelque chose, mais il avait refusé. Dean n'avait jamais parlé en public de sa vie, et ce n'était pas maintenant qu'il allait commencer. Cette journée n'était pas la sienne. Ce n'était pas pour lui qu'on faisait tout ça. C'était pour la mère de Sky, pour les sœurs de Sky, pour ses amis en pleurs.

Il y eut onze discours en tout, et à la fin Dean cessa d'écouter. Les mots « ange », « princesse », et « beauté » furent tant et tant répétés qu'il s'attendait à tout moment à entendre une interprétation entraînante de *Candle in the Wind* surgir de l'orgue. En fait, cinq autres hommes soulevèrent le cercueil avec lui, et ils sortirent de l'église, accompagnés par un traditionnel *Ave Maria*.

Lorsque le cercueil de Sky eut été déposé dans la fosse et que chacun eut jeté par-dessus des poignées de terre, des roses et des ours en peluche, la foule s'éparpilla, mais Dean resta. Il se tint un moment au bord de la tombe avec la mère de Sky et la sienne. Les deux femmes l'entourèrent de leurs bras, et Dean eut envie de repousser ces corps vieillis, poudrés et parfumés, pressés contre lui. Au bout d'un moment il y renonça, et ils demeurèrent ainsi quelques minutes. Puis sa mère dit :

— Allons-y, maintenant. Ils vont nous attendre.

— Encore une minute. Je vous rattraperai, dit-il.

Et donc il resta seul, dans la fraîcheur de l'après-midi, cherchant au fond de sa poche le joint qu'il avait roulé un peu plus tôt. Il l'alluma, inhala la fumée, puis s'accroupit à côté de la tombe de Sky. Il contempla les peluches imprégnées de terre, les roses qui donnaient à la scène une allure encore plus tragique, et là, en partie recouverte par la terre, il aperçut une photo d'Isadora. Elle regardait l'objectif avec ses yeux écartés, et il eut l'impression fugitive qu'elle voyait jusqu'au fond de son âme. Exactement ce qu'il avait ressenti quand il l'avait aperçue, au moment de sa naissance. Il déglutit et détourna les yeux. C'était trop pour lui. Il y avait en elle trop de force, trop d'intelligence.

Mais il y avait aussi autre chose dans ce regard, quelque chose qui lui coupa la respiration. C'était lui qu'il voyait. Tout le monde disait qu'elle lui ressemblait, mais lui, à qui ressemblait-il ? Il avait hérité de sa mère une ossature fine, un teint pâle typiquement anglais, une petite bosse sur l'arête du nez, des poignets minces et élégants, des taches de rousseur sur les épaules. Mais il n'avait pas ses yeux, ni ses lèvres, ni sa mâchoire. Et ce n'était pas elle qui lui avait passé cette nature profondément mélancolique, ni cette méfiance vis-à-vis des relations humaines et de la vie en communauté. Sa mère s'occupait du foyer municipal, n'avait pas besoin de raisons spéciales pour organiser des fêtes, elle invitait des gens chez elle pour avoir de la compagnie, trouvait des choses intéressantes chez tous ceux qu'elle rencontrait, et elle restait en contact avec toutes ses relations, même celles qu'elle n'avait vues qu'une seule fois, brièvement. Dean aimait bien qu'elle soit comme ça, mais ce n'était pas son style. Ce n'était pas lui.

Il n'y avait jamais eu d'homme dans la maison. Sa mère avait eu des aventures, mais elle n'avait jamais laissé ces hommes s'approcher de Dean. Elle craignait que son fils ne s'attache à l'un d'eux, et que l'homme ne s'en aille, brisant le cœur de l'enfant. Il avait bien un oncle, mais celui-ci vivait à plus de trente kilomètres de chez eux. Dean n'avait jamais souffert de l'absence d'un homme à la maison. Et il n'avait jamais pensé à son père biologique. C'était un étranger, même pour sa mère. Quelqu'un qui avait recueilli sa propre semence dans un petit pot, en échange de quelques livres sterling, et aussi parce qu'il savait qu'il rendait service à quelqu'un d'autre. Dean ne savait cela que depuis trois ans, sa mère le lui avait révélé pour son dix-huitième anniversaire. Jusque-là, il avait cru que son père était un Français de passage que sa mère avait connu à l'âge de quarante et un ans. Une histoire d'amour tardive, vers la fin d'un merveilleux été, deux personnes seules, une nuit de passion, et cetera, et cetera. La seule chose qui était vraie, c'était qu'il était français. Tout le reste n'était qu'une jolie fiction.

Dean n'avait pas été choqué par cette révélation, il ne s'était pas senti trahi non plus. Dans un sens, c'était plus logique. Sa mère n'était pas du genre à avoir une liaison avec un étranger de passage, comme dans le film *Shirley Valentine*. Il avait toujours eu du mal à accorder cette idée avec son existence et sa personnalité. L'homme anonyme qui avait donné sa semence, enfermé dans une petite pièce, sans avoir aucune envie de se trouver des points communs avec sa mère, semblait beaucoup plus compatible avec les idées que Dean avait de lui-même.

Il avait été conçu juste avant le changement de la loi. Avant qu'on oblige les donneurs à se rendre accessibles aux enfants, une fois ceux-ci devenus adultes. Dean n'avait aucun moyen légal pour retrouver son père. Dean n'avait pas le droit de le voir. Et pendant trois ans Dean n'avait pas éprouvé le désir de le voir ni de retrouver sa trace.

Jusqu'à maintenant.

Il s'avança jusqu'au bord de la tombe, en gardant le joint entre ses lèvres. Il s'allongea à plat ventre et tendit la main vers la photo. Mais le bout de ses doigts ne parvenait même pas à toucher le cercueil où Sky reposait. Il allait devoir l'abandonner ici, son bébé, comme il l'avait abandonnée à l'hôpital. Il resta là un moment, la tête et les bras suspendus au-dessus de la tombe, à contempler la photo d'Isadora. Des nuages se rassemblèrent dans le ciel. C'était le début de l'après-midi. La brise sembla s'éclipser discrètement, il la sentit s'éloigner, en murmurant dans les feuillages, comme un chœur de conspirateurs. Alors, tout fut immobile et silencieux. Et pour la dernière fois de sa vie Dean se trouva seul avec ses deux femmes. Sky dans sa belle boîte blanche et brillante, Isadora dans sa photo maculée de terre. En paix l'une avec l'autre. Alors, enfin, les larmes surgirent. De grosses larmes qui s'échappèrent de sous ses paupières et tombèrent dans la terre qui contenait le cercueil.

Il la laissa là, avec ses ours en peluche, ses fleurs, sa fille, et ses larmes en guise de dernier cadeau. Et il alla retrouver sa mère, pour noyer son chagrin dans la bière et la compagnie des autres vivants.

MAGGIE

Quand Maggie arriva à la clinique, le mercredi matin, Daniel était assis dans son lit. Une tasse de thé à la main, il était plongé dans la lecture du *Daily Telegraph*. Il leva les yeux et regarda Maggie par-dessus ses lunettes en demi-lune.

—*Bonjour*, dit-il en français, d'un ton qui contenait un sourire.

Maggie demeura interdite. Lorsqu'elle l'avait quitté la veille, il s'était finalement endormi après avoir passé un après-midi difficile, au cours duquel il n'avait cessé de murmurer dans sa barbe des mots sans suite. À un moment il s'était tourné vers Maggie, de la salive séchée aux commissures des lèvres, et il avait marmonné :

« C'est toi. C'est toi. Non. Ne me laisse pas. Mourir ! »

Maggie l'avait rapporté aux infirmières.

« La maladie s'étend peut-être au cerveau, avaient-elles dit. Il est possible que son comportement devienne de plus en plus incohérent. »

Ce matin, en partant de chez elle, Maggie avait eu peur. Peur de ce qu'elle allait trouver en arrivant. Et si c'était aujourd'hui... aujourd'hui, que

Daniel allait mourir ? Elle lui avait tout de même apporté des fruits secs et un yaourt aux amandes, qu'elle avait achetés dans la nouvelle boutique qui venait d'ouvrir dans la gare. Il jeta un coup d'œil gourmand au sachet de papier brun quand elle le sortit de son sac et le posa devant lui.

— Eh bien. Tu as l'air beaucoup mieux, aujourd'hui ?

Il hocha la tête et lâcha son journal.

— Je me sens très bien. Je ne sais pas trop pourquoi. Je suis peut-être sur la voie de la guérison.

Il laissa échapper un rire rauque et désabusé, et Maggie sourit, hésitante. Ce genre de plaisanterie la mettait mal à l'aise. C'était de l'humour noir. Macabre. Maggie n'était pas du genre à rire face à l'adversité. Il n'y avait pour elle qu'une seule façon d'affronter la mort, et c'était avec un sombre respect.

— Eh bien, murmura-t-elle, tu te sens mieux aujourd'hui, et c'est merveilleux.

Il prit un abricot sec et lui tendit le sachet de papier brun pour lui en offrir un.

— Non, merci. J'en ai déjà pris.

Daniel mordit dans le fruit couleur d'ambre et mâcha. Cela faisait des jours qu'il n'avait plus mâché un aliment. Des jours qu'il ne soulevait plus une tasse de thé, ou un journal. La mort jouait à un jeu puéril avec lui, s'approchait sur la pointe des pieds et lançait malicieusement :

« Coucou ! Je suis là ! Oh, non, ce n'est pas vrai, je suis par là… non, non, par ici ! »

Chaque fois que Maggie demandait à une infirmière combien de temps cela allait durer, elle obtenait la même réponse : « Cela peut arriver d'un moment à l'autre, n'importe quand. » La mort ne se contentait pas de vous assener un coup de bâton, puis de vous laisser mourir tranquillement. Non, elle prenait son temps. Tout d'abord, elle vous enfonçait la tête dans un trou pour vous montrer votre fin prochaine, puis elle vous tirait en arrière par le col. La mort n'était pas aussi simple que Maggie l'avait imaginé.

— Viens, dit Daniel en repoussant ses draps. Allons nous promener.

La proposition affola Maggie.

— Oh, tu crois que tu peux ?

— J'en suis sûr, répliqua-t-il avec un grand sourire.

Il avançait lentement, un pied après l'autre, mais il parlait vite. Maggie regretta de ne rien avoir pour l'enregistrer. Les mots se déversaient à un rythme fou et saccadé, comme des pièces tombant d'une machine à sous. Elle passa un bras sous le sien et écouta de son mieux, car une partie de ce qu'il disait se perdait dans ce flot ininterrompu, au fort accent français.

— Tu sais, ce n'est pas vrai que je n'ai pas eu d'enfants. Ce n'est pas vrai du tout.

Ils se trouvaient dans le jardin. La température était un peu trop fraîche pour Maggie, qui avait laissé sa veste près du lit de Daniel et qui n'avait qu'un chemisier de coton à manches trois-quarts. Mais il y avait du soleil, et ils se tenaient près d'un étang plein de carpes koï dorées et scintillantes qui filaient dans tous les sens sous la surface vert jade.

—Que veux-tu dire? demanda Maggie, intriguée.

—Je veux dire que j'ai des enfants dans ce monde.

Il tourna son beau visage vers le soleil et cligna les paupières.

—Eh bien…

Maggie chercha ses mots, ne sachant quelle attitude adopter. Cette déclaration laissait entendre qu'il avait eu des relations sexuelles avec d'autres femmes, des inconnues, alors qu'il n'avait jamais dépassé avec elle le stade de l'amitié.

—J'en ai quatre. Deux garçons, et deux filles. L'un a vingt-neuf ans, l'autre vingt-sept, le suivant vingt et un, et le dernier dix-huit. Tu te rends compte? Quatre enfants. Et rends-toi compte aussi, Maggie, que je ne les ai jamais rencontrés. En fait, j'ai vécu pendant trente ans en faisant comme s'ils n'existaient pas. Ils sont juste… *Comment dit-on?* Comme des fées? Tu sais, des fantômes? Certaines personnes croient aux fantômes, d'autres non. À moins d'en voir un. Et comme je n'ai jamais vu ces enfants, pour moi ils n'existent pas, *n'est-ce pas*?

—Je ne comprends pas, dit Maggie en dégageant son bras. Comment as-tu…

—J'ai donné mon sperme, Maggie May. J'ai offert ma précieuse semence à des femmes inconnues. J'ai voulu que ces femmes prennent cette semence et l'utilisent, mais qu'elles ne viennent jamais me voir avec leur bébé.

— Un donneur de sperme ?!

— Oui. C'est ce que j'étais. Tu imagines, Maggie ? Tu imagines que j'ai fait cela ? Cela me paraît si loin. Si… extraordinaire, maintenant. Ça me paraît incroyable, mais à l'époque je trouvais cela normal, et même banal. C'était comme donner son sang, tu sais. Un bon geste. Et maintenant, je comprends enfin ce que j'ai fait. Maintenant que je suis presque vieux, presque mort, cela devient réel pour moi. J'ai donné la vie, Maggie !

Il lui agrippa les poignets.

— Tu le crois ? J'ai donné la vie ! Moi ! Daniel Blanchard ! Quatre fois ! Et maintenant, tu sais, ces quatre enfants ont peut-être fait d'autres enfants. Il y a peut-être d'autres bébés, je suppose, oui. Des petits-enfants ! Il y a quatre adultes là, quelque part, qui vivent leur vie pendant que moi je finis la mienne. Et nous sommes complètement, inextricablement, liés. C'est… c'est comme un miracle. Oui, un miracle ! Et il m'a fallu trente ans pour le comprendre, trente ans pour savoir vraiment ce que j'avais fait.

Maggie observait Daniel. Ses yeux brillants lui donnaient l'air un peu fou. Mais il semblait heureux. Et elle savait qu'il était sincère.

— Tu crois qu'il est trop tard, Maggie May ? Tu crois qu'il est trop tard pour les connaître ?

Elle retint sa respiration. Elle ne l'avait encore jamais vu aussi ouvert, les nerfs à fleur de peau. Elle sourit faiblement.

— Oh, mon amour. Oh, mon amour.

C'était la première fois qu'elle l'appelait « mon amour ». Elle n'avait jamais osé prononcer ces mots. Mais maintenant il était son amour, ce bel homme était son doux amour, elle l'aimait de toute son âme. Elle supporterait peut-être de le voir mourir, mais pas avec ce trou dans son cœur, non elle ne le supporterait pas.

— Je ne sais pas, dit-elle. Je ne sais pas s'il est trop tard. Je ne sais pas comment ça marche. Je veux dire, que sais-tu sur ces enfants ? As-tu un moyen d'entrer en contact avec eux ?

Il haussa les épaules.

— Non, je ne crois pas. Mais la plus jeune, c'est une fille, et elle a des renseignements sur moi. La loi avait changé. Je m'en souviens bien. Je m'étais dit que je serais sans doute mort quand elle atteindrait ses dix-huit ans, et qu'est-ce que ça pouvait faire ?

Il rit aux éclats en disant cela. Maggie ne l'avait jamais entendu rire aussi fort. Une fois de plus, elle éprouva du mal à partager sa gaieté.

— Et donc, c'est comme ça, reprit-il. À moins que ma plus jeune fille ne décide qu'il est temps de retrouver son papa inconnu, tout est perdu. Parce que je le sens bien, Maggie, ajouta-t-il en désignant son crâne du doigt. Je le sens. Pas tous les jours, pas tout le temps. Mais la mort est là, elle s'est installée, elle a mis ses pantoufles. Elle a sa robe de chambre, sa tasse de chocolat…

Il rit encore, doucement, et la regarda, avec ses yeux brillants.

— Elle est chez elle, maintenant. Et bientôt, je serai parti. C'est triste. Oui, c'est très, très triste. Mais en attendant, tant que j'ai encore assez d'énergie pour tenir debout, dansons, Maggie May. Oui, dansons.

Il ne lui laissa pas le temps de protester. Il la prit dans ses bras et pressa son corps contre le sien en lui tenant les mains. Il posa le menton sur sa tête et se balança d'un pied sur l'autre, en fredonnant sourdement une mélodie. Maggie posa la joue contre le velours de sa robe de chambre et ferma les yeux. Tout en se laissant guider, elle inspira son odeur, à laquelle se mêlait une vague odeur médicamenteuse. Mais c'était quand même lui.

Je t'aime, Daniel je t'aime tant, songea-t-elle.

Et maintenant, elle savait exactement ce qu'elle pouvait faire pour le lui prouver.

LYDIA

« Salut à toi, étrangère ! Ça te dirait, de venir dîner, demain soir ? »

C'était un SMS de Dixie. Lydia n'avait plus eu de ses nouvelles depuis des jours. Depuis la fête donnée en l'honneur de la venue au monde de Viola, trois semaines plus tôt. C'était sa faute, elle en était bien consciente. Lydia avait tout le temps et toute la disponibilité nécessaires pour trouver un moyen de voir son amie et son bébé. Elle aurait pu lui rendre visite toutes les semaines, et même tous les jours, si elle l'avait voulu. Dixie, en revanche, avait une bonne excuse pour ne pas la voir. Mais, sans bien savoir pourquoi, Lydia éprouvait une répulsion pour le noyau familial qu'ils formaient. Elle avait eu ce sentiment, l'autre soir chez elle, la première fois qu'ils lui avaient amené Viola. Le bébé avait suscité une sorte de dépendance entre Clem et Dixie qui n'existait pas auparavant. C'était ce qui arrivait, naturellement, quand les gens avaient des enfants. Quelles que soient les circonstances, une nouvelle dynamique se formait, et les autres éléments autour de cette dynamique devaient plier et s'adapter. Il était inévitable que les choses changent. Toutefois, Lydia ne s'était pas attendue à être submergée par cette répulsion. Un rejet, oui ; un éloignement, oui, encore ; mais du dégoût... ? Cette réaction l'avait prise au dépourvu.

Cela l'avait frappée pendant la fête, quand elle avait regardé le bébé passer de mains en mains, trimballé comme un paquet. Chacun touchait ce nouveau-né, le prenait dans ses bras, comme si c'était une amulette dotée d'un pouvoir divin. Leurs visages doux et avides semblaient vouloir extirper quelque chose de l'enfant. Or, le bébé en question était aussi inerte qu'un morceau de viande, docile, et bizarrement silencieux. Ce n'était pas un joli nourrisson. Cela n'aurait pas dû avoir d'importance. Mais quand même. La fillette avait une peau bleutée avec des taches roses, et des yeux qui n'avaient jamais l'air complètement ouverts. Ses cheveux étaient fins et couverts de pellicules formant une sorte de poudre. On l'avait revêtue d'une robe de coton blanc avec une rose imprimée sur le devant, de collants blancs et de petites chaussures de cuir blanc. Lydia supposait que le costume était destiné à l'embellir. Et le truc semblait marcher sur tout le monde, sauf sur elle. Elle avait évité l'enfant toute la journée, résistant difficilement à la tentation de prendre sa veste et de partir.

Elle s'était finalement attardée pendant des heures, dominant son malaise, dans l'espoir que les invités s'en iraient peu à peu et qu'elle pourrait se retrouver seule avec Dixie et Clem, et surtout avec Dixie. Elle s'imaginait avec son amie, toutes deux fatiguées et un peu ivres, affalées au milieu des vestiges de la fête, ayant enfin la conversation franche et honnête qu'elles n'avaient pas eue depuis si longtemps. Mais les autres invités ne partirent pas, et à six heures on déboucha des bouteilles de vodka et on sélectionna de la musique sur un iPod. Lydia se rappela que Dixie et Clem étaient comme ça. Ils étaient sociables et spontanés, et il n'y avait aucune raison pour que l'arrivée d'un bébé change quelque chose à cela. Aussi se décida-t-elle à prendre son manteau et à embrasser les quelques personnes qu'elle connaissait de vue. Dixie la raccompagna à la porte. Le bébé était endormi contre sa poitrine, si bien qu'elles n'eurent même pas la possibilité de s'embrasser. Elles parlèrent de se voir bientôt, oui il fallait vraiment qu'elles se voient, et soudain Lydia se retrouva sur le trottoir, dans Camden Road. Elle était seule.

Alors, elle avait jeté un coup d'œil à la fenêtre de l'appartement et elle avait vu du mouvement, des gens, de la vie. Le monde continuait de tourner sans elle. Le pire ennemi de Lydia, c'était elle-même. Elle avait passé la soirée du samedi seule chez elle, et depuis elle n'avait plus reparlé à Dixie. L'idée l'effleura que son amie était peut-être fâchée, parce qu'elle n'avait pas pris le bébé dans ses bras, parce qu'elle était partie trop tôt, parce qu'elle était une casse-pieds et qu'elle n'avait pas donné de nouvelles pendant longtemps. Mais plus leur éloignement se prolongeait, moins Lydia se sentait capable de remédier à la situation.

Et maintenant, il y avait cette invitation à dîner. Lydia sentit son moral remonter à cette perspective. Elle était restée trop longtemps repliée sur elle-même, sa vie était devenue stupide et difficile à vivre. Depuis des semaines maintenant, les seuls moments d'éclaircie lui étaient procurés par Bendiks et par leur amitié un peu particulière qui virait au flirt.

Lydia répondit presque immédiatement par un autre SMS.

Super. À quelle heure, et qu'est-ce que j'apporte ?

Réponse de Dixie :

20 heures. La gosse sera couchée. Apporte quelque chose de pétillant.

Et donc, elle arriva le soir suivant, emmitouflée dans une parka en duvet pour se protéger du vent glacé et serrant contre sa poitrine un sac qui contenait deux bouteilles de Bollinger. Elle savait que Dixie se serait contentée de Prosecco, ou de Cava, ou même de l'infâme piquette de chez Tesco. Mais Lydia avait une somme ridiculement élevée sur son compte en banque, et cet argent ne procurait de joie à personne, à elle encore moins qu'aux autres. Aussi avait-elle éprouvé un frisson de plaisir quand elle était passée à la caisse avec ses deux bouteilles, et que le vendeur avait annoncé :

« Cela fera quatre-vingt-dix-huit livres, s'il vous plaît. »

Elle apprit avec un plaisir secret que l'aimable Clem était sorti. Elle avait beau avoir de l'affection pour lui, cette soirée était importante pour sa relation avec Dixie. Le bébé n'était nulle part en vue.

— Oh, mon Dieu ! s'exclama Dixie en ouvrant le sac. Tu es dingue !

— Eh bien, nous n'avons pas encore vraiment fêté l'arrivée de ton bébé, et…

— Tu veux dire, en dehors de la fête que nous avons donnée en son honneur il y a trois semaines ? Avec le champagne, les ballons, et tout le tralala ?

— Ben… oui.

— Oui, je sais, ce n'est pas ton truc. Ça va, entre, entre, et ne regarde surtout pas le désordre. Sérieux, je n'arrive pas à croire qu'il y a eu une époque où j'avais le temps de ranger. C'était très bien au début, parce qu'elle dormait tout le temps, mais maintenant elle reste réveillée, et chaque fois qu'elle me voit me diriger vers un balai ou une paire de gants en caoutchouc elle se met à hurler. À croire qu'elle veut absolument qu'on vive comme des cochons !

— Je pourrais t'envoyer Juliette ?

Elle lança la proposition sans réfléchir. Dixie la regarda d'un air bizarre, en essayant de deviner si c'était une plaisanterie. Lydia esquissa un sourire sans conviction et haussa les épaules.

— La plupart du temps, elle n'a pas grand-chose à faire, tu sais. C'est…

— Non, ça ira. Franchement, je préfère me débrouiller comme ça, tu le sais bien.

En effet, Lydia le savait. Elle connaissait Dixie mieux que personne, et sa proposition était stupide. Son amie fourra une des deux bouteilles de champagne dans le réfrigérateur déjà plein à craquer et ouvrit l'autre.

— Je n'ai pas de flûtes à champagne. Nous avons cassé la dernière pendant la fête de Viola. Et pour tout dire… ajouta-t-elle en explorant les profondeurs de son placard, je n'ai pas de verre à vin non plus. Tu préfères un verre à cocktail, ou un verre à liqueur ? demanda-t-elle en brandissant les deux modèles.

— Bonté divine, un verre à cocktail, c'est sûr !

Dixie apporta les verres et le champagne dans la salle de séjour, les posa sur la table basse, à côté d'un paquet de lingettes Huggies, d'un flacon d'Infacol muni d'une tétine, d'une assiette contenant des toasts rassis, d'un journal vieux de deux jours et d'un paquet de bonbons acidulés.

— Bienvenue dans ma vie de mère de famille, dit Dixie en voyant Lydia examiner le désastre. C'est le centre des opérations, ici. L'endroit où j'allaite, où je prends mes repas, où je dors dans la journée, et où Clem dort souvent la nuit. C'est là que j'essaye de lire les journaux, et de regarder la télé, au moins vingt minutes d'affilée. C'est là que je vis.

Lydia la considéra d'un air consterné.

— Mais, continua Dixie, laisse-moi te dire une chose avant que tu penses, à tort, que j'ai gâché ma vie. Ça vaut le coup. Franchement. Ça vaut vraiment, vraiment, le coup. À la tienne !

Elle approcha son verre de celui de Lydia en souriant.

— Tchin, dit Lydia. Et désolée.

— Pourquoi dis-tu cela ?

— Je suis désolée d'être une amie aussi merdique.

Dixie fronça le nez, intriguée.

— Que veux-tu dire ?

— Oh, tu sais bien. Je ne sers à rien. Je n'ai pas téléphoné ni envoyé de SMS, je ne t'ai pas apporté quelque chose à manger. Rien. Je n'ai vu Viola que deux fois depuis qu'elle est née. Je suis nulle.

— Oh, franchement, Lids, ce n'est pas grave, je te le jure, pour l'amour du ciel ! Je te connais. Je sais bien que les bébés ce n'est pas ton truc, et tu as été si gentille de nous recevoir après la naissance, quand nous n'étions même pas encore remis de ce cataclysme, et tu as offert ce joli petit ensemble à Viola. C'est moi qui ne sers à rien. Sérieux. Je ne sais vraiment plus où j'en suis. Je savais depuis une semaine que Clem ne serait pas là ce soir, et ce n'est qu'hier que j'ai pensé à t'inviter. C'est juste que tout est tellement... tellement...

— Différent ? suggéra Lydia.

— Oui, tout est différent. Mais je sens que je suis en train de m'en sortir. Regarde, j'arrive à la mettre au lit le soir, à présent. C'est nouveau. Il y a encore deux semaines, elle restait avec moi jusqu'à ce que j'aille me coucher, elle dormait sur moi et j'étais clouée dans ce canapé pendant des heures. Et maintenant, bon c'est seulement pour quelques heures, elle va se réveiller à minuit, mais au moins, je sais que j'ai cette partie de la journée pour moi.

Dixie sourit et se massa les coudes.

— Bon, je ne t'ai pas invitée pour raconter des histoires de bébés. Et toi, quoi de neuf ? Tu as changé.

— Ah oui ?

— Oui. Tu as maigri ?

Lydia posa une main sur sa joue et réfléchit à la question.

— Oui, finit-elle par dire. Oui, sans doute.

Dixie se mit à rire.

— Il n'y a que Lydia Pike pour perdre du poids sans s'en rendre compte ! Je ne me suis pas encore débarrassée de la moitié des kilos que j'ai pris pendant la grossesse. J'en suis sûre.

Elle pinça un bourrelet de graisse sur sa taille et soupira.

— Alors, comment ça marche avec ton coach sportif ?

Lydia rougit un peu en pensant à Bendiks. Le simple fait de penser à lui lui donnait l'impression qu'elle venait de faire l'amour. Pas question de dire à Dixie ce qu'elle éprouvait pour son coach. Son amie la prendrait pour une folle.

— Bien, dit-elle. Je commence à m'habituer, ça ne me paraît plus aussi bizarre qu'au début. Et ce qui est encore mieux, c'est que je n'ai plus besoin d'aller dans ce gymnase de snobs.

— Il vient chez toi, c'est ça ?

— Oui. Quelquefois on va s'entraîner dans le parc.

— Ouah, fit Dixie d'un air d'envie. Et ton travail ?

— Oh, ça... eh bien, ça avance.

Lydia ne parlait jamais de son travail à Dixie, car elle estimait que ce n'était pas intéressant. Comme par un accord tacite, les conversations tournaient toujours autour du job de Dixie. Pas de celui de Lydia.

— Et toi ? Tu retournes travailler bientôt ?

— Oh, mon Dieu, non. Non, non, non. Je crois que je vais prendre une année de congé. Je ne me vois pas reprendre le travail, et encore moins travailler réellement. J'ai l'impression d'être dans un autre univers. J'ai même du mal à croire que mes collègues existent encore, qu'ils se lèvent le matin pour aller faire ces trucs, pendant que moi je suis là avec Viola…

— Tu l'as déjà amenée chez toi ? Dans ton village ?

— Oui, il y a quelques semaines.

Lydia rejeta de sa conscience la pensée concernant « le village » et s'obligea à sourire.

— Et comment ça s'est passé ?

— Super. Jamais un bébé n'avait été aussi câliné, caressé, embrassé, dans toute l'histoire de la création. Et c'était bien de sortir de la ville, tu sais. De respirer tout ce bon air, d'entendre les bruits de la nuit, et juste d'être à la maison. Avec ma famille.

— Clem t'a accompagnée ?

— Oui, bien sûr. Il n'était pas question que je fasse ce long voyage en voiture, seule avec un bébé ! Oui, ajouta Dixie, avec un sourire désabusé. Nous finirons sans doute par nous installer là-bas, tu sais. En fait…

Elle s'interrompit, et Lydia garda le silence.

— Nous pensons y retourner le mois prochain. Peut-être pour jeter un coup d'œil à quelques maisons…

— Ah, fit Lydia avec un sourire contraint.

Ce n'était pas la peine de discuter. Dixie savait ce que Lydia pensait de leur région d'origine, et Lydia savait combien son amie y était attachée. Elles n'avaient jamais pu se mettre d'accord sur les mérites de la vie au pays de Galles.

— Est-ce que tu n'as jamais envie d'y retourner ? Tu sais, ça ne te manque pas ? Les gens, l'atmosphère ?

Lydia secoua la tête en riant, et son amie enchaîna :

— Moi, en vieillissant, je ne sais plus… Je croyais être une vraie Londonienne. Je pensais avoir trouvé mon lieu de prédilection, mon rythme de vie, je croyais que ma place était ici. Mais maintenant j'ai presque trente ans, et tout ça me paraît trop… trop grand. Tu vois ce que je veux dire ? Trop de boutiques, trop de restaurants, trop de routes, trop de gens, de bruits, d'odeurs, et… et je ne sais pas. Je n'ai plus besoin de tout ça. Je me dis que si je dois me cloîtrer dans mon petit quartier londonien, voir toujours les mêmes personnes, acheter les mêmes choses dans les mêmes magasins, faire toujours la même promenade dans le même parc, saluer les mêmes gens quand je traverse la rue, pourquoi ne pas aller mener cette vie de village quelque part où je pourrai m'acheter une belle maison avec un jardin, et où ma mère pourra m'aider à élever mon bébé ?

— Et ton travail ? Ta carrière ? Il n'y a pas beaucoup de demandes pour des metteurs en scène de cinéma, à Walterston…

— Nous y avons pensé. Nous travaillerons à tour de rôle. J'irai à Cardiff, faire un peu de télévision. Et Clem a des potes là-bas qui pourront l'héberger si nécessaire. Cela pourrait marcher. Mais c'est juste une idée, nous n'avons pas encore de projet précis. Nous n'avons rien décidé.

Lydia hocha la tête, d'un air entendu. Ce n'était qu'une question de temps. Ses amis finiraient par partir. Ils quitteraient cet appartement, achèteraient un joli cottage ancien, emporteraient avec eux leur petit chat écorché nouveau-né, et redeviendraient gallois. Et alors, elle ne pourrait plus jamais les revoir. Car Lydia ne retournerait pas au pays de Galles. Elle l'avait su dès l'instant où elle était montée dans le train qui l'avait emmenée à la gare de Euston à Londres, sept ans auparavant, avec une malle contenant toutes ses affaires. Le pays de Galles était l'endroit où elle buvait trop. L'endroit où sa mère était morte, où son père était mort, où son enfance était morte lorsque quelque chose d'étrange et d'horrible était arrivé sur le balcon d'un petit immeuble, dans un petit village situé au milieu de nulle part. À Londres, elle avait pu laisser tout cela derrière elle et aller de l'avant, loin devant. Lydia éprouvait pour cette ville une reconnaissance immense, comme elle n'en avait jamais éprouvé pour quiconque. Londres lui avait donné plus que n'importe quel être humain, Londres avait été plus loyale, plus généreuse que n'importe qui. Elle était peut-être seule et à l'écart du monde, ici. Mais elle préférait vivre seule et à l'écart du monde dans une ville qui la comprenait que dans un village hostile.

— Tu viendras nous voir, si nous partons ?

Lydia n'eut qu'une seconde d'hésitation.

— Oui. Bien sûr.

Dixie lui lança un regard en coin. Elle savait, et Lydia le savait aussi, qu'elle n'irait jamais. Mais à ce stade elles faisaient toutes les deux semblant de croire le contraire.

— Et puis je reviendrai très souvent ici, reprit Dixie.

— Tu pourras dormir chez moi.

— Oui, j'allais le dire. Ça risque d'être un peu exigu, non ?

— Eh bien, oui, il faudrait que j'ouvre l'aile ouest pour te recevoir, c'est évident…

— Bien sûr.

— Et cet appartement, ça sera fini, vous ne le garderez pas ?

— Non. Des jeunes viendront y vivre à notre place.

— Ils seront libres comme l'air, sans le moindre souci, c'est ça ?

— Tout à fait ! Ils feront la fête, passeront d'un lit à l'autre et seront accros aux médocs…

Elles éclatèrent de rire ensemble, puis retombèrent dans le silence, souriantes.

— C'était bien d'être jeunes, non ? fit Dixie.

— Oui, c'était chouette.

— Mais maintenant, j'ai hâte de vivre le reste. La vie d'adulte. Je crois que ça va être bien.

Je vais aimer être une femme d'âge mûr. Je crois que ça m'ira bien.

Lydia était d'accord. Dixie avait toujours eu quelque chose de la mère de famille vivant dans un cottage traditionnel : elle regardait *The Archers* à la télévision, préparait des gâteaux et essuyait régulièrement la poussière. Maintenant qu'elle y pensait, Lydia voyait bien qu'il était inévitable que son amie ait un bébé avant trente ans, et qu'elle retourne habiter dans la cambrousse. C'était un peu comme ces femmes qui avaient une brève aventure lesbienne dans leur jeunesse, puis se mettaient durablement en ménage avec un homme. La phase branchée de Dixie à Camden n'avait été qu'une passade, une étape à franchir.

Et que deviendrait Lydia, dans tout ça ? Elle resterait seule. Avec sa gouvernante philippine et son entraîneur letton. Il n'y avait personne dans sa vie qui ne soit pas payé pour être là. Tout en observant son amie au visage frais, avec son allure d'adolescente chic vêtue d'un jean *skinny* et d'un grand tee-shirt avec le portrait imprimé de Debbie Harry, elle se rendit compte que, bien qu'elle fût elle-même la plus élégante des deux, avec son tee-shirt Whistles et son jean Autograph, bien que ce fût elle qui possédât la grande et belle maison, avec du personnel et un compte en banque à sept chiffres, au fond elle était restée une adolescente un peu godiche, incapable d'endosser les responsabilités, comme Dixie savait le faire.

Lydia repartit deux heures plus tard. Elle n'avait pas parlé de la lettre de son oncle Rod, ni du Registre des fratries, ni même de l'attirance de plus en plus forte qu'elle éprouvait pour son coach personnel qui était probablement gay. En fait, elle n'avait presque pas parlé d'elle. Elle n'avait pas eu l'impression que cela pourrait améliorer sa situation. Dixie s'était d'ores et déjà mise en marge de la vie de Lydia, en devenant mère de famille. Maintenant, elle allait s'éloigner d'elle physiquement, en retournant vivre au pays de Galles. Il serait parfaitement inutile, et même certainement décevant, de lui demander de s'investir dans les rouages sombres et compliqués de la vie de son amie.

Aussi Lydia rentra-t-elle chez elle sans avoir abordé les sujets qui lui tenaient à cœur. Elle se servit un gin tonic avant de s'installer devant son ordinateur et d'adresser à celui-ci une petite prière :

— Je t'en prie, je t'en prie, fais qu'il y ait quelqu'un aujourd'hui. S'il te plaît.

Puis elle ouvrit sa boîte et vit qu'elle avait reçu un courriel du Registre. Elle se figea. Elle avait déjà reçu des messages du Registre, pour l'informer de certains changements dans le fonctionnement du site. Et puis elle recevait aussi la *newsletter* mensuelle. Mais ce message avait l'air différent. Elle avala encore une gorgée de gin tonic et, les doigts tremblants, cliqua sur un bouton pour ouvrir le mail. *Centre de fertilité de Wigmore : Nouvelle inscription dans le Registre des fratries, concernant le Donneur 32.*

Lydia poussa une petite exclamation. Elle repoussa son fauteuil pivotant, s'éloignant à la fois de l'ordinateur et de cet événement miraculeux. Elle plaqua les mains contre ses joues et se mit à rire. Il n'y avait rien de drôle, mais elle était tellement sous le choc qu'elle n'eut pas d'autre réaction que ce rire nerveux. Comme le jour où elle avait percuté l'arrière d'un break rempli de petits enfants, sur une route près de Finchley. Elle riait tellement qu'elle n'arrivait pas à donner ses coordonnées à l'autre conductrice.

Elle laissa retomber ses mains et inspira profondément, réprimant le courant d'hystérie qui menaçait de la submerger. Puis elle cliqua sur le lien et attendit. Qui allait-elle découvrir de l'autre côté ?

ROBYN

Une semaine après que Robyn avait cru voir son propre reflet face à Jack, dans le miroir de la salle de bains, ils fêtèrent la sixième semaine de leur rencontre. C'était l'idée de Jack. Bien sûr, il ignorait totalement les pensées qui se bousculaient dans la tête de Robyn. Il croyait que tout était comme d'habitude. Et Robyn faisait son possible pour lui laisser croire que c'était le cas. Elle était presque arrivée à se convaincre elle-même que cette histoire était ridicule, et qu'elle était folle d'avoir pensé une chose pareille. Après tout, il n'y avait qu'à regarder Paul et Linda McCartney, ou aujourd'hui Brad Pitt et Angelina Jolie. Ils s'étaient instinctivement, et très naturellement, trouvés attirés par des gens qui leur ressemblaient. C'était normal. Inévitable. Et c'était probablement une bonne chose. Cela ne signifiait pas que Jack était son frère. Cela ne signifiait rien du tout. Mais pourtant le doute était là. Et derrière ce doute subsistait une possibilité infinitésimale mais insupportable. Et à cause de cela Robyn ne pouvait plus toucher Jack.

Elle lui avait fait croire qu'elle avait ses règles.

« Des règles très abondantes, avait-elle précisé d'un air grave. Les plus abondantes que j'aie jamais eues. Je vais peut-être même aller voir un médecin. Et j'ai mal, ajouta-t-elle après coup. Vraiment très mal. »

Elle s'était massé le ventre en grimaçant. Jack l'avait prise doucement par les épaules.

« Oui, il faut que tu ailles voir un médecin.

— Et je me sens mal, avait-elle déclaré un instant plus tard, quand il avait essayé de l'embrasser. Je suis vraiment, vraiment, désolée. Je t'assure. Mais je suis sûre que ça ira mieux bientôt. »

Il lui avait embrassé le front, et elle s'était dit que c'était acceptable. Un frère pouvait embrasser sa sœur sur le front. Elle le laissait aussi lui tenir les mains, lui prendre les épaules, lui caresser les cheveux, et même lui effleurer la joue du bout du nez. Parce que, malgré tous ses doutes, ses peurs et ses appréhensions, elle aimait Jack plus que sa vie.

— Qu'est-ce que c'est ? demanda-t-elle quand il lui donna un paquet enveloppé de papier de soie.

— Ouvre-le.

Il était perché derrière elle sur le dossier du canapé et avait glissé un bras sur son épaule. Le soleil entrait à flots par la fenêtre derrière lui, et la lumière donnait à la pièce un aspect joyeux. Elle vit ses propres doigts sur ses genoux, pressés sur le joli paquet garni de rubans aux couleurs délicates. Elle ne lui avait rien acheté. Elle sentit une vague de tristesse la submerger et inspira longuement pour la chasser. C'était samedi soir.

Elle était avec son grand amour. Celui-ci lui avait acheté un cadeau. Rejetant les épaules en arrière, elle se mit à défaire les rubans et à repousser le papier. À l'intérieur se trouvait une boîte en taffetas couleur de pain brûlé. Elle ouvrit le coffret et découvrit une robe. Ou plutôt *la* robe. La robe rouge orangé qu'elle avait admirée dans la vitrine quelques semaines auparavant, juste avant de rencontrer Jack. Au moment où sa vie lui semblait encore normale et suivait un cours prévisible. Elle avait résisté à l'envie d'acheter la robe avec l'argent de son anniversaire. Et maintenant elle était là, sur ses genoux. Cette robe-là.

Jack interpréta son silence comme un signe de déception et se pencha vers elle.

— Elle te plaît ? Je peux la rapporter, si tu ne l'aimes pas. Ils m'ont dit que ça ne posait pas de problème. Mais quand je l'ai vue je t'ai aussitôt imaginée dedans…

— Non, non, c'est très bien. Je l'adore. C'est juste que…

Elle se tourna pour le regarder.

— J'ai vu cette robe dans la vitrine, juste avant de te rencontrer. Et j'ai failli entrer pour l'acheter.

— Quoi ? La même robe ?!

— Oui, dit-elle en caressant pensivement le tissu.

— Ouah. Eh bien alors, c'est évident. Nous étions faits pour nous rencontrer.

Elle sourit, et fit un effort pour rire avec lui mais n'y parvint pas. Il était déjà arrivé, dans le passé, que des garçons lui achètent des bricoles. De la lingerie, du parfum, et même une paire de boucles d'oreille carrées en zirconium de chez Elizabeth Duke. La lingerie n'allait jamais, ce n'était ni la bonne taille, ni la bonne couleur, ni le style qu'elle aimait. Le parfum n'allait pas non plus, et quant aux boucles... Personne ne lui avait encore acheté de vêtements. Sa mère avait compris depuis longtemps qu'un tel achat ne pouvait aboutir qu'à un sentiment de tristesse, et à un inévitable retour au magasin pour un échange. Robyn savait ce qu'elle aimait, et ce qu'elle n'aimait pas.

Elle contempla la robe avec stupeur. Qu'est-ce que ça voulait dire ? Elle tenta d'imaginer une seconde que Jack était son frère. Pas seulement un garçon engendré par le même donneur de sperme qu'elle, mais son frère aîné, avec qui elle aurait vécu depuis le jour de sa naissance. Est-ce que son vrai frère aurait été capable de choisir la robe la plus parfaite qu'il pouvait trouver dans cette rue commerçante, et de la lui offrir ? Non. Son vrai frère aurait complètement oublié que c'était son anniversaire, et il se serait précipité dans une boutique du coin de la rue, pour lui acheter au dernier moment une boîte de rochers Ferrero. Alors, ce cadeau était-il un bon signe ? Cela signifiait-il que leur relation était uniquement fondée sur l'amour, sur une attirance animale, et pas seulement sur un ADN commun ?

— Tu vas l'essayer ? demanda Jack en se levant.

— Euh, oui, bien sûr.

Robyn se dressa lentement et se dirigea vers la salle de bains avec la robe.

— Tu n'as pas besoin de te cacher ! fit-il remarquer en riant.

— Je sais. C'est juste que... je veux aller aux toilettes, expliqua-t-elle avec un sourire contraint. Je reviens dans une minute.

La robe lui allait à la perfection. Elle savait qu'elle lui irait. Elle s'observa dans le miroir, admirant la façon dont le vêtement soulignait sa taille fine et mettait ses seins en valeur. La couleur particulière s'accordait à son teint et contrastait avec ses cheveux. Elle était la seule personne, à part Jack, qui pouvait savoir que ce genre de robe lui convenait. Elle décida de la porter dès ce soir, bien qu'elle n'ait pas de chaussures à talons. Un sourire s'épanouit sur le visage de Jack quand il la vit revenir, quelques instants plus tard.

— Magnifique ! Je suis vraiment très fort. J'ai un talent inouï pour acheter des robes, et je ne le savais pas ! Tu es superbe. Viens par ici.

Elle alla vers lui et le laissa la prendre dans ses bras. Elle pressa le visage contre son pull et inspira son odeur à travers les vêtements, l'odeur douce et élégante de l'homme qu'elle aimait. C'est bien, songea-t-elle, tout va bien. Il n'y a rien qui cloche dans ce scénario. Mon propre frère n'aurait pas su me choisir cette robe. Mon frère ne sentirait pas aussi bon. Et pour la centième fois de la semaine elle repoussa ses inquiétudes tout au fond de son esprit, plaqua un sourire sur son visage et reprit son statut d'amoureuse.

— J'ai quelque chose d'autre pour toi, dit Jack en s'écartant doucement et en souriant.

— Oh, mon Dieu, qu'est-ce que c'est ? s'exclama-t-elle, avec plus de brusquerie qu'elle ne l'aurait voulu.

— Eh bien, ce n'est pas vraiment un cadeau, mais plutôt une suggestion. Je voulais attendre jusqu'au dîner, mais mon succès foudroyant avec la robe m'a regonflé le moral, et…

Il enfonça la main dans la poche arrière de son jean et en sortit un minuscule paquet, enveloppé dans le même papier ivoire que la robe, et noué par le même ruban.

— Et non, ne t'affole pas, ce n'est pas une bague.

Elle sourit nerveusement en tirant sur le ruban. À l'intérieur du paquet, elle trouva deux clés accrochées à un petit anneau de bronze.

— Ce sont les clés d'ici, dit Jack.

— Des clés ? répéta Robyn.

— Oui, c'est pour toi.

— Oh. D'accord.

— Je me disais…

Il marqua une pause, et elle vit un nerf tressauter sous les muscles de son visage.

— Je n'aime pas quand tu n'es pas là. Je veux dire… ce n'est pas que je ne peux pas vivre sans toi, ou quoi. Mais il faut s'arranger pour se retrouver, et ce n'est pas toujours pratique. Et puis tu fais tous ces allers et retours entre les deux appartements. Sans compter que ta faculté n'est qu'à une demi-heure d'ici. Je me dis que ça serait plus normal que tu… que tu emménages ici ?

Robyn battit des paupières.

— Que nous vivions ensemble.

Nouveau battement de paupières.

— Je sais, nous ne nous connaissons que depuis quelques semaines, et tu n'as que dix-huit ans. Mais je te promets que je ne t'attacherai pas, tu sais. Tu pourras aller et venir, faire ce que tu as à faire, et même sortir tous les soirs si tu en as envie. Mais je saurai qu'après tu rentreras ici. Avec moi. C'est tout.

Vivre ensemble. Elle laissa cette idée s'installer dans son esprit. Habiter ici, dans cet appartement pittoresque, s'éveiller chaque matin dans les bras de Jack, longer l'avenue bordée d'arbres pour aller prendre le métro, rentrer de la fac et trouver Jack devant son ordinateur, tapant un nouveau roman attendu avec impatience par les lecteurs, déboucher une bouteille de vin, et la boire assis dans le canapé, dans les bras l'un de l'autre, tout en regardant des films et des documentaires intéressants. Et refaire cela chaque jour. Elle en avait envie. Elle en avait vraiment, vraiment envie. Elle en avait eu envie dès le premier soir où ils s'étaient rencontrés. Elle avait éprouvé l'inutilité des heures qu'ils passaient séparés, la futilité des trajets solitaires quand elle rentrait chez elle en train et qu'elle voyait par la vitre tout ce qu'elle aimait filer loin d'elle, dans la direction opposée.

Et maintenant, il lui offrait cela, et elle ne pouvait pas accepter. Parce que ça n'allait pas du tout. Elle soupira. Puis elle sourit. Elle sortit les clés du papier et les tint au creux de sa main.

— Je peux réfléchir ?

Il parut choqué, mais cela dura moins d'une seconde.

— Oui, bien sûr. Prends tout le temps qu'il te faut. C'est une décision importante. J'en suis conscient. Mais garde les clés. Garde-les. Elles t'appartiennent.

Il replia les doigts de Robyn sur le jeu de clés et l'embrassa sur les lèvres.

Elle le laissa faire.

Salut, c'est moi. Ne m'oblige pas à te traquer. Dis-moi ce qui se passe. Quel que soit le problème, je peux l'entendre. Mais j'ai besoin de savoir. J.

Robyn soupira et éteignit son téléphone. Elle se sentait mal. Elle n'avait pas fait de vrai repas depuis cinq jours, elle ne se nourrissait que de pommes, de corn flakes et de Coca light. Elle n'avait pas vu Jack depuis le samedi précédent. Ils avaient fait l'amour, cette nuit-là, et elle ne pouvait plus chasser ce souvenir. Ça s'était très bien passé. Elle avait rejeté ses doutes au fond de son esprit, n'avait pensé qu'à la robe et s'était dit qu'elle ne faisait rien de mal. Le lendemain matin, elle avait mis les clés dans son sac, rangé la robe en taffetas dans un sac en plastique, et elle avait quitté l'appartement en se demandant quand elle reviendrait, et même si elle y remettrait les pieds un jour. Si elle découvrait que Jack était son demi-frère, il faudrait qu'elle vive avec l'idée que non seulement elle avait fait l'amour avec lui mais qu'en plus elle l'avait trompé en ne lui révélant pas ses soupçons. Chaque fois qu'elle fermait les yeux elle se revoyait avec lui, alors qu'ils se dévoraient de baisers. Sur le moment, elle avait cru que c'était de la passion. À présent, elle avait l'impression qu'ils s'étaient comportés comme des animaux. Quand elle était petite, ses parents avaient deux chiennes, mère et fille. La plupart du temps, elles étaient indifférentes l'une envers l'autre, mais de temps en temps l'une des deux montait sur l'autre dans un frénétique simulacre d'acte sexuel. Elle repensa à ces deux chiennes, se livrant sans raison à cet acte apparemment insensé. Et cela lui faisait penser à elle-même.

Elle ralluma son téléphone pour relire le message et imagina sa réponse : « Cher Jack, je ne peux pas te parler en ce moment car il est possible que nous ayons commis un inceste. J'attends la réponse de la clinique dans laquelle j'ai été conçue pour connaître l'identité de mon père biologique, afin de pouvoir éliminer cette éventualité de mon esprit. En attendant, chaque fois que je pense à ce que nous avons fait ensemble, j'ai envie de vomir. Plein de bisous, R. »

Mais elle se contenta de taper :

Je suis vraiment désolée. Je ne me sens pas bien. Tu n'y es pour rien, je te le promets. Je te rappelle bientôt, bisous. R.

Un instant plus tard, son téléphone sonna.

Tant mieux si ce n'est pas à cause de moi. Je vais essayer de prendre patience. Tu me manques, plein de bisous. J.

Le jour suivant, le facteur apporta enfin à Robyn ce qu'elle attendait. Le pli se trouvait dans une grande et luxueuse enveloppe couleur crème, sur laquelle était imprimé un tampon discret : *CFW*, en lettres majuscules. Elle emporta la lettre dans sa chambre et s'assit en tailleur sur son lit en observant l'enveloppe fermée avec méfiance. On y était. C'était le premier pas. À l'intérieur de cette enveloppe à l'aspect anodin se trouvait un monde nouveau. Un monde qui la terrifiait, et dans lequel elle n'avait jamais voulu pénétrer. Elle prit une profonde inspiration et glissa son doigt sous le rabat pour l'ouvrir.

Chère mademoiselle Inglis,

Merci pour votre requête concernant le Donneur 32. D'après nos registres, trois autres naissances viables sont reliées à ce donneur. Une fille en 1980, un garçon en 1983, et un garçon en 1989. Il n'y a plus eu d'autres naissances viables concernant ce donneur, après vous-même. Nous espérons que ces renseignements vous seront utiles.

Nous vous prions d'agréer nos sincères salutations,

Centre de fertilité de Wigmore

Robyn laissa la lettre tomber sur son couvre-lit.

Une fille.

Deux garçons.

Une fille.

Deux garçons.

Un garçon né en 1983.

L'année de naissance de Jack.

Son sang se glaça, tandis que l'idée la pénétrait.

Et soudain, tous les doutes et les angoisses s'évanouirent, la laissant en proie à une certitude absolue et amère. Quelque part dans le monde se trouvait un homme de vingt-sept ans qui était son frère. Et cet homme était probablement son petit ami.

Elle remit la lettre dans l'enveloppe et en fit une boule qu'elle jeta rageusement contre le mur de sa chambre.

La mère de Robyn replia le journal du soir sur la table de la cuisine, et se leva.

— Pourquoi tu ne t'inscrirais pas sur le Registre des fratries ?

Robyn fit glisser le journal vers elle et considéra sa mère d'un air interrogateur.

— Pour quoi faire ? Il n'y sera pas. Il croit que son père était un orphelin des foyers Barnardo, et qu'il est mort dans un accident de circulation en France. S'il est le fils d'un donneur, il ne le sait pas.

— Non, non, ce n'est pas pour rechercher Jack. Mais si tu trouves deux garçons et une fille inscrits sur le Registre, alors tu sauras. Tu sauras que ce n'est pas lui.

Robyn frissonna. Elle détestait penser à cette femme, cette demi-sœur qui existait quelque part et avait les mêmes gènes qu'elle. Elle ne voulait pas la connaître. Elle la détesterait sur-le-champ, elle en était sûre. Mais sa mère avait raison. Si elle s'inscrivait sur cette espèce de registre, et qu'elle y trouvait un autre homme né en 1983, alors elle pourrait se précipiter jusqu'à la gare, courir le long de l'avenue Holloway, où vivait Jack, sauter dans ses bras, l'enlacer et ne plus jamais, jamais se séparer de lui.

— Tu as raison, admit-elle en repoussant le journal. Tu as absolument raison.

Elle chassa de son esprit l'idée de cette femme inconnue qui partageait ses gènes et monta chercher son ordinateur portable.

Tout d'abord, le site Donorlink du Royaume-Uni lui parut assez rébarbatif. Robyn téléchargea un formulaire et resta ébahie en découvrant le nombre de renseignements qu'elle devrait fournir avant même de commencer son inscription. Puis elle fut découragée en prenant conscience de toutes les étapes qu'elle devrait franchir pour retrouver la trace de ses demi-frères et demi-sœur biologiques. Tout d'abord il fallait qu'elle remplisse une fiche, ensuite elle devrait passer un test d'ADN, puis elle devrait encore attendre que l'agence obtienne l'autorisation, de la part des personnes dont l'ADN correspondait, de lui communiquer des renseignements sur eux. Et tout cela devait se faire par courrier. Il lui faudrait des jours, et peut-être même des semaines, pour découvrir ce qui l'intéressait. Et pendant ce temps elle aurait toujours les clés de Jack dans son sac, et un grand vide dans le cœur. Avec un soupir, elle rapprocha sa chaise du bureau et se mit à faire le nécessaire.

Trois jours plus tard, une lettre arriva. Robyn n'osait même pas espérer que c'était déjà le Registre des fratries. Le week-end s'était écoulé lentement, douloureusement, lui donnant l'impression de marcher à chaque seconde sur du verre pilé, alors qu'elle imaginait Jack perdu sans elle et tournant en rond dans son appartement lumineux. Elle déchira l'enveloppe avec impatience. Et c'était écrit là. Il y avait une personne correspondante. Une femme. Elle ne lut pas plus loin. Laissant la lettre tomber au sol, elle s'assit lourdement sur la dernière marche de l'escalier. Elle avait l'impression de devenir folle. Deux semaines auparavant, avant qu'elle ait cru voir son propre visage dans le miroir où se regardait son petit ami, elle pensait avoir atteint le nirvana. Deux semaines auparavant, elle savait exactement qui elle était et où elle allait. Et elle avait un homme à ses côtés pour l'aider à atteindre son but. Et maintenant, elle était sortie de la route bien tracée et s'était affalée la tête la première dans le ruisseau. Elle se sentait mal, difforme, comme si tous les angles et tous les contours à l'intérieur d'elle-même partaient de guingois. Sa relation avec Jack avait un peu distendu les liens avec ses parents. Elle lui avait laissé entrevoir la possibilité d'une autre vie, où elle ne serait pas seulement leur fille. Et maintenant elle était revenue à la maison, elle était redevenue leur enfant. Or, ce n'était pas là qu'elle avait envie d'être. Elle avait eu à peine le temps de goûter à la vie d'adulte, et on la lui avait déjà reprise. Elle avait envie de retourner avec Jack. Mais elle ne pouvait pas. Elle ne pouvait même pas lui dire pourquoi elle ne pouvait pas lui revenir, car il en serait affolé. Et la seule chance qu'elle avait de trouver un peu de paix n'avait débouché sur rien. Une femme. Une horrible bonne femme. La barbe !

Elle contempla la lettre sur le sol. Elle en voulait terriblement au Registre des fratries, et elle en voulait à cette femme qui prétendait être sa sœur biologique. C'était inutile. Ça ne rimait à rien. Ils avaient tous comploté pour détruire totalement sa vie. Et puis elle était aussi en colère contre cet homme, le donneur. Ce n'était qu'un branleur. Littéralement, dans tous les sens du terme, un branleur. Quel homme fallait-il être pour aller offrir son sperme à des inconnues ? Quel genre d'homme permet-il que son ADN soit reproduit et répandu dans le monde, sans même s'en soucier ? Quel genre d'homme abandonne-t-il sa progéniture dans l'univers, projette ses rejetons dans l'air comme un paquet de cartes et s'en va, avant même d'avoir vu où les cartes retombaient ?

Toute sa vie, elle avait éprouvé de la gratitude pour cet homme. Toute sa vie, elle l'avait mis sur un piédestal, l'avait admiré, avait admiré son altruisme. Altruisme... c'était le premier mot difficile qu'elle avait su prononcer, quand elle était petite. Elle était née de l'altruisme d'un inconnu. L'altruisme. Oui, c'est ça. Il ne valait pas mieux qu'un Roméo de village qui répandait sa semence sans se soucier des conséquences. Ce n'était qu'un frimeur. Un idiot. Un crétin égoïste, borné, et cruel.

Assaillie par ces pensées, Robyn se mit à pleurer à gros sanglots. Tout remonta à la surface en un instant : ses pauvres grandes sœurs, ses parents qui avaient gardé les stigmates de la tristesse dans leurs yeux, malgré les efforts de Robyn pour les rendre fiers et heureux. Et son beau Jack, assis seul dans l'appartement qu'il lui avait offert de partager, et se demandant pourquoi elle ne voulait plus être amoureuse de lui.

Robyn sanglota pendant une demi-heure. C'était la première fois qu'elle pleurait depuis ses dix-sept ans. Robyn n'aimait pas pleurer. Ce n'était pas son style. Mais elle contenait ces larmes depuis trop longtemps, elles étaient nécessaires, et la maison était vide. Aussi pleura-t-elle tout son soûl. Jusqu'à ce que la sonnette de l'entrée finisse par l'interrompre. Elle cligna les paupières en regardant la porte. Qui était-ce? Personne ne venait jamais à la maison dans la journée à part le facteur, et il était déjà passé. Elle s'essuya le visage avec un mouchoir en papier, examina les ravages causés par les larmes dans le miroir de l'entrée, renifla un peu avant d'articuler, d'une voix hésitante:

— Qui est-ce?

— Robyn? répondit une voix féminine, forte et directe.

— Oui?

— C'est Sam. La mère de Jack. Tu peux m'ouvrir?

— Oh, fit Robyn dans un gémissement.

Elle jeta un deuxième coup d'œil au miroir. Elle avait la tête de quelqu'un qui vient de pleurer pendant une demi-heure. Elle allait devoir trouver une explication.

— Attendez, lança-t-elle derrière la porte, tout en aplatissant rapidement ses cheveux et en se frottant les yeux ! Attendez.

Puis elle ouvrit, faisant tout son possible pour sourire d'un air normal à la mère de son petit ami.

— Sam ! Bonjour ! Que faites-vous ici ?

Sam la regarda d'un air bizarre, vaguement protecteur.

— Tu sais pourquoi je suis là.

Robyn rit nerveusement.

Nous y sommes, songea-t-elle. Nous y sommes.

— Vraiment ? répondit-elle d'un ton léger.

— Bien sûr. Alors, tu me laisses entrer, oui ou non ?

DEAN

Dean prit le verre que Tommy lui tendait, et avala cul sec. L'alcool avait un goût d'essence, de pétrole. Le liquide lui brûla la gorge. De la vapeur d'alcool lui sortit par les narines. Des battements sourds résonnèrent dans ses oreilles. Son esprit s'embruma. Il tira sur le joint que Tommy venait de lui passer, retomba contre le dossier du canapé et laissa le monde extérieur s'éloigner, juste quelques secondes.

Tommy était son cousin. Il était resté dans l'armée pendant quatre ans, et il venait juste de donner sa démission et de rentrer à Londres. Pile au bon moment. Dean et Tommy avaient grandi ensemble, et c'était avec ses amis d'enfance qu'on se sentait le mieux. Dean l'avait toujours pensé. En ce moment, il avait justement besoin de quelqu'un avec qui il se sentirait bien. Tommy était le beau gars de la famille. Dean avait toujours aimé sortir en ville avec lui. Associé au visage carré de Tommy qui, avec ses traits semblables à ceux d'Action Man, ne pouvait pas être autre chose qu'un soldat, le visage sombre et rêveur de Dean faisait son petit effet. Et contrairement à

Dean, Tommy savait parler aux filles, les aborder, les flatter, les draguer. Dean aimait bien les filles. Ce qu'il n'aimait pas, c'étaient toutes les palabres qu'il fallait faire pour les approcher. C'était pour cela que Tommy et lui formaient une bonne équipe.

Ils avaient parlé tout l'après-midi de la mission de Tommy en Afghanistan. Les balles, la saleté, les nuits passées à la belle étoile, à se demander s'il verrait le lever du soleil. Il utilisait un drôle de jargon, parlait de Med Evac, de Scud, de sortie. Pour Dean ça ne voulait pas dire grand-chose, mais cela avait le mérite de le distraire de ses propres soucis. Depuis deux heures, il évoluait dans un monde où les bébés étaient pulvérisés par des *snipers*, au lieu d'attendre leurs parents dans une unité de soins pour prématurés. Un monde où les hommes étaient des hommes, et où les femmes n'avaient rien à faire. C'était bien, d'être dans ce monde-là. Mais, quand Tommy lui reprit le joint pour tirer dessus à son tour, Dean comprit que le show était terminé. Il y eut un court silence, et Tommy soupira.

— Ma mère m'a raconté ce qui s'est passé. Putain, mon vieux, quel bordel !

Il secoua la tête tristement. Dean l'imita.

— Quel âge elle avait ?

— Qui ? Sky ?

Tommy fit un signe de tête.

— Dix-neuf ans.

— Merde, fit Tommy en grimaçant. Putain. Tu sais, ce genre de choses, ça arrive tout le temps, là-bas.

Il fit un geste du bras, et Dean comprit qu'il ne faisait pas allusion au sud-est de Londres mais à l'Afghanistan.

— On s'y attend. Mais là... Tu sais, c'est le monde moderne. On se dit qu'ils auraient dû pouvoir empêcher ça, tu vois. Une fille aussi jeune, avec la vie devant elle. Putain, mon vieux...

Il fit une nouvelle grimace et écrasa le joint dans un cendrier.

— Et le bébé ? C'est un garçon, ou une fille ?

— Une fille.

— C'est bien. Qu'est-ce qui se passe, avec elle ? Ma mère m'a dit qu'elle était toujours à l'hôpital...

— Ouais, c'est vrai. Elle est dans un service de prématurés, tu sais. Dans une couveuse. Avec des tubes, et toute cette merde.

— Putain.

— Ouais, mais elle va bien. Ils pensent qu'elle pourra sortir le mois prochain.

— Oh, tant mieux. Et elle est normale ? Je veux dire, tu sais, le cerveau ?

Dean tressaillit. Il n'avait pas pensé à ça. Comme Sky avait été aussi un bébé prématuré, il avait toujours cru qu'un prématuré était forcément normal à cent pour cent. La suggestion qu'il pouvait en être autrement le hérissa.

— Autant que je sache, ouais. Elle va bien.

— Tant mieux. C'est une bonne chose. Et après, elle va venir ici, c'est ça ?

Il jeta un regard interrogateur autour de lui. L'appartement n'était déjà pas très joli à l'époque où Sky y vivait. Mais au moins il était net, bien tenu, avec des serviettes de toilette propres et du liquide pour laver la vaisselle. Mais Dean venait d'y passer les quatre semaines les plus difficiles de sa vie, et il savait qu'en ce laps de temps l'appartement avait pris un aspect sordide. Il avait vaguement essayé de nettoyer, quand Tommy avait annoncé qu'il allait lui rendre visite, mais tout ce qu'il avait fait en réalité c'était de repousser sur les côtés ce qui était au milieu. L'appartement sentait l'humidité, le tabac froid, et la solitude.

— Non, répondit Dean. Pas ici.

— Où ça, alors ?

Dean haussa les épaules. Il n'avait pas revu sa fille depuis le jour de sa naissance. Il n'avait pas la moindre idée de ce qui se passerait le mois prochain, à sa sortie de l'hôpital. Sa mère lui avait proposé de prendre Isadora chez elle. Mais bien sûr Rose, la mère de Sky, en avait fait autant. Elle pensait que c'était elle qui avait le plus de droits sur l'enfant, puisqu'elle était sa grand-mère maternelle, et Dean la comprenait. Et dans un sens il avait envie que le bébé aille chez Rose. Elle était plus jeune que sa mère, elle avait d'autres petits-enfants, elle vivait dans une plus jolie maison, et elle endosserait cette responsabilité sans sourciller. La mère de Dean était différente. Elle aimait sa vie telle qu'elle était. C'était une femme indépendante qui n'avait jamais eu à se soucier de personne, à part Dean. Elle n'était pas prête à vivre avec un bébé. Mais d'un autre côté, de penser que sa petite fille allait grandir avec cette femme qui voulait tout contrôler, dans sa maison sophistiquée, avec ces putains de magazines dans tous les coins, et ses filles vaniteuses avec leurs mioches trop gâtés, la télé branchée à tue-tête sur MTV toute la journée, et ces putains de fées en plastique dans le jardin... Rose traiterait le bébé comme une poupée, elle la mettrait dans une grande poussette garnie de fanfreluches, avec des nœuds dans les cheveux, et elle la trimballerait dans Peckham comme si elle était la réincarnation sacrée de sa putain de princesse perdue.

Il frémit à la pensée que sa fille puisse devenir une deuxième Sky. Cette femme avait déjà mis au monde quatre princesses égocentriques, il ne voulait pas qu'elle fasse ça à une autre enfant. Mais il ne voulait pas non plus coller un bébé à sa mère de soixante-deux ans. Elle avait beau dire qu'elle serait contente de faire ça pour lui, il savait que ce n'était pas vrai. De toute façon, Rose se battrait sûrement bec et ongles pour lui prendre le bébé, et elle avait sans doute plus le droit que sa mère d'élever la fillette. Donc, il ne restait plus qu'une solution. Mais Dean n'avait qu'à jeter un coup d'œil à l'appartement, et un autre coup d'œil au miroir dans lequel se reflétait son visage gris, émacié, presque effrayant, pour savoir que cela n'arriverait jamais et pour retourner illico se rouler un joint. Il ne pouvait même pas supporter d'aller voir son enfant dans un lieu aussi sûr et aussi hygiénique qu'un hôpital moderne. Comment pouvait-il espérer l'élever ici, dans ce lieu puant, et trouver en lui une once des qualités indispensables pour aimer et choyer un nouveau-né ? Il ne serait jamais un père pour son enfant, il en était bien conscient. Il était trop insignifiant. Il n'avait rien à donner à ce bébé. Il n'était pas équipé pour ça.

— Je ne sais pas, finit-il par dire, abattu. La mère de Sky, je pense. Elle a tout le barda nécessaire, tu vois, elle est préparée pour ça. Et c'est logique, dans le fond.

— Et toi ? Tu iras la voir, non ?

— Ouais, dit-il en prenant la bouteille d'Aftershock pour se resservir. Ouais, j'irai la voir.

Il fit la moue en prononçant ce mensonge. Il n'irait pas la voir. Il resterait ici, où il continuerait de ruminer, de se putréfier lentement, et puis un jour, et il espérait que ce jour n'était pas trop lointain, il finirait par mourir.

— À la tienne, dit-il en levant son verre. C'est sympa de te retrouver.

Ils trinquèrent tristement, conscients sans vouloir l'avouer du poids indicible du malheur qui se cachait sous l'apparente légèreté de leur conversation.

Le lendemain matin, quand Dean s'éveilla, il était au lit avec une fille qui s'appelait Kate. Elle était rousse. Il n'avait encore jamais couché avec une rouquine. Il la regarda, les paupières encore collées par le sommeil, la vision trouble. Ses cheveux étaient d'un vrai orangé vif. Carotte. C'était tout à la fois inquiétant et fascinant. Il voulut tendre la main pour les toucher, mais s'aperçut que son bras était coincé sous le corps de la fille, et complètement engourdi. Il le tira doucement, centimètre par centimètre, en grimaçant. Puis il le secoua violemment de droite à gauche pour faire circuler le sang. La sensation de piqûres se répandant dans sa chair lui fit oublier un moment la douleur sourde qui lui battait aux tempes. Il n'avait pas la moindre idée du trajet qui l'avait amené jusque dans le lit de cette femme aux cheveux orange.

Il se rappelait que la veille, un peu après dix heures, Tommy l'avait entraîné dans un pub. Il y avait une soirée musicale, une femme DJ avec des nattes et un uniforme d'écolière était installée dans un coin, et il se rappelait avoir dansé sur la musique du *Right on Time* des Black Box, une bouteille de Budweiser à la main. Il savait aussi que dès qu'ils avaient franchi la porte, Tommy avait maté les filles, pour déclarer aussitôt que l'endroit était « plein de pétasses pas baisables », mais il avait quand même réussi à repérer quelque chose de potable dans la rangée de filles alignées le long du bar. Mais celle-là, la rouquine, Dean ne savait absolument pas d'où elle venait. Il savait seulement qu'elle s'appelait Kate. Il s'en souvenait, parce que c'était le prénom de sa grand-mère. D'ailleurs, il lui avait dit, la veille : « Tu t'appelles comme ma grand-mère. » Il n'avait pas ajouté que c'était aussi le deuxième prénom de sa fille.

Il jeta un coup d'œil à la chambre de Kate. Ça ressemblait à une chambre d'étudiante. Elle avait une coiffeuse recouverte de bijoux de pacotille et de photos de ses copains, une guitare posée contre le mur, un ordinateur portable, un sari accroché à la fenêtre en guise de rideau. Et là, sur la table de nuit, il y avait une tasse de thé froid et noir, à moitié pleine, avec les mots *Deptford University* écrits dessus.

La fille se mit à bouger, et Dean retint son souffle. Il ne savait pas à quoi s'attendre. Mais, lorsqu'elle se tourna vers lui, il eut la bonne surprise de voir qu'elle était jolie. Pas aussi jolie que Sky, et pas non plus comme la rouquine de Girls Aloud. Elle avait des traits fins, de jolies taches de rousseur et des lèvres roses comme des framboises.

— Mon Dieu... beurk, dit-elle en posant les yeux sur lui.

Elle se retourna de l'autre côté en grognant.

— Oui, content aussi de faire ta connaissance, dit-il en s'efforçant de garder le sens de l'humour.

— Beurk... non, c'est pas toi. Pas toi. C'est ça, fit-elle en désignant sa tête. J'ai mal. Très mal.

Dean s'assit au bord du lit.

— Je vais te chercher des comprimés. Ils sont où ?

Elle montra du doigt une boîte Tupperware en plastique, posée sur la coiffeuse. Il l'ouvrit et lui rapporta un paquet d'Ibuprofène et un verre d'eau trouvé sur le bureau.

— Merci.

Elle se redressa et repoussa ses cheveux en arrière. Dean s'aperçut alors qu'ils avaient tous les deux gardé leurs sous-vêtements. Il avait son caleçon, et Kate portait un tricot gris sur son soutien-gorge.

— Alors, toi et moi ? On n'a pas... ?

— Non. On ne l'a pas fait.

— Oh, d'accord.

Il essaya de sonder le fond de son cerveau, dans l'espoir de trouver quelque chose qui lui rappellerait exactement ce qu'ils avaient fait, mais il ne trouva rien.

Elle mit les comprimés sur sa langue et les avala d'un seul coup, avec l'eau.

— Tu te rappelles ? On a parlé.

— Parlé ?

— Oui. On est restés jusqu'à je ne sais pas quelle heure, assis dans ma cuisine, à discuter.

— D'accord.

— Oui, et à fumer. On a beaucoup fumé. Ma gorge me fait mal, comme si j'avais avalé du verre pilé.

Elle posa une main sur sa gorge et la caressa doucement.

— Et on a parlé de quoi, toi et moi ?

— Oh, de tout et de rien. Surtout de ta copine qui est morte. Et de ton bébé malade. Oh, et aussi de ton père biologique, celui qui a donné son sperme.

— Non ?!

Dean se retourna vivement vers elle, stupéfait.

— Ouais. C'est vrai. Tout ce que je voulais, moi, c'était rencontrer un gars sympa et faire un petit câlin. Putain, c'est bien moi. Je tombe sur monsieur « Ma Copine est Morte » qui me fait son numéro à la Jeremy Kyle dans la cuisine…

Des mots durs, indéniablement, mais Dean comprit qu'elle préférait simplement rester désinvolte. Il se rappelait maintenant avoir regardé son joli visage à la lueur d'une bougie, l'avoir vue remplir la bouilloire et remuer un sachet de thé dans une tasse. Il se rappelait les sandwichs au jambon sur une assiette en plastique, et aussi avoir roulé au moins une douzaine de pétards, rejetant des voiles de fumée grise autour d'eux. Et il se rappelait avoir parlé. Mais pas n'importe comment, c'était une vraie discussion. Il se rappelait avoir dit à Kate: « C'est tellement facile de parler avec toi que j'ai l'impression de te connaître depuis... depuis toujours. »

Ce matin, il n'avait plus l'impression de la connaître depuis toujours. C'était comme s'il la voyait pour la première fois. Ça le mettait mal à l'aise, de savoir qu'il s'était confié à cette fille bizarre, avec les cheveux orange et des taches de rousseur sur les épaules.

— Désolé, dit-il au bout d'un moment. Je ne voulais pas t'embêter avec mes problèmes.

Elle sourit, et l'expression de son visage quand elle souriait lui plut. Il comprit pourquoi il avait pu raconter ses histoires à cette fille.

— Ce n'est pas grave, répondit-elle en formant à la va-vite un chignon avec ses cheveux. Je suis contente de t'avoir rendu ce service. Mais je préfère ne pas savoir combien de fautes de frappe il pouvait y avoir dans le formulaire qu'on a envoyé... Putain! Ils vont croire que ce sont des psychotiques de six ans qui l'ont rempli!

Il sourit et la dévisagea, intrigué. Puis un sentiment de malaise se répandit en lui, tandis qu'un souvenir commençait vaguement à prendre forme dans son esprit.

— Tu ne te rappelles pas ?

— Quoi ?

— Qu'on est allés sur Internet, hier soir ?

Il jeta un coup d'œil au PC portable posé sur le bureau, puis à la chaise à roulettes en plastique, et au petit tabouret en bois sur la gauche, et tout lui revint. Il se revit assis sur le tabouret en train de regarder Kate taper sur son clavier. Il se rappelait même s'être dit qu'elle tapait drôlement bien. Et ce souvenir en ramena aussitôt un autre.

Kate et lui dans la cuisine. Kate déposant des tasses dans l'évier et faisant couler de l'eau dans des verres.

« Viens en haut avec moi. C'est dans ma chambre. »

Il se rappelait la couleur vert pâle des murs, dans l'escalier, et la photo d'un chat avec un imperméable et un chapeau de pluie, accrochée à la porte de la salle de bains. Et aussi la conversation qu'ils avaient eue avant de monter dans la chambre de Kate :

« Tu ne te demandes jamais ? Tu n'as pas envie de savoir ?

— Quoi ? Si j'ai des frères et sœurs ?

— Oui. Tu sais, des gens de ta famille. Si je pensais qu'il y avait quelque part des gens de ma famille, je ne pourrais pas résister. Il faudrait que je les retrouve. Je voudrais savoir.

— Ouais. Je n'y ai jamais vraiment pensé. Tu sais, il y a même un endroit, maintenant, où tu peux essayer de retrouver tes frères et sœurs biologiques. Je crois que ça existe depuis l'année dernière. Ma mère me l'a dit, mais je n'y ai jamais pensé. En fait, avec le bébé qui allait naître, et puis tout ce qui s'est passé après, je n'étais pas trop branché là-dessus…

— Comment ça s'appelle ?

— Je ne sais pas. Le Registre des fratries, quelque chose comme ça.

— C'est sur Internet ?

— Oui, oui. Ma mère m'a dit que c'était ce qu'il fallait faire, si je voulais savoir. Il faut le faire en ligne. »

Il se rappelait avoir éprouvé un frisson d'excitation à ce moment-là. La sensation qu'il se trouvait au bon endroit, au bon moment, avec la personne qu'il fallait. Comme si cela devait se passer comme ça. Soudain, il avait pressenti la possibilité d'une nouvelle vie se précipitant vers lui au galop, à travers le champ de son imagination. Il s'était senti frais et léger, comme une maison restée fermée pendant des années et qu'on ouvrait enfin pour y faire entrer la lumière. Il s'était dit que c'était l'idée la plus géniale qu'il ait jamais entendue. Il s'était presque mis à courir dans l'escalier, dans sa hâte de faire avancer sa vie dans des territoires encore inconnus. Oui, s'était-il dit. Oui. Faisons-le. C'est du rock and roll !

Puis il s'était assis sur le tabouret et l'avait regardée faire. Tic-tic-tic, page après page, elle avait tapé tous les détails personnels qu'il lui donnait. Il s'était attendu à ce qu'il y ait quelque chose, à la fin. Peut-être une fanfare, ou une sonnerie de clairon, des lumières qui clignotent, et toute une rangée de photos d'hommes et de femmes, avec les mots *VOICI VOS FRÈRES ET SŒURS* écrits en dessous.

Il avait été complètement démonté quand il s'était rendu compte qu'il allait devoir attendre. Des être humains, en chair et en os, allaient d'abord lire tout ça, vérifier les renseignements qu'il avait donnés, s'assurer que les personnes concernées étaient d'accord pour l'informer de leur existence. Et il n'y aurait certainement pas de photos.

« Quelle arnaque ! s'était-il exclamé. C'est de la putain de frime !

— Oui, mais c'est là, maintenant, dans le système. Tu l'as fait. Et dans quelques jours tu sauras si tu as des frères et sœurs quelque part.

— Putain.

— Oui, je sais. »

Ensuite, ils avaient fumé encore un pétard et s'étaient couchés.

Ce matin, dans la vive clarté de cette matinée de printemps, alors qu'il était conscient de l'odeur de fumée qui lui collait à la peau et de son haleine chargée, vu qu'il ne s'était pas encore brossé les dents, Dean se sentit horrifié de ce qu'il avait fait. Kate enfila un sweat-shirt à capuche.

— Je n'arrive pas à croire qu'on a fait ça, dit-il.

— Ouais. C'est chouette, non ? Encore mieux que de faire tourner des guéridons !

— Mais tu sais si je peux changer d'avis ? C'est prévu dans le formulaire ?

— Oui, il me semble. Je crois que si quelqu'un est déjà enregistré ils l'avertiront qu'une nouvelle personne vient de s'inscrire. Et ensuite, ils vous demanderont à tous les deux si vous voulez vous communiquer vos renseignements personnels. Je suppose qu'à ce moment-là tu pourras toujours dire non.

Elle le regarda, les poings enfouis dans les manches de son immense sweat-shirt.

— Tu ne feras pas ça ? demanda-t-elle, pensive. Tu ne diras pas non ?

Dean haussa les épaules. Il n'était pas en état de réfléchir à la question, pour le moment.

— Je ne sais pas, ça dépend. Ça dépend de ce qu'ils me diront.

Kate s'assit au bord du lit, à côté de lui, et posa son menton dans ses mains tout en le regardant du coin de l'œil.

— Il faudra que tu me dises ce qui se passe, tu sais ? Je ne te demande pas de me donner ton numéro de téléphone, ou d'être ta petite copine, ou quoi. Putain, je veux dire, tu es bien le dernier mec avec qui je voudrais sortir. Tu es un vrai désastre. Mais il faut au moins que tu m'envoies un SMS. Quand il se passera quelque chose.

Dean hocha distraitement la tête.

— Comment je t'ai rencontrée ? demanda-t-il de but en blanc. Hier soir ?

Elle se mit à rire et il trouva qu'elle avait de jolies dents.

— Tu ne t'en souviens pas ?

— Non. Je me rappelle que j'ai dansé, au pub. Et je me rappelle m'être assis dans ta cuisine. Mais j'ai complètement oublié à quel moment tu as débarqué.

— J'ai été envoyée, déclara-t-elle avec une feinte gravité. Par les forces sombres et invisibles du destin, pour changer à tout jamais le cours de ta vie.

Dean se mit à rire, légèrement mal à l'aise. Il ne comprenait pas très bien son genre d'humour, mais il la trouvait drôle et intelligente. Plus intelligente que lui.

— Non, dit-il. Sérieusement.

— Sérieusement ? Ton copain a vomi sur mes chaussures. Tu m'as aidée à les nettoyer.

— Quoi, tu veux dire, Tommy ?

— Oui. L'ancien militaire. Il était en train de m'expliquer que les rouquines le faisaient bander, et tout d'un coup il a tout vomi sur moi. C'était bleu.

— Bleu ?

— Oui, son vomi était bleu.

Un souvenir traversa l'esprit de Dean, en un éclair. Il se vit soulevant le couvercle de la poubelle de Kate, pour y déposer une paire de chaussures en toile tachées de bleu.

— Alors, tu vas prendre mon numéro, monsieur « Ma Copine est Morte » ? Trois ou quatre mots, ça suffira. « J'ai une sœur. » Ou bien : « Tu veux connaître mon frère ? » Ou alors : « J'ai changé d'avis. » Juste pour que je sache.

— Oui, bien sûr. Je le ferai.

— Bien.

Elle lui tapota la main, avec un petit sourire satisfait.

— Viens. On va descendre prendre une bonne tasse de thé.

Il la suivit dans l'escalier aux murs vert pâle, passa devant la photo du chat en imperméable et entra dans la cuisine où, la veille, il avait pris une décision qui risquait de changer irrémédiablement le cours de sa vie.

MAGGIE

Maggie retint sa respiration, ferma les yeux et fit la grimace. Son amie Jeannie tira d'un coup sec sur la bande de tissu, avant de la jeter dans une petite corbeille posée au sol. Maggie réprima un cri de douleur. Jeannie étala une nouvelle bande à l'intérieur de la jambe de Maggie, et celle-ci inspira profondément, en retenant son souffle une fois de plus.

— Tu veux bien tirer un peu par là ? demanda Jeannie en désignant un point sur sa cuisse.

Maggie posa les doigts sur sa chair, tandis que Jeannie arrachait encore quelques poils sur une partie de son anatomie à laquelle elle évitait de penser trop souvent. Les lèvres serrées, elle laissa tout de même fuser un petit hululement.

— C'est... bientôt fini ?

Jeannie inspecta l'entrejambe de Maggie, derrière l'épaisse couche de mascara qui recouvrait ses cils. Elle fit courir ses doigts le long de la ligne d'un bikini imaginaire et répondit d'un ton vague :

— Oui, presque. Plus que quelques minutes.

Cela faisait environ vingt-cinq ans que Jeannie épilait Maggie à la cire. Aucune des deux ne se rappelait si elles étaient amies avant que Jeannie commence à épiler le pubis de Maggie, ou bien si elles étaient devenues amies à la suite de cela. Mais elles se connaissaient bien, dès le départ. Maggie n'était pas du genre à laisser n'importe qui la voir sous cet angle.

Maggie venait chez Jeannie une fois par mois. C'était idiot, en fait, car personne ne la voyait jamais nue, et elle n'allait même plus à la piscine, puisqu'elle passait tout son temps libre à la clinique. Elle avait espéré quelque temps qu'un jour, peut-être, Daniel apprécierait de voir son corps dénudé, mais à présent cela ne risquait plus d'arriver. Cependant, Maggie trouvait important d'être toujours parfaitement impeccable. Elle se sentait plus propre, plus nette, quand elle était épilée.

Jeannie finit par annoncer qu'elle avait terminé, et se mit à appliquer une huile de soin sur les jambes de Maggie.

— Comment va ton ami ? demanda-t-elle tout en enlevant ses gants en caoutchouc qu'elle laissa tomber dans la corbeille.

Maggie sourit tristement. Son ami… Il ne serait jamais rien de plus qu'un ami, à présent. Elle se sentait submergée de chagrin chaque fois qu'elle pensait au merveilleux voyage que Daniel et elle ne pourraient jamais plus faire ensemble.

— Daniel ?

— Oui.

— Oh, pas très bien, répondit-elle en se relevant pour prendre ses collants. Tu sais… Je dois avouer que c'est une situation très bizarre, d'être si proche de quelqu'un qui est pratiquement…

— Mourant ?

— Oui.

Maggie n'apprécia pas beaucoup la brutalité de ce mot. Elle était certaine qu'il devait y avoir une façon plus délicate d'exprimer les choses.

— C'est étrange. Certains jours, il a l'air en bonne santé. Et d'autres jours, quand j'entre dans sa chambre, je m'attends à trouver le lit vide, et refait avec des draps frais et propres, tu vois. Prêt à accueillir un autre pauvre malade.

Elle eut un frisson imperceptible.

— Je suis si triste pour lui. Le processus est tellement long, imprévisible. Dans un sens, il vaudrait mieux…

— Être renversé par un autobus ?

— Oh, non ! s'exclama Maggie avec un rire nerveux. Non ! Ce serait vraiment terrible. Et on risquerait de… de ne pas mourir sur le coup. De se retrouver dans un fauteuil roulant. Ou bien avec des lésions cérébrales. Non ! Mais peut-être, tu sais, la façon dont les Suisses voient la chose ? Une petite piqûre, et tout est fini.

Jeannie s'essuya les mains avec une serviette en papier et ôta sa blouse blanche.

— Eh bien, c'est un peu ce qu'ils font dans cette clinique, non ? Les soins palliatifs, c'est ça ? Beaucoup de petites piqûres qui finissent par te tuer à petit feu…

— Non ! protesta Maggie. Non ! Ils soulagent seulement la douleur.

— Oui, mais ils n'essayent pas non plus de le maintenir en vie, n'est-ce pas ? Ils ne sont pas là pour le guérir ?

— Non, mais ça ne veut pas dire qu'ils le tuent. Tu sais, l'autre jour, il a dansé avec moi. C'est vrai. Il m'a emmenée faire une promenade dans le jardin, et il m'a demandé de danser. S'ils voulaient « mettre fin à ses souffrances », comme on dit, il ne pourrait sûrement pas faire ça, non ? Il déclinerait peu à peu, régulièrement. Et puis...

Elle se tut. Cela faisait presque une semaine qu'elle gardait pour elle l'étrange révélation que Daniel lui avait faite. Elle n'en avait parlé à personne. Principalement parce qu'elle ne voyait plus grand monde, depuis que sa vie était accaparée par Daniel. Elle regarda sa vieille amie. Celle-ci était sans doute la personne la plus proche d'elle, en dehors de ses enfants, de sa mère, et de Daniel lui-même. Les mots sortirent, comme malgré elle :

— Il m'a dit quelque chose d'incroyable, Jeannie, dit-elle en faisant remonter ses collants noirs sur ses cuisses. Mais si je te le dis, tu dois me promettre que tu ne le répéteras à personne.

Jeannie haussa les sourcils.

— À qui veux-tu que j'en parle ? Personne ne le connaît, ton ami Daniel.

— On ne sait jamais ! rétorqua Maggie, agacée. Il faut que tu me promettes.

— C'est bon, je te le promets.

Jeannie soupira et regarda son amie en souriant.

— Dans les années quatre-vingt et quatre-vingt-dix, il a donné son sperme.

Les sourcils un peu trop bien redessinés de Jeannie se soulevèrent un petit peu plus.

— Ouah…

— Et du coup il a quatre enfants. Deux garçons et deux filles. Ils ont tous une vingtaine d'années…

— Bonté divine! s'exclama Jeannie, tout émoustillée, en arrangeant un coussin dans son dos.

— Oui, je sais. Il ne les a jamais vus. Il ne sait rien d'eux, à part leur sexe et leur date de naissance. Et maintenant qu'il est si proche de… de la fin, tu vois, il dit qu'il aimerait les voir. Ou au moins savoir des choses sur eux. Et naturellement, vu sa situation actuelle, il ne peut pas faire grand-chose.

— Alors, tu veux t'en occuper?

— Eh bien oui, je crois. Sauf que je ne sais pas par où commencer. Je veux dire, qu'est-ce qu'il faut faire? C'est comme chercher une aiguille dans une botte de foin. Ou plutôt, quatre aiguilles.

— Il t'a dit dans quelle clinique il avait fait son don?

— Non. Non, je ne lui ai pas vraiment posé de questions. Je ne voulais pas trop insister. Vu son état…

— Eh bien, si tu veux vraiment faire ça pour lui, il faudra bien que tu t'appuies sur quelques détails concrets…

— Oui, oui, je sais. Tu as raison.
— Quand vas-tu le revoir ?
— Tout à l'heure. Vers six heures.
— Et c'est sérieux ? Tu veux vraiment faire quelque chose ?
— Absolument.
— Dans ce cas, il ne faut pas traîner. Prends un carnet, un crayon, et pose-lui toutes les questions. C'est peut-être ta dernière chance. Imagine que le cancer s'attaque au cerveau ?

Maggie fut secouée d'un frémissement, mais elle approuva d'un signe de tête. Une peine immense surgit dans son cœur, à la pensée du cerveau de ce pauvre Daniel, dévoré par les métastases.

— Je vais le faire. Ce soir. Oui, je vais lui parler, et dès ce soir.

C'était l'heure de la distribution des boissons quand Maggie arriva à la clinique, juste après six heures.

— Du vin ? De la bière ? Du sherry ? proposa une femme au sourire enjoué, avec une rose plantée dans les cheveux.

Il y avait une autre rose sur le chariot qu'elle poussait, et quelques gâteaux au chocolat parsemés de dragées argentées, offerts par un généreux donateur. On voyait souvent des gâteaux sur les chariots, dans les couloirs. Des gâteaux, des livres, des caisses de vin. Maggie trouvait extraordinaire qu'il existe assez de personnes généreuses, en ce monde, pour préparer des gâteaux garnis de dragées d'argent, les ranger dans des boîtes Tupperware et trouver le temps, dans leur journée surchargée, de les apporter à la clinique. Ces personnes ne restaient même pas pour savoir si leurs gâteaux avaient été jugés délicieux ou non, mais elles revenaient la semaine suivante pour récupérer leurs boîtes Tupperware. Et tout cela, par pure bonté.

Maggie avait toujours pensé qu'elle était quelqu'un de bien. Elle souriait aux personnes qu'elle rencontrait, donnait de l'argent aux œuvres charitables et disait toujours aux gens qu'ils avaient l'air en forme. Elle recyclait ses déchets, prenait les bébés dans ses bras pour aider leur maman quand c'était nécessaire, et faisait des dons généreux quand ses amis lui demandaient de les sponsoriser pour une course à pied à but caritatif. Elle avait elle-même participé à une de ces courses, quelques années auparavant. Elle avait couru un peu plus d'un kilomètre, vêtue d'un jogging rose. C'était pour la lutte contre le cancer du sein. Une toute petite participation, mais tout de même. Elle aimait penser à elle comme à un rayon de soleil, quelqu'un qui illuminait votre journée, distribuait de bons karmas. Mais elle mettait de plus en plus en doute cette vision d'elle-même ces derniers temps, maintenant qu'elle était confrontée à l'avalanche de dons, de contributions et de gestes bienveillants qui déferlait chaque jour sur cette clinique.

—Voulez-vous un verre de vin, monsieur Blanchard ? demanda gentiment la femme à la rose dans les cheveux, en se frayant un chemin dans la chambre avec le chariot.

—Oui! déclara Daniel en souriant. Oui, aujourd'hui j'ai envie d'un verre de vin. Qu'avez-vous à me proposer?

—Du rouge ou du blanc, répondit la femme, dont le badge révélait qu'elle s'appelait April.

Daniel sourit de nouveau. Il avait ce sourire spécial que Maggie avait déjà remarqué, et qui apparaissait sur ses lèvres quand un Britannique l'amusait d'une façon vague, indéfinissable. Il lui souriait très souvent comme ça. Elle avait fini par renoncer à lui demander ce qui le faisait sourire. Il n'avait jamais su le lui expliquer.

—Dans ce cas, continua-t-il, je vais prendre un verre de votre meilleur blanc, s'il vous plaît.

April servit le vin dans un petit verre arrondi, comme ceux qu'ils utilisaient dans les pubs, autrefois. Le verre était vieux et terni, et la température du vin ne devait pas être très éloignée de celle de la chambre. Cependant, songea Maggie, quand on est cloué dans un lit d'hôpital, un verre de vin est toujours un verre de vin. Si c'était elle qui se trouvait dans ce lit, le corps rongé par le cancer, elle ne ferait rien d'autre que de boire du vin toute la journée, même s'il était tiède ou de mauvaise qualité. Elle n'aurait plus aucune raison de ne pas le faire.

April servit à Maggie un petit verre de vin rouge, puis elle sortit en leur laissant à chacun une serviette en papier avec un cupcake que ni Daniel ni elle ne mangerait. Ils se retrouvèrent de nouveau en tête à tête.

Malgré l'enthousiasme qu'il avait manifesté, Daniel n'avait pas l'air de vouloir boire, et il ne toucha pas à son verre. Ses traits semblaient s'être affaissés depuis la veille, et ses cheveux paraissaient plus fins, raides comme de la paille. Son corps, aplati sur le lit, évoquait celui d'un personnage de dessin animé venant de passer sous un rouleau compresseur. On avait l'impression qu'il se confondait avec son lit, un peu comme si le matelas et lui ne formaient plus qu'un, ou plutôt deux couches étroitement superposées. Il voulut poser le verre de vin sur son plateau, et Maggie bondit sur ses pieds pour l'aider, car le verre vacillait dangereusement entre ses doigts.

— Merci, Maggie. J'ai l'impression d'avoir des brindilles à la place des bras. Je n'arrive pas à croire qu'autrefois je pouvais transporter des livres très lourds. J'ai bâti un mur de jardin avec ces bras. J'ai porté ma mère dans l'escalier. Et maintenant…

Sa phrase resta en suspens.

Maggie eut envie de l'interroger sur ces livres, sur ce mur de jardin, sur le fait qu'il avait porté sa mère. Quand ? Pourquoi ? Quels livres ? Quel mur ? Mais elle percevait la faiblesse de Daniel, et elle savait qu'elle devait l'aider à se concentrer sur ce qui était vital. Or, en ce moment, l'histoire de ce mur de jardin était loin d'être au centre de leurs préoccupations.

Elle repoussa une mèche derrière son oreille, et sortit de son sac un petit carnet et un crayon.

— Écoute, Daniel. Tu te rappelles ce que tu m'as dit, l'autre jour, dans le jardin ? Sur le don de sperme ? Et sur les enfants ?

Elle le fixa d'un air anxieux. Il fallait qu'il se souvienne. Une lueur passa dans les yeux de Daniel, et elle poussa un soupir de soulagement.

— Oui, bien sûr. Je me rappelle. Quand on révèle pour la première fois son plus grand secret à quelqu'un, on ne peut pas oublier.

Elle sourit, heureuse qu'il se rappelle et aussi qu'il ait confiance en elle.

— Bien, dit-elle en lui prenant la main. Je suis contente. Maintenant, écoute-moi... tu as absolument le droit de refuser, mais je me demande...

— Oui, dit-il sans attendre. Oui, je veux que tu le fasses.

Déroutée, Maggie posa une main sur sa gorge.

— Que je fasse quoi ?

— Que tu les trouves. Si c'est possible. Je veux que tu les retrouves. Je veux savoir qu'ils sont heureux, brillants, beaux, et contents que je leur aie permis de venir au monde. Tu sais, j'aimerais savoir qu'ils ne m'en veulent pas. Et même s'ils m'en veulent, je veux le savoir aussi.

— Vraiment ? dit Maggie, en lissant les pages de son carnet. Oh, mon Dieu, c'est tellement formidable. Cela fait des jours que j'ai envie de t'en parler, mais je n'osais pas le faire. J'avais trop peur de te contrarier.

— Oh, Maggie.

Daniel sourit et lui pressa doucement la main.

— Comment pourrais-tu me contrarier ? Je suis sûr que tu n'as jamais contrarié personne, dans toute ta vie !

Maggie sourit. Elle savait au fond d'elle-même que c'était vrai, et elle y mettait même un point d'honneur.

— Oui, continua-t-il, je t'autorise à le faire. Je pense que j'ai le temps. Et de savoir que c'est possible… eh bien, cela me poussera à tenir encore un peu. J'ai lu un article, l'année dernière. Il existe maintenant un site Web pour les enfants nés par le don de sperme. Je m'en suis souvenu brusquement au beau milieu d'un rêve, il y a quelques jours. Il est possible que mes enfants soient inscrits sur ce site, ou même qu'ils se soient rencontrés. Ils sont peut-être tous ensemble en ce moment, en train de prendre le thé, ou de boire un tout petit verre de vin tiède ! dit-il en riant. Et à se demander qui peut bien être ce soi-disant père biologique. Je suppose que ça vaut la peine de vérifier. Pendant toutes ces années, j'ai cru que ça n'avait pas d'importance, et maintenant, je suis sur le point de partir, et bon… je m'y prends terriblement tard. Je le sais bien. C'est vraiment, vraiment très tard. Mais si tu en retrouves au moins un seul… Si tu découvres qu'au moins un de mes enfants est vivant. Ou même seulement de quelle couleur sont leurs cheveux. Ou bien comment ils s'appellent. Ou encore quel métier ils exercent. Un détail, si infime soit-il. Ce serait le plus beau cadeau à me faire avant ma mort, pour que je l'emporte avec moi. Ce serait la chose la plus importante que quelqu'un ait jamais faite pour moi.

Il sourit et son regard se posa sur les draps, sur leurs doigts entrelacés. Ses yeux étaient humides de larmes. Ils frottèrent leurs doigts les uns contre les autres, comme pour se porter bonheur, et Maggie ravala ses propres larmes. Elle ne lui demanda pas ce qu'il ressentirait si elle ne trouvait personne. Ni ce qu'il ressentirait s'il était trop près de la mort pour être vraiment conscient, au moment où elle retrouvait un de ces enfants. Ou encore si elle trouvait un être triste, ou abîmé par la vie, ou bien encore plein de haine et de rancœur. Elle se contenta de sourire, et de lui caresser la main.

— Ne t'en fais pas, Daniel. Je ferai tout ce que je pourrai.

Daniel habitait les deux derniers étages d'une grande maison indépendante, aux abords du centre-ville. La demeure se trouvait tout au bout d'une large allée de gravier, et elle faisait partie des pires exemples de l'architecture edwardienne. Mais elle présentait malgré tout plusieurs particularités agréables, comme les vitraux colorés de la porte d'entrée, des fenêtres à tout petits carreaux, et une plaque de cuivre reluisante, dans laquelle étaient incrustés six boutons de verre correspondant chacun à une sonnette. En face de celui de la porte de Daniel étaient inscrits les mots *M. D. Blanchard.* Maggie faillit appuyer sur le bouton, mais elle avait un jeu de clés dans son sac. Daniel le lui avait donné la veille à la clinique, avec des instructions très précises. Elle trouverait une autre clé accrochée à un clou, derrière un certain bureau. Cette clé ouvrait un petit tiroir dans lequel était rangé un classeur vert portant les initiales *CFW*. À l'intérieur, Maggie découvrirait les renseignements qui lui permettraient de contacter le Centre de fertilité et de fournir les données nécessaires pour avoir accès au Registre des fratries. Maggie s'était déjà rendue chez Daniel. Une fois pour boire une coupe de champagne sur sa terrasse, lors d'une belle soirée de début septembre (« C'est peut-être la dernière occasion que nous aurons de rester un long moment ensemble, il ne faut pas la laisser passer »), et une autre fois pour l'aider à préparer ses bagages avant de partir à la clinique. Elle avait vidé le réfrigérateur, ouvert ses tiroirs et débranché le poste de télévision, mais tout cela en sa présence. Maintenant, seule chez lui, elle avait l'impression d'être une intruse.

À l'intérieur, l'air était lourd et dense. La femme de ménage était passée une fois ou deux dans le mois, et l'appartement n'était donc pas exactement dans l'état dans lequel ils l'avaient laissé. Elle avait tout de même la sensation de commettre une intrusion en déplaçant les grains de poussière et en marchant sur les traces laissées par l'aspirateur sur la moquette. Il était peu vraisemblable que Daniel revienne un jour chez lui. Pourtant, si cela arrivait, s'il y avait un Dieu et que celui-ci accomplisse un miracle (après tout, des choses bien plus bizarres que cela arrivaient tous les jours), il faudrait que Daniel retrouve sa maison intacte, attendant son retour comme un vieux chien fidèle.

L'appartement de Daniel n'était pas celui d'un Français d'âge moyen, mais plutôt celui d'un vieil Anglais. Les murs étaient ornés de tableaux, le mobilier était sombre et ancien. Des rideaux épais garnissaient les fenêtres, et le canapé était un Chesterfield. Ses étagères étaient chargées de classiques anglais, et une odeur d'huile Mazola et de crackers Ritz régnait dans la cuisine. Un chiffon bleu et sec, de la marque J-Cloth, était accroché au robinet, au-dessus de l'évier. C'était un joli appartement. Maggie s'était imaginée vivant ici. Il y avait longtemps de cela, à l'époque où Daniel était simplement un homme sérieux qui avait des problèmes de dos. Toutes les lampes étaient allumées, l'air était chargé des senteurs de la fin d'été et du chant des oiseaux, et elle était un peu étourdie par le champagne et la compagnie du plus bel homme de Bury Saint Edmunds. À ce moment-là, tout semblait encore possible.

Elle posa son sac sur une petite table et dénoua sa longue écharpe de soie. Puis elle regarda autour d'elle, essayant de localiser le « petit bureau en noyer ». Elle finit par le trouver, caché derrière un énorme fauteuil rembourré. Le bureau accueillait toute une collection de presse-papiers en verre avec des inclusions de tourbillons vert chartreuse ou rouge canneberge, et quelques photos de mariage très anciennes, en noir et blanc, probablement de ses parents. Elle s'accroupit sous le bureau et explora le mur auquel il était adossé, jusqu'à ce qu'elle trouve la clé, suspendue à une ficelle verte. Puis elle découvrit le petit tiroir secret, dissimulé à l'intérieur d'un autre tiroir, sous un panneau coulissant. Le classeur vert pâle était là, comme prévu, avec les lettres *CFW* inscrites sur le carton qui sentait le moisi.

Elle prit le dossier et s'installa dans le fauteuil tapissé d'un épais tissu d'ameublement. Elle le laissa un instant posé sur ses genoux, submergée par l'énormité de sa tâche, et par la confiance que Daniel avait placée en elle. Il y avait beaucoup de choses contenues dans ce dossier. Des vies. Des gens. Des histoires. Et surtout, le plus important, des secrets. Maggie n'aimait pas les secrets. Ni les mensonges. Elle n'avait pas l'esprit à jongler avec tous les petits détails qui les accompagnaient. Les choses qu'il ne fallait pas dire, les gens devant lesquels on ne devait pas parler, les mots qui « n'avaient jamais été prononcés », les événements qui « n'avaient jamais eu lieu ». Tout cela était trop troublant et trop éprouvant pour les nerfs. Une vie sans secrets et sans mensonges était tellement plus simple. Or, à l'intérieur de ce dossier se trouvaient des vies si complexes que Maggie était étourdie à la simple idée de les découvrir.

Daniel n'avait pas d'ordinateur.

« À qui veux-tu que j'envoie un e-mail ? avait-il protesté quand elle s'en était étonnée. Et qu'y a-t-il sur Internet qui ne figure pas déjà dans mes livres ? Hein ?

— Mais comment fais-tu pour réserver tes vacances ?

— Mes vacances ! Ah oui, mes vacances. Je ne pars pas en vacances. La mer se trouve à une heure de chez moi, et je vis dans l'une des plus belles villes du pays. Je passe mes vacances sur la terrasse. »

Il avait souri, et Maggie l'avait imité en se disant que dans toute sa vie elle n'avait jamais rencontré quelqu'un qui soit à la fois aussi fascinant et aussi prosaïque.

Elle allait être obligée de rapporter ces papiers chez elle, dans sa maison, et de se servir de son propre ordinateur. Son travail ici était terminé. Cependant, l'idée la frappa qu'elle pouvait peut-être faire quelque chose de plus. Elle ne reviendrait sans doute jamais dans cet appartement. Légalement, elle n'avait pas le droit d'y entrer. Elle ne figurait nulle part dans les papiers officiels de Daniel. Il lui incomberait probablement de régler ses affaires lorsqu'il aurait disparu, mais ce n'était pas certain. Et en supposant qu'elle retrouve la trace d'un ou deux de ces enfants, en supposant que ceux-ci veuillent prendre contact avec Daniel, mais que tout arrive trop tard et que Daniel soit dans le coma, ou, pire, qu'il soit décédé… Que dirait-elle à ces personnes, au sujet de l'homme qu'elles avaient souhaité rencontrer ?

Elle pourrait leur rapporter ses propres souvenirs, leur raconter le peu d'anecdotes dont elle disposait. Mais ce ne serait pas assez. Elle ne connaissait cet homme que depuis un an, et elle l'avait presque toujours vu malade. Elle savait si peu de choses sur lui. Sa personnalité était opaque, impénétrable. Elle savait qu'il avait une mère très âgée, un frère célibataire, qu'il avait été médecin et qu'il avait pris sa retraite pour des raisons de santé. (Il ne lui avait pas donné de précisions, mais elle pensait que sa maladie était plus mentale que physique. En général, les gens aimaient bien parler de leurs souffrances physiques. La maladie mentale, en revanche...) Elle savait aussi qu'il avait un bateau à Aldeburgh, un petit dériveur en bois baptisé *Clarissa*. (Elle ignorait pourquoi il s'appelait ainsi, et elle n'avait jamais eu l'occasion de voir le dériveur puisque Daniel avait cessé de sortir en mer quand son dos avait commencé de le faire souffrir, c'est-à-dire exactement au moment où il était entré dans la vie de Maggie.) Elle éprouva une fois de plus une vive douleur à l'idée qu'elle était passée si près de lui, en manquant la meilleure partie de sa vie.

Elle savait qu'il aimait lire, qu'il aimait boire et manger, et que la plupart des restaurateurs de Bury et des hameaux environnants le connaissaient par son nom et lui serraient chaleureusement la main chaque fois qu'il entrait dans leur établissement. Elle ne savait pas comment il pouvait se permettre de dîner aussi régulièrement au restaurant, ni comment il avait les moyens de meubler aussi bien un appartement aux proportions aussi vastes, ni encore comment il payait le champagne, le vin, les vêtements de luxe et le traitement de physiothérapie. Elle ne savait rien sur cet homme, rien qui soit susceptible d'aider un de ces enfants. Et elle éprouverait des remords à tirer ceux-ci de leur bienheureuse ignorance, pour être incapable ensuite de leur fournir autre chose que des impressions très vagues sur une personne qu'ils ne pourraient jamais connaître.

Aussi se rendit-elle dans la cuisine de Daniel, où elle trouva un paquet de sacs en plastique froissés. Elle en prit quelques-uns qu'elle se mit à remplir avec des objets pouvant servir de souvenirs. Cela lui parut terrible de dépouiller la maison de ce qui pouvait être considéré comme l'essence de cet homme, sans qu'il le sache, sans qu'il l'ait autorisée à le faire. Ce n'était pas du tout le genre de choses que Maggie aurait faites en temps normal. Mais la situation n'était pas ordinaire. Ce que Daniel lui avait demandé n'avait rien de banal. Les règles habituelles ne pouvaient plus s'appliquer.

Elle plaça dans un sac les deux cadres contenant les anciennes photos de mariage et s'imagina expliquant à un gamin de vingt ans, sidéré : « Ceci est une photo des parents de votre père. Vos grands-parents, je suppose. » Elle prit aussi son after-shave, un flacon en verre strié d'où émanait un parfum frais de citron et d'herbe coupée. Elle trouva aussi de vieux paquets de photos de chez Boots, contenant des clichés représentant Daniel. Sur son bateau, assis sur un banc avec une amie, coiffé d'un canotier aux régates de Henley, ou tenant dans ses bras un épagneul King Charles. Elle leur jeta un rapide coup d'œil, n'ayant aucun désir de les examiner plus longuement sans la permission de leur propriétaire. Elle prit aussi un album contenant de minuscules photos en noir et blanc de parents depuis longtemps disparus, vêtus de costumes des années vingt et conduisant d'anciens modèles de voitures. Elle prit des cahiers rangés sur une étagère, mais ne les ouvrit pas pour voir ce qu'ils contenaient, car elle avait le sentiment que cela aurait été inacceptable. Elle prit un cadre accroché au mur, une aquarelle représentant la région de Dieppe, dont il était originaire, et elle prit aussi un petit carnet d'adresses bleu sur la table du téléphone. Puis elle tapota le coussin du fauteuil pour effacer l'empreinte que son corps y avait laissée, jeta un dernier regard autour d'elle et referma la porte doucement, respectueusement.

Après quoi, elle rentra chez elle.

LYDIA

Lydia avait acheté un chat. Il était bleu, avec un nez aplati et des joues arrondies. Elle l'avait acheté par Internet, à un éleveur établi dans une maison mitoyenne aux environs immédiats de Kettering. C'était une maison froide et laide, mais la dame qui possédait l'élevage était douce, chaleureuse, et elle était au bord des larmes en se séparant de sa jolie chatte à tête de nounours qu'elle avait appelée Samsara. La chatte était un british shorthair blue. Lydia avait vu un chat de cette race dans une publicité pour un désodorisant d'intérieur, et elle en était tombée instantanément amoureuse. Un chat bleu qui ressemblait à un nounours. Elle avait toujours été amateur de chiens. Maintenant, elle était amateur de chats. Et elle trouvait cela naturel. Tout en elle était CHAT. Sa grande maison vide, son béguin pour un coach homosexuel, son éloignement de sa seule véritable amie, l'importance de sa profession. Tout criait CHAT, CHAT, CHAT.

Elle baptisa la chatte Queenie. Celle-ci avait déjà trois ans. L'éleveuse avait voulu la garder, mais, la chatte s'étant révélée stérile, elle lui coûtait cher et ne rapportait rien. L'avantage pour Lydia, c'était qu'elle avait l'habitude d'être toilettée et qu'elle n'était pas obsédée par le jeu et les balles de ficelle. Dès l'instant où Lydia avait ouvert le panier de Queenie, elle avait su qu'elle avait trouvé l'animal idéal. Queenie avait délicatement secoué chacune de ses pattes, tout en faisant le tour de la pièce du regard. Elle avait aussitôt repéré le canapé de cuir blanc dans la véranda et avait sauté dessus pour s'y installer. C'était le meuble le plus cher de la maison. Un rayon de soleil était tombé pile sur sa fourrure, et Lydia était sûre d'avoir vu la chatte sourire de plaisir. Comme si elle s'était dit qu'elle avait enfin trouvé un environnement s'accordant à son statut de petite déesse bleue.

La présence de l'animal avait apporté à son existence quelques douceurs dont elle avait grand besoin. La nuit, Queenie dormait sur son lit, et le matin elle la réveillait doucement en pressant son nez contre le sien et en lui malaxant la poitrine avec ses petites pattes. Ensuite, la chatte la suivait du lit jusqu'à la douche, de la douche au dressing, du dressing à la cuisine, et de la cuisine à son bureau.

Juliette détestait la chatte. Elle avait eu un mouvement de recul horrifié la première fois qu'elle avait vu Queenie assise, impériale, sur le canapé de cuir blanc et brillant, se léchant l'anus avec application. La chatte et Juliette avaient alors échangé un regard entendu, et Juliette avait pressé les mains contre sa poitrine en murmurant en tagalog quelques mots qui sonnaient comme une malédiction. Puis elle avait tourné les talons et quitté la pièce précipitamment.

Lydia avait pris entièrement en charge le nettoyage de la litière, et des petits bols en plastique dans lesquels Queenie mangeait ses croquettes. Lydia adorait la regarder manger. Ce qu'elle aimait particulièrement, c'était le bruit que faisaient les croquettes quand elle les écrasait entre ses dents minuscules.

En ce moment même, Queenie était dans le fauteuil du dressing de Lydia et l'observait avec intérêt, tandis que la jeune femme essayait d'examiner les contours de son postérieur dans le miroir placé derrière elle. Lydia n'avait pas consacré beaucoup de temps dans sa vie à penser à son postérieur. Mais, aujourd'hui, elle portait un nouveau pantalon de sport. Il était très serré, avec beaucoup de coutures et de courbes, et coupé dans un tissu moderne et un peu brillant. Pas le genre de vêtement à porter quand on est timide, or quand il s'agissait de son apparence Lydia devenait très timorée. Elle s'adressa au chat. Car, quand on était une jeune femme célibataire, à quoi bon avoir un chat si ce n'était pas pour lui parler ?

— Je crois que ça peut passer. Tu ne penses pas ? Après tout, je ne suis pas vraiment grosse. C'est juste ces petits bourrelets, tu vois. De toute façon, franchement, qu'est-ce que ça peut faire ? Il est gay, non ? Tu crois qu'il est gay, toi aussi ? Tu l'as déjà vu, alors qu'est-ce que tu en penses ?

Queenie lui lança un regard un peu embarrassé et tourna la tête.

Lydia trouva normal qu'elle soit embarrassée. Après tout, elle était une femme, et Queenie était une chatte. Elle soupira et fit glisser une dernière fois ses mains sur ses fesses. Elle allait mettre ces leggings brillantes. Si Bendiks était gay, et il l'était naturellement, alors il ne serait pas perturbé par la vue de quelques bourrelets sur ses hanches. En revanche, il serait vraiment content qu'elle ait jeté son jogging effrangé, avec sa ceinture tout effilochée à la taille.

Lydia noua ses cheveux noirs en queue-de-cheval et jeta un dernier coup d'œil au miroir en pied, avant de descendre avec Queenie ouvrir la porte à Bendiks.

Celui-ci avait quelque chose de différent, aujourd'hui. Son apparence était moins soignée que d'habitude. Son visage n'avait pas l'air d'avoir été exfolié et enduit d'une crème nourrissante. Ses sourcils n'avaient été ni brossés ni épilés, il ne portait pas d'anticernes, et le blanc de ses yeux paraissait grisâtre. Ses cheveux étaient trop longs et, pour une fois, elle trouva qu'il sentait la transpiration.

—Bonjour, Lydia. Comment ça va, aujourd'hui ?

Il se baissa pour caresser la chatte qui s'enroulait autour de ses chevilles.

—Et vous, mademoiselle Queenie, comment allez-vous ?

Il la gratta derrière les oreilles, et le museau plat de Queenie sembla s'étirer en un sourire. La chatte de Lydia avait en tout les mêmes goûts que sa maîtresse. Cela allait des canapés aux hommes, en passant par la musique. Le sourire de Bendiks, en revanche, n'était pas très convaincant. Si Lydia n'avait pas su qu'il était originaire d'Europe de l'Est, elle l'aurait même soupçonné d'avoir pleuré.

— Et toi, comment vas-tu ? demanda-t-elle quand il se releva.

— Oh, très bien. Tu sais ?

Lydia perçut dans ce « Tu sais ? » un peu pathétique une sorte d'appel de détresse.

— Tu as l'air…

— Oui, je sais, dit-il tristement. J'ai mauvaise mine. C'est bon, tu peux le dire. Je te le dis bien, moi, quand je te trouve mauvaise mine. Tu peux me retourner le compliment. Je n'ai pas dormi. En réalité, je ne me suis même pas couché. J'ai passé la nuit debout.

— Eh bien, oui, tu as l'air drôlement fatigué. Tout va bien ?

— Non, admit-il en soupirant. Tout ne va pas bien. C'est horrible.

— Oh mon Dieu, dit-elle en s'efforçant de ne pas sembler trop affligée par la nouvelle. Mon Dieu, entre, entre vite. Tu veux boire quelque chose ? Du thé ? Du café ?

— Ah ! Je crois qu'une vodka serait préférable.

— Quoi, vraiment ?

— Non, fit-il avec un rire rauque. Non. C'est la dernière chose à faire. Mais je veux bien un café.

Lydia passa la tête dans la cuisine et demanda à Juliette, en y mettant les formes, si elle voulait bien préparer deux doubles expressos. Puis elle emmena Bendiks sur la terrasse de derrière. Le soleil printanier inondait le sol en lattes de teck, réchauffant les coussins ivoire qui garnissaient les fauteuils en rotin. Bendiks s'assit et Queenie sauta gracieusement sur ses genoux, tournant trois fois sur elle-même avant de se rouler en boule et de contempler Lydia d'un air satisfait. Bendiks baissa la tête et enfouit le visage dans la fourrure bleutée de la chatte.

— Merde, finit-il par dire en se redressant et en laissant sa tête partir en arrière. Merde, merde, merde.

Sa voix parut sur le point de se briser, et Lydia se figea, redoutant soudain de le voir se mettre à pleurer. Elle n'était pas préparée à cela. Elle attendit en silence qu'il dise quelque chose.

— Aujourd'hui, finit-il par marmonner, j'ai été déclaré en faillite.

Lydia écarquilla les yeux.

— Je suis allé au tribunal ce matin, et ils m'ont dit que j'étais ruiné. Je n'ai plus rien à moi. Je n'ai plus le droit de travailler comme je le fais en ce moment, et toutes mes cartes de crédit ont été détruites. À partir d'aujourd'hui, je cesse d'exister.

— Oh, mon Dieu, Bendiks, c'est terrible.

— Je sais, je sais.

Il soupira et passa les mains sur son visage creusé.

— C'est épouvantable. Je suis brisé.

— Mon pauvre, pauvre ami. Comment en es-tu arrivé là ?

Bendiks haussa les épaules et se mit à tirer du bout des doigts sur la fourrure de la chatte.

— Des cartes de crédit. Trop de dépenses. Le truc habituel. Je me suis conduit comme un idiot. Un vrai crétin.

— Mais… murmura Lydia. Être déclaré en faillite, ce n'est pas si mal quand on est endetté ? C'est un peu comme un nouveau départ, non ?

Il haussa de nouveau les épaules.

— Pas pour moi, pas avec mon passé. J'ai été réduit au statut d'un enfant. Plus de crédit. Plus de travail indépendant. Je vais être obligé de retourner dans un gymnase, de redevenir salarié. Et il faut que je donne congé pour mon appartement.

— Oh, non ! Pourquoi ?

— Parce qu'il était trop cher pour moi. Encore une de mes décisions stupides. J'ai choisi un appartement qui me plaisait, plutôt qu'un appartement que je pouvais payer. Je marchais sur une corde raide, tu comprends. J'achetais tout à crédit, et mes revenus me servaient à payer le loyer de ce superbe appartement. Maintenant, je vais devoir vivre uniquement de mes revenus. Alors, je dois dire adieu au joli petit studio de Willesden. Et bonjour à la petite colocation merdique à Wembley.

— Tu as déjà trouvé un colocataire ?

— Non, mais il va falloir que je me dépêche. Quelqu'un du gymnase, sans doute. Je suis déjà allé chez eux. Ils vivent tous dans des trous à rats.

Il eut un léger frisson et contempla tristement le sol. Lydia était désespérée. Elle n'aurait jamais cru que Bendiks puisse lui briser le cœur à ce point. Le cœur de Lydia était un organe généralement assez calme. Il battait en silence, et faisait circuler son sang dans son corps de manière sereine et régulière. De temps à autre il se mettait à tressauter, à la vue d'un joli animal, ou d'un bel homme. Parfois, la solitude ou la nostalgie provoquaient une douleur sourde. Une fois, quand elle était étudiante, il s'était même mis à battre follement, d'impatience et d'appréhension, juste avant une interview en direct à la radio. Mais la plupart du temps son cœur ne faisait rien, ne ressentait rien. Il restait sagement dans sa cage, sous ses côtes, battant la mesure, tic-tac, tic-tac, tandis que les secondes, les heures, les jours s'écoulaient. Alors cette sensation, que Lydia interprétait comme de la compassion, était toute nouvelle pour elle. Là, dans son canapé en rotin, Bendiks semblait brisé. Il ressemblait au petit garçon défait qu'il était redevenu, à la suite de cette mise en faillite. Elle ne pouvait pas supporter de l'imaginer emballant ses affaires dans des cartons, pour les emporter dans une maison humide, froide et pleine d'inconnus, dans un quartier éloigné, au fin fond de Londres. Elle voulait qu'il soit content de lui. Elle voulait qu'il garde sa fierté. Car c'était le plus séduisant des traits de son caractère.

— Tu n'as qu'à rester ici.

Les mots passèrent ses lèvres avant qu'elle s'en soit rendu compte, et restèrent comme suspendus dans l'air.

— Quoi ?

— Je peux te louer une chambre pour le même prix qu'une colocation merdique dans un immeuble. Tu auras une salle de bains pour toi, et toute la maison à ta disposition. Tu pourras aller et venir à ta guise. Ça te laissera le temps de te retourner.

Bendiks parut stupéfait.

—Non, dit-il en pressant une main contre sa poitrine. Tu parles sérieusement ?

—Oui. Pourquoi pas ? Cette maison a toujours été trop grande pour moi, tu vois.

—Oui, Lydia, mais c'est ton espace personnel, ton intimité… je ne veux pas empiéter là-dessus.

—Ça ira, je te dis. De toute façon, je passe le plus clair de mon temps dans mon bureau. Nous ne nous verrons sans doute jamais !

Elle souligna ces mots d'un rire bref. Tout en parlant, elle avait commencé à recenser les pièges potentiels que contenait son invitation spontanée. Des rencontres imprévues le matin dans la cuisine, les dents pas encore brossées, les cheveux aplatis, des traces d'oreiller sur les joues. Ou bien dans les couloirs, en petite tenue. La possibilité de voir des hommes inconnus, ou des femmes, ou bien les deux, traverser sa maison. D'entendre des bruits de copulation, ou des cris, à travers les cloisons, à des heures indues. Et, pire que tout, la perspective terrible de conversations non souhaitées, de bavardages, de paroles, aux moments les plus inattendus. Le quotidien de Lydia n'était pas fait de paroles inutiles, et cela lui convenait très bien. La conversation était un passe-temps largement surestimé, selon elle.

Son sourire vacilla et s'effaça tandis que les doutes s'amoncelaient dans son esprit. L'avantage de pouvoir voir Bendiks chaque jour, dans un environnement intime et informel, serait-il rapidement surpassé par l'inconvénient de partager sa maison avec un homme qu'elle connaissait à peine ?

Il sembla remarquer son sourire figé et l'observa pensivement.

— Tu n'as pas vraiment réfléchi à cette proposition, n'est-ce pas ?

— Mais si ! J'ai réfléchi ! C'est très bien !

— Écoute, Lydia, j'adore cette maison. Tu le sais. Et j'adorerais habiter ici avec toi. Cela résoudrait tous mes problèmes. Ce serait parfait. Mais je ne veux sous aucun prétexte que tu te sentes mal à l'aise, ou malheureuse. Je t'en prie, si c'est le cas, si tu préfères que je ne vienne pas, n'hésite pas à me le dire.

Le sourire de Lydia s'adoucit. Cela irait très bien. Forcément. Elle ne pouvait pas dire non à un homme aussi beau.

— Ce serait un plaisir, je t'assure. Je veux que tu viennes t'installer. Vraiment.

Bendiks eut un sourire rayonnant.

— Dans ce cas, j'accepte. Merci, Lydia. Tu me fais un très grand plaisir. Je suis heureux.

Elle ne se rappelait même pas quand elle avait rendu quelqu'un heureux pour la dernière fois. Elle avançait dans la vie sans toucher les autres, sans susciter le moindre impact. Et puis, soudain, il y avait ce petit miracle, tellement étrange. Dix minutes avant, cet homme était entré chez elle, le visage gris, l'air perdu. Et maintenant son visage avait repris des couleurs, il avait recouvré sa vivacité et son énergie. C'était elle qui avait fait cela. Parce qu'elle avait agi avec impétuosité, de façon improvisée. Et quand elle le regarda, elle ressentit plus que de la compassion. C'était un homme qui pouvait la comprendre. C'était un homme qui avait éprouvé le sentiment de perte. Un homme d'un pays lointain qui était venu s'établir à Londres et s'était construit une vie. C'était un homme avec qui elle se sentait à l'aise. Et de fait, maintenant qu'elle y pensait, c'était le genre de personne qu'elle apprécierait d'avoir à ses côtés, alors qu'elle allait devoir affronter une expérience très particulière, une des plus éprouvantes de sa vie.

Car il y avait maintenant deux personnes inscrites dans le Registre des fratries.

Deux.

Un homme et une femme.

L'homme était apparu la veille au soir.

La femme n'avait pas répondu à sa demande de contact. Cela faisait pourtant trois semaines qu'elle l'avait envoyée, mais elle n'avait toujours rien reçu. Lydia faisait de gros efforts pour ne pas prendre ça comme un affront personnel. Pourquoi aller s'inscrire dans ce genre d'agences, si on n'avait pas envie d'entrer en contact avec ses frères et sœurs ? Cela n'avait pas de sens. Non, cette personne devait être en vacances. C'était la seule explication. Elle était partie. Elle n'avait que dix-huit ans, et elle avait peut-être même pris une année sabbatique. À moins qu'elle ne soit partie étudier à l'étranger. Elle imagina la jeune fille assise dans un café Internet à Delhi, en train de consulter ses e-mails et découvrant un message du Registre. Elle se la représenta avec une amie. « Waouh, regarde ça, j'ai une sœur ! » Et puis partant visiter le Taj Mahal, ou autre chose.

Ou alors elle était malade. Peut-être s'était-elle trouvée mal brusquement, et maintenant elle était quelque part dans un lit d'hôpital, entre la vie et la mort, ignorant tout de la demande de contact lancée par le Registre. Sa mère, terriblement inquiète pour elle, n'avait pas le courage d'attirer son attention sur ce mail. Ou bien elle avait tout simplement perdu sa connexion sur Internet. Ou encore elle était partie passer quelques jours à la campagne, chez une vieille tante. À moins qu'elle ne soit, juste en ce moment, en train de remplir le formulaire, pour donner l'autorisation à l'agence de transmettre ses renseignements personnels. Lydia continuait de vérifier ses e-mails, avec une attention qui virait à l'obsession. Elle attendait de recevoir des nouvelles de cette sœur inconnue, avec la même impatience qu'elle avait attendu de savoir si elle avait oui ou non des frères et sœurs. Était-elle destinée à attendre, encore et toujours attendre ?

Et juste au moment où elle s'était résignée à ce jeu désespéré d'attente, une attente entrecoupée d'excuses de plus en plus invraisemblables qu'elle échafaudait elle-même dans sa tête, quelqu'un d'autre était arrivé. Un homme, cette fois. Vingt et un ans. Et tout allait recommencer. Ses nerfs étaient à vif. Elle ne pouvait plus se concentrer sur son travail plus d'une demi-heure d'affilée. Après ce laps de temps, ses préoccupations remontaient à la surface. Un frère. Une sœur. Un contact. L'attente. Elle regrettait presque de s'être inscrite. Elle ne pensait pas que ça se passerait comme ça. Elle n'avait pas imaginé que l'attente serait aussi douloureuse.

Juliette apparut à ce moment sur la terrasse, avec deux petites tasses à café, des biscuits et des verres d'eau sur un plateau. Lydia bondit sur ses pieds pour aller prendre le plateau. Juliette eut un petit « tut tut » désapprobateur et lança gentiment :

— Non, non, restez assise.

Cette attitude formelle et empreinte d'une trop grande sollicitude mit Lydia dans l'embarras. Tout cela n'était pas nécessaire. Elle n'avait pas besoin des chichis d'un service cinq étoiles. Tout ce qu'elle voulait, c'était quelqu'un pour s'occuper de la maison à sa place.

— Juliette, dit-elle pour dissiper la gêne, je ne crois pas vous avoir déjà vraiment présentés. Voici Bendiks, mon coach sportif. Bendiks, je te présente Juliette. Juliette s'occupe de moi.

Elle laissa fuser un rire nerveux en prononçant ces derniers mots. Cela lui donnait l'impression d'être une vieille tante un peu piquée que l'on voulait empêcher d'aller se promener en chemise de nuit.

Juliette adressa à Bendiks un sourire suspicieux, effleurant à peine la main robuste qu'il tendit pour la saluer.

— Enchanté de faire votre connaissance, dit-il.

— Oui, répondit Juliette avec circonspection, avant de tourner les talons pour regagner la maison.

Bendiks se mit à rire.

— Elle est très protectrice !

Lydia réfléchit un instant. Bendiks avait sans doute raison. Juliette était payée pour s'occuper d'elle et de la maison. Et tout ce qui ne figurait pas dans cet accord initial, comme les chats et les visiteurs par exemple, était catalogué aussitôt comme quantité négligeable.

— Oui, admit-elle, mais elle fait très, très bien son travail. Pour moi, sa présence est comme un investissement. Je la paye pour que ma maison continue d'être toujours aussi impeccable que lorsque je l'ai achetée. Si je vivais seule ici, ça ressemblerait à une chambre d'étudiant. Cela fait un an que j'habite ici, et je ne pense pas qu'il y ait un grain de poussière où que ce soit. C'est de cette façon qu'une maison ne perd pas de sa valeur à la revente.

— C'est bon, répondit Bendiks en souriant. Je ne suis pas anglais, et tu n'as pas besoin de te justifier. Dans le pays d'où je viens, quand les gens ont les moyens de se payer une gouvernante, ils en ont une. Et si tu n'en avais pas, ces gens penseraient que tu es folle. Vous les Anglais, vous êtes très bizarres pour ces choses-là. Vous avez honte d'avoir de l'argent, et du succès. Vous avez honte des signes extérieurs de richesse ! Mais tu devrais fêter ça, au contraire ! Une belle jeune femme qui a réussi toute seule dans la vie. Waouh ! Tu devrais clamer ta réussite sur tous les toits ! Tu devrais être fière !

Lydia cligna les paupières. Avait-elle bien entendu ? Il avait vraiment dit qu'elle était belle ? Elle ne savait pas si elle était belle ou non. Chaque fois qu'elle regardait le miroir, celui-ci lui disait des choses différentes. Personne ne lui avait jamais dit qu'elle était belle. Mais personne ne lui avait dit non plus qu'elle ne l'était pas. C'était à elle de tirer ses conclusions, ce qu'elle n'avait jamais fait. Cependant, ce compliment de Bendiks était comme un poids minuscule faisant pencher la balance du bon côté, pour la pousser à croire qu'elle était belle. Il n'avait aucune raison de lui dire une chose pareille. Il n'avait absolument rien à y gagner.

Alors qu'elle était assise là sur la terrasse, avec le soleil qui lui caressait la joue, son chat qui souriait rêveusement sur les genoux de Bendiks, Bendiks qui la regardait avec un mélange de fierté et d'affection, et le sentiment que finalement elle n'était peut-être pas un monstre, pour la première fois de sa vie Lydia eut l'impression que les morceaux du puzzle se mettaient en place. Tout commençait enfin à prendre un sens.

Le chat, le coach, le colocataire potentiel, l'éloignement de Dixie, le fait qu'elle n'ait pas hérité des gènes d'un homme qu'elle détestait, les frères et sœurs qu'elle espérait rencontrer, et même cette maison. Cette maison ridiculement grande. Tout cela avait un sens. Le décor était prêt. Le moment était venu.

Tout ce qui lui manquait à présent, c'était que quelqu'un entre en contact avec elle afin de faire sa connaissance.

ROBYN

Les poings pressés contre ses lèvres, Sam regardait Robyn. Ses yeux étaient tristes. Une tasse de thé à la menthe était posée à côté d'elle, mais Robyn savait qu'elle ne la boirait pas. Elles avaient trop de choses à se dire.

— Pourquoi fais-tu du mal à mon fils ? demanda-t-elle doucement.

Robyn tressaillit. Elle ne s'attendait pas à ce genre de question. Elle croyait que Sam savait très bien pourquoi elle faisait du mal à son fils. « Mais parce que c'est mon frère, voyons ! » cria une petite voix dans sa tête.

— Vous ne le savez pas ?

Elle tira sur un fil de la nappe, incapable de soutenir le regard de Sam.

— Je ne sais pas quoi ?

— Je croyais que vous saviez, marmonna-t-elle.

— Je vais te dire ce que je sais, ma petite. Je sais que mon fils n'a jamais éprouvé pour une autre ce qu'il éprouve pour toi. C'est un jeune homme sensible, il est beau, doux, merveilleux, et il t'a offert son cœur sur un plateau. Il croyait, et je croyais aussi, que tu éprouvais la même chose pour lui. Pour moi, il était évident que vous étiez fous l'un de l'autre… et tout à coup tu le plaques. Alors, je sais qu'il est adulte et que je ne devrais pas m'en mêler, que je ne devrais pas être ici, mais je ne peux pas rester en dehors de tout ça, parce que c'est mon fils unique et que je l'aime tellement que je ne peux pas supporter ce que tu lui fais. Je ne peux pas !

Sa voix se brisa, forçant Robyn à lever les yeux. Sam pleurait. Robyn détourna de nouveau le regard.

— Écoutez, ce n'est pas aussi simple que ça. C'est… je croyais que vous saviez. Vous ne savez vraiment pas ?

— Je ne sais pas quoi ?

— Le père de Jack. C'était vraiment un orphelin des foyers Barnardo ? Il est vraiment mort dans un accident de voiture ?

Sam cligna les paupières pour chasser ses larmes et la considéra avec stupeur.

— Quoi ?

— C'est vrai ? L'histoire du père de Jack, elle est vraie ?

— Bien sûr qu'elle est vraie !

Au moment où Sam prononça ces mots, Robyn sut qu'elle disait la vérité. Quelque chose se déploya à l'intérieur d'elle-même et un flot de soulagement s'écoula, comme si on venait d'ouvrir la vanne d'un barrage. Ses jambes lui semblèrent faibles, les battements de son cœur ralentirent, puis ses forces lui revinrent, en même temps qu'un grand rire semblait vouloir s'échapper de sa poitrine. Elle parvint à le ravaler et sourit tranquillement à Sam.

— C'est vrai ?

— Mais bien sûr. Pourquoi est-ce que je mentirais ? Et qu'est-ce que cela a à voir avec Jack et toi ?

Le sourire de Robyn s'élargit.

— Je pensais... vous allez me prendre pour une folle. Mais je pensais qu'il était peut-être mon frère.

— Quoi ?

— Oui, je sais, c'est dingue, non ? Mais il y avait tellement de détails qui collaient... Pour commencer, nous nous ressemblons tellement. Et puis je me suis inscrite sur le Registre des fratries et on m'a dit que j'avais un frère né en 1983. Alors, je me suis dit que... Et puis, vous ! s'exclama-t-elle brusquement, assaillie par le souvenir. Vous étiez tellement bizarre, le soir où nous sommes venus chez vous, quand je vous ai dit que j'étais l'enfant d'un donneur... Vous m'avez regardée d'une façon vraiment très curieuse...

Sam battit des paupières et secoua la tête.

— Moi ?

— Oui ! Comme si vous pensiez à quelque chose. Comme si vous aviez fait appel à un donneur, vous aussi.

— Vraiment ? fit Sam en riant. Franchement, je ne me rappelle pas. Mais si je t'ai regardée d'une drôle de façon, c'était parce que tout ce qui touche aux origines me paraît intéressant. Parce que Jack n'a pas de père. Je suppose qu'inconsciemment je cherche toujours à me rassurer, j'essaye de voir les choses sous des points de vue différents. Je me suis sentie coupable toute ma vie de n'avoir pas pu lui donner un père.

Ses traits un peu forts s'adoucirent, et elle posa sa main large, à la peau rugueuse, sur celle de Robyn.

— Oh, ma chérie, gloussa-t-elle. Quand je pense que tu as passé tout ce temps à te torturer, et à te dire que tu avais fait quelque chose de mal! Tu aurais dû venir me voir tout de suite, mon chou. Je t'aurais tranquillisée depuis longtemps, et je t'aurais évité tout ce chagrin. Jack et toi, vous allez parfaitement ensemble. Et fais-moi confiance, je ferai tout ce que je pourrai pour vous soutenir, tous les deux. Je crois en vous, en votre couple, et pourtant ce n'est pas facile à dire, pour moi. C'est mon garçon, mon seul enfant, et je pensais que personne ne serait jamais assez bien pour lui. Mais toi, oui. Je le pense, sincèrement. Je veux dire... sinon, pourquoi je serais là?

Elle se tut un instant, les lèvres encore entrouvertes, écartant les mains devant elle. Puis elle se renversa dans son fauteuil en riant.

Robyn sourit. C'était fini. Enfin. Elle sentit le malaise qui l'habitait fondre doucement et disparaître. Elle n'avait pas couché avec son frère. Elle n'était pas un monstre. Elle était normale. Totalement, merveilleusement, parfaitement normale.

— Ça va, maintenant? demanda Sam en se penchant sur la table. Tu es rassurée?

— Oui, ça va. Mais promettez-moi une chose. S'il vous plaît.

Sam la regarda avec curiosité.

— Ne dites rien à Jack. Je vous en prie, ne lui dites rien. Je n'aimerais pas qu'il sache que toutes ces idées horribles me sont passées par la tête. Je voudrais juste que tout redevienne comme avant.

Sam sourit et acquiesça d'un signe de tête.

— Ne t'inquiète pas. Ton secret sera bien gardé.

Dès que Sam fut partie, une demi-heure plus tard, Robyn appela Jack.

— Je suis désolée, Jack. Vraiment désolée. J'ai pété les plombs. Je suis devenue folle. Mais je ne le suis plus. Je suis parfaitement saine, et tu me manques. Je t'aime. J'ai tes clés dans la main, et je suis prête à partir. Je peux toujours venir vivre chez toi ?

Il y eut un moment de silence, puis Jack se mit à rire.

— Quoi, tout de suite ?

— Oui, pourquoi pas ? Je vais préparer mes affaires, je peux être chez toi dans la soirée.

— Ouah, fit-il d'un ton rêveur.

— Tu es d'accord ?

— Oui. C'est génial. Je suis content. C'est juste que… merde, je ne sais pas. J'étais tellement… Mon Dieu, je n'arrive même pas à le dire. J'étais tellement désespéré. Tu me manquais tellement… J'ai cru… j'ai cru que c'était fini, avoua-t-il en soupirant.

— Je me déteste, dit Robyn. Je me déteste. Et… ce n'est pas de moi, de faire ça. Franchement.

Je ne fais jamais ce genre de choses. Mais il faut dire qu'aucun mec ne m'avait encore demandé de vivre avec lui.

— C'est ma faute. Je m'en suis rendu compte au moment où je l'ai dit. Je savais que c'était trop. Tu es jeune, on vient à peine de se rencontrer. J'ai été idiot.

— Non ! Non, tu n'es pas idiot. C'est moi, l'idiote. J'étais idiote de penser que ce n'était peut-être pas une bonne idée. J'ai été malade, tu sais. J'ai perdu quatre kilos. Je suis affreuse. Je t'aime. Je t'aime vraiment. Je vais faire mes valises. Dans quelques heures je serai là. Je t'aime.

— Je t'aime aussi.

— Ne dis plus rien, laisse-moi partir. Je t'aime.

— Je t'aime.

— Arrête de dire que tu m'aimes ! Je t'aime.

— Je t'aime encore plus.

— Bon, tu as gagné, fit-elle en soupirant. À tout à l'heure.

Elle raccrocha, posa le téléphone sur la table de la cuisine et le contempla en souriant. Elle aurait voulu arrêter de sourire, mais elle n'y parvenait pas. Le sourire était collé sur ses lèvres. Elle jeta un coup d'œil circulaire à la cuisine de ses parents. Les carreaux en céramique couleur de biscuit, sur lesquels étaient peintes des grappes de raisin. Les pots à épices avec leurs gros bouchons en liège qui contenaient le thé, le sucre, le café. Elle regarda les aimants sur le réfrigérateur qui retenaient les factures du plombier, les rendez-vous chez le dentiste, les tickets de caisse pour une brouette, ou une batterie de voiture. Et la porte rustique sur laquelle étaient accrochés de vieux tabliers de cuisine, et des fourchettes à barbecue. Elle connaissait cette cuisine depuis qu'elle était née. La pièce n'avait pas changé d'un iota, elle s'était simplement ternie, délavée, chargée de nouveaux objets. Mais Robyn, elle, avait changé. Cela n'avait pas été un processus lent et imperceptible. Non, elle avait changé du jour au lendemain, quand elle avait rencontré Jack. Et maintenant, ce changement l'emmenait loin d'ici, loin de l'Essex et de la maison de ses parents. Mais elle était prête. Prête à devenir adulte. Prête pour aimer Jack. De tout son cœur.

Sauf que ce n'était pas si simple. Car, dans le chaos des dernières semaines, elle avait fait entrer autre chose dans sa vie. Deux frères. Et une sœur. Elle n'avait jamais eu envie de les connaître. Ils ne l'intéressaient pas, ils n'avaient rien à faire dans sa vie. Mais maintenant ils étaient là. Celle qui était sa « sœur » avait envoyé une demande de contact. Et maintenant, il y en avait un autre. Il s'était inscrit la semaine précédente. C'était le plus jeune des deux frères. C'était écrit là, noir sur blanc. De vraies personnes, en chair et en os. Des ombres translucides qui venaient de prendre forme en sortant de l'ordinateur. Il suffisait d'un clic pour qu'elles se retrouvent face à elle. De vraies personnes, avec leur odeur, leur voix, leurs défauts, leurs préjugés, leurs besoins, leurs désirs. Elle essayait sans relâche de les faire rentrer dans la boîte qui contenait son passé, mais elles refusaient d'y rester cachées. Le couvercle rabattu, elles s'échappaient sur les côtés, comme des vêtements sortant d'une valise trop bourrée. Elle avait donné vie à ces personnages et, maintenant qu'elle n'avait plus besoin d'eux, ils refusaient de mourir. Une sœur. Un frère. Un autre frère. Des silhouettes vagues, indistinctes, aussi sinistres que des fantômes.

« Que vas-tu faire ? lui avait demandé sa mère, la veille au soir.

— Rien », avait-elle répondu, tout en sachant très bien que ce n'était pas vrai.

Sa mère avait cessé de tourner sa sauce dans le bol en Pyrex posé sur le comptoir de la cuisine, et Robyn l'avait vue se figer et réprimer une réaction spontanée. Au bout de quelques secondes, elle s'était remise à remuer le *gravy* d'un mouvement régulier en cherchant soigneusement ses mots.

« Eh bien, avait-elle fini par dire en repoussant le bol au milieu de la table. Peut-être pas tout de suite. Non. Mais plus tard ? Quand tu seras plus calme. »

Robyn avait absorbé les paroles bienveillantes de sa mère, les avait laissées un moment pénétrer son esprit, avant de répondre avec circonspection, mais non sans émotion :

« Oui. Peut-être plus tard. Bientôt. »

La conversation en était restée là. Le dîner était prêt.

DEAN

Il l'entendit en arrière-plan. Un petit bruit aigu, comme le chant d'un oiseau sur le bord de la fenêtre. Cela lui fit un choc. Il ne l'avait encore jamais entendue pleurer. La dernière fois qu'il l'avait vue, c'est-à-dire la première fois, elle était réduite au silence par les tubes et les équipements médicaux. Il n'y avait pas eu de vigoureux cri de protestation, quand on l'avait sortie du ventre de sa mère, juste un silence pathétique. Ces pleurs l'inquiétèrent et le rassurèrent à la fois.

— Elle va bien ? demanda-t-il à Rose.

— Oui, très bien. Elle veut juste être câlinée, n'est-ce pas, ma jolie ?

Il entendit Rose s'approcher du couinement. Puis il entendit des paroles nasillardes, des mots sans suite. Le couinement cessa, et la voix de Rose s'éleva :

— Voilà, voilà, ma beauté. Là, là, mon petit ange. C'est mieux comme ça, n'est-ce pas ? Voilà.

Le ton de Rose exprimait une bonne demi-douzaine de sentiments divers, et Dean les perçut tous. « Écoute, lui disait-elle, c'est ta fille qui pleure, ta fille qui n'a plus de mère. Écoute, ça c'est moi, et je sais instinctivement ce que veut ta fille qui pleure, car j'ai déjà fait cela des centaines de fois, et je sais mille fois mieux m'y prendre que ta pauvre mère qui est bien trop faible pour ce genre de job. Mais écoute aussi ce que c'est qu'être parent, car c'est cela que tu devrais être en train de faire en ce moment. Ce n'est pas moi qui devrais calmer ce bébé qui pleure. C'est toi qui devrais la consoler. Cependant, je ne veux pas que tu t'approches de ce bébé, tu m'entends ? C'est mon bébé. Le bébé de mon bébé. Tu as perdu tous tes droits sur cet enfant, à cause de ton comportement lâche et égoïste, au cours des dix dernières semaines. »

Dean avait beau détester la mère de sa compagne disparue, il devait reconnaître qu'elle marquait un point. S'il lui téléphonait en ce moment, c'était uniquement parce que le service de logements sociaux venait de prendre contact avec lui pour récupérer l'appartement. Il lui fallait le certificat de naissance du bébé pour essayer de le garder à son nom. C'était une démarche lâche et inepte, car il savait bien, au fond de lui, qu'il n'avait aucune intention de vivre ici avec le bébé. La seule chose qu'il parvenait à envisager, c'était que le bébé vienne passer une nuit avec lui à l'occasion, au cas où Rose devrait s'absenter. Mais en réalité sa fille ne vivrait jamais dans cet appartement. Et il ne serait jamais un père pour elle. La vérité, c'était qu'il se servait de l'existence du bébé pour essayer d'extorquer un appartement social au gouvernement. Il n'était qu'un pauvre type, un *loser*. Il avait l'impression de voir Sky, avec son gros ventre, assise dans le canapé en face de lui et lui lançant :

« Putain, tu sais que tu es pathétique ? »

Et elle avait raison.

— Pourquoi tu veux son certificat de naissance ? demanda Rose d'un ton suspicieux.

— J'ai, euh... c'est pour un truc, les impôts ou les allocations, je crois. J'ai reçu une lettre.

— Tu n'as qu'à me l'envoyer. Je m'en occuperai, aboya Rose dans le téléphone.

— Non. Ils disent que c'est aux parents de le remplir. Ils disent que je dois faire la demande moi-même.

— Hmm, marmonna-t-elle, incrédule. Je ne me souviens pas d'avoir dû remplir ce genre de papier pour les autres... Saffron, j'ai Dean au téléphone. Tu as déjà dû envoyer les certificats de naissance des enfants pour demander tes crédits d'impôts ?

Dean retint son souffle et entendit la voix de la sœur de Sky, en arrière-plan :

— Je ne crois pas. Il me semble que le gouvernement a tous les renseignements par informatique, et tout ça.

— Non, reprit Rose dans le téléphone. Je ne te donnerai pas son certificat de naissance. Un point c'est tout.

— Mais c'est ma fille ! Il y a mon nom sur ce certificat...

— Ouais, eh bien, tu as de la chance qu'il y soit. Pour être franche, j'étais à deux doigts de déclarer qu'elle était de père inconnu. Parce que pour tout dire, Dean, c'est du pareil au même.

Et sur ces mots elle raccrocha.

Dean contempla le téléphone un moment. Il n'était pas étonné. Somme toute, Rose s'était montrée plutôt polie. Et il n'avait pas assez d'énergie ou de ressource pour se battre. C'était comme ça. On allait lui reprendre l'appartement. Il retournerait vivre chez sa mère. Et tout au fond de son cœur, ça lui plaisait bien. Toute cette histoire de déménager, de chercher du travail, d'avoir un bébé, de se débrouiller tout seul... il n'y avait jamais cru, ce n'était pas pour lui. Il avait toujours eu l'impression que c'était trop tôt. Il reposa le téléphone sur la table et jeta un coup d'œil autour de lui, à l'appartement vide. Oui, songea-t-il, oui. Le coup de téléphone à Rose avait été décisif. Il allait quitter cet endroit. Retourner chez sa mère. Il ferait comme si les douze mois passés n'avaient jamais existé. Il repartirait de zéro. Et peut-être, en recommençant tout, découvrirait-il exactement vers où il devait aller.

Dean et Tommy étaient assis côte à côte à l'Alliance, juste en face des bureaux du chômage. Tommy venait juste de s'inscrire.

« C'est la première fois de ma vie », avait-il marmonné, d'un ton accablé.

Dean s'était inscrit aussi. Mais pour lui, ce n'était pas la première fois. Cela faisait presque un an qu'il était au chômage, à présent. Après s'être installé avec Sky, il avait laissé les choses dériver un peu. Il trouvait que ça ne valait pas la peine de se lever le matin, pour ce job de chauffeur routier. Sa mère lui donnait quelques livres sterling chaque semaine, et autrefois il les mettait de côté, pour l'avenir. L'ironie, c'était qu'à partir du moment où il avait commencé à se construire un avenir il avait tout gaspillé. Un peu comme s'il avait su qu'il n'y aurait pas de futur.

Il était trois heures trente-cinq, et il y avait deux pintes de Dutch sur la table devant eux, et deux paquets de chips déchirés laissant voir le papier gras et argenté à l'intérieur. Les deux hommes, silencieux, avaient les yeux dans le vague. Avec Tommy, c'était tout ou rien. Soit on ne lui tirait pas un mot soit on ne pouvait pas en placer une. Que ce soit l'un ou l'autre, Dean s'en moquait.

Il laissa le silence se prolonger et remit un peu d'ordre dans ses idées. Il y avait quelque chose dont il avait envie de parler, mais il ne savait pas par où commencer. Finalement, il se décida pour la partie de l'histoire la plus susceptible de capter l'attention de Tommy :

— Je suis rentré avec la rouquine, vendredi soir.

— Ah oui, je m'en doutais, répondit Tommy avec un clin d'œil. C'était comment ?

— Bien. C'est une fille intelligente.

— Intelligente ? Ah bon ?

— Ouais. Elle est étudiante.

— Putain ! Et de quoi vous avez parlé ?

Dean se mit à rire.

— Oh, je vois. C'était pas la peine de parler, c'est ça ?

— Non, ce n'est pas ça. On n'a même pas… tu sais ?

— Quoi ? C'est vrai ?

Dean haussa les épaules. Tommy prit sa pinte de bière.

— Ouais, bon. Je reconnais que c'est normal. Un peu trop tôt, c'est ça ? Trop tôt pour tout ça. Tu as raison, il ne faut pas aller trop vite.

— Eh bien oui, mais en fait ce n'est pas seulement pour ça. Je veux dire, elle me plaît bien. Elle est cool. Et puis, il s'est passé quelque chose.

Il inspira et lança un rapide regard du coin de l'œil à Tommy. Ce dernier avait l'air perplexe.

— Ah oui ?

— C'est un peu spécial, vraiment. Je ne t'en ai pas encore parlé, mais pendant que tu étais parti ma mère m'a dit un truc. Elle m'a dit que mon père n'était pas celui que je croyais. Que mon père était…

— Un donneur. Je le savais. Ma mère me l'a dit, il y a des années.

— Quoi ? Tu savais ?!

— Ouais. Elle m'a fait jurer de garder le secret. J'aurais préféré qu'elle ne me dise rien.

— Bordel de merde ! Tu savais ça depuis tout ce temps, et tu n'as rien dit ? Je le crois pas !

— Bon Dieu, j'ai failli te le dire au moins une centaine de fois ! Ma mère n'aurait pas dû me mettre au courant. Mais c'est super, si ta mère a fini par te le dire.

— Ouais, bon. C'est cool, dans un sens. Ça ne m'a pas tracassé, ou quoi. En réalité, c'est plutôt logique, finalement. Mais l'autre soir avec cette fille, Kate, on était vraiment ravagés. Complètement pétés, tu vois, et on est allés sur Internet et elle m'a inscrit sur ce machin, le Registre des fratries.

— Putain. Et alors ?

— Alors, il y avait deux personnes qui correspondaient au même donneur. Des filles. Des femmes. Des sœurs, quoi. L'une a dix-huit ans, et l'autre vingt-neuf.

— Bon Dieu de merde.

Tommy reposa sa pinte sur la table et regarda Dean, l'air complètement hagard.

— Ouais, je sais. Je voulais pas le faire. Ça s'est passé comme ça. Et maintenant, il y en a une des deux qui veut prendre contact.

— C'est pas vrai ! Laquelle ?

— Celle qui a vingt-neuf ans. Elle habite à Londres, quelque part dans le nord de la ville. Elle est célibataire, elle n'a pas d'enfants, elle vit seule. Elle s'appelle Lydia.

— Lydia ?

Tommy répéta le nom, comme s'il voulait vérifier l'identité de la fille, puis il hocha la tête d'un air approbateur.

— Lydia. C'est classe, comme prénom.

— Apparemment, elle est galloise.

— Oh, bon, fit Tommy, abandonnant sa première idée.

— Ouais, et elle veut qu'on fasse connaissance.

— Putain, mec.

— Oui, je sais. Mais c'est juste que je ne sais pas, tu vois. Dans un sens, j'aimerais bien la connaître. Mais d'un autre côté je crève de trouille. Vraiment.

— Tu en as parlé à ta mère ?

— Ouais. Elle dit que je devrais juste laisser passer quelques jours. Pour voir comment je le sens. Tu sais comment elle est. Elle n'impose jamais rien.

— Ouais, je sais. Mais merde. Ça, c'est énorme. C'est absolument énorme.

— Je sais. Je sais.

Dean avala un peu de bière blonde et attrapa quelques miettes de chips au fond du paquet.

— Tu ferais quoi, toi ? finit-il par demander en posant sur son cousin un regard empli d'espoir.

— Putain, j'irais. Oui, bordel. Mais moi, je suis comme ça. Tu sais, je suis pas aussi sensible que toi. Je ne veux pas dire que c'est facile, tu vois. C'est hyper-important. Mais si j'étais à ta place, je le ferais. Après tout, c'est ton sang. Je veux dire, tu es plus lié par le sang avec cette femme qu'avec moi. Le pire qui peut arriver, c'est que vous ne vous entendiez pas. Et au mieux, eh bien, tu auras une sœur. Pour toute la vie. Et ça ne te prendra que quelques heures, et ce n'est qu'un voyage en métro au nord de Londres. Ouais, si j'étais toi, je le ferais. Qu'est-ce que tu as à perdre ?

Dean hocha la tête. Il savait à l'avance que Tommy lui dirait cela. Et au fond il savait que son cousin avait raison. Il fallait qu'il le fasse. Il fallait qu'il rencontre cette Lydia. Et il fallait aussi qu'il essaye de contacter l'autre, celle qui était ado. Toutes les amarres venaient d'être coupées dans sa vie, tout partait à vau-l'eau. Sa copine était morte, il n'avait pas de travail, et sa fille vivait chez une femme qu'il ne supportait pas. Peut-être que ce genre de démarche l'aiderait à voir plus clair dans sa vie. Car de toute évidence, pour le moment, il ne voyait rien du tout.

Son regard balaya la pièce sombre et enfumée. Il imagina un autre pub, de l'autre côté de la rivière, comme celui-ci, ou bien plutôt snob, avec un restaurant gastronomique. Il se représenta une femme grande et majestueuse, vêtue d'un mackintosh. Il imagina qu'il s'approchait d'elle et examinait son profil aquilin et élégant. Elle se tournait vers lui et disait, du même ton que la fille dans *Gavin and Stacey*:

« Bonjour, Dean. Je suis Lydia. Ravie de faire ta connaissance. »

L'image s'effaça et il se retrouva à Deptford, une bière à la main, à côté de son cousin Tommy. Il n'était pas plus avancé.

Chère Lydia,

Je m'appele Dean. J'ai vingt et un ans et je vis à Deptford, au sud-est de Londres. En ce moment, je n'ais pas de travail. Je viens de vivre une année difficile. En plus, je viens de quitter mon appartment, et je retourne vivre chez ma mère. Ma mère m'a expliqué il y a trois ans, pour mon père. Quand j'ai eu dix-huit ans. C'était une drôle de surprise. J'avai toujours cru que mon père était un gars qu'elle avait rencontré en vacances quand elle avait quarante et un ans. Je n'y avais jamais trop pensé. Je trouvais ça plutô cool, en réalité. Et vous, comment avez-vous su ? Et qu'est-ce que vous avez pensé ? Moi, je suis tout prêt à vous rencontrer, si vous êtes d'accord. Comme je ne travaille pas, je suis libre. Je peus peut-être venir vers chez vous ? Ou bien on peut se retrouver dans un endroit plus central ? Dites-moi ce que vous préférez. Là, je mets tous les renseignements pour me joindre. Je n'aime pas trop parler au téléphone, c'est mieux de m'envoyer un e-mail, ou quelque chose comme ça. Tenez-moi au courant.

Sincères salutations,

Dean Higgins

Dean relut l'e-mail et le trouva très bien. Amical, mais pas trop, pour ne pas lui faire peur. Et intelligent, sans donner l'impression qu'il avait fait un effort pour paraître éduqué. Il lui donnait juste assez de renseignements sur lui pour qu'ils aient encore quelque chose à se dire, quand ils se verraient.

— Maman, lança-t-il par-dessus son épaule, qu'est-ce que tu en penses ?

Sa mère apparut dans la chambre. Elle était en train de se préparer pour aller à un rendez-vous avec un gars qu'elle avait rencontré sur Internet. Ses cheveux étaient brillants et bien souples, à la suite d'une séance avec son fer à lisser. Elle portait une robe sans manches à imprimés noirs et blancs, largement décolletée. Dean se dit que ses bras étaient un peu trop gras et trop flasques pour une robe sans manches et que son décolleté avait connu des jours meilleurs. Mais elle était assez jolie, avec son maquillage léger et ses boucles d'oreille en perles.

— Ne t'en fais pas, dit-elle, je vais mettre un gilet.

— Non, tu es bien comme ça. C'est vrai. Tu es vraiment bien.

Sa mère lui sourit et lui pressa l'épaule.

— Merci. Si tu continues à me dire des choses gentilles, tu pourras rester encore un peu.

Elle ne s'était pas montrée très enthousiaste en apprenant qu'il revenait s'installer chez elle. « Pourquoi pas ? avait-elle dit doucement. Le temps de te laisser te retourner. Oui. Pourquoi pas ? » Dean avait été étonné par sa réaction. Il avait toujours cru que sa mère se sentait seule, et qu'elle aurait aimé qu'il revienne. Mais, apparemment, beaucoup de choses avaient changé pendant son absence. Sa mère s'était mise à sortir.

— Voyons ça, dit-elle en tirant une chaise devant le bureau et en scrutant l'écran pour lire le mail. C'est très bien. Tu devrais peut-être le passer au correcteur d'orthographe. Mais c'est bien.

— Bien ?

— Oui, mon chéri. C'est bien.

— Tu veux dire que ça pourrait être mieux ?

— Non, franchement, c'est bien comme ça. Je veux dire, tu n'as pas besoin d'en faire plus. Vous pourrez vous dire tout ce que vous voudrez quand vous vous verrez, non ?

— Tu trouves que c'est nul, c'est ça ?

— Non, je ne trouve pas ça nul. C'est juste un peu neutre, voilà tout. Mais comme je te le dis, vous aurez tout le temps de faire connaissance quand vous vous rencontrerez.

Dean soupira. Il n'était toujours pas vraiment convaincu que c'était une bonne idée. Il faisait cela uniquement parce que les gens qu'il estimait le plus, comme sa mère, son cousin, et Kate la rouquine, étaient d'avis qu'il devait le faire. Mais vraiment, qu'est-ce qu'il pouvait bien avoir en commun avec cette snobinette de Lydia ? C'était une scientifique. Lui, il était chauffeur routier au chômage. Elle était galloise, il était anglais. Ils couraient forcément au désastre.

Il relut son mail en utilisant le correcteur d'orthographe, puis avec une bizarre sensation d'excitation et de nausée il cliqua sur « envoyer ». Il se représenta la grande femme au nez aquilin, assise dans un bureau cossu, dans une vaste demeure imposante. Elle portait un chemiser blanc amidonné, au col relevé, et jouait du bout des doigts avec son collier de perles. Il la vit cliquer sur l'e-mail pour l'ouvrir, et le lire avec un petit sourire flottant sur ses lèvres. Il essaya de deviner ce qui lui passerait par la tête en lisant son message. Se sentirait-elle aussi nerveuse que lui, ou bien n'éprouverait-elle qu'un vague mépris pour ce petit voyou de Deptford sans éducation ?

— Très bien, mon chéri ! lança sa mère qui avait enfilé des sandales bleues à lanières et un cardigan blanc avec des boutons argentés. Je m'en vais !

Il trouva que son odeur était différente de celle qu'il connaissait. Tout d'abord, il crut qu'elle avait changé de parfum. Puis il se rendit compte que c'était dû à autre chose. La chaleur, les nerfs, l'agitation.

— Tu te sens bien ? demanda-t-il en se retournant.

— Bien sûr !

— Et ce gars, il est… bien ?

— Il est super, Dean. Je t'assure.

— Vous vous voyez dans un endroit public, hein ?

— Oui. Ce n'est que notre deuxième rendez-vous. Allons ! s'exclama-t-elle en riant. Pour qui tu me prends ? Et toi, tout va bien ?

— Oui. Oui, je crois que ça va.

Elle lui sourit tendrement.

— Oh, Dean…

Il leva les yeux et s'affola un peu en voyant que sa mère semblait au bord des larmes.

— Je n'avais jamais pensé à tout ça. Je n'avais jamais imaginé l'effet que ça aurait sur toi… et je me sens mal.

— Quoi ?

— Tout ça, fit-elle avec un geste pour désigner l'écran. De te faire subir tout ça. Tu dois être tellement inquiet. Et c'est ma faute.

Dean contempla sa mère affectueusement.

— Mais de quoi tu parles ? répondit-il en riant.

— Ce que je veux dire, c'est qu'il y a vingt-deux ans j'ai pris une décision complètement égoïste, et que maintenant c'est toi qui dois en payer le prix.

— Mais non, maman. Ne t'inquiète pas, ça va.

— Tu crois ? Est-ce que ça va vraiment ? Pour te dire la vérité, Dean, la plupart du temps je me sens terriblement coupable.

Dean cligna les paupières en soupirant.

— Franchement, Dean. Je t'ai mis au monde et jusqu'à présent tu n'as rien eu d'extraordinaire, et je me dis… je ne sais pas… qu'après tout ce que j'ai fait pour t'avoir j'aurais dû faire plus d'efforts. Te donner plus d'opportunités. Mais peut-être… oh, je ne sais pas. J'ai l'impression de tout avoir fait de travers.

Dean soupira de nouveau et prit les mains de sa mère. Elles étaient douces et un peu moites.

— Maman, je t'aime, d'accord ? Je t'aime, et je suis content que tu aies fait ce que tu as fait. Je suis content d'être en vie. Et ça, ajouta-t-il en désignant l'écran, c'est bien. D'accord ? Ça va être super. Tout ça, ça fait partie de la vie, non ? De la vie que tu m'as donnée.

Sa mère eut un sourire de gratitude et serra ses mains dans les siennes.

— Tu es ce qui m'est arrivé de plus beau. Sincèrement. C'est vrai. Et je suis fière de toi.

Elle se pencha pour l'embrasser sur la joue. Puis elle recula et l'enveloppa d'un regard d'affection.

— Je suis contente que tu sois revenu. Ça ne me plaisait pas que tu restes dans cet appartement. Tout seul, avec tous ces souvenirs. Tu peux rester ici aussi longtemps que tu voudras, d'accord ?

Elle le prit dans ses bras, et il la serra contre lui. Son adorable maman. C'était la femme la plus gentille du monde. Puis il la regarda sortir. Le tissu imprimé de sa robe collait à ses hanches rondes, ses chevilles trop épaisses faisaient un effet bizarre au-dessus des lanières de cuir des sandales. Elle partait à son second rendez-vous avec un dénommé Alan. Le cœur soudain serré pour elle, il esquissa un sourire faible. Il attendit que la porte d'entrée se soit refermée derrière elle, puis il alla dans le jardin de derrière pour se rouler un joint. Il le fuma lentement, inhalant profondément et rejetant la fumée à l'extérieur en imaginant qu'elle traversait le ciel de Londres du sud au nord, comme l'offrande d'un calumet de la paix. Puis qu'elle passait par la fenêtre d'une grande et élégante maison, et pénétrait dans la chambre d'une dame qui s'appelait Lydia Pike.

MAGGIE

Le soir suivant, Maggie invita son amie Jeannie à dîner. Cette invitation était motivée par trois raisons : d'abord, Maggie voulait que Jeannie lui fasse une beauté des pieds ; ensuite, Matilda, sa petite-fille de dix-huit mois, passait la nuit chez elle, or, bien qu'elle ait donné naissance à deux enfants et les ait élevés, Maggie ne se sentait pas très à l'aise quand elle se retrouvait en tête à tête avec un enfant qui n'était pas sa progéniture directe ; enfin, la troisième raison, la principale, c'était qu'elle voulait que Jeannie l'aide à inscrire Daniel sur le site Web des donneurs. Elle y avait jeté un rapide coup d'œil la veille, en revenant de chez lui, et avait éteint aussitôt l'ordinateur. Le site lui avait semblé terriblement compliqué, et elle ne savait comment s'y prendre pour transférer les renseignements contenus dans le dossier de Daniel sur le formulaire en ligne.

Il était sept heures et demie, et Jeannie était en haut avec Matilda, à qui elle avait proposé de lire une histoire pendant que Maggie préparait le dîner. Maggie entendait Matilda gambader dans le couloir au-dessus de sa tête, en poussant des cris aigus et surexcités. Jeannie était tombée dans un des plus vieux pièges du monde, qui consistait à essayer de se faire aimer d'un enfant en le faisant rire. Cela vous entraînait dans une sorte de spirale infernale, qui après avoir suscité une vague d'hystérie débouchait invariablement sur une crise de larmes. Maggie haussa les sourcils en souriant. C'était agréable d'avoir de la vie autour de soi. Elle aimait vivre seule, mais dans des moments comme celui-ci elle se rappelait le bonheur d'avoir eu une maison pleine de monde.

Une marmite de *coq au vin* mijotait sur la plaque chauffante. Le nom était un peu démodé, et Maggie songea qu'il aurait plutôt fallu parler de « mijoté de poulet à l'ancienne », pour faire chic. Elle découpa quelques feuilles de salade et les mit dans un saladier blanc à la forme très moderne. Elle s'était débarrassée de la vaisselle à motifs colorés quand son mari était parti, et l'avait remplacée par de la porcelaine blanche aux belles proportions, comme celle qu'ils utilisaient dans les pubs branchés. Elle ouvrit une bouteille de vinaigrette toute prête et découpa en tranches un pain français de forme allongée, vendu chez Waitrose sous l'appellation *Rustique*. Puis elle déplia sur la table de cuisine une nappe de chez John Lewis décorée de taches de couleurs vives et y disposa des assiettes blanches et des serviettes en papier assorties.

La bouteille de vin était déjà ouverte. C'était un cru que Daniel lui avait recommandé plusieurs mois auparavant. Français, naturellement. Elle s'était découvert un penchant pour lui, pas tant à cause d'une saveur particulière, mais plutôt parce qu'il évoquait le souvenir d'une soirée de pleine lune dans un bistrot d'Aldeburgh. Il y avait eu des clams fraîches servies avec des salicornes, des chandelles rouges à la flamme vacillante, et une longue et délicieuse promenade à travers les rues pavées du village pour rejoindre le parking, ponctuée par les cris des mouettes qui volaient en cercles dans la pénombre, au-dessus de leur tête.

Elle avait passé trois heures à la clinique, aujourd'hui. Daniel était resté un peu dans les vapes, les traits détendus et vaguement souriants, pendant toute sa visite. Maggie aurait aimé croire que c'étaient l'effet de sa présence, le charme apaisant de sa conversation, mais elle savait qu'en réalité c'étaient les médicaments qui le mettaient dans cet état. Il n'avait pas eu envie de parler de choses sérieuses, et étant donné son état elle n'avait pas osé aborder le sujet délicat du Registre des fratries. Les infirmières, elles, étaient contentes et disaient que son état s'était stabilisé. Ce terme faisait surgir dans l'esprit de Maggie l'image d'une voiture lancée à toute allure et s'arrêtant dans un crissement de freins au bord d'une falaise, puis restant là, le moteur tournant, le conducteur tapotant un moment le volant, avant d'enfoncer de nouveau l'accélérateur pour faire le grand saut dans le vide. Un moteur tournant au ralenti, c'était tout ce qu'elle pouvait espérer. Elle souhaitait simplement que celui de Daniel tourne encore assez longtemps pour qu'elle ait la possibilité de prendre contact avec au moins un de ses enfants inconnus.

Jeannie finit par redescendre une demi-heure plus tard, échevelée et le visage enflammé. Elle saisit son verre de vin sur le comptoir et l'emplit à ras bord.

— Quand je pense que je me croyais prête à devenir grand-mère ! s'exclama-t-elle en riant.

Maggie rit avec elle.

— C'est épuisant, n'est-ce pas ? Surtout à notre âge. Je me demande comment font ces femmes qui deviennent mères sur le tard, après quarante ans… Si tu veux mon avis, la maternité, c'est une affaire de jeunes.

— Et même de très jeunes ! renchérit Jeannie. À la tienne. À notre grand âge et à notre vie sans enfants.

— Oh, oui, dit Maggie en trinquant avec son amie. À ta santé. Merci d'être venue. Et merci pour les jolis ongles de pied.

— C'est toujours un plaisir de s'occuper de vos petons, madame Smith. Ce sont les plus mignons que je connaisse.

Les deux femmes s'installèrent à table pour déguster le plat mijoté. La respiration de Matilda, profondément endormie, qui leur parvenait par le Babyphone, accompagnait leur conversation. Elles parlèrent de Daniel, de leurs enfants et des vacances en Italie que Jeannie envisageait de prendre l'été prochain avec son nouveau copain.

Après dîner, elles passèrent dans le salon avec leur verre de vin et prirent place devant l'ordinateur. Le fils de Maggie l'avait lui-même choisi et installé le Noël précédent. Un Mac, de couleur rose foncé. Maggie l'adorait.

Le dossier de Daniel était sur la table devant elles, classé en différentes piles bien nettes. Maggie avait retiré tout ce qui était d'ordre personnel et intime, comme les photos. Cela ne regardait pas Jeannie, et ne pourrait être vu que par les enfants de Daniel. Alors, à toutes les deux, elles remplirent un formulaire qui aurait dû l'être par cet homme qui s'éteignait doucement dans son grand lit blanc, dans un bâtiment moderne situé à moins d'un kilomètre de l'endroit où elles se trouvaient.

Jeannie partit à onze heures et Maggie fit le tour de sa petite maison bien ordonnée, éteignant les lumières, rangeant le bureau, tirant les rideaux du salon. Ce moment de la soirée la rendait toujours un peu nerveuse. Dans l'obscurité, la brise faisait surgir sur les arbres des membres et des chevelures, et les gens qui passaient devant sa fenêtre avaient l'air pressés et affolés. Le cœur de Maggie battait toujours un peu plus fort quand elle fermait les rideaux, faisant instinctivement écho aux activités de cette heure de la journée. C'était le moment où on remontait les passerelles, où on fermait les écoutilles, où on cadenassait les portails. Les grottes n'avaient pas de fenêtres, les ventres des femmes non plus. Les fenêtres n'étaient en réalité que des trous percés dans une maison.

Elle monta l'escalier en silence et entra sur la pointe des pieds dans la chambre où se trouvait sa petite-fille. Elle dormait la tête aux pieds dans son petit lit pliant. Soit Jeannie l'avait couchée à l'envers soit elle avait elle-même fait un tour de cent quatre-vingts degrés. Elle portait une grenouillère rouge. Libby, la fille de Maggie, n'aimait pas le rose. En fait, elle s'opposait vigoureusement, sur un plan politique, à la couleur rose et au lavage de cerveau des petites filles qu'on encourageait à adorer cette couleur comme un dieu sur un autel. Maggie ne comprenait pas pourquoi cela l'irritait autant. Après tout, ce n'était qu'une couleur.

Matilda avait une épaisse masse de cheveux auburn, exactement comme Libby. Son visage rond, joufflu, à la peau crémeuse, était animé par d'immenses yeux verts comme ceux de son père. Elle avait une petite bouche rose en forme de cœur qu'elle tenait vraisemblablement d'une arrière-grand-mère, du côté de son père. Elle était là, avec ses petits poings serrés contre ses oreilles, un amalgame vivant d'une centaine de milliers de personnes qui avaient toutes connu, à un moment de leur vie, une nuit de passion avec quelqu'un d'autre, créant ainsi une nouvelle vie. Et ainsi de suite, dans une succession infinie, la force de l'humanité se propageait au travers des millénaires. Jusqu'à ce qu'ici, dans un petit cottage d'un patelin oublié du nom de Bury Saint Edmunds, cette force se retrouve contenue dans une perle parfaite, d'un blanc laiteux. Matilda.

D'une certaine façon, ce que Daniel avait fait, des années auparavant à Wigmore Street, en donnant son sperme, et ce qu'avaient fait ensuite ces femmes mystérieuses, en l'utilisant, avait bouleversé l'ordre naturel des choses. Peut-être existait-il un ordre préétabli pour ces choses-là. Comme une vaste danse humaine, si vous voulez. Prenez votre partenaire par la main, faites un bébé, puis prenez le bébé par la main et faites-en un autre, et ainsi de suite à l'infini. Où se casait le don de sperme anonyme, dans ce genre de ballet ? Ce que Maggie avait mis en route ce soir, c'était une façon de corriger la chorégraphie, de relier les espaces entre eux, de redonner une normalité à quelque chose qui n'était pas naturel.

Maggie tira la couverture sur la poitrine de Matilda et résista à la tentation de caresser son visage rond comme une pomme. Elle se contenta de lui envoyer un baiser du bout des doigts, avant d'aller dans la salle de bains. Elle songea aux quatre enfants que Daniel avait aidés à venir sur terre, allongés dans leur lit, dans des lieux qu'elle ignorait. Elle espéra qu'ils étaient aussi heureux et aussi en sécurité que sa petite Matilda. Elle espéra que leur mère les aimait autant que Libby aimait Matilda. Elle espéra aussi qu'ils avaient eu un père ou des grands-parents qui leur avaient montré un jour des photos de leurs aïeux. Des hommes au visage allongé, des femmes portant des vêtements lourds et encombrants, des petits enfants en costume de marin, ou bien de jeunes hommes vigoureux au visage enduit de charbon, photographiés devant des rangées de maisons d'ouvriers. Elle espéra qu'ils savaient qui ils étaient et d'où ils venaient. Et que le fait de retrouver Daniel serait juste le couronnement d'une existence parfaite, et non le pas final d'un voyage douloureux vers la connaissance de soi. Elle avait mis en route un processus ce soir, avec son Mac rose. Un processus qui pouvait aboutir n'importe où. Elle avait ouvert une boîte de Pandore.

Devant le miroir de la salle de bains, Maggie dépouilla son visage du maquillage qui l'embellissait. Le fond de teint, la Touche Éclat, l'eye-liner bleu saphir. Cela faisait six mois qu'elle n'avait plus fait de soins du visage. Les effets du Botox et des injections de comblement s'étaient dissipés depuis longtemps, sa peau était pâle et sèche. Elle enleva le maquillage, avec des gestes rapides et efficaces, en s'efforçant de ne pas laisser son regard s'attarder trop longtemps sur la vieille femme solitaire qui lui faisait face.

Quelques jours plus tard, Maggie partit pour la clinique avec une petite enveloppe rembourrée qu'elle avait glissée dans son sac. L'enveloppe était arrivée le matin même, en recommandé. Quelle drôle de chose à faire, avait-elle songé en griffonnant une signature sur le registre électronique du facteur. C'était vraiment très bizarre.

Elle ouvrit la porte de la chambre de Daniel, en retenant son souffle. Il fallait qu'il soit en forme aujourd'hui. Elle avait besoin qu'il soit dans un état normal.

— Bonjour, mon beau, dit-elle en se penchant pour l'embrasser.

Curieusement, plus il perdait sa beauté, moins elle avait de mal à lui dire qu'elle le trouvait beau.

— Bonjour, Maggie May.

Il sourit, et elle sut immédiatement qu'ils étaient dans un Bon Jour.

— Je t'ai apporté des bonbons Starburst et des mandarines.

Elle vida le contenu d'un sac en plastique sur le plateau et se mit à éplucher une mandarine.

— Comment te sens-tu, aujourd'hui ? demanda-t-elle d'un ton doux.

— Je me sens très jeune et très bête. Si je n'étais pas cloué dans ce lit, j'aurais envie de faire quelque chose d'un peu fou…

— Ah oui ? dit-elle en tirant sur sa jupe avant de s'asseoir. Comme quoi, par exemple ?

— Je ne sais pas, Maggie May. Je te prendrais peut-être dans mes bras pour t'embrasser.

Maggie rougit et lui lança un regard étonné.

— Oh.

— Je ne t'ai jamais embrassée, n'est-ce pas, Maggie ? Nous avons passé tant de belles soirées ensemble, et je ne t'ai jamais embrassée. Et maintenant, c'est trop tard. Je suis un imbécile.

Il sourit tristement et tapota le matelas à côté de lui. Maggie quitta sa chaise pour s'asseoir sur le lit, souriant d'un air hésitant.

— Je ne sais pas quoi te dire…

Il lui prit la main et la pressa fort.

— Je n'attends pas que tu dises quoi que ce soit. Je veux juste que tu saches une chose : si j'avais de nouveau la vie devant moi, je t'embrasserais. Je t'embrasserais ce soir-là, à Aldeburgh, tu te souviens ?

— Comment aurais-je pu oublier ?

— L'air était si doux, et tu portais une adorable robe blanche…

— Jaune. Elle était jaune pâle.

— Oui, c'est vrai. Une robe jaune, et tes cheveux étaient attachés en arrière. Ta peau était si douce et si dorée que j'avais envie de te dévorer.

Maggie posa une main sur sa poitrine, et le considéra avec un mélange de stupeur et d'amusement.

— Eh bien, ça… je ne m'en doutais pas.

— Non, bien sûr, tu ne pouvais pas savoir. J'étais… trop froid. Je ne me décidais pas. Je croyais que ma vie était finie. Je croyais que si je t'embrassais tu serais écœurée.

Elle se mit à rire. Elle aurait pu répondre une foule de choses, mais rien ne lui vint à l'esprit sur le moment.

— Tu dis des bêtises ! dit-elle simplement.

— Non, non, ce ne sont pas des bêtises. Tu es une femme délicieuse. Je suis un homme abîmé. Je ne voulais pas t'infliger ce fardeau. Aussi, j'ai gardé mes distances. Mais maintenant, eh bien, quelle ironie… Je ne pourrai pas te communiquer mes souffrances, car je n'ai plus assez de temps à vivre. Mais je suis devenu trop repoussant, trop faible, pour te prendre dans mes bras et faire ce que j'aurais envie de faire.

Il soupira, haussa les épaules et sourit.

Maggie lui pressa encore la main et retourna s'asseoir sur la chaise. Elle était émue, mais aussi un peu mal à l'aise. Cet homme avait changé sa vie au cours de la dernière année. Elle avait cru que c'était elle qui attendait, elle qui désespérait d'être trouvée séduisante par l'homme qu'elle désirait. Et pendant tout ce temps il l'avait désirée aussi. Les choses auraient pu être entièrement différentes. Mais aussi, peut-être, beaucoup plus tragiques.

— Eh bien, finit-elle par dire. Je dois avouer, Daniel, que si à un moment donné tu m'avais prise dans tes bras je n'aurais pas essayé de me dérober.

— Je sais, Maggie. Je sais. Et c'est encore pire, de le savoir.

— Mais merci. Merci de m'avoir dit ce que tu ressentais. Cela m'aidera…

Elle s'interrompit, et finit la phrase dans sa tête : « … quand tu ne seras plus là. »

— Cela t'aidera peut-être, mais pas moi !

Daniel éclata de rire, et son rire se transforma en quinte de toux. Il se pencha en avant, la main contre la bouche. Maggie lui passa un verre d'eau.

— Oh, Maggie, dit-il quand il se fut ressaisi. Quel homme stupide. Quelle vie stupide. Comme j'ai été idiot…

— Non, tu as fait de ton mieux, dit-elle gentiment. C'est ce que nous faisons tous. Jour après jour. Nous faisons de notre mieux. Et de plus…

Elle marqua une pause. C'était le moment idéal pour lui donner l'enveloppe matelassée qui était dans son sac.

— Tu as fait mieux que la plupart des gens.

— Moi ?

— Oui. Tu as été donneur. Tu as aidé quatre femmes à devenir mères. Tu as fait le don de la vie.

Daniel sourit.

— Eh bien, c'est vrai, je suppose. Mais, bien sûr, j'ignore quelle forme a pris cette vie. Mes enfants sont peut-être des violeurs et des terroristes, après tout. Je n'en sais rien.

— Cela me paraît hautement improbable, répondit-elle, trouvant cette plaisanterie un peu trop sombre à son goût. Mais, écoute, on m'a demandé de faire quelque chose. Le Registre des fratries doit vérifier ton ADN. Ils m'ont envoyé un kit.

Elle sortit alors l'enveloppe brune de son sac.

— Regarde, c'est très simple. Il faut simplement que je frotte l'intérieur de ta joue avec ce bâtonnet, puis que je le remette dans ce tube et que je le renvoie.

Il considéra le kit avec un intérêt mêlé d'amusement.

— Oh, mon Dieu. J'ai l'impression d'être un petit loubard, dans le show télévisé de Jeremy Kyle ! J'ai droit à un test de paternité !

— Tu veux bien le faire ?

— Oui, oui, bien sûr.

— Ensuite, ils veulent aussi avoir ton acte de naissance. Je l'ai trouvé chez toi. Oh, et aussi une facture d'électricité de ton domicile. J'enverrai le tout par recommandé, il n'y a pas de risque.

Daniel rit de nouveau.

— Alors voilà à quoi ça se réduit ? Des factures d'électricité, des paperasses. Dans la vie, on en revient toujours à la paperasserie.

— Nous ne sommes pas obligés de le faire. Tu peux encore changer d'avis…

— Non, non, non ! protesta-t-il avec plus de vigueur qu'elle ne l'aurait imaginé. Non. Cela, je dois le faire. J'ai besoin de le faire. Et le plus tôt sera le mieux. Je ne peux pas te prendre dans mes bras et te séduire, mais cela je peux le faire. Viens. Relève mon ADN, ajouta-t-il avec un petit sourire. Je suis prêt.

Il entrouvrit ses lèvres desséchées pour exposer l'intérieur rose et humide de ses joues.

LYDIA

Lydia sentait enfin s'éloigner les longues journées sombres d'hiver. Par la fenêtre de son bureau, elle voyait un ciel d'un bleu pur, et le soleil de l'après-midi chauffait la laine du tapis sous ses pieds. Queenie était assise au beau milieu, comme si cette lumière dorée attendue depuis si longtemps était sa propriété exclusive.

Lydia étendit les jambes et contempla ses pieds avec consternation. Après cette longue période hivernale, ils étaient d'un blanc grisâtre qui évoquait la couleur d'une tranche de saindoux, et ses ongles étaient teintés de jaune. Il fallait absolument arranger ça. Maintenant qu'elle partageait sa maison avec un autre être humain, c'était même vital. Comment aurait-elle pu exposer devant quelqu'un ces orteils difformes, à la fois osseux et boudinés ? Elle avait déjà investi dans un pyjama. Pas un pyjama sexy, toutefois. La dernière chose à faire, c'était d'essayer d'être sexy à sept heures du matin. Juste un joli pyjama, de chez Toast. Chic mais décontracté. Un pyjama que l'on portait avec les cheveux peignés en arrière et une jolie paire de lunettes, pour lire au lit de la littérature sérieuse.

Lydia soupira. Bendiks avait emménagé quatre jours auparavant. Il était arrivé avec trois très belles valises, dont l'une semblait être une authentique Louis Vuitton. Il avait déballé ses affaires dans sa chambre, sans faire de bruit, puis il en était ressorti vers six heures, tiré à quatre épingles et inondé d'un after-shave très chic. Il n'était rentré que le lendemain matin, à une heure inimaginable. Depuis, elle l'avait entendu aller et venir dans la maison, et sa porte s'ouvrait et se refermait à intervalles réguliers. Le premier jour, elle était restée un court moment devant cette porte, les doigts à côté de la poignée, sur le point de lui demander comment il allait, et s'il avait besoin de quelque chose. Mais, finalement, elle n'avait pas eu le cran de frapper, et elle était retournée dans sa chambre sur la pointe des pieds. Et la veille au matin, elle s'était trouvée nez à nez avec lui, alors qu'elle le croyait déjà parti au travail. Elle portait son pyjama de chez Toast, et elle était horrible à voir. Elle avait dormi si profondément que son visage était bouffi comme une éponge gorgée d'eau. Elle avait tressailli en le voyant se diriger vers la porte, frais et dispos.

« Bonjour, Lydia ! avait-il lancé avec un grand sourire. On se croise enfin ! Je finissais par croire que tu avais déménagé.

— Oh, non, avait-elle répondu, un peu trop vivement. Je suis là. Je traîne ici, tu vois. Je travaille. Tout va bien ?

— Oui, tout va bien. À bientôt, d'accord ?

— D'accord ! »

Elle était sans arrêt sur les nerfs, et elle sursauta en entendant frapper doucement à sa porte.

— Lydia, chuchota une voix d'homme. C'est moi. Je peux entrer ?

Elle ramena rapidement ses horribles pieds d'hiver sous le fauteuil de son bureau et prit une feuille de papier au hasard.

— Oui ! dit-elle d'une voix trop haut perchée. Entre !

Il apparut sur le seuil, vêtu d'un simple tee-shirt et d'un jean qui était clairement un jean d'hétéro. Ses cheveux emmêlés et ébouriffés ressemblaient à la fourrure d'un cochon d'Inde, ses pieds nus étaient beaux et bronzés.

— Salut, dit-il.

— Oh, salut.

— Je ne te dérange pas ?

Elle regarda vaguement son bureau, puis reporta les yeux sur Bendiks et haussa les épaules.

— Non, ça va.

— Bien. Alors, je peux entrer ?

— Euh…

Elle jeta un regard circulaire dans la pièce, cherchant un éventuel article de lingerie oublié dans un coin, ou bien un morceau de pain moisi, ou encore des chaussettes de sport roulées en boule. N'importe quoi qui serait susceptible de donner l'impression qu'elle était sale ou négligente. Elle ne trouva rien.

— Oui bien sûr, entre.

Il prit place aussitôt dans le fauteuil de cuir, dans le coin, et ramena ses pieds sur le siège. Lydia l'observa en s'efforçant de ne laisser aucun soupir de désir franchir ses lèvres. Il fit courir ses mains le long des accoudoirs, dans un geste qui semblait uniquement destiné à embraser l'imagination de son interlocutrice.

— Je voulais juste te dire bonjour. Je ne te vois presque jamais. Et je trouve ça bizarre, d'habiter chez toi et de ne jamais voir le bout de ton nez.

— Oui, je sais. C'est juste que… je ne sors pas beaucoup. Entre mon travail et le fait que Juliette fasse toutes les courses pour moi, et…

Elle n'alla pas au bout de sa phrase, consciente qu'elle était à court de bonnes raisons pour expliquer qu'elle ne sortait pas de chez elle, et qu'elle était à deux doigts d'aborder des sujets plus délicats. Par exemple, le fait qu'elle n'avait pas d'amis, pas de famille, pas de hobbies, et pas de centres d'intérêt.

Bendiks croisa les bras en souriant.

— Oh, bien. Je commençais à croire que tu voulais m'éviter.

— Oh, non. Non, non, non. Pas du tout. Je suis toujours comme ça. C'est vrai. Je vis un peu en ermite, enfermée dans mon bureau. Tu sais. Il n'y a rien contre toi, c'est promis.

— Bon.

Il sourit de nouveau, se pencha en avant et posa sur elle un regard si direct, avec ses yeux d'un brun sombre, qu'elle se sentit rougir.

— Tant mieux, parce que je suis très reconnaissant de ce que tu fais pour moi, et je ne voudrais pas que ma présence te mette mal à l'aise.

— Oh, non ! Ne t'inquiète pas, je suis contente que tu sois là.

Il la considéra d'un air narquois, visiblement peu convaincu.

— Eh bien, alors ça va, dit-il en se frottant le menton. Mais tu es difficile à déchiffrer. Impossible de savoir ce que tu penses vraiment.

Lydia sourit, un peu soulagée. C'était une bénédiction que Bendiks ne puisse pas lire dans ses pensées. Car la plupart du temps, quand elle était avec lui, elle l'imaginait allongé sur elle.

— Alors, reprit-il en réarrangeant ses pieds sur le fauteuil, comment vas-tu ? Comment va ta vie ?

— Oh, bien. Pas mal. Je vais, euh…

Elle lui sourit d'un air d'excuse, comme si elle était sur le point d'annoncer une mauvaise nouvelle.

— Je vais voir mon frère cet après-midi.

— Pas possible ?

— Oui ! Il m'a contactée la semaine dernière ! Et nous allons prendre un verre ensemble cet après-midi.

— Oh, mon Dieu, mais c'est… c'est extraordinaire. Tu dois être terriblement heureuse.

Lydia réfléchit un instant au mot qu'il venait d'employer. Elle n'aurait pas pensé à utiliser le terme « heureuse ». Elle ressentait seulement une peur mêlée d'excitation. Son frère s'appelait Dean. Il lui avait envoyé un e-mail adorable, la semaine précédente. Adorable, mais qui manquait un peu d'inspiration. Elle ne savait pas très bien à quoi elle s'était attendue. Il n'était sans doute pas très réaliste d'imaginer que ces gens étaient intéressants juste parce qu'ils étaient ses frères et sœurs. Oui, mais il y avait aussi beaucoup de gens qui avaient du mal à s'exprimer par écrit. Elle aurait peut-être une bonne surprise quand elle le verrait. Du moins, c'était ce qu'elle espérait.

— Alors, à quelle heure tu t'en vas ?

Lydia regarda l'heure sur son écran d'ordinateur.

— Dans quarante-cinq minutes environ.

— Oh, mon Dieu ! s'exclama Bendiks en bondissant sur ses pieds. Il faut que je te laisse te préparer.

— Oh, non, vraiment. Tu n'es pas obligé de…

— Eh bien, en fait, je dois sortir aussi. Un rendez-vous avec un client. Je vais juste passer sous la douche avant de partir. Mais je te souhaite bonne chance pour cet après-midi. Je penserai à toi. Et je t'enverrai un SMS. À quelle heure tu dois le retrouver ?

— Cinq heures et demie.

— Bien. Alors, je t'enverrai un message à cinq heures quarante-cinq. Si ce garçon ne te plaît pas, si tu veux rentrer, tu n'auras qu'à lui dire que tu as une urgence et que tu dois partir, d'accord ? Mais si ça se passe bien, réponds-moi pour me le dire.

Lydia sourit, touchée par ce désir instinctif de protection.

— Merci, Bendiks. C'est vraiment gentil. Je le ferai, c'est promis.

— Comment tu te sens ?

— Malade d'angoisse.

— Ça ne m'étonne pas. Moi aussi je suis malade, et pourtant ce n'est même pas moi qui vais le rencontrer, ce nouveau frère !

Il sourit, enfonça les mains dans ses poches et se dirigea vers la porte.

— Bonne chance, Lydia. C'est extraordinaire, ce qui t'arrive.

Il sortit, et Lydia fit lentement glisser ses pieds nus devant elle, en soupirant. Elle demeura immobile, jusqu'à ce qu'elle l'entende quitter sa chambre, dix minutes plus tard. La porte d'entrée claqua derrière lui, et elle se précipita alors dans l'escalier, entra dans sa chambre et le regarda par la fenêtre. Il avait un blouson en jean (ça ne faisait pas un peu gay ?) et un survêtement blanc (encore plus gay ?) et portait son sac de sport sur l'épaule. Il parlait dans son téléphone et riait. Puis il tourna au coin de la rue, et Lydia se laissa tomber assise sur son lit.

Elle mangea un sandwich au beurre de cacahuète, car il valait peut-être mieux ne pas partir l'estomac vide à ce genre de rendez-vous, puis elle se doucha, se changea et se brossa les dents, en s'efforçant d'ignorer les crampes qui lui tordaient l'estomac. Elle savait déjà quels vêtements elle allait porter. Un jean. Un jean bleu tout à fait ordinaire. Et un large pull à manches longues en jersey noir, avec des sandales à semelles compensées. Elle peigna ses cheveux noirs, mit un peu de mascara, du brillant sur les lèvres, et se regarda dans le miroir tellement longtemps que son visage finit par lui paraître déformé. Pas du tout le genre de visage à montrer à un jeune homme de vingt et un ans qui est votre frère. Les limites de son monde lui semblaient de plus en plus vagues, au fur et à mesure qu'elle se préparait. Elle avait l'impression que la normalité s'éloignait d'elle, comme un rêve en train de se dissiper. Mais elle n'envisagea pas une seconde de ne pas aller au rendez-vous. Elle irait. C'était à peu près la seule chose qui lui paraissait réelle.

Lydia sortit de chez elle à cinq heures moins dix et se rendit à la station de métro. Elle devait retrouver Dean au bar du *London Bridge Hotel*, un lieu suffisamment neutre qu'elle avait choisi sur Internet, après avoir appris à quelle station Dean descendrait de son train de banlieue. Dean habitait à Deptford. Lydia ne vivait pas à Londres depuis assez longtemps pour savoir exactement où se trouvait Deptford. Mais ce nom évoquait une banlieue pas très reluisante, si on le comparait par exemple au nom de Chelsea. Le seul fait de le prononcer lui faisait penser à des tours, et aux vibrations des voies ferrées.

Elle arriva au bar à cinq heures et demie pile, et balaya la salle du regard. Dean n'avait pas pu lui envoyer de photo de lui, car apparemment il ne possédait pas d'appareil numérique, et son téléphone mobile ne prenait pas de photos. Mais il lui avait dit qu'il était assez grand et mince, avec des cheveux bruns très courts. Personne ne correspondait à cette description, aussi Lydia alla-t-elle droit au bar se commander un gin tonic. Elle s'installa avec son verre à une petite table ronde située près d'une fenêtre, afin de guetter son arrivée. Et au moment précis où elle s'apprêtait à s'asseoir en posant son verre sur la table, elle le vit.

Il était très grand et mince, et avec ses yeux qui lui mangeaient le visage il ressemblait à un lémurien qui aurait trop grandi. Il balaya la salle du regard, avec ses grands yeux effrayés. Ses mains, au bout de ses bras trop longs, étaient fourrées dans les poches d'une veste légère en coton. Ses longues jambes étaient habillées d'un pantalon en denim trop large. Il portait un petit *piercing* en argent à l'oreille gauche, des baskets bleues, et serrait un sac en plastique au creux de son bras. Son visage était celui d'une *rock star* des années soixante. Ses lèvres, ses yeux et ses pommettes ressortaient dans ses traits osseux, et il était si maigre qu'il n'avait sûrement rien d'autre que de la peau et des muscles sur les os. Mais, malgré son air mal nourri et ratatiné, ses vêtements bon marché et son allure accablée, il était indéniablement beau, d'une beauté éthérée.

Il la repéra, sourit et sortit une main de sa poche pour la saluer d'un air un peu gauche. Elle lui fit signe à son tour et sourit aussi.

— Dean ! dit-elle en le regardant approcher.

Elle se leva en lui tendant la main, comme s'il était un étudiant venu lui demander du travail.

— Enchanté de vous connaître, dit-il.

Sa main était moite, et ses traits figés par l'angoisse.

Il a encore plus peur que moi, songea Lydia.

Mais elle vit ses traits s'adoucir quand il la regarda.

— Vous avez mon nez, dit-il avec une sorte de petite joie enfantine. Regardez.

Il se tourna de profil et ajouta :

— Vous ne trouvez pas ? C'est le même, non ?

C'était bien le même. Lydia se tourna aussi sur le côté, il examina son profil et sourit.

— Oui. Oui, j'espérais un peu qu'il y aurait quelque chose, vous savez. Juste pour que je sois sûr que je n'allais pas…

— Faire la connaissance d'une complète étrangère ?

— Ouais.

Il sourit et s'assit.

— Je vous offre à boire, dit Lydia. Qu'est-ce que vous prenez ?

— Oh, oui, euh… c'est quoi, ce que vous buvez ?

— Un gin tonic.

— Ouais, je vais prendre la même chose. Merci.

Lydia ramena la boisson sur la table, et Dean tendit les deux mains pour saisir le verre, comme un gamin attrapant son gobelet de jus d'orange.

Il ôta sa veste et elle vit qu'il portait une chemise. Il avait dû la choisir exprès pour l'impressionner, ne put-elle s'empêcher de penser.

Dean porta le verre à ses lèvres et fit la grimace.

— On porte un toast ? suggéra-t-elle.

— Oui, pourquoi pas ?

— À nous.

— À nous.

Ils trinquèrent. Ils avaient le même verre, et le même nez.

— Je n'en croyais pas mes yeux, quand je vous ai trouvée, dit-il. Pour être franc, j'étais complètement bourré quand je me suis inscrit.

— Moi aussi, avoua Lydia en souriant.

— Quoi, vraiment ?

— En fait, non. J'étais bourrée la première fois que j'ai voulu m'inscrire, mais je ne suis pas arrivée au bout du formulaire.

Dean hocha la tête d'un air compréhensif.

— Moi, je ne me rappelle même pas le moment où je l'ai fait.

— Ouah…

— Ouais, je sais. Par chance, la personne qui m'a aidé à le faire s'en souvenait.

— Ce qui est étonnant, c'est que vous vous soyez souvenu de tous les détails nécessaires.

— C'est tout là-dedans, expliqua-t-il en se tapotant la tempe du bout du doigt. Le numéro du donneur. La clinique, l'adresse. C'est fixé là depuis trois ans.

— Depuis le moment où vous l'avez appris ?

— Oui. J'avais dix-huit ans. C'est ma mère qui me l'a dit. Et vous ?

— Je l'ai su il y a seulement trois mois.

— C'est pas vrai ? Si tard que ça ? ajouta-t-il en fronçant d'épais sourcils noirs.

— Oui. Jusque-là, je vivais dans un état de bienheureuse ignorance.

— Et comment vous avez… ?

Lydia haussa les épaules.

— J'ai reçu une lettre anonyme. Enfin, ce n'était même pas une lettre. Juste des papiers de la clinique. Et un article sur le Registre des fratries.

Dean eut un regard de compassion.

— Mon Dieu. Et vous avez une idée de la personne qui vous a envoyé ça ?

— Pas vraiment. Je sais seulement que c'était quelqu'un du pays de Galles. De chez moi. Cela pourrait être n'importe qui, je suppose. Mon père et ma mère sont morts, et j'ai perdu tout contact avec la famille, alors… Je ne trouverai sans doute jamais qui a fait ça. Mais j'ai des soupçons.

— Ah, oui ?

— Oui, je pense à mon oncle Rod. Le frère de mon père. Il était très proche de mes parents. Si quelqu'un pouvait être au courant, c'était lui.

— Et votre père ? Il savait ?

— Je n'en sais rien. Il ne m'en a jamais parlé, mais, avec le recul, maintenant il me paraît évident qu'il savait.

Dean secoua lentement la tête, l'air incrédule.

— Et moi qui pensais que ma vie était merdique…

Lydia lui sourit. Naturellement, sa vie était merdique. Il n'y avait qu'à le regarder pour le comprendre. Mais en tout cas son visage était doux et plaisant, et Lydia savait qu'il appréciait sa compagnie et que cette expérience tournait mieux qu'il ne l'avait espéré. C'était pareil pour elle. À partir du moment où il s'était tourné de profil pour lui montrer son nez, elle avait su que tout irait bien. Plus elle le regardait, plus elle lui parlait, et plus elle se sentait à l'aise et décontractée. Dean était comme elle, dix ans auparavant. Trop maigre, mal habillé, voûté, s'excusant d'exister. Et c'est alors qu'elle ressentit cette impression… *clac*, comme si un autre morceau du puzzle trouvait sa place. Une sensation incroyable la submergea, lui coupant le souffle. C'était quelque chose de nouveau, d'extraordinaire, qu'elle n'avait encore jamais ressenti de sa vie.

Un sentiment maternel.

C'était enfin là, pour la première fois depuis la mort de son chien. Elle éprouvait un sentiment d'amour et d'affection. Elle avait envie de toucher ce garçon, de le prendre dans ses bras. De le serrer contre sa poitrine pour le protéger.

Elle finit son gin tonic, Dean aussi, et il alla en chercher d'autres. Elle le regarda, debout devant le bar. Il était pathétique. Beau, et pathétique. Elle eut un sourire affectueux. C'était son frère. Son petit frère.

Il déposa un gin tonic sur la table pour Lydia, et une pinte de bière pour lui. Elle ne le laisserait pas payer une autre tournée. De toute évidence, il n'avait pas le sou.

Elle ne se rappelait que trop le pénible sentiment qu'elle éprouvait, quand elle payait à boire dans les pubs alors qu'elle n'avait pas d'argent. Elle se rappelait l'époque où elle retirait un pauvre billet de dix livres au distributeur, épuisant ses ultimes possibilités de découvert, avant de se résoudre à emprunter des billets de cinq livres tout froissés à ses amis. Elle s'en souvenait comme si c'était hier. Après tout, elle avait été beaucoup plus longtemps pauvre que riche.

— Qu'est-ce qui vous a décidé à faire la démarche ? demanda-t-elle. Vous étiez ivre quand vous vous êtes inscrit, mais après, quand il a fallu faire les tests et tout ça ? Quelle était votre motivation ?

Elle vit quelque chose passer dans son regard. On aurait dit du chagrin.

— Oh, mon Dieu, dit-il avec un petit sourire désolé. Je ne sais pas par où commencer. C'était… Merde.

Il parut chercher ses mots.

— Il y a trois mois, je vivais avec ma copine, et nous allions avoir un bébé. Et puis, l'accouchement s'est déclenché plus tôt que prévu, elle s'est mise à perdre du sang, et tout ce que je sais, c'est qu'après, eh bien, après, elle est morte.

Il haussa les épaules et esquissa un sourire pitoyable. Lydia sentit son estomac se contracter.

— Et le bébé ? chuchota-t-elle.

— Le bébé va bien. Elle est restée dix semaines à l'hôpital, vous savez, jusqu'à la date à laquelle elle aurait dû naître.

— Et maintenant, où est-elle ?

— Chez la mère de ma copine. Ouais…

Il tapota sa pinte de bière avec ses gros doigts. Lydia était sans voix.

— Mon Dieu, finit-elle par murmurer. C'est… Je ne sais pas ce que vous devez ressentir. Vous êtes si jeune.

— Ouais, je sais, mais ça arrive, ces saloperies. Ça arrive à n'importe qui. Peut-être que je me suis débarrassé très tôt du plus mauvais. Et puis c'est en partie la raison de tout ça.

Il fit un geste vers Lydia, puis vers lui.

— J'ai tout perdu, vous comprenez ? Mon appartement. Ma copine. Mon job. Mon avenir. Et même un peu ma mère. Elle s'est habituée à ne plus me voir chez elle, à faire ce qu'elle veut, à sortir, et tout. Tout a disparu, ou est en train de disparaître, et je crois que j'avais envie de commencer quelque chose, vous voyez ? Et à l'instant où j'ai vu ces gens… vous et l'autre fille, la plus jeune… je ne sais pas, il m'a semblé que c'était un peu… la suite ? Pour ne pas me dire que j'avais complètement merdé. Je n'ai rien mangé depuis hier, vous savez ? Je n'arrêtais pas de penser… j'avais vraiment peur que vous soyez…

— Quoi ? Une vache ?

— Non, non, pas une vache, répondit-il en riant. Je pensais que vous seriez un peu… distante ? J'avais cette idée de vous, avec un collier de perles, et tout ça.

Lydia éclata de rire.

— Je n'ai jamais porté de perles de ma vie !

— Ben, oui. Maintenant, je le vois bien.

Le téléphone de Lydia émit une sorte de gazouillement, et elle le sortit de son sac avec un petit sourire d'excuse. C'était le SMS que Bendiks avait promis de lui envoyer. *Tout va bien ?* Elle sourit et tapa simplement les mots : *Très bien*. Puis elle éteignit son téléphone et le remit dans son sac.

— Alors, reprit-elle en reportant son attention sur Dean. Votre petite fille, à qui elle ressemble ?

Il sourit, comprenant pourquoi elle ressentait le besoin de lui poser la question.

— À moi.

— Et vous, vous ressemblez à qui ?

Il parut sur le point de dire quelque chose mais se ravisa. Il baissa les yeux, contempla le bout de ses pieds, releva la tête et la considéra un moment, avant de déclarer, d'un air hésitant :

— À vous.

Lydia invita son frère à dîner ce soir-là. Elle commanda une tourte pour lui et le regarda manger avec une certaine satisfaction, tout en chipotant dans son plat rempli de tranches de salami peu appétissantes, d'olives cassées, d'anchois roulés et d'une pile de câpres écrasées. Elle passa sa carte derrière le bar et régla subrepticement l'addition, balayant gentiment les objections de Dean.

Il était neuf heures quand ils sortirent de l'hôtel, et ils n'avaient abordé qu'une infime partie des sujets dont ils avaient envie de parler. Si on avait voulu comparer leur relation à une tranche de gâteau, le moment qu'ils venaient de passer ensemble n'était qu'une miette.

Lydia avait songé à inviter Dean chez elle, mais elle n'eut pas le courage de formuler l'invitation. Il était son frère, c'était scientifiquement et officiellement prouvé. Ils avaient le même nez. Pourtant, il était toujours un étranger.

Ils se séparèrent donc en se promettant de se revoir très, très, bientôt.

— Peut-être que l'autre aura pris contact avec nous d'ici là, dit Dean, plein d'espoir.

— Tu veux parler de la fille ? demanda Lydia.

— Oui. La plus jeune. Nous pourrons nous retrouver tous les trois.

Lydia sourit. Elle avait du mal à imaginer ça. Elle avait l'impression que Dean et elle avaient constitué une sorte de club exclusif ce soir, tous les deux. Il lui semblait moins vraisemblable que jamais qu'il y ait un autre membre. Et encore moins deux.

— Je me demande qui est le quatrième…

— Oui, répondit Dean en se caressant le menton. Le mystérieux quatrième. L'autre garçon. Il n'est peut-être pas au courant ?

— Je suppose. Ou bien il préfère ne pas savoir.

Dean haussa les épaules.

Ils se trouvaient devant la station de métro de London Bridge. Il commençait à faire nuit. Les gens passaient à côté d'eux, filant comme des trains à grande vitesse pour rentrer chez eux. Il était temps de se dire au revoir. Ils se sourirent gauchement. Et comme ils avaient assez bu pour se débarrasser de toute leur réserve, ils s'enlacèrent. Lydia fit son possible pour insuffler à son corps une souplesse qui ne lui était pas familière. Elle n'avait pas l'habitude qu'on la prenne dans les bras, et elle ne voulait pas donner à son frère l'impression qu'elle résistait à son élan d'affection. Mais, quand ils s'approchèrent, elle perçut chez lui aussi cette raideur caractéristique des gens que les démonstrations de sentiments mettent mal à l'aise. Ils avaient l'air de deux portemanteaux s'accrochant l'un à l'autre, tout en bras raides et coudes pointus. Malgré tout, il y avait une affection authentique dans leur geste, et ils se sourirent chaleureusement en se séparant, en proie à une réelle émotion.

— Je suis vraiment, vraiment contente de t'avoir rencontré, dit Lydia.

— Moi aussi.

— La semaine prochaine ?

Dean haussa encore les épaules.

— Oui, quand tu veux. Je ne suis pas très occupé, tu sais.

— Moi non plus.

Ils rirent, se prirent par les bras, et Dean se détourna le premier. C'était son rôle, puisqu'il était le plus jeune. Et elle, en tant qu'aînée, devait le regarder partir, s'assurer qu'il se glissait sans problème dans le tourbillon de la station de métro.

Lydia resta plantée là, un moment après qu'il fut parti. Elle avait une main dans la poche de son jean, l'autre sur la bandoulière de son sac. Le soleil disparaissait à l'horizon, laissant une lueur bleuâtre comme de l'encre planer sur la ville. La température chuta et la brise du soir la fit frissonner. Lydia déroula sa lourde écharpe et s'en couvrit les épaules et les bras. Puis elle serra son sac contre elle et retourna dans la rue en cherchant des yeux la lumière rassurante d'un taxi.

Quand elle approcha de sa maison, trente minutes plus tard, Lydia eut l'impression de retrouver un vieil ami. Après l'atmosphère étrange de cette soirée, la demeure lui parut familière et rassurante. Elle sentit ses muscles se détendre lorsqu'elle remonta l'allée qui menait à la porte d'entrée. Elle s'imagina moins d'une minute plus tard, prenant un verre d'eau, ôtant ses chaussures et s'asseyant sur son lit pour enlever ses vêtements. Puis posant la tête sur l'oreiller, fermant les yeux, repensant à la soirée, laissant tous les événements pénétrer son esprit et donner un sens nouveau à sa vie. Mais, quand elle arriva dans la cuisine, elle vit que Bendiks était assis devant la table. Il portait un tee-shirt blanc et un caleçon. Il avait allumé une bougie et lisait un livre de poche posé au creux de son genou replié. Il releva lentement la tête en l'entendant entrer et sourit.

— Tu es rentrée.

— Oui, répondit Lydia, en souriant d'un air hésitant.

— Je ne me suis pas couché, précisa-t-il, de manière un peu superflue.

— Oui, je vois.

Bendiks posa son livre et déplia les jambes.

— Je sais que c'est idiot, mais j'étais inquiet pour toi. Tu m'as envoyé ce message, bien sûr, mais c'était il y a quelques heures. Et je voulais juste… eh bien… m'assurer que tu étais bien rentrée à la maison. Et que tout allait bien. C'est le cas ? Tu te sens bien ?

Lydia posa son sac, avec un petit sourire soulagé.

— Oui. Je me sens tout à fait bien.

Le sourire de Bendiks s'adoucit également, et il se pencha au-dessus de la table.

— Alors, comment ça s'est passé ? Raconte. À moins que tu préfères ne pas en parler ?

Lydia s'assit et fit glisser ses mains sur la table.

— Non. J'ai envie d'en parler. Mais je ne sais pas trop quoi dire.

— Comment il était ? Sympa ?

Elle éprouva une vague de plaisir en voyant l'air inquiet de Bendiks. Il était gentil. Tellement gentil…

— Oui, il était vraiment bien. Très timide. Il ne parle pas beaucoup.

— Ah, juste comme toi, alors ! s'exclama Bendiks en éclatant de rire.

— Eh bien, oui, je crois. Il me ressemble. Il est comme moi quand j'avais son âge. Mais il est adorable. Vraiment adorable.

Bendiks l'enveloppa d'un regard pensif, un peu rêveur.

— C'est extraordinaire. Tu en es consciente, hein ? Ce qui t'arrive est extraordinaire.

— Oui, je sais. J'ai l'impression de vivre un rêve.

— Absolument ! C'est comme un rêve. Un rêve fantastique. Et maintenant, tu en as encore deux à rencontrer. L'autre frère, et la sœur.

Lydia se frotta les coudes et haussa les épaules.

— Ça n'a pas l'air vrai.

Elle était sincère. Cette sœur lui semblait encore moins réelle, après sa rencontre avec Dean. Bendiks se leva en souriant.

— Tu veux quelque chose ? Une tasse de café ? Une infusion ?

— Non, merci, ça va. Je crois que je ferais mieux d'aller me coucher. Je me sens un peu fatiguée.

— Quelque chose de plus fort, alors ? suggéra-t-il sur le ton de la plaisanterie. Du schnaps ? Allez, on pourrait aller boire un verre sur la terrasse, il ne fait pas très froid.

Lydia réfléchit à la suggestion, et aux motivations de Bendiks. Il la regardait, pas tout à fait d'un air implorant, mais tout de même avec une certaine insistance. Elle se demanda pourquoi il voulait boire du schnaps avec elle sur la terrasse, et faillit presque le lui demander. Mais pourquoi ? Pourquoi veux-tu faire ça ? Elle regarda autour d'elle, cherchant une réponse plausible. D'un côté, elle ne demandait pas mieux que de s'asseoir sur la terrasse avec l'objet de son désir et de s'enivrer légèrement en sa compagnie. Mais d'un autre côté elle avait envie d'attraper son sac, de filer dans sa chambre et de refermer la porte à clé derrière elle.

— Euh... eh bien oui, d'accord, dit-elle comme malgré elle. Oui, pourquoi pas ?

Un large sourire s'épanouit sur les lèvres de Bendiks, et il tapa dans ses mains.

— Bien. Super. Je reviens dans une minute.

Il franchit la porte de la cuisine et grimpa les marches de l'escalier quatre à quatre. Elle regarda les muscles de ses cuisses se tendre et durcir à chaque mouvement et sentit son estomac se nouer à l'idée de ce qui l'attendait peut-être. Il était possible qu'un jour elle sente ces muscles se presser contre ses propres cuisses. Troublée, elle reporta son regard sur la fenêtre sombre de la cuisine et s'efforça de se calmer. Quand elle l'entendit redescendre, elle respira profondément et l'accueillit avec un large sourire. Il tenait une longue bouteille contenant un liquide clair. Lydia alla chercher deux verres à liqueur et le suivit sur la terrasse.

Elle s'assit la première et, au lieu de s'installer en face, Bendiks prit place à côté d'elle, si bien que son corps n'était qu'à quelques centimètres du sien. Il remplit les verres de schnaps et lui dit quelque chose au sujet de la provenance de l'alcool, mais elle n'écoutait pas. Elle était absorbée par un scénario imaginaire, dans lequel elle ouvrirait la bouche et dirait :

« Bendiks, est-ce que tu es gay ? »

Alors, il la regarderait d'un air désapprobateur et répondrait :

« Non ! Bien sûr que non ! »

Il le lui prouverait sur-le-champ, en la renversant contre l'accoudoir du canapé pour lui embrasser le cou avec ferveur, tout en faisant glisser sa main sur sa cuisse. Elle chassa la scène de son esprit en sentant qu'il attendait qu'elle réponde à une question.

— Pardon ? Quoi ?

Bendiks haussa les sourcils et se mit à rire.

— Rien, rien. Je vois bien que tu es à des kilomètres d'ici. Et c'est bien normal, vu la soirée que tu viens de passer.

Lydia sourit faiblement, soulagée qu'il ait interprété son silence de cette façon.

— Eh bien, oui. Quelle soirée !

— Je suggère que nous portions un toast, dit-il en lui tendant son verre. À tes frères. Et à ta sœur. Et à toi, naturellement, la sensationnelle Lydia.

— Ah ! Oui ! s'exclama-t-elle d'un ton désabusé.

Elle ne voyait vraiment pas ce qu'elle avait de sensationnel. Mais il bondit sur la remarque, pour mieux la balayer :

— Tu es une fille sensationnelle. Tu ne le sais peut-être pas, mais je t'assure que de mon point de vue, en tant qu'observateur objectif, tu es vraiment remarquable. Sérieux. C'est rare de rencontrer une femme comme toi, qui soit à ce point indépendante, intelligente, jeune et sexy.

Sexy ? Le mot résonna dans la tête de Lydia.

— Oh, arrête, Bendiks.

— Pourquoi ? C'est la vérité.

Le compliment la mit si mal à l'aise qu'elle crut éprouver une vague nausée. Un peu comme si elle venait d'ingurgiter six beignets au chocolat, après ne s'être nourrie que de nouilles pendant des semaines. C'était délicieux, fantastique, mais c'était trop. L'indigestion la guettait. Elle sourit gauchement, et l'expression de Bendiks changea.

— Je suis désolé. Je t'ai offensée ?

Tout en parlant, il tendit la main et lui caressa le bras. C'était un geste anodin que vous auriez pu avoir pour un inconnu dans la rue, pour vous excuser de l'avoir bousculé. Mais, quand il l'effleura, elle eut l'impression qu'une multitude de lumières restées éteintes depuis des années s'allumaient brusquement dans son corps. Comme si des électrodes reliées à chaque extrémité de ses nerfs venaient d'être activées. Comme si elle se réveillait après un long sommeil. Et qu'elle se trouvait merveilleusement, terriblement éveillée. Elle inspira si profondément, si vite, que Bendiks l'entendit et la considéra d'un air affolé.

— Tu te sens bien? demanda-t-il, en reposant sa main sur son bras, et en la caressant légèrement.

— Oui, répondit-elle doucement. Très bien.

Sa main demeura sur son bras, et il ne la quittait pas des yeux.

— Tu le vois, dit-il. C'est dans tes yeux. Tu vois quelque chose... d'inconnu.

Elle battit des paupières et se mit à rire.

— Sérieux. La plupart du temps, tu es très... *british*. Mais quand je te regarde comme ça, là, expliqua-t-il, je vois quelque chose de différent. Quelque chose d'excitant.

Le mot la dérangea. Elle ne voulait pas qu'on pense ça d'elle, car elle n'était pas quelqu'un d'excitant. Et s'il croyait cela, il allait être horriblement déçu.

— Je suis désolé, dit-il en retirant sa main et en s'écartant. Je te mets mal à l'aise. Je suis désolé. C'est juste que...

Il se détourna, cherchant ses mots, et reprit :

— C'est juste que tu m'impressionnes un peu. Et aussi... je ne sais pas comment t'expliquer. Je pense beaucoup à toi. C'est tout. Pardonne-moi, je t'en prie.

— Bien sûr, dit-elle en souriant. Il n'y a rien à pardonner. Je suis fatiguée, c'est tout.

— C'est normal. C'est bien naturel. Tu m'as dit que tu étais fatiguée, et moi je t'ai quand même obligée à venir ici pour boire avec moi. En réalité, je voulais juste passer un moment avec toi, car j'ai toujours l'impression que nous sommes comme deux navires qui se croisent. Et ce serait dommage que je reparte sans en savoir plus sur toi qu'avant d'avoir emménagé dans cette maison. Mais si tu préfères t'en tenir aux navires qui se croisent, dis-le-moi. Je n'en prendrai pas ombrage.

Il assortit ces paroles d'un sourire enjôleur.

— Non, je ne veux pas m'en tenir aux navires qui se croisent. C'est sympa de t'avoir à la maison. Nous devrions prendre plus souvent un verre ensemble.

— Bien, répondit Bendiks en versant une nouvelle rasade d'alcool dans chaque verre. Bien. Portons un autre toast. À toi et à moi. Nous ne sommes plus deux navires perdus en haute mer. Mais nous sommes aussi des amis, j'espère…

— Oui. Des amis.

Et alors qu'elle prononçait ces mots, l'idée sensuelle et illicite de jambes entrecroisées, de lèvres entrouvertes et de corps unis s'échappa de sa conscience et s'évapora. Des amis…

Elle fit couler le schnaps dans sa gorge et tenta de prendre l'air de quelqu'un qui ne désire rien d'autre au monde.

ROBYN

Robyn contempla la feuille épinglée à l'extérieur de sa classe, avec un mélange d'horreur et de déception. Elle avait encore échoué. C'était la troisième fois en un mois qu'elle ratait une épreuve. La charge de travail était accablante. Trois heures d'étude par jour, plus les cours magistraux, les travaux dirigés, et encore d'autres choses à étudier pendant tout le week-end. Au cours du week-end précédent, justement, elle était censée avoir lu et mémorisé cinq chapitres de physiologie, dans un livre si lourd qu'elle parvenait tout juste à le soulever à deux mains. Elle était allée jusqu'au début du chapitre deux, avant d'abandonner. Son cerveau, qui avait toujours fonctionné mieux que tous les autres, qui avait absorbé toutes sortes de faits et d'informations sans trop d'effort, n'était tout simplement pas apte à retenir cette terminologie. Et elle était elle-même beaucoup trop absorbée par toutes sortes de problèmes, pour imaginer de nouvelles méthodes d'apprentissage. Elle était en train de rater son année, Robyn Inglis allait échouer, et elle ne savait pas du tout ce qu'elle pouvait faire contre ça.

Elle arracha la feuille du tableau de liège, la roula en boule et la fourra dans son sac.

Robyn souleva le couvercle de la poubelle gris métallisé dans la cuisine de Jack... Non, non, ce n'était pas la cuisine de Jack mais la sienne, ne cessait-elle de se répéter. Et elle recula. La poubelle était pleine à ras bord. Des montagnes de déchets rances, écrasés, ressemblant à des restes de gratin dauphinois. Des bouts de papier et de cartons enfoncés sur les côtés, des sachets de thé glissés dans les creux, le tout saupoudré de miettes de céréales ramollies. Cette poubelle aurait dû être vidée douze heures, voire vingt-quatre heures plus tôt. Jack était parti ce matin à neuf heures et demie pour prendre le petit déjeuner avec son agent dans un club chic et sélect que Robyn aurait sans doute dû connaître mais dont en réalité elle n'avait jamais entendu parler. Il ne reviendrait pas avant le début de l'après-midi. Ce qui signifiait que Robyn avait le choix entre rester dans l'appartement avec cette poubelle débordant de déchets rances, ou bien la vider elle-même.

Robyn n'avait jamais vidé une poubelle de sa vie.

Ce qui ne voulait pas dire qu'elle ignorait tout de l'existence des poubelles et du fait qu'elles devaient être vidées de temps à autre. Elle avait regardé faire sa mère des centaines et même des milliers de fois. Elle déchirait un rectangle de plastique noir et souple, l'ouvrait du bout des doigts, le secouait et l'emplissait d'air, puis le disposait apparemment sans effort dans la boîte qui vivait sous l'évier. Elle l'avait vue tirer du même conteneur sous l'évier, parfois au prix d'un certain effort, un sac plein et renflé. Elle le fermait alors habilement en formant un nœud serré avec la ficelle jaune, et l'emportait. Quelque part. Robyn ne savait pas très bien où…

Ses parents ne lui avaient jamais demandé de vider la poubelle.

Elle observa celle-ci. Elle faisait deux fois la taille de celle qui se trouvait chez ses parents.

Elle ouvrit quelques tiroirs, à la recherche d'un quelconque sac noir. Puis elle alla à la fenêtre et chercha un endroit devant la maison susceptible de recevoir de gros sacs d'ordures. Elle se sentait vaguement paniquée. Elle aurait dû être capable de faire ce genre de choses. Elle avait presque dix-neuf ans, elle était étudiante en médecine. Elle aurait dû être capable de vider une poubelle. Elle ne trouva pas de sac-poubelle, mais elle finit par dénicher un grand sac en plastique qui semblait d'une taille suffisante. Elle souleva le couvercle de la poubelle et tira sur les bords du sac qui se trouvait à l'intérieur.

— Beurk, marmonna-t-elle lorsque ses doigts effleurèrent les céréales gonflées de lait et ramollies.

Elle tira de nouveau, le sac se soulevant de quelques centimètres. Elle parvint à le sortir à moitié du conteneur, mais le laissa retomber. Il semblait rempli de plomb et de ciment. Elle agrippa les coins et tira de nouveau. Finalement, après quelques efforts, elle parvint à l'extraire du conteneur. Le sac se gonfla alors de façon inquiétante… et explosa à ses pieds. Le parquet ciré fut instantanément jonché de copeaux, de miettes, de débris et d'épluchures. Un liquide noir et épais s'écoula du tas d'ordures et pénétra entre les lattes de bois. Une odeur âcre s'en échappa, et Robyn plaqua une main devant sa bouche.

Elle fut tentée alors de prendre son sac à main, de franchir la porte d'entrée, et de ne pas revenir à l'appartement avant le retour de Jack. Au lieu de cela, elle pleura pendant cinq bonnes minutes, puis trouva une paire de gants en caoutchouc jaunes sous l'évier de la cuisine. Elle les enfila, toujours pleurant, et entreprit de ramasser l'horrible tas nauséabond sur le sol, pour le reverser dans le sac. Elle savait qu'elle était pathétique. Elle savait qu'il y avait des enfants, en Inde, qui vivaient pieds nus et passaient douze heures par jour à fouiller les poubelles, par une chaleur implacable. Elle savait qu'elle était idiote, et trop gâtée. Mais tout lui paraissait si dur, ces derniers temps.

La veille au soir, quand elle avait pris le métro pour rentrer de la faculté, le train s'était arrêté un peu trop longtemps dans un tunnel, et la chaleur était rapidement devenue insupportable. Robyn avait senti les battements de son cœur s'accélérer de façon désagréable. Le conducteur avait fait une annonce pour expliquer que le trafic était arrêté et qu'il ne savait pas quand ils pourraient redémarrer. Robyn avait jeté des coups d'œil à la dérobée aux inconnus massés autour d'elle dans le wagon. Son cœur s'était mis à battre si fort qu'elle avait été certaine que l'homme qui se tenait à côté d'elle l'entendait. Sa vision s'était brouillée, et elle avait imaginé qu'elle s'effondrait contre la cloison du wagon. On l'emmenait vers une ambulance, enveloppée dans une couverture grise, tout le monde avait les yeux fixés sur elle. Elle voyait tout cela dans sa tête, son cœur battait de plus en plus vite et elle fut sur le point de crier pour demander de l'aide. Finalement, il y avait eu un long sifflement et le train s'était remis à avancer, son cœur s'était calmé et elle avait pu se ressaisir. Il n'y avait plus rien à craindre. Mais pendant ces quelques minutes elle avait compris ce que c'était de perdre la tête, de ne plus pouvoir se contrôler. Pendant ces quelques minutes, elle n'avait plus été elle-même.

Elle ne comprenait pas pourquoi elle se sentait aussi fragile. Pourtant, elle était revenue au cœur de son roman d'amour. Elle était dans son appartement de Holloway, elle avait son copain romancier, son visage parfait, son corps parfait et sa vie parfaite. Elle était Robyn Inglis, la fille la plus chanceuse du monde. Mais son monde à elle lui semblait soudain dans la même situation que le métro la veille : coincé dans un tunnel. En fait, elle n'était pas sortie du puits sombre dans lequel elle était tombée lorsqu'elle avait cru que Jack était son frère. Elle avait les nerfs en boule, elle était malheureuse, bizarre. Les seuls moments où elle était bien, c'était quand Jack était là, et qu'ils se retrouvaient seuls tous les deux. Le reste du temps, elle était perdue.

Elle prit le volumineux sac-poubelle et le fit glisser le long de l'escalier de l'immeuble, en le cognant contre chaque marche. Bang, bang, bang. Elle le traîna le long de l'allée du jardin et eut la surprise de découvrir deux grandes poubelles vertes, un peu moins hautes qu'elle, disposées côte à côte près du portail. Le numéro de la maison était peint sur chaque conteneur. Elle souleva précautionneusement le couvercle et fut assaillie par une nouvelle puanteur. Puis elle essaya de soulever le sac pour le jeter dans le conteneur, mais elle n'y parvint pas. Un homme entre deux âges passa devant la maison, à bicyclette. Il ralentit et l'observa avec curiosité, et l'espace d'un instant elle crut qu'il allait s'arrêter pour lui offrir son aide. Mais il n'en fit rien. Il poursuivit sa route sur sa bicyclette. Robyn le vit disparaître au bout de la rue, et elle eut envie de lui lancer le sac d'ordures à la tête. Elle fit encore trois tentatives pour soulever le sac, puis elle finit par abandonner et par le laisser sur le trottoir.

En rentrant dans l'appartement, elle envisagea un instant de se remettre à ses cours, mais elle décida en fin de compte de retourner se coucher. Les draps étaient encore imprégnés de l'odeur de leurs corps, et le lit dans un sublime désordre. Elle se rappela le moment où elle s'était réveillée ce matin, le bonheur qu'elle avait éprouvé en voyant la nuque de Jack, puis le sentiment d'inquiétude, et même de panique, quand il lui avait rappelé qu'il devait passer la matinée dehors. À ce moment, elle avait vu sa journée se briser en deux.

Elle s'allongea, posa la tête sur l'oreiller de Jack et inhala son odeur. Puis elle se remit à pleurer.

Mais que lui arrivait-il? Elle détestait cette nouvelle version d'elle-même. Elle était devenue exactement le genre de personne qu'elle méprisait: dépendante, collante, godiche. Elle n'était pas capable de vider une poubelle ni de voyager seule. Elle ne savait rien faire sans son petit ami. Chaque fois qu'il sortait de leur chambre, elle s'effondrait. Seule l'odeur de son oreiller pouvait la tirer momentanément de sa tristesse. Elle était pathétique.

Elle finit par s'endormir à force de pleurnicher. Un rêve s'insinua dans son sommeil lourd. Elle rêva de ses sœurs, de leurs visages blêmes des derniers temps, de leurs corps ravagés toujours vêtus des jolies robes à la mode que leur mère tenait à tout prix à leur acheter, malgré tout. Puis elle rêva d'un garçon. Il poussait une de ses sœurs dans son fauteuil roulant. Il souriait. Et il sifflait. Quand il la vit, il s'arrêta et lui dit: « Grimpe. » Elle obéit, grimpa sur les genoux de sa sœur. Mais ce n'était plus sa sœur. C'était une autre femme, plus grande qu'elle, avec de longues jambes et de longs cheveux. Elle eut conscience du contact avec cette femme, et elle sentit ses longs bras se glisser autour d'elle. Le garçon sifflait toujours, et ils s'approchaient d'une porte à double battant. Il y avait un panneau sur l'une des portes, mais elle n'arrivait pas à le lire. Elle savait que si elle voulait échapper à ce garçon et à la femme aux longues jambes, il fallait qu'elle saute du fauteuil roulant avant qu'ils n'arrivent devant la porte. Pourtant elle se détendit, se laissa aller dans les bras de la femme, se laissa emporter vers les portes. Elle serra la main de la femme dans la sienne et se dit qu'elle sentait bon. Elle sentait comme Jack. Les portes s'ouvrirent, et elle se réveilla.

Son téléphone sonnait.

Elle se redressa et s'assit si vite au bord du lit que sa tête se mit à tourner.

— Oui, chuchota-t-elle dans l'appareil.

— Bonjour, ma chérie. Tu vas bien ?

Robyn se détendit en reconnaissant la voix de sa mère.

— Oui, ça va. Je viens juste de faire un rêve bizarre.

— Tu dormais ? Mais il est presque onze heures.

— Je sais, je sais. Je me suis levée, et tout. Mais je ne sais pas… j'étais fatiguée. Je n'avais pas bien dormi. Je ne dors pas bien, ces temps-ci.

— Tu es sûre que tu vas bien ?

— Oui. Je t'assure. C'est juste que…

Elle fit passer le téléphone dans son autre main, et reprit :

— Je ne sais pas. Tout est un peu…

— Tu es seule ?

— Oui. Jack est parti à un rendez-vous.

— Tu veux que je vienne ?

Robyn observa une légère pause. Elle avait envie de dire oui. Mais Jack allait revenir dans une heure. Elle soupira.

— Non, je me sens bien.

— Un courrier vient d'arriver pour toi. En recommandé. J'ai signé à ta place. Tu veux que je regarde ce que c'est ?

— Oui, répondit-elle en bâillant.

— Oh, je crois que j'ai deviné. C'est une sorte de kit, tu sais, pour relever l'ADN. C'est pour ton test d'ADN, ajouta-t-elle d'une voix maintenant surexcitée. Que veux-tu que j'en fasse ?

Robyn réfléchit à la question. Elle avait rempli le formulaire deux semaines auparavant et avait coché la case disant qu'elle acceptait de subir un test d'ADN. C'était uniquement pour faire plaisir à sa mère.

« Quel mal ça pourrait faire ? lui avait dit celle-ci. Tu n'as pas besoin de prendre contact avec qui que ce soit. Mais au moins tu sauras qui ils sont. »

Robyn imagina la boîte du kit, entre les mains de sa mère. Puis elle pensa à son rêve : le garçon qui poussait le fauteuil en sifflotant, la gentille femme avec les longs bras, les portes qui s'ouvraient sur un lieu mystérieux. Elle pensa à l'impression que lui avait laissée ce rêve. Tout d'abord elle s'était sentie mal à l'aise, puis elle avait été heureuse quand elle s'était rapprochée de la femme et avait laissé le garçon les emmener. C'était un de ces rêves qui ont l'air d'avoir une signification spéciale, comme un panneau indicateur. Elle était perdue, et le garçon du rêve semblait vouloir lui indiquer où elle devait aller. Elle eut l'impression qu'une échelle de corde invisible était tendue entre sa conscience et la boîte que sa mère tenait à la main. C'était là que se trouvait la réponse.

— Viens, s'entendit-elle dire d'une voix un peu haletante. Viens tout de suite. Prends la boîte.

— Tu es sûre ?

— Oui, je veux le faire. Je veux les connaître.

— J'arrive. Je serai là dans une heure.

DEAN

Dean émergea de la station de métro de Saint John's Wood, par un après-midi de mai frais et ensoleillé. Quand il avait quitté Deptford, le ciel était sombre et la pluie semblait menacer. Mais peut-être faisait-il toujours ce temps, à Saint John's Wood? songea-t-il. Suivant un plan approximatif qu'il avait dessiné au creux de sa main, il atteignit une route large et courte qui aboutissait en face du terrain de cricket de Lord's. Les maisons étaient toutes discrètement en retrait, certaines cachées par de grands portails électriques, d'autres derrière des haies de buis hautes et bien taillées. Toutes étaient anciennes, datant de l'époque victorienne, mais elles avaient l'aspect propre et brillant de nouvelles constructions. Et elles étaient gigantesques. Dean n'avait jamais vu autant de grandes demeures alignées. Dans la partie de la ville où il vivait, les habitations de ce genre étaient rares, et le plus souvent elles étaient adossées à des petites boutiques carrées, ou bien à des immeubles bon marché. Il marchait lentement, s'imprégnant de l'atmosphère de ce monde inconnu. Puis, apercevant un homme derrière une fenêtre qui l'observait d'un air suspicieux, il accéléra l'allure.

La maison de Lydia était tout au bout de la rue. Elle était aussi grande que quatre autobus réunis, et la façade était couleur coquille d'œuf. Les fenêtres étaient recouvertes d'un film opaque, afin qu'on ne puisse voir à l'intérieur depuis la rue. Le jardin de devant était nu, garni seulement de tulipes noires et de plantes aux branches hérissées. Entre les massifs, le sol était recouvert de galets gris. Des marches de béton menaient à une large porte grise entourée de meubles d'avant-garde. Le numéro 27 était inscrit dans l'imposte au-dessus de la porte, également recouverte d'un film opaque.

Dean demeura un long moment sur le trottoir, les mains dans les poches, à observer la maison. Il était bouche bée. La maison était époustouflante. Un vrai miracle. Il posa délicatement le pied dans l'allée, bordée de chaque côté par des lampes halogènes. Il pressa la sonnette reliée à un petit appareil de télévision, et le visage de Lydia apparut sur l'écran.

— Entre ! dit-elle.

Il ouvrit la porte et se retrouva face à une petite femme asiatique qui portait un tablier blanc et qui le considéra d'un air horrifié.

— Que voulez-vous ? lança-t-elle.

— Je suis… euh…

— Il vient me voir, annonça Lydia en descendant un large escalier recouvert d'une moquette rayée beige et marron.

La petite femme asiatique regarda Lydia comme si elle avait perdu l'esprit, puis revint vers Dean.

— Vous êtes sûre ?

— Certaine, répondit Lydia en souriant. Merci, Juliette. Je vous présente mon frère.

L'expression de Juliette s'adoucit et elle sourit.

— Ah ! fit-elle en hochant la tête avec enthousiasme. Votre frère !

Elle s'approcha de Dean, les bras tendus, et lui prit les deux mains pour les secouer vigoureusement.

— Je ne savais pas que vous aviez un frère ! Très heureuse de faire votre connaissance. Oui, oui. Je le vois bien, à présent. Je vois bien que c'est votre frère.

Elle se tourna vers Lydia et agita le doigt d'un air réprobateur.

— Vous ne m'aviez pas dit que vous aviez un frère.

Lydia lui fit un petit sourire d'excuse, mais elle ne précisa pas que six semaines auparavant elle-même ignorait qu'elle en avait un. Dean et Lydia échangèrent un regard de conspirateurs, puis Lydia le fit entrer dans une pièce incroyable qui ressemblait à un immense cube de verre accolé à l'arrière de la maison. La pièce ne contenait pas grand-chose, en dehors d'un énorme canapé de cuir blanc, une table basse et un palmier. Le cube de verre donnait sur un vaste jardin, orné d'arbres taillés en boules et de meubles aux formes carrées. Et tout au fond il crut voir quelque chose qui ressemblait à une vraie cuisine. Quelque part au loin, il distingua aussi la silhouette d'un homme vêtu d'un polo, occupé à soigner les feuilles d'un petit arbre aux branches déployées vers le sol.

De l'autre côté du cube de verre, dans la partie ouverte vers l'intérieur de la maison, Dean vit une table de salle à manger laquée de noir, autour de laquelle se trouvaient une douzaine de chaises en plexiglas. Au milieu de la table trônait une coupe turquoise emplie d'herbe. Un grand abat-jour chromé était suspendu au-dessus de l'ensemble, et les murs, les plinthes, et les moulures étaient peints de gris anthracite.

— Quelle maison extraordinaire ! dit-il en prenant place dans le canapé d'un blanc immaculé.

— Oui, reconnut rêveusement Lydia. Elle est un peu extraordinaire. Mais je n'y suis pour rien. Elle l'était déjà quand je l'ai achetée. Tout ce que j'ai fait, c'est d'acheter un mobilier froid pour la remplir…

— Non, j'aime bien ces meubles. C'est du style minimal, n'est-ce pas ?

— Absolument. Trop minimal. Mais je passe très peu de temps en bas. Je suis toujours dans mon bureau, ou bien dans ma chambre. Tout cela, ajouta-t-elle avec un geste du bras, c'est pour la galerie.

— Et elle, qu'est-ce qu'elle est ? demanda Dean en désignant la cuisine, de l'autre côté de la maison.

— Juliette ?

Il hocha la tête.

— C'est ma… ma gouvernante.
— Non ?
— Oui, c'est vrai. J'ai une gouvernante. Je sais, c'est fou. Je n'aurais jamais cru qu'un jour j'aurais une gouvernante.
— Ou un jardinier ?
— Oui, mais lui, ce n'est pas vraiment du personnel. Il ne vient qu'une fois par semaine, juste quelques heures. Alors que Juliette est là tous les jours, et toute la journée.
À ce moment précis, Juliette apparut sur le seuil et enveloppa Lydia et Dean d'un regard affectueux.
— Puis-je vous apporter quelque chose ?
— Non, merci, Juliette. Nous n'allons pas rester longtemps. Nous allons sortir dans une minute.
— D'accord, d'accord. Je vais vous apporter des chips. Et de l'eau minérale. Un instant.
Ils la regardèrent sortir et se mirent à rire.
— Tu comprends, je n'ai pas eu de mère. Alors, dans un sens, Juliette est un cadeau que je me suis fait, pour la remplacer.
Lydia rit de nouveau, et Dean la regarda en souriant.
— Et… et qu'est-il arrivé à ta mère ?
Il aurait aimé lui poser cette question le soir où ils s'étaient retrouvés à London Bridge, mais il n'avait pas osé. Il avait eu l'impression qu'il était trop tôt pour parler de ce genre de choses. Mais ils en étaient à leur troisième rencontre, ils avaient échangé des e-mails et des SMS, et il pensait qu'elle accepterait peut-être de lui répondre.

Le sourire de Lydia ne vacilla pas une seconde.

— Cela dépend de la personne à qui tu poses la question.

Elle ramena ses jambes sous elle et se caressa doucement les genoux.

— D'après mon père elle s'est suicidée, et d'après les autres membres de la famille il l'a poussée du balcon. Quoi qu'il en soit, elle est morte sur le carré de ciment devant notre immeuble.

Dean ne put réprimer une grimace.

— Quel âge tu avais ?

— Trois ans. Je ne me souviens plus du tout d'elle.

— Et toi, que penses-tu qu'il s'est passé ?

Lydia haussa les épaules.

— Aucune idée. Je crois savoir que la police a emmené mon père pour l'interroger. Personne n'a été arrêté. Personne n'a été accusé de quoi que ce soit. Après cela, ma famille a quasiment implosé. Plus personne ne se parlait. Oncle Rod a disparu.

— Tu veux parler du gars qui t'a envoyé la lettre anonyme ?

— Oui. Je ne l'ai plus revu jusqu'à l'enterrement de mon père, quand j'avais dix-huit ans. Mais il n'est pas resté. Je l'ai juste vu au moment où il partait. Alors, en fait, je n'ai aucune idée de ce qui est arrivé à ma mère… je ne sais pas si elle a sauté, ou si on l'a poussée. Et si elle a sauté, je ne sais pas pourquoi. Si elle a été poussée, je ne vois pas pourquoi mon père aurait fait ça. Les années ont passé, et j'ai trouvé plus facile de ne pas me poser trop de questions. J'ai décidé il y a très longtemps de ranger tout cela dans une petite boîte, et de l'oublier.

Lydia joignit le bout de ses doigts et les contempla en silence. Dean l'observait, de l'autre bout du canapé, et se demandait si elle allait se mettre à pleurer. Mais elle n'en fit rien. Ses traits étaient figés, comme un masque de plâtre.

Juliette entra avec un petit plateau sur lequel se trouvaient des chips, des noix de cajou, des olives et deux verres d'eau pétillante. Elle leur sourit d'un air maternel en déposant la collation devant eux.

— Merci, Juliette, dit Lydia d'un ton enjoué que Dean ne lui connaissait pas.

Juliette sortit, et il se tourna vers elle.

— Tu crois que c'est une bonne idée?

— Quoi?

— Ton histoire de boîte. Tu vois, de tout ranger dedans pour oublier?

Elle haussa les épaules et se pencha pour prendre une poignée de noix de cajou.

— Je n'en sais rien. Mais je ne vois pas ce que je peux faire d'autre. Je suis brouillée avec ma famille. Mon père est mort. Et même si je savais, quelle différence ça ferait? Je serais toujours Lydia Pike. Ce serait toujours moi. Et en plus, je saurais que mon père n'était pas seulement un vieux schnock cruel et sans cœur, mais aussi un meurtrier.

— Je me demande si tu étais là. Tu sais, quand c'est arrivé…

— Si j'y étais, je l'ai occulté, répondit-elle en haussant les épaules. Complètement. Mais je crois que je devais y être, à cause de ma phobie.

— Quelle phobie ?

— Pour la peinture. L'odeur de peinture, tu sais. Ma mère était en train de peindre ma chambre quand elle est tombée, ou bien qu'on l'a poussée. Elle avait encore de la peinture sur les mains. Je devais être là, parce que même maintenant, quand je sens une odeur de peinture fraîche, je suis malade. Il faut que je sorte. Et c'est pour cela que...

— Que tu as inventé cette peinture spéciale.

— Exactement. Ce n'était pas pour devenir riche. Ce n'était pas pour tout ça, précisa-t-elle, en faisant un geste pour désigner sa luxueuse demeure. Je n'ai jamais voulu tout ça. Tout ce que je voulais, c'était pouvoir peindre ma maison sans avoir une attaque de panique.

Dean prit une poignée de chips. Il adorait les Twiglets. Il n'en avait plus mangé depuis qu'il était petit.

— Alors, c'est que tu y étais, continua-t-il, essayant désespérément de découvrir les faits qui se cachaient sous ces vagues souvenirs. C'est logique. Puisque tu te rappelles l'odeur de la peinture, et que tu l'associes à sa mort... Tu devais être là. Tu as peut-être même vu ce qui se passait.

Il était conscient d'aller un peu trop loin. Il guetta la réaction de Lydia ; elle demeura impassible. Elle prit une noix de cajou dans le creux de sa main et la porta à sa bouche.

—Tu as déjà pensé à l'hypnose, ou quelque chose comme ça?

Elle se mit à rire. Ce n'était pas un rire amusé mais plutôt désespéré.

—Non. Non, je n'y ai pas songé. C'est comme je te l'ai dit. Le passé est dans la boîte, c'est fini.

Elle se frotta les mains pour chasser le sel, puis se tapa sur les cuisses.

—Viens, maintenant. On y va.

—Tu m'emmènes où?

—Je t'emmène manger. Beaucoup manger. Je veux t'engraisser. Je veux que tu prennes au moins trois kilos ce soir. Ou même plus.

Dean contempla tristement les olives dans leur petit bol en verre. Il se sentait coupable de les laisser là, alors que cette femme s'était donné tant de mal pour les lui servir. Puis il regarda son verre. Il n'aimait pas l'eau gazeuse, mais il en but quand même la moitié, juste pour être poli. Puis il prit une autre poignée de Twiglets et se leva.

Ils passèrent devant la cuisine pour gagner la porte d'entrée, et Dean passa la tête dans l'embrasure.

—Au revoir, dit-il à Juliette. Merci pour les amuse-gueule.

Juliette eut un sourire radieux.

—De rien, dit-elle. Vous êtes le bienvenu ici. Vraiment.

Lydia l'emmena dans un restaurant qui s'appelait *La Rôtisserie*.

—Je me suis dit que tu devais aimer la viande…

Le restaurant était sombre, et l'atmosphère douillette. On les installa à une table séparée des autres par des panneaux de bois et des parois de verre dépoli. Dean avait l'impression d'évoluer dans un rêve. Quelques semaines auparavant, il vivait dans un logement humide avec un sol recouvert de moquette grise. Quelques semaines auparavant, il n'était rien. Juste un gars de vingt et un ans, sans travail, sans maison, sans copine. Maintenant, il était le frère de Lydia. Et Lydia était une fille sensationnelle. Il l'adorait. Il adorait son visage indéchiffrable, son expression calme et réservée. Il adorait son sourire sarcastique et son accent gallois. Il adorait sa maison, son succès professionnel, sa gouvernante. Il adorait ses e-mails, son orthographe impeccable. Sans faute de grammaire ni de ponctuation. Il adorait la façon dont elle le regardait, comme si elle l'adorait aussi. Et il l'adorait aussi parce qu'elle l'emmenait dans ce restaurant chic, comme si c'était parfaitement normal pour lui de sortir dans ce genre d'endroit un mercredi soir. Mais il l'adorait surtout parce que, derrière tout son vernis glamour, son corps entretenu par la gymnastique, ses cheveux brillants, ses jeans de styliste et sa maison luxueuse meublée en style minimal, se cachait une personne comme lui. Elle était aussi une marginale. Une solitaire. Elle lui plaisait. Elle l'emballait.

Quand il était rentré, après leur première rencontre, sa mère l'attendait avec impatience.

« Alors ? avait-elle lancé dès qu'il avait mis un pied dans le salon. Alors ? Comment est-elle ?

— Putain, elle est absolument parfaite », avait-il répondu en souriant.

Il commanda du poulet avec des frites, et de la bière. Lydia choisit des gambas grillées et de la salade.

Elle le regardait avec cette expression bien à elle, à la fois flegmatique et un peu déprimée.

— Qu'y a-t-il ?

— Rien. Je pensais à toi, répondit-elle.

— Et alors ?

— Alors, je me demande ce que tu vas devenir.

— Qu'est-ce que tu veux dire ? demanda-t-il avec un rire nerveux.

— Tu le sais très bien. Je pense à ton bébé, Dean.

Il tressaillit. Il avait beau s'attendre à ce qu'elle parle de ça, elle l'avait tout de même pris au dépourvu. Il n'y avait que deux personnes dans sa vie qui lui parlaient d'Isadora. L'une était Rose, mais Dean n'entendait pas vraiment la voix de Rose. Celle-ci lui faisait l'effet d'une longue plainte lointaine, comme la sirène d'un pétrolier résonnant à des milliers de kilomètres du rivage. L'autre personne était sa mère. Mais sa mère ne l'avait jamais obligé à faire quoi que ce soit dans sa vie. Elle l'avait laissé traverser les années d'école, n'avait pas dit un mot quand il avait cessé d'aller jouer au football après ses cours, bien que son entraîneur ait trouvé qu'il avait des aptitudes pour ce sport. Elle l'avait laissé abandonner ses cours de restauration et de services à la personne pour un job de chauffeur routier, et maintenant elle ne faisait rien pour l'obliger à prendre ses responsabilités et s'occuper de sa fille. De temps à autre, elle lui disait qu'elle était allée voir le bébé. Elle lui montrait des photos d'Isadora qu'elle avait prises avec son téléphone, et elle disait quelque chose d'anodin : « Elle est tellement mignonne, Dean. C'est une petite poupée... » Dean jetait un bref coup d'œil à la photo et répondait d'un grognement. Il ne regardait pas vraiment. Il ne voulait pas regarder. Il distinguait vaguement des cheveux, un petit nez comme un bouton de rose, un tee-shirt rose et, la dernière fois, un sourire. « Elle sourit, maintenant, Dean. Comme un petit ange. » Mais il ne voyait jamais l'ensemble. S'il voyait l'ensemble, il serait obligé de la laisser entrer dans son cœur. Et s'il la laissait entrer, elle y resterait pour toujours, quoi qu'il fasse, où qu'il aille, comme une cicatrice.

C'était la première fois que quelqu'un, en dehors de la mère de Sky ou de sa mère, faisait référence à Isadora en disant « ton bébé ». Tommy disait toujours « le bébé ».

— Eh bien ? répondit-il prudemment.

— Tu sais ce que je veux dire. C'est ta fille. Et tu ne l'as pas vue depuis qu'elle est née. Qu'est-ce que tu comptes faire ?

La voix de Lydia était calme, mesurée. Elle parlait gentiment. Pourtant, la question le bouleversa, et il serra les poings sous la table, réprimant une bouffée de colère.

— Je ne compte rien faire.

Il détesta le son de sa propre voix. Détesta le fait de dévoiler à Lydia cet aspect de lui-même, ce côté dur, brutal, puéril.

Pendant un moment elle ne dit rien, se contentant de le regarder, la tête légèrement penchée de côté.

La serveuse leur apporta deux bières et une corbeille de pain. Il prit son verre et but nerveusement.

— Tu ne peux pas ne rien faire, dit finalement Lydia. Ce n'est pas un choix possible.

— Pourquoi pas ?

— Parce que c'est ta fille.

— Ouais, eh bien, la vie n'est pas aussi simple, pas vrai ? Regarde, nous. Avec notre mystérieux père français, la sœur que nous ne connaissons pas encore, l'autre frère qui ne sait même pas que nous existons, toi qui n'as pas de parents, et moi avec ce bébé qui n'a pas de mère ! C'est un satané bordel, pas vrai ? Un vrai bordel. Pourquoi je serais différent ? Qu'est-ce qui le rend différent, ce bébé ?

— Toi, dit simplement Lydia. C'est toi qui le rends différent.

Le souffle coupé par sa réponse, il la considéra, les paupières mi-closes.

— Pas dans le bon sens, rétorqua-t-il. Qu'est-ce que j'ai à offrir à un enfant ? Pas de maison. Pas de travail. Pas de famille. Pas d'avenir.

— Ce n'est pas vrai.

— Bien sûr que c'est vrai. Je suis un putain de pauvre type.

Les gens assis à la table voisine leur lancèrent des regards furtifs. Dean baissa la voix.

— Je vais te dire quelque chose, poursuivit-il doucement. La première fois que j'ai vu ce bébé, quand ils l'ont sortie, elle m'a regardé, et j'ai compris. Même là, alors qu'elle était minuscule, toute ratatinée, bleue, couverte de sang et de trucs, eh bien j'ai vu qu'elle était intelligente. Et quand j'ai vu ça, j'ai su tout de suite que je ne pourrais pas. Même à ce moment-là j'ai su que je n'étais pas assez bien pour elle…

Il se tut, inspira longuement, si profondément que ses poumons le brûlèrent. Mais ce ne fut pas suffisant. Une larme s'échappa de son œil droit et s'écrasa sur son jean. Il la regarda pénétrer dans le tissu sombre puis frotta la tache de son pouce. Elle fut bientôt rejointe par une autre, et encore une autre. Il prit une serviette sur la table et la pressa contre ses joues.

— Merde. Merde. Je suis vraiment désolé, je…

— C'est bon, dit Lydia en posant une main sur la sienne. C'est bon. Laisse-toi aller.

— Ah ! C'est bien, de parler avec toi.

Elle cligna les paupières et sourit.

— Oui, je sais. Je sais. Tous les deux. Mais franchement, Dean, tu n'as pas besoin de t'inquiéter. Tu m'as, maintenant.

— Qu'est-ce que tu veux dire ?

— Je veux dire que quoi qu'il arrive pour toi, pour ton bébé, quoi que tu décides, je serai à tes côtés. Tu n'es plus tout seul.

Il fut sur le point de protester, de dire quelque chose de négatif. Il ouvrit la bouche, prêt à prononcer des paroles agressives. « Tu ne me connais même pas, avait-il envie de dire, tu ne sais rien sur moi. Tu ne sais pas ce que c'est, de n'être rien. Toi, avec ta grande maison, et ta bonne. Comment je pourrais compter sur toi ? Et toi, comment sais-tu que je ne te laisserai pas tomber ? »

— Je sors, dit-il à la place. Juste une minute.

Elle acquiesça d'un hochement de tête, sourit et retira sa main.

— D'accord, dit-elle doucement.

Il trouva une petite rue, trois magasins plus loin. À l'écart des réverbères, il se roula rapidement un joint. Puis il se laissa glisser, accroupi contre un mur humide, et l'alluma. Il avait pété un câble. D'un seul coup, complètement. En l'espace de dix minutes, « monsieur J'ai une Sœur formidable » s'était transformé en loque. Il sentit la tension se dissiper lorsque la fumée pénétra dans ses poumons, et il laissa sa tête retomber en arrière, contre le mur. Il n'avait pas fait entrer cet élément dans l'équation. Il n'avait pas envisagé la possibilité de rencontrer quelqu'un qui l'aimerait suffisamment pour l'aider à réparer les dégâts qui jalonnaient sa vie. Il n'avait pas songé un instant qu'il rencontrerait quelqu'un qui l'aimerait. Et puis c'était là, dans les yeux de Lydia… le même air d'intelligence qui vous défiait, comme sa fille. Et cet air d'attendre quelque chose de vous. Lydia avait de grandes espérances pour lui. Dans un monde où personne n'attendait rien de lui, où personne n'avait jamais rien attendu de lui, c'était une idée plutôt difficile à concevoir.

Il contempla le bout incandescent du joint, et se rappela qu'il avait promis à Sky d'arrêter de fumer. Il lui avait promis de finir ce qu'il avait, et de cesser d'en acheter. Et que ce serait fini.

Il n'avait pas cru ce qu'il disait. Il n'y avait pas cru une seconde. Il ne l'avait dit que pour la faire taire. Il disait toujours des trucs à Sky, pour qu'elle se taise. Parce que le problème, avec Sky, c'est qu'elle était très stupide. Elle parlait, parlait, parlait, et ce n'était que du bruit. Il n'y avait rien de concret derrière ce bruit. Ce n'était que du vent, des conneries. Il n'avait jamais eu besoin de clouer le bec à sa mère, car celle-ci ne disait jamais des choses qu'il n'avait pas envie d'entendre. Avec Lydia, c'était différent. Il ne pouvait pas lui clouer le bec, car tout ce qu'elle disait avait un sens. Parce que ça valait la peine de l'écouter. Elle disait des choses qu'il avait besoin d'entendre. Même s'il ne voulait pas les entendre.

Un couple passa devant lui. Ils avaient une trentaine d'années, ils étaient bien habillés, ils riaient à gorge déployée.

— Tu ne ferais pas ça! s'exclama la femme, en hoquetant de rire.

— Oh, si, je le ferais!

La femme rit encore plus fort. Alors ils se tournèrent et virent Dean accroupi dans l'ombre. Les rires cessèrent, la femme attrapa le bras de son compagnon, et ils se détournèrent avec inquiétude. Le bruit de leurs pas résonna dans la rue tandis qu'ils s'éloignaient, puis il les entendit reprendre leur conversation. Leurs rires stridents retentirent une fois de plus, leur rencontre avec le côté obscur était terminée.

Dean finit son joint et l'écrasa brusquement contre le mur de briques. Il avait l'impression d'être un petit animal. Un rongeur, un être crasseux et perdu, quelque chose qu'on enfermait dans une boîte et qu'on emportait dans une fourgonnette blanche pour s'en débarrasser quelque part. Sa place n'était pas ici, pas en ce monde. Il retourna jusqu'au restaurant et regarda par la fenêtre. Renversée contre le dossier de sa chaise, Lydia guettait son retour à travers la vitre. Une serveuse s'approcha de la table et lui demanda quelque chose. Lydia secoua la tête et sourit, et la serveuse s'éloigna. Il vit les gens attablés près de la fenêtre lever les yeux vers lui et le regarder d'un air inquiet. Il ne voulait pas retourner à l'intérieur. Il ne voulait pas manger du poulet, boire de la bière, et faire semblant d'être ce qu'il n'était pas. Il voulait se faufiler dans la rue, comme le rat qu'il était, regagner les égouts, les sous-sols, passer sous les courants noirs de la rivière et retourner à l'abri dans la maison de sa mère. Là où il pourrait continuer de mener son existence dénuée de sens.

Il se glissa dans l'ombre et sortit son téléphone de sa poche pour écrire un message à Lydia. *Je suis désolé, je dois partir. Prends soin de toi. Dean.* Il envoya le message, remonta le col de sa veste pour se protéger de l'air glacé de la nuit et regagna la station de métro de Saint John's Wood le plus vite qu'il put.

MAGGIE

Assise sur le banc, Maggie regardait sa fille pousser sa petite-fille sur une balançoire. Matilda agrippa la barre avec ses petits poings potelés et se pencha en avant, fascinée par le revêtement de caoutchouc noir qui apparaissait et disparaissait sous ses yeux, souriant chaque fois qu'elle relevait la tête et voyait sa mère en face d'elle.

Maggie sourit. Combien d'heures avait-elle passées dans sa vie à côté d'une balançoire ? Combien de fois en avait-elle poussé, combien y avait-il eu de « Bon, encore dix, et c'est fini » ? Et combien de froids après-midi d'hiver et de matinées de printemps ensoleillées, rythmés par ces jeux d'enfants ? Au moment même où elle les vivait, elle savait que ça se terminerait trop tôt. Elle savait que ses enfants apprendraient à se balancer tout seuls, puis qu'ils ne lui demanderaient même plus de les emmener au square. Elle avait apprécié chaque instant, chaque poussée de balançoire.

Libby avait eu Matilda à vingt-deux ans. Encore plus jeune que Maggie quand elle avait eu Tom. Libby avait été anéantie en découvrant sa grossesse. Une seule année de faculté. Une relation vieille à peine de cinq mois, et elle n'était majeure que depuis quatre ans. Maggie, elle, s'était secrètement réjouie. De cette façon, avait-elle pensé, elle pourrait peut-être même devenir arrière-grand-mère. Et ainsi, Libby resterait à Bury. Non qu'elle ait voulu que sa fille se case très jeune, mais dans le fond, ce serait agréable de l'avoir près d'elle. En outre, Maggie aimait les tout petits enfants. Elle avait lu une fois qu'on avait demandé à David Attenborough quel était l'animal le plus incroyable qu'il avait jamais vu. Il avait répondu : un enfant de deux ans. Et elle était d'accord avec lui. Elle aimait bien les bébés, et les enfants plus grands étaient fascinants. Mais un petit enfant de deux ans, une créature qui venait de passer un an à apprendre à marcher, qui commençait à parler, qui ne savait pas mentir et ignorait qu'on pouvait lui mentir, qui était incapable de ruse ou de malice, était un être merveilleux. Un être précieux. Et cela ne durait pas longtemps.

Libby souleva Matilda et la déposa sur le sol. La fillette vit un pigeon et se mit à lui courir après, en tendant les bras devant elle. Libby se tourna vers Maggie et lui sourit.

— À quoi tu penses ? s'enquit-elle en allant s'asseoir sur le banc avec sa mère.

— Oh, à rien de spécial. Les enfants. Le cycle de la vie. Tu sais...

— Tu deviens philosophe, en vieillissant.

— Ne parle pas tant de la vieillesse, je te prie. Mais oui, je suppose que je deviens philosophe.

C'est cette histoire, avec Daniel. Tu sais, sa maladie, et les enfants qu'il a eus. Tous ces bébés. Tous ces rêves.

Libby la dévisagea avec curiosité.

— Qu'est-ce qui se passe, pour Daniel, avec le fameux registre ?

— Eh bien, rien pour l'instant. J'ai envoyé tous les papiers, mais je n'ai pas encore reçu de réponse. Je passe chez lui de temps en temps, pour relever le courrier. Mais il n'a toujours rien reçu.

— Et combien de temps…

— Je ne sais pas. Quelques semaines, d'après ce qu'ils disent. Mais ça peut être quinze jours, comme trois mois. C'est le cerveau, tu vois. C'est dans son cerveau. Et tout dépend de la vitesse à laquelle ça se développe, et des dégâts que ça fait. Jusqu'ici, ça n'a pas grossi. Mais qui sait ? Le cancer… c'est une petite bête vicieuse.

— Il est toujours… comment dire ? Sain d'esprit ?

— Oh oui, je pense. Dans l'ensemble, oui. Les médicaments peuvent avoir un drôle d'effet, de temps à autre. Et il est un peu plus… voyons… un peu plus direct, il me semble. Plus ouvert. Il me dit ce qu'il ressent, il plaisante un peu. Il est plus humain. Je ne sais pas si c'est l'effet des médicaments, ou de la tumeur, ou bien si c'est simplement ce qui se passe quand une personne sait qu'elle… qu'elle est sur le point de partir, tu comprends. Mais il est tellement adorable. Il m'a dit…

Elle s'interrompit. Elle ne voulait pas être comme ces mères qui essayaient d'être la copine de leurs enfants. Elle ne voulait pas donner à ses enfants la possibilité de connaître trop clairement son moi profond.

— Il m'a dit qu'il aurait aimé que les circonstances soient différentes. Que nous ayons pu être ensemble.

— Oh, c'est bien.

— Oui, c'est bien, répondit rêveusement Maggie. C'est très bien.

— Mais dans un sens, c'est sans doute mieux comme ça ? Il vaut mieux que vous n'ayez pas été trop proches ?

Maggie sourit tristement.

— Je ne pense pas que ça fasse une grande différence. En fait, je crois que ce qui se passe maintenant, le fait que je passe mes journées avec lui, nous rapproche autant que tous les baisers et les câlins que nous aurions pu nous faire. Et maintenant, en plus, j'essaye de retrouver ces enfants pour lui. Il n'y a pas beaucoup de couples qui connaissent ce genre d'expérience. Je crois que quand il partira… ce sera très dur pour moi. Vraiment très dur.

Une larme coula sous les paupières de Maggie, et Libby la considéra d'un air atterré.

— Mon Dieu, maman, je ne voulais pas… Je croyais simplement que…

— Ce n'est rien, ma chérie. Je t'assure, tout va bien. C'est normal que j'aie ce genre de réaction, de temps en temps. Tout cela est tellement épuisant.

Libby passa un bras sur les épaules de Maggie et la serra contre elle doucement. Libby n'était pas une fille très affectueuse. Elle n'avait pas été un enfant affectueux non plus, aussi Maggie apprécia-t-elle ce geste.

— Le monde est bizarre, tu ne trouves pas? dit Libby. Tu vis ta vie tranquillement, sans rien demander à personne, et tout à coup, douze mois plus tard, tu te retrouves dans une clinique de soins palliatifs, à aider quelqu'un à retrouver les enfants qu'il a perdus de vue…

— C'est vrai, ce que tu dis, répondit Maggie, heureuse de ce moment inattendu avec sa plus jeune fille et désireuse de le prolonger le plus possible. Si quelqu'un m'avait dit il y a un an…

Elle laissa la phrase en suspens. Il y a un an, songea-t-elle tristement, elle était en train de tomber amoureuse.

À ce moment, Matilda accourut vers elles, les mains couvertes de terre. Dans sa hâte d'atteindre les genoux de sa mère, elle trébucha et s'affala dans l'herbe la tête la première. Maggie ne put jamais avouer à Libby ce qu'elle aurait dit si quelqu'un lui avait prédit l'année précédente ce que serait sa vie aujourd'hui. Libby était entièrement absorbée par son rôle de mère, essayant de consoler sa petite fille en la couvrant de baisers magiques. Ensuite, elles ramassèrent lentement leurs affaires et celles de l'enfant, et quittèrent le square pour regagner le petit appartement de Libby, aménagé dans une des maisons proches du centre-ville.

Maggie resta assez longtemps, regardant Libby faire délicatement absorber à sa fille quelques cuillerées de pâtes à la sauce tomate, tout en se plaignant un peu de la nounou de Matilda. (Maggie pensait que ces plaintes étaient en fait une façon subtile d'essayer de lui extorquer la promesse de venir s'occuper de la fillette dans la semaine. Or, si Maggie adorait faire partie de leur vie, elle n'avait aucune envie de passer de longues journées en tête à tête avec sa petite-fille. Elle ne faisait pas partie de ces mamies modernes.) Le compagnon de Libby rentra vers trois heures. Il avait l'air un peu ronchon. C'était souvent le cas, en réalité, et Maggie n'aurait su dire si c'était parce que sa présence lui déplaisait, ou si c'était son air habituel. Quoi qu'il en soit, elle avait envie de partir, l'appartement était décidément trop petit pour quatre. Elle prit son sac et se dirigea, au volant de sa petite voiture rouge, vers l'immeuble de Daniel.

Elle ne s'attardait plus chez lui, désormais. Elle n'y allait plus que pour y accomplir des tâches bien précises. Elle entrait, vérifiait le courrier, les robinets, et ressortait. Aujourd'hui, il y avait une pile de courrier plus importante que d'habitude sur le sol et elle remarqua, avec un brin d'excitation, une enveloppe portant un timbre français et une adresse écrite à la main. Elle tria la pile avec des gestes brefs et efficaces, écartant les publicités des livreurs de pizzas et des nettoyeurs de vitres (bien que les fenêtres eussent eu grand besoin d'un coup de chiffon, ne put-elle s'empêcher de noter au passage). Elle fourra le courrier dans son sac et fila tout droit à la clinique, où elle découvrit, passablement alarmée, que le lit de Daniel était vide.

— Il est dans la salle de musique, expliqua une grosse fille, appelée Pippa, qu'elle croisa dans le corridor.

Maggie refréna la bouffée de panique qui l'avait envahie, son cœur se remit à battre à un rythme normal, et elle sourit à la jeune fille avec gratitude.

— Merci, dit-elle.

Daniel était dans un fauteuil, occupé à gratter les cordes d'une guitare acoustique. Il portait un pull sur son pyjama, et au premier coup d'œil elle eut l'impression qu'il était habillé. Ses cheveux étaient soigneusement peignés, et s'il n'y avait eu la terrible pâleur de son visage, et la poche d'urine qu'il portait au côté, il aurait semblé impossible qu'il fût aussi malade.

— Bonjour.

Elle sourit et l'embrassa sur la joue en lui caressant le bras.

— *Bonjour*, répondit-il en français. Comment vas-tu ?

Il effleura de nouveau les cordes, faisant surgir un bref accord de musique.

— Je vais très bien, dit Maggie en s'asseyant en face de lui. Mais toi, comment te sens-tu ? Je ne m'attendais pas à te trouver debout.

— Oui, je suis sur mes pieds ! Mais ne t'y trompe pas. Je ne garderai pas souvent la position verticale, désormais. Et quand il a fallu m'amener jusqu'ici, ce n'était pas un spectacle édifiant, je t'assure.

— Alors, qu'est-ce qui t'a décidé à venir ? demanda-t-elle en balayant d'un regard circulaire cette pièce où elle n'était encore jamais entrée.

Daniel haussa les épaules en plaquant la main contre les cordes, ce qui provoqua un son mélancolique.

— J'ai entendu une infirmière parler de cette pièce. Je ne l'avais jamais vue, je ne savais même pas qu'elle existait. Alors, j'ai demandé qu'on m'y emmène. Elles ont fait tout ce qu'elles ont pu pour m'en dissuader.

— Je ne savais pas que tu jouais de la guitare…

— Mais je ne sais pas jouer ! répliqua-t-il en riant.

— Oh, fit Maggie, un peu déconcertée.

— Je ne sais jouer d'aucun instrument. Un autre regret, un autre échec dans ma misérable vie.

— Oh, allons, ce n'est pas…

— Il ne faut pas que tu prennes tout ce que je dis au pied de la lettre, Maggie May ! Je ne crois pas que ma vie ait été misérable, ni qu'elle ait été un échec. Mais j'aurais aimé quitter ce monde en sachant que j'étais capable de jouer les accords de *Jailhouse Rock* sur une guitare.

Il caressa les cordes avec un sourire attendri et reprit :

— Alors ! Parle-moi du monde extérieur. Que se passe-t-il, au-delà de ces murs ?

— Oh, pas grand-chose. J'ai passé toute la matinée chez Libby. Avec le bébé. C'était bien.

Oh, et puis je suis passée chez toi. Il y avait un peu de courrier. Les trucs habituels. Et puis ça.

Elle fouilla dans son sac et en sortit l'enveloppe écrite à la main.

— Regarde, ça vient de France.

Elle s'efforçait de garder un ton enjoué, mais elle savait que l'enveloppe ne contenait peut-être pas de bonnes nouvelles.

Elle l'observa attentivement, et vit ses traits trembler et s'affaisser.

— Ah, finit-il par dire en hochant très lentement la tête, l'air entendu. C'est arrivé.

Devant son air interrogateur, il précisa :

— C'est mon frère. Soit ma mère est morte, soit elle est sur le point de mourir. À moins que mon frère ne soit lui-même mourant. Ou peut-être que je me trompe et qu'il se passe quelque chose de vraiment merveilleux…

Avec un soupir, il passa son doigt décharné sous le rabat et déchira l'enveloppe. Puis il lut, ses yeux tristes parcourant rapidement les lignes, avant de revenir plus lentement sur le texte. Quand il arriva à la fin de la missive, il la posa sur ses genoux et regarda Maggie tristement.

Elle retint son souffle, posant le bout de ses doigts sur son cou.

— Il va venir. Mon frère va venir.

— Oh ! s'exclama Maggie qui s'était attendue à bien pire. Vraiment ?

— Oui, la semaine prochaine. Il vient la semaine prochaine. Et il pense me trouver dans mon douillet petit appartement, avec une bouteille de sancerre pour l'accueillir…

— Il ne sait pas que tu es malade ?!

— Non. C'est la première fois que j'ai de ses nouvelles depuis cinq ans. La dernière fois que nous nous sommes parlé, j'étais frais comme un gardon.

— Oh, ton pauvre frère. Il va avoir un choc.

— Peuh ! Mais non ! C'est moi qui aurai un choc, pas lui. C'est moi qui ai choisi de partir vivre à l'étranger. C'est moi qui ai décidé de ne pas rester. Et maintenant, il vient ici. Chez moi. En trente ans, il n'a jamais mis les pieds dans ce pays. C'est trop, pour lui. Il ne connaît pas un mot d'anglais. Il n'a jamais quitté la France, à part une fois, pour aller acheter un chien en Belgique. Un petit truc, je ne sais plus, avec des poils comme ça…

Il esquissa une sorte de crête sur sa tête, avec les doigts.

— Enfin, non. C'est moi qui devrais être inquiet. C'est moi qui vais être envahi.

— Tu ne pourrais pas… juste ne pas répondre ? suggéra Maggie, bien que cette idée soit contraire à tous ses principes. Il ne pourra jamais savoir où tu es.

— Non.

Daniel ferma les yeux trois secondes, puis les rouvrit. Craignant d'avoir mis sa patience à bout, Maggie déglutit en silence.

— Non, répéta-t-il. C'est mon frère. Je suis en train de mourir. Le fait qu'il ait choisi précisément ce moment pour venir me voir… cela doit avoir une signification. Je suis faible. Je le verrai. Mais est-ce que je peux abuser de ta gentillesse encore une fois, Maggie May? Je suis désolé, mais pourrais-tu lui envoyer un message de ton ordinateur? Je vais te l'écrire, en français. Je t'en prie. Juste ça, rien de plus. Je ne te demanderai plus rien. Tu en as déjà beaucoup trop fait pour moi...

— Non! protesta Maggie avec une vigueur inattendue. Non, je n'en ai pas trop fait. Je n'ai rien fait, Daniel.

— Comment peux-tu dire ça? Vous êtes un ange envoyé par le ciel, madame Smith. C'est vrai. Maintenant, je t'en prie, pourrais-tu demander à cette grosse fille qui s'appelle Pippa de venir m'aider à m'asseoir dans mon fauteuil roulant? Ma vie à la verticale est officiellement terminée. Il est temps de passer à l'horizontale. Hélas, ce n'est pas avec toi. Quelle tristesse...

Mon cher frère,

Je te remercie pour ta lettre. Je l'ai reçue dans des circonstances pénibles. Je vis dans un hospice, et je ne m'attends pas à vivre encore très longtemps. C'est à cause de ma poitrine (poumons, probablement). Tu as raison. C'est une horrible habitude. Quand tu viendras, si tu peux joindre mon amie Maggie, elle te montrera mon appartement et t'emmènera ici pour me voir. Cinq ans sans se voir, c'est long. Pourrais-tu je t'en prie te préparer au pire?

Ton frère,
Daniel

Il ne fut pas facile d'insérer tous les petits caractères avec les accents et les cédilles, mais

Maggie voulait que la lettre soit absolument parfaite. Elle la lut trois fois, avant de se décider à l'envoyer. Son frère s'appelait Marc. Marc Blanchard. Elle aurait aimé ajouter un petit mot à la fin, quelque chose d'amical et de chaleureux, mais il ne parlait pas anglais, et elle ne connaissait que quelques mots de base en français. Comme elle craignait que la traduction automatique de l'ordinateur ne soit pas fiable et ne la fasse passer pour une complète crétine, elle tapa simplement en français : *Je suis Maggie ! À bientôt !*

Elle appuya sur le bouton pour envoyer le message, puis passa dans sa cuisine pimpante et toute décorée d'un rouge brillant comme du vernis à ongles (un cadeau qu'elle s'était fait après son divorce). Elle se prépara une fricassée de gambas et de brocolis qu'elle mangea seule devant une rediffusion d'un épisode de la série *Ten Years Younger.*

LYDIA

La première fois que Lydia prêta cinquante livres à Bendiks, elle n'y accorda aucune importance. Elle aimait avoir des espèces sur elle. Chaque fois qu'elle passait devant un distributeur, elle retirait cent livres. Le fait d'avoir une liasse de billets dans son porte-monnaie lui donnait un sentiment de sécurité. C'était comme avoir un téléphone dont la batterie était chargée. Si la somme dégringolait au-dessous de trente livres, elle se sentait mal à l'aise, comme si elle s'était trouvée au volant d'une voiture dont la jauge baissait dangereusement.

Aussi, le fait de passer deux billets de vingt livres et un de dix à Bendiks la semaine précédente avait à peine laissé une trace dans sa mémoire.

« Tu peux les retenir sur l'argent de la semaine prochaine, si tu veux, avait-il suggéré.

— Non, non, ne sois pas idiot. C'est un prêt, tu me les rendras quand tu pourras. »

Et là, pour la troisième fois en dix jours, elle se retrouvait en train de chercher son porte-monnaie dans les profondeurs de son sac, tout en balayant ses paroles d'excuses :

— Non, non, ce n'est rien. Bien sûr, je comprends.

— Mais vraiment Lydia, je me sens mal. Je ne t'ai toujours pas rendu ce que tu m'as prêté la semaine dernière...

— Je t'assure que ça ne fait rien. Je t'en prie...

Elle lui tendit les billets, et il lui lança un regard par en dessous en battant des cils.

— Tu es sûre ?

— Oui. Absolument. Prends-les.

Il prit les billets et s'inclina très légèrement. Puis il lui saisit la main droite et y déposa un baiser très sec, et très léger.

— Oh, fit Lydia.

— Merci.

Il s'éloigna d'un pas dansant et ramassa son sac de sport, avant de jeter un coup d'œil à son reflet dans le miroir du hall tout en glissant les billets dans la poche arrière de son jean. Il sortit, et Lydia retourna vers la cuisine pour y avaler un verre de jus de fruits sucré destiné à lui redonner de l'énergie. Juliette se tenait figée près de la porte, un torchon et un flacon de liquide nettoyant à la main. Elle lança un regard de côté à Lydia. Celle-ci essaya d'interpréter le regard. Il semblait contenir un mélange de pitié et d'inquiétude. Légèrement irritée, Lydia passa devant Juliette pour aller au réfrigérateur. Elle sentait la présence de la gouvernante derrière elle, immobile, contenant à grand-peine une foule de mots. Elle sortit la bouteille de Sprite du réfrigérateur et, pendant qu'elle y était, prit aussi deux fines tranches de Cheddar prédécoupées et une poignée de raisins verts. Puis elle referma la porte, adressa à Juliette un pâle sourire et remonta dans son bureau avec son butin.

Elle ne savait quoi penser. Cinquante livres, ça ne représentait rien pour elle. Elle avait largement les moyens d'ajouter cent cinquante livres sur l'ardoise de ses diverses expériences. Mais elle ne savait pas au juste à quel genre d'expérience elle se livrait, en l'occurrence. Cela faisait maintenant un mois que Bendiks vivait là. Il se montrait charmant, respectueux, discret, et amical. Et il lui avait fait clairement comprendre qu'il n'attendait pas d'elle qu'elle lui donne simplement un toit au-dessus de sa tête. De toute évidence il la trouvait attirante, intéressante et digne d'attention. Tout cela avait l'air parfaitement sincère et authentique. Plus le temps passait, plus elle s'attachait à lui. Plus elle le connaissait, plus elle était persuadée qu'elle avait eu raison de lui demander de venir vivre chez elle. Ce n'était pas seulement quelqu'un qui avait un beau corps et un beau visage. Il avait aussi de la profondeur, et une personnalité généreuse. Il était vrai. Pour autant, il était pauvre et elle était riche. Il se pouvait qu'il lui joue la comédie pour profiter de son argent. L'idée merveilleuse qu'elle se faisait de Bendiks n'était peut-être qu'une illusion. Il était surtout fort possible qu'elle ne soit qu'une pauvre idiote pathétique.

Mais elle ne voulait pas trop s'inquiéter au sujet de Bendiks et de ses dettes impayées. Pas pour le moment. Pour le moment, Lydia avait des préoccupations plus importantes. Il y en avait exactement trois. La première concernait Dean. Celui-ci avait disparu. Il répondait à ses messages de façon superficielle, sans conviction. Il ne voulait pas s'engager en vue d'une nouvelle rencontre et lui renvoyait des mots du style *suis occupé*, ou *peut-être*, ou encore *je te rappelle*. Lydia savait ce qui se passait. Elle l'avait mis mal à l'aise, avec sa superbe maison, sa gouvernante, et le petit restaurant chic de Saint John's Wood. Et elle avait tout gâché en insistant autant sur le fait qu'il devait prendre ses responsabilités vis-à-vis de sa fille. C'était trop, et trop vite. Certes, elle savait comment réparer tout ça, mais elle n'était pas sûre d'être elle-même prête à franchir un tel pas. Sa deuxième préoccupation, c'était l'autre fille. Elle s'appelait Robyn, elle avait fini par répondre à la demande de Lydia et elle voulait prendre contact avec elle. Sauf qu'à présent Lydia faisait une telle fixation sur le problème numéro un et le problème numéro trois qu'elle avait du mal à se faire à cette idée. Car le problème numéro trois était de loin le plus extraordinaire de tous.

Son père s'était inscrit.

Son père voulait prendre contact.

Pour une raison ou une autre, elle n'avait pas pris en compte cette possibilité en s'inscrivant elle-même dans le registre. Elle s'était imaginé que « le père » ne voudrait jamais prendre part à une quelconque réunion, que « le père » devait être assis tranquillement quelque part sous un palmier, et qu'il s'en fichait complètement, qu'il se moquait comme d'une guigne de savoir comment son ADN avait été semé dans le monde. Mais il était là. Un homme du nom de Daniel. Il avait cinquante-trois ans et il habitait à Bury Saint Edmunds.

Soudain, Lydia se sentait paralysée. Quel était l'ordre des priorités ? Comment gérer tout cela ? Quelle devait être la prochaine séquence, dans le chapitre suivant de sa vie ? Devait-elle renouer avec Dean, faire la connaissance de Robyn, et former avec eux une joyeuse petite bande pour aller voir papa Daniel ? Ou bien voir chaque acteur de ce scénario bizarre séparément ? Devait-elle prendre le temps de connaître chacun d'entre eux, tout doucement, ou bien planifier des rendez-vous les uns après les autres ? Est-ce que les autres, ses frères et sœurs, voudraient faire la connaissance du « père » ? Ou bien serait-elle la seule ? Si elle était la seule, voudrait-il lui poser des questions sur « les autres » ? Comment éviterait-elle de répondre ? Et que devenait le quatrième rejeton, dans tout ça ? Devaient-ils attendre qu'il s'inscrive ?

Elle soupira et regretta de ne pas avoir de famille. Elle aurait aimé avoir un frère ou une sœur, ou une meilleure amie, quelqu'un avec qui elle aurait pu partager tout ça. Sa seule amie était en ce moment même en train de ranger toutes ses affaires dans des cartons qu'elle allait emmener, avec son bébé de cinq mois et son compagnon barbu, dans un petit cottage en plein milieu du Parc national de Snowdonia. Comme Lydia l'avait prévu, une fois l'idée du retour aux sources lancée, tout s'était passé très vite. Le processus avait été facilité par le fait qu'ils vivaient en location. Ils n'avaient même pas eu le temps d'organiser une fête pour leur départ, ce dont Lydia avait été secrètement soulagée.

Elle regarda l'heure sur l'écran de son ordinateur. Presque trois heures. Elle jeta un coup d'œil à sa bouteille de Sprite, puis revint à l'écran. Alors, elle alla ouvrir son classeur et en sortit une bouteille de Bombay Sapphire. Elle remplit la bouteille de plastique vert jusqu'au bord. Ce qui correspondait à une double dose généreuse, estima-t-elle. Cela l'aiderait à se concentrer. Ça l'aiderait à réfléchir.

À quatre heures et demie, Lydia avait bu quatre doses généreuses de plus (elle estimait toujours qu'il s'agissait de doubles doses) et elle dansait sur des vidéos de YouTube, tandis que Queenie l'observait depuis le fauteuil, de son air lointain. Comme si elle pensait : Que t'arrive-t-il, Lydia ? Tu étais comme moi, digne et élégante, et maintenant tu danses de cette façon horrible sur de la musique de Biffy Clyro… Tu me déçois terriblement.

Lydia ignora la chatte. Elle sentait des cordes se dénouer en elle-même, et son canevas intérieur se défaire. Lydia n'avait jamais bu en société. Elle ne dansait pas non plus en public, d'ailleurs. Elle gardait ce genre de comportement relâché pour elle-même. Après tout, personne n'avait besoin de la voir en proie à l'alcool.

Elle passa une heure à choisir ses musiques préférées sur YouTube, de Bowie à Morrissey, en passant par Snow Patrol. Elle tourbillonnait dans la pièce, s'arrêtant de temps à autre pour remplir sa bouteille de Bombay Sapphire, jusqu'à ce qu'il ne reste plus de Sprite. Alors, elle traversa le palier pour se rendre dans la chambre d'amis, ouvrit les portes-fenêtres qui donnaient sur la petite terrasse et contempla le paysage pendant un moment. Il était cinq heures et demie. La nuit ne s'installerait pas avant un bon moment, la lumière de fin d'après-midi jetait des reflets dorés dans les feuillages du jardin, et malgré une rangée de nuages gris anthracite qui barrait l'horizon, la soirée était splendide. Lydia se laissa un instant submerger par le brouillard de l'ivresse. Si elle laissait sa vision se brouiller, elle pouvait avoir l'impression qu'elle était revenue dans l'appartement de Camden, avec Dixie. Elle était assise dans le vieux canapé rembourré, ses pieds nus ramenés devant elle, son ordinateur portable posé à côté d'elle, et elle regardait Dixie faire rôtir un poulet. Le tintamarre de Camden montait de la rue et elle avait l'impression d'être une jeune femme normale, et non une femme riche et terrifiée vivant dans une maison trop grande pour elle, avec un chat bleu.

C'est à ce moment précis qu'elle sut ce qu'elle voulait faire. Elle ne pouvait pas affronter l'inconnu, en la personne de sa sœur et de son père, sans se connaître elle-même avant tout. Et elle ne pouvait pas se connaître elle-même si elle ne savait pas ce qui était arrivé ce terrible jour, sur un balcon pas tellement différent de celui-ci, dans un immeuble de Tonypandy.

Cette idée lui trottait par la tête depuis quelques jours. Depuis que Dean était sorti du restaurant, l'autre soir, et était devenu si froid. Mais maintenant, au moins, elle avait les idées plus claires. Elle retourna dans son bureau, prit son téléphone mobile et écrivit un message pour Dean :

Salut, Dean, j'ai besoin de toi. Je veux retourner au pays de Galles. Je veux voir Rodney et comprendre ce qui s'est passé. Et je veux que tu viennes avec moi. Peut-être demain, si tu es libre. Dis oui, je t'en prie. Bisous. L.

Elle réfléchit une seconde, cherchant à apaiser ses doutes, et fit partir le message.

Lydia s'effondra dans son lit à huit heures et demie, et dormit jusqu'à huit heures le lendemain matin. Douze heures d'affilée, comme un bébé, se dit-elle en s'éveillant.

Elle avait la tête un peu lourde, mais pas autant qu'elle l'aurait cru, sans doute parce qu'elle avait avalé son dernier verre tôt dans la soirée. Elle portait un pyjama propre, et ses vêtements de la veille étaient suspendus dans le dressing à côté. Elle releva le volet de la chambre et observa le ciel. Il faisait beau, le ciel était d'un bleu pâle et délavé, parsemé de taches blanches. Le journaliste à la radio annonça que la température serait de dix-huit degrés. Lydia enfila sa robe de chambre et se précipita dans l'escalier pour aller prendre son petit déjeuner avant que Juliette n'arrive, à huit heures et demie, et que Bendiks n'émerge de sa chambre pour aller broyer des fruits dans son mixeur infernal. Elle versa des céréales Weetabix dans un bol, prit un carton de lait et une banane, puis s'éclipsa dans son bureau. Elle avait une cafetière dans cette pièce, et elle se fit donc un double expresso, puis elle vérifia son téléphone portable qui était en charge sur son bureau (elle ne se souvenait pas de l'y avoir déposé la veille, pas plus que d'avoir pendu ses vêtements dans la garde-robe). Pas de message de Dean. Elle fut en partie soulagée. La veille au soir, l'idée lui avait paru excellente, mais, maintenant qu'elle était sobre et qu'il faisait grand jour, elle se disait que ce n'était sans doute pas la meilleure chose à entreprendre. Pour commencer, elle n'avait qu'une très vague idée de l'endroit où trouver son oncle, et puis qu'espérait-elle découvrir ?

Elle engloutit les Weetabix, la banane et les deux expressos sucrés. Elle était sur le point d'allumer son ordinateur et de commencer la journée par la lecture des cours de la bourse, de la météo et des nouvelles du monde, quand elle entendit le carillon informatisé de la porte d'entrée. Elle se figea. Ce devait être Juliette qui avait oublié ses clés. Elle alla vers le moniteur placé à la porte de son bureau et alluma l'écran. Et elle vit que là, sur le seuil de la maison, une casquette de baseball sur le crâne et un sac de sport à l'épaule, se trouvait quelqu'un qui ressemblait beaucoup à Dean.

— Bonjour ?

— C'est moi, Dean. J'ai eu ton message, hier soir.

— Oh, d'accord.

— Ouais. Après, on m'a fauché mon téléphone au pub. Je n'avais plus ton numéro, et j'ai préféré venir tôt, pour ne pas te rater.

— Oh. Je vois.

Il regarda avec insistance l'œil de la caméra, se balançant d'un pied sur l'autre.

— Je ne te dérange pas ? finit-il par demander.

— Non, bien sûr que non. Entre.

Elle lui ouvrit la porte et vint à sa rencontre au pied de l'escalier. Il eut l'air surpris en voyant son pyjama et ses cheveux décoiffés. Puis il jeta un coup d'œil derrière elle et cligna les paupières.

— Oh, dit-il. Je suis désolé.

— Désolé de quoi ?

— Je ne savais pas…

— Quoi ?

Elle regarda derrière elle et vit que Bendiks se tenait en haut de l'escalier, torse nu, vêtu d'un pantalon souple de coton ivoire.

— Bonjour ! lança-t-il en faisant apparaître de magnifiques dents blanches.

— Oh, salut, Bendiks. Je te présente mon ami… ou plutôt mon frère. Dean. Dean, voici Bendiks. Mon locataire, et mon entraîneur sportif.

— Son ami, rectifia Bendiks en descendant l'escalier, une main tendue.

Le regard de Lydia passa de l'un à l'autre. Elle aurait bien voulu que Bendiks soit autre chose pour elle qu'un ami, mais elle se sentait tout de même mal à l'aise à l'idée que son petit frère se méprenne sur la situation.

— Oui, mais non… bredouilla-t-elle.

— Non, renchérit Bendiks un peu trop vite. Pas ce genre d'ami. Enchanté de vous connaître.

Dean eut un sourire hésitant. Il était visiblement ébloui par la couleur bronzée de sa peau, la blancheur de ses dents, la taille impressionnante de ses pectoraux. C'était la raison pour laquelle Lydia évitait toujours de se trouver dans la cuisine après huit heures et demie le matin. Une fois, elle y avait croisé Bendiks dans un peignoir de coton entrouvert sur un pantalon collant noir. Celui-ci semblait avoir une poche cousue à l'intérieur et destinée à contenir son appareil génital de façon à n'en laisser ignorer aucun détail. Lydia avait beau être en proie à un désir charnel pressant, elle s'était dit que cette publicité pour quelque chose qu'elle ne pouvait obtenir était peut-être un peu trop explicite.

— Entre, dit-elle à Dean. Tu as pris ton petit déjeuner ?

— Oui, je me suis acheté un rouleau au bacon, en route.

— Tu veux une tasse de thé ?

— Non, fit-il avec un petit sourire désolé. Je suis bien comme ça.

— Alors, qu'est-il arrivé à ton téléphone ?

— Oh, pas grand-chose. Je l'ai laissé dans la poche de ma veste, sur la chaise. Quelqu'un me l'a piqué. C'est ma faute, ajouta-t-il en haussant les épaules.

— Tu es assuré ?

— Nan. Bien sûr que non.

— Je t'en achèterai un autre, dit-elle, sans réfléchir.

— Ne sois pas idiote, ça ira. Ma mère m'a dit qu'elle m'en achèterait un.

— Oh, bon. D'accord.

Elle avait oublié qu'il n'était pas orphelin, comme elle. Elle le laissa en bas, sur la terrasse, avec Bendiks, et remonta s'habiller. Elle mit un jean et un tee-shirt, avec un gilet large et des baskets. Elle ne toucha pas à son visage ni à ses cheveux, car elle était trop pressée de redescendre pour mettre fin au tête-à-tête entre Dean et Bendiks. Sa vie était bien compartimentée, et elle ne supportait pas l'idée que ces deux personnages aux caractères disparates se retrouvent ensemble, sans elle.

— Alors, dit-elle à Dean, on y va ?

— D'accord, dit-il en posant les mains sur ses genoux. Allons-y.

— Vous allez où ? s'enquit Bendiks.

— Oh, nulle part. Juste rendre visite à de la famille.

Bendiks lui coula un regard en coin.

— Ah, d'accord. Je croyais que toute ta famille était morte ?

Lydia fut déstabilisée par la remarque. Elle ne s'attendait pas à ce qu'il fasse un commentaire.

— Eh bien, non, ils ne le sont pas tous. J'ai encore un oncle. J'ai aussi des tantes et des cousins…

— Tu m'as dit que tu avais perdu le contact avec eux ?

Pourquoi Bendiks se comportait-il de façon aussi agressive ? se demanda-t-elle, interloquée.

— Oui, c'est vrai. Mais maintenant…

Ses traits s'adoucirent soudain, comme s'il se rendait compte qu'il était allé un peu trop loin.

— Bien, dit-il en souriant. C'est super. Je suis heureux pour toi que tu aies retrouvé ton frère. Tu as beaucoup, beaucoup de chance.

Il sourit tristement, et Lydia sentit son estomac se contracter. Bien sûr. Elle avait retrouvé son frère, mais Bendiks ne retrouverait jamais le sien. Elle résista à la tentation de lui prendre le bras, il était encore trop peu vêtu pour qu'elle fasse mine de le toucher, mais elle lui sourit gentiment tout en le remerciant de ses bonnes paroles.

— Tu as dit à ta mère où tu allais, aujourd'hui ? demanda-t-elle en regardant Dean par-dessus la tablette qui séparait leurs fauteuils, dans le wagon de première classe.

— Oui.

— Qu'a-t-elle répondu ?

— Pas grand-chose. Ma mère ne dit jamais grand-chose, en réalité.

Lydia hocha la tête et au bout d'un moment poursuivit :

— Tu trouves que c'est fou, de faire ça ?

— Non. Je crois que tu serais folle si tu ne le faisais pas.

Elle hocha de nouveau la tête et jeta un coup d'œil par la fenêtre qui offrait alors une vue du Londres caché, des petites cours encombrées, des fenêtres bouchées, des murs de brique, de la saleté. Ils avaient trois heures devant eux. Trois heures pour parler. Et ils avaient beaucoup de choses à se dire.

— Alors, tu as eu la lettre ?

Les yeux de Dean s'élargirent.

— Ouais. Bien sûr. Ça fait un choc, non ?

— Qu'est-ce que tu en penses ?

— Je crois…

Il souffla en gonflant les joues et se reprit :

— Je ne sais pas ce que je crois. C'est-à-dire… je commençais à peine à m'habituer à te voir. Bon sang. Je ne sais pas. Ça me fait un peu peur. Et toi ?

— Pareil. Je ressens la même chose que toi. C'est pour ça… c'est pour ça que je veux faire ça. Tu sais, j'ai besoin de régler les vieux problèmes, avant de m'attaquer à un nouveau.

— Parce que tu crois que ça va faire des problèmes ?

— Probablement, répondit-elle en souriant. Regarde, pour nous deux. On ne s'est vus que trois fois, et tu as déjà pris la fuite une fois. Il est clair que je ne suis pas très douée pour ce genre de retrouvailles.

Dean parut gêné par la remarque.

— Non, protesta-t-il. Bon Dieu, non. Ce n'était pas ta faute. Ce n'était absolument pas ta faute. C'était moi. J'étais juste…

— Je sais ce qu'il y a eu, Dean. C'est bon. Je suis allée trop loin. Je n'aurais pas dû insister autant, à propos du bébé.

— Ce n'était pas à cause du bébé. Je t'assure, ce n'était pas ça. C'était juste... J'avais juste l'impression que tu étais...

Il posa sur elle ses grands yeux sombres et ajouta :

— Que tu étais trop bien pour moi.

Lydia sourit et secoua la tête.

— Oui, c'est bien ce que je pensais. Et c'est une des raisons pour lesquelles je voulais que tu viennes avec moi aujourd'hui. Je voulais que tu voies d'où je viens. Je voulais que tu me comprennes, et que tu ne sois pas rebuté par toutes les conneries que je peux me payer avec cet argent. Je ne suis pas différente de toi, Dean.

Il lui lança un regard incrédule.

— Sérieux, Dean. Tu vas voir. Tu vas vraiment voir.

Dean regarda par la fenêtre.

— Je t'aime bien, tu sais, dit-il au bout d'un moment. Ce n'est pas à cause de toi que j'ai pris la tangente. Je te trouve sensationnelle.

— Eh bien... tu vas croire que je te dis ça juste parce que tu n'es pas sûr de toi. Mais je t'assure que tu m'as plu à l'instant où je t'ai vu. Et depuis, plus je te vois et plus tu me plais. Tout ce qu'il faut, c'est que tu règles ton problème d'estime de toi...

— Tu peux parler !

— Pourquoi ?

— Eh bien, parce que tu es riche, tu réussis super bien, tu es vraiment jolie, et tu fais comme si tu étais... une espèce de tache !

— Ce n'est pas vrai !

— Si c'est vrai, ma vieille. Tu es toujours comme ça…

Il voûta les épaules et la considéra d'un air angoissé.

— Tu as l'air de dire : « Ne me regardez pas, tournez la tête. » Tu comprends ?

Lydia se sentit agressée, l'espace d'une seconde, puis haussa les épaules.

— Bon, admit-elle en soupirant. Comme je te le disais, on est pareils, toi et moi. Exactement pareils. Des créatures pathétiques. Et même pitoyables.

Elle se tut et le regarda. Ils se mirent à rire, tous les deux. Quelques secondes s'écoulèrent en silence, et Lydia demanda :

— Comment crois-tu qu'elle est, l'autre ? La fille ? Robyn ? Tu crois que c'est aussi une créature pitoyable ?

Dean cessa de rire.

— J'en sais rien. J'espère, ajouta-t-il en souriant.

Lydia se remit à rire. Puis ils retombèrent dans le silence, observant le paysage de banlieues qui se déroulait par la fenêtre.

Au bout d'un moment, le visage de Dean se tendit.

— Tu avais raison, tu sais, dit-il. Tu avais raison, pour le bébé. Je suis un pauvre type. Je me déteste. Tous les matins quand je me réveille et que je me regarde dans la glace, je vois ses yeux, tu sais ? Les mêmes yeux. Tous les matins, elle me regarde dans la glace, et elle me balance : *Tu es minable.* Et elle a raison.

Lydia le contempla, pendant qu'il parlait. Elle pensa à elle, au même âge. Sa vie à l'université, quand elle buvait des pintes de bière, bricolait avec les tubes à essais, tenait le monde à distance. Aurait-elle été capable de s'occuper d'un bébé ? Aurait-elle pu soigner un enfant malade ? Toute seule ? Et surtout, aurait-elle accepté de le faire ?

Il n'était pas un pauvre type, ni un minable, mais elle ne pouvait pas seulement le lui dire. Il faudrait qu'elle le lui démontre. Aussi, elle ne dit rien. Ils sombrèrent dans un silence contemplatif et reposant, tandis que le train les emportait à toute allure vers le pays de Galles.

Il faisait chaud quand ils descendirent du train. Lydia ne s'y attendait pas. Elle ôta son gilet et le noua autour de sa taille. Dean remit sa casquette de baseball, et ils s'avancèrent vers la station de taxis.

Malgré la moiteur de l'air, Lydia fut parcourue d'un frisson. Combien d'heures de sa vie avait-elle passées là, à la station de taxis de Cardiff ? Elle se revit à dix-sept, dix-huit, dix-neuf ans. Elle se revit avec sa vieille veste de cuir, Arnie à ses côtés, avec un bandana bleu autour du cou et une corde usée en guise de laisse. Elle se revit encore plus jeune, donnant la main à son père, après une journée stressante à Bangor où ils avaient vu sa grand-mère mourante, dans un lit, dans sa salle de séjour. Elle eut l'impression de marcher à côté d'une douzaine d'anciennes versions d'elle-même, et elle éprouva tout le malheur qu'elle avait ressenti chaque fois qu'elle s'était trouvée ici. Sauf la dernière fois. Elle se vit à ce moment-là, fraîchement diplômée, libérée de sa famille et de son passé, ses affaires dans une malle, avec ses cheveux qu'elle venait de faire couper au carré. Dixie était avec elle, elles quittaient le pays de Galles pour se rendre à Londres.

Elle s'était juré, et elle avait juré à Dixie, qu'elle ne reviendrait jamais, jamais plus. Elle se revoyait assise dans le compartiment, tirant sur sa cigarette tout en regardant par la fenêtre.

« C'est le plus beau jour de ma vie », avait-elle dit à Dixie.

L'espace d'un instant, elle se maudit d'avoir brisé sa promesse, et d'avoir souillé la perfection de ce moment vécu huit ans plus tôt. Puis son regard se posa sur son frère, mince et voûté, qui la suivait, et elle se rappela pourquoi elle était venue.

— Pouvez-vous nous emmener à Tonypandy, s'il vous plaît ? demanda-t-elle au chauffeur de taxi qui replia un exemplaire du *Penarth Times*.

L'homme posa sur elle un regard vide et enclencha le compteur.

— Qu'est-ce qui vous amène dans ce coin ? demanda-t-il, en la regardant dans le rétroviseur, un moment plus tard.

— Oh, rien. Juste la famille.

— Ah, fit-il d'un air entendu. D'accord.

— Nous aurons besoin de vous toute la journée, si vous voulez bien. Vous avez un tarif, pour la journée ?

— Quatre-vingts livres, répondit-il d'un ton bref, en arrêtant le compteur.

Lydia était contente d'avoir son frère avec elle, dans la voiture. Cela la dispensait de faire la conversation au chauffeur. Elle désignait des lieux à Dean, au passage : « Là, je travaillais au bar quand j'avais dix-huit ans », « Là, c'est l'endroit où je suis allée chercher mon chiot, quand j'avais huit ans », « Là, c'est le marché où mon père travaillait », « Là, c'est l'endroit où tu peux acheter le meilleur *fish and chips* du Glamorgan », « Là, c'est la colline où je me suis défoncée pour la première fois »...

— Tu te défonçais ? répéta-t-il en se tournant vivement vers elle.

— Oui, bien sûr.

Dean eut un sourire hésitant.

— Tu ne me l'avais pas dit.

— Oui, eh bien, que voulais-tu que je dise ? « Hé, salut, je m'appelle Lydia, et quand j'étais étudiante je fumais de l'herbe » ?

Les scènes de son passé continuèrent de défiler à travers la vitre du taxi, et elle se raidit quand les abords de son village apparurent. Elle contempla avec un effroi mêlé de nausée le magasin 7-Eleven, avec sa rampe pour les fauteuils roulants à l'extérieur, où elle venait s'acheter des bonbons et des sodas, puis, après la maladie de son père, faire les courses pour la maison. Elle jeta un coup d'œil au salon de coiffure qui s'appelait autrefois *Hair Today*. La devanture avait été repeinte d'un vert qui évoquait le guacamole, et il s'appelait désormais The Village

Spa. Les boutiques disparurent, cédant la place aux rangées de maisons, puis les maisons, à de vastes lotissements. Soudain, il fut là, devant elle. Son immeuble. Plus laid que jamais, un bâtiment de quatre étages d'une indicible médiocrité, situé derrière un petit carré d'herbe et une aire de jeu.

L'aire de jeu avait été rénovée, recouverte d'un plastique bleu et mou, parsemée de poneys colorés et de balançoires pour bébés, entourées de caoutchouc souple. Une jeune femme lisait un magazine sur un banc, tandis qu'à ses pieds un petit garçon faisait tournoyer les roues d'un scooter miniature. À côté du banc, une poubelle débordait de boîtes de pizzas écrasées, de canettes vides et de couches roulées en boules. Derrière le carré de gazon et l'aire de jeu, une allée pavée faisait le tour du bâtiment et conduisait à l'entrée, sur le côté.

La jeune femme sur le banc leva les yeux pour regarder passer Dean et Lydia. Elle sourit vaguement, comme si elle se disait qu'elle devait les connaître, et reporta son attention sur le magazine.

— C'était lequel, le tien ? demanda Dean en levant les yeux.

Lydia désigna un balcon au troisième étage.

— Celui-là.

— Et c'est de ce balcon…

— Oui.

Elle regarda les dalles de ciment. Son estomac se contracta. Un frémissement d'horreur lui parcourut le corps. C'était là. Encore là, après toutes ces années. La tache de peinture. Elle s'accroupit et fixa la virgule rose à l'aspect si anodin. Elle tendit la main, l'effleura du bout des doigts. La main de sa mère. Elle se rappela les cygnes en papier argenté, la perruche en mal d'affection et les cercles au stylo dans les magazines. Elle chercha dans sa tête s'il y avait encore autre chose à se rappeler, quelque chose qu'elle aurait oublié. Mais elle ne trouva rien.

— Viens, dit-elle en se redressant. Entrons.

La cage d'escalier était vide, et elle lui parut moins effrayante que quand elle était plus jeune. Arrivée au troisième étage, elle s'arrêta. Devant elle se trouvait l'endroit qui avait été sa maison pendant les premières dix-huit années de sa vie. Elle inspira longuement, lissa ses vêtements et frappa un petit coup hésitant à la porte.

Celle-ci fut ouverte par un vieil homme aux cheveux blancs, un peu haletant, qui tenait une chatte écaille de tortue dans ses bras.

— Qu'est-ce que c'est ? demanda-t-il en posant sur eux un regard flou.

— Je m'appelle Lydia Pike. J'habitais ici, autrefois.

Les traits du vieil homme se détendirent, et il posa la chatte sur le sol. L'animal fit mine de se sauver dans le couloir, mais il la retint par son collier.

— Vite, vite, entrez avant qu'elle ne se sauve…

Ils se glissèrent à l'intérieur. L'appartement sentait le renfermé, les vêtements sales et les œufs frits. L'homme referma derrière eux.

— Alors, c'est vous, la petite de Trevor ?

Lydia le dévisagea avec surprise.

— Je me demandais quand vous vous décideriez à revenir.

— Pardonnez-moi... Vous connaissiez mon père ?

Elle le suivit dans la salle de séjour qu'elle avait connue autrefois, et qui était devenue celle d'un homme âgé.

— Oui, je le connaissais. J'habitais de l'autre côté du bâtiment, les appartements qui donnent sur les champs. Et puis je suis devenu veuf, mon fils s'est marié, et comme j'étais seul j'ai demandé un appartement plus petit. Ils m'ont proposé celui-ci. Je savais que personne d'autre ne le voudrait, à cause de ce qui s'était passé...

Il soupira tristement et posa sur Lydia des yeux brouillés de larmes.

— Je ne crois pas à toutes ces histoires de karma, vous savez. Je ne crois pas aux ondes négatives, et à tous ces trucs. Et j'aime bien observer les gens, vous voyez. J'aime m'asseoir et regarder les gosses sur les balançoires, les autres qui vont et qui viennent. J'en avais assez de la vue de l'autre côté, et celle-ci m'allait très bien. Alors, j'ai sauté sur l'occasion. Et depuis, je vis tout seul ici.

Lydia cligna les paupières. Elle s'attendait à trouver une famille de jeunes. Elle ne pensait pas qu'il restait quelque chose de son passé, ici. Et pourtant, c'était là. Juste en face d'elle.

— Vous vous souvenez de moi ? demanda-t-elle, un peu sur ses gardes.

— Ah ça, oui.

L'homme hocha la tête et se renversa dans son affreux canapé en nylon.

— Vous aviez un chien. Et un drôle de caractère, si je me souviens bien, ajouta-t-il en souriant.

— Excusez-moi, mais comment vous appelez-vous ?

— Pat. Pat Lloyd. Vous vous souvenez peut-être de mon fils, Tony. Tony Lloyd ?

Lydia réprima une exclamation de stupeur. Elle se rappelait très bien. Tony Lloyd était trisomique, et il s'arrêtait toujours pour caresser Arnie, quand ils se croisaient dans l'escalier ou dans le jardin.

— Je me souviens de Tony. Vous dites qu'il s'est marié ?

— Oui. On a tous eu une drôle de surprise, c'est sûr. Mais ça fait dix ans qu'ils sont ensemble, maintenant. Et toujours aussi heureux qu'au premier jour.

— Ouah. C'est génial, ça !

— Et alors, qu'est-ce qui vous amène par ici ? s'enquit l'homme en faisant passer son regard de l'un à l'autre.

Il attendait qu'elle fasse les présentations, et Lydia s'exécuta :

— C'est mon frère. Nous venons juste de nous retrouver. Je voulais lui montrer l'endroit où j'ai grandi.

— Oh, d'accord.

Le vieil homme s'interrompit et dévisagea Dean.

— Il y a une ressemblance, entre vous deux. Vous avez un air de famille.

Dean et Lydia échangèrent un sourire.

— Mais je croyais… marmonna-t-il, en clignant les paupières, l'air vaguement intrigué. Non, et puis non. Laissez tomber. Je vous fais du thé ?

— Vous croyiez quoi ? demanda Lydia.

— Rien. Rien. J'ai dû confondre, dit-il en se levant. Je vous offrirais bien du café, mais je n'en ai plus. Il me semble qu'il me reste de l'orgeat quelque part…

— Non, ne vous dérangez pas. Le taxi nous attend, nous ne pouvons pas rester longtemps.

L'homme sourit d'un air triste et retourna s'asseoir dans le canapé.

— Alors, la vie n'a pas été trop dure, pour vous ?

— Non, j'ai une vie agréable.

— Mariée ? Vous avez des bébés ?

— Non, juste un chat.

— Un chat ne remplace pas un enfant. Et vous ? demanda-t-il en s'adressant à Dean.

Lydia coula un regard en coin à son frère et le vit pâlir.

— Euh, oui. J'ai un bébé. Une petite fille.

L'homme sourit, apparemment satisfait qu'un des deux étrangers présents dans sa salle de séjour ait contribué à accroître la population.

— Ah ! lança-t-il brusquement, en se relevant. Puisque vous êtes là, et que je garde ça depuis des années, sans savoir ce que je dois en faire… Attendez une seconde.

Il se dirigea vers la porte de ce qui était autrefois la chambre du père de Lydia. Il revint un moment plus tard, avec un sac en plastique qui avait l'air assez ancien. Il se rassit, le sac sur les genoux, et l'entrouvrit.

— J'ai trouvé ça quand j'ai remplacé les armoires encastrées dans le mur. C'était caché au fond d'une sorte de débarras. Je n'ai jamais su ce que je devais en faire, et je ne savais pas à qui demander. Mais maintenant, ajouta-t-il en souriant à Dean, je suppose que ça vous revient. Tenez, prenez-le.

Dérouté, Dean battit des paupières. Quel rôle pouvait-il bien jouer dans cette histoire ?

— Vous êtes sûr, m'sieur ?

L'homme acquiesça en lui tendant le sac. Dean l'ouvrit délicatement et jeta un coup d'œil à l'intérieur.

— Je ne comprends pas, dit-il en relevant la tête.

— Eh bien, ça doit être à vous, répondit Pat. Puisque c'est bleu.

Dean fourra la main dans le sac et en sortit une minuscule paire de collants bleus, une veste rayée bleu et blanc, et des chaussettes miniatures blanches.

— Vous voulez dire, pour ma fille ? bredouilla Dean, sans vraiment comprendre.

— Non, c'est à vous. Forcément, c'est à vous. Quand vous étiez bébé, vous comprenez ?

— Mais c'est la première fois de ma vie que je mets les pieds ici, protesta Dean avec un petit rire.

— Vous ne vous rappelez pas, parce que vous étiez trop petit. Mais vous étiez là.

— Je ne comprends pas, intervint Lydia. Vous voulez dire qu'il y a eu un bébé, ici ? Un petit garçon ?

— Eh bien oui, répliqua Pat, les yeux écarquillés de surprise. Vous ne vous rappelez pas ? Juste avant de mourir, votre maman avait eu un bébé. C'était un petit garçon.

Tandis que Pat prononçait ces mots, Lydia contemplait la pile de vêtements sur les genoux de Dean. Et brusquement, ce fut comme si elle avait reçu un coup de poing dans la poitrine. Là, sur la manche de la veste rayée, une tache de peinture rose bonbon formait une croûte sèche et dure.

ROBYN

Daniel Blanchard. Cinquante-trois ans. Bury Saint Edmunds. *Daniel Blanchard. Cinquante-trois ans. Bury Saint Edmunds.*

Robyn contemplait la feuille de papier. Elle ne s'attendait pas à ça. Elle s'était inscrite au Registre des fratries issues de donneurs. Ce registre était destiné aux enfants. Aux frères et sœurs. Pas aux pères. Elle n'avait pas pensé à son père en s'inscrivant. Mais lui, apparemment, avait pensé à elle. Et aux autres. Il voulait prendre contact avec eux. Daniel Blanchard. Son père.

Jack lui apporta une tasse de thé et la posa sur la table, devant elle.

— Mince, dit-il en s'asseyant et en lui posant une main sur la jambe.

Robyn lui prit la main et hocha la tête.

— Je savais que je n'aurais pas dû faire ça. Je savais que c'était une erreur.

— Tu n'es pas obligée de le voir.

— Non. Je sais. Mais alors, il faudra que je passe tout le reste de ma vie en sachant qu'il voulait me voir. Et que moi, je l'ai rejeté. Je passerai le reste de ma vie à me sentir coupable…

— Tu n'as pas à te sentir coupable ! C'est lui qui a fait ce choix. Lui, et tes parents...

— Mes parents n'avaient pas le choix, rétorqua-t-elle, sur la défensive.

— D'accord, mais tu sais bien ce que je veux dire. Rien de tout cela n'est arrivé par ta faute. Tu n'as pas demandé à te trouver dans cette situation, et franchement, si cet homme voulait avoir des enfants auxquels il pouvait parler, il aurait dû les avoir normalement.

— Mais il habite à Bury Saint Edmunds ! gémit-elle.

Jack la dévisagea sans comprendre.

— Je suis déjà allée à Bury Saint Edmunds ! Je l'ai peut-être croisé dans la rue ! Je croyais qu'il habitait en France ! Il n'était pas censé vivre ici ! Et maintenant, je ne pourrai plus jamais retourner à Bury Saint Edmunds !

Jack se mit à rire.

— Ce n'est pas drôle !

— Non, bien sûr, ce n'est pas drôle. Mais tu peux sans doute vivre sans aller à Bury Saint Edmunds, tu ne crois pas ?

— Ce n'est pas la question ! C'est juste que je préférais qu'il soit en France. J'aimais savoir qu'il était là-bas. Et maintenant il est là, et ça ne me plaît pas du tout.

— Je te promets, sur ma tête, que je ne te laisserai jamais aller à Bury Saint Edmunds.

Jack frotta le bout de son nez contre les cheveux de Robyn, et celle-ci le laissa faire. Il avait raison. Elle était idiote. Mais, jusqu'ici, rien n'avait fonctionné selon ses prévisions. Elle avait pris contact avec les deux. La fille et le garçon. Et aucun des deux ne lui avait répondu. C'était extraordinaire. À partir du moment où elle avait décidé de prendre contact avec eux, elle avait été malade d'angoisse. Tous les matins, elle regardait le facteur s'arrêter devant la maison avec son chariot rouge et trier des paquets de lettres. Tous les matins, elle se précipitait dans le hall et fouillait dans les piles de courrier. Et chaque fois elle poussait un soupir de soulagement en constatant qu'il n'y avait rien en provenance du registre. Mais, en même temps, elle était sur les nerfs. Elle avait cru qu'ils sauteraient sur cette occasion de faire sa connaissance. Elle avait cru qu'ils étaient des utilisateurs du registre préparés à la situation, prêts à réagir au quart de tour. Il ne lui était pas venu à l'idée qu'ils étaient peut-être aussi hésitants qu'elle. Il ne lui était pas venu à l'idée qu'ils étaient peut-être humains.

Et ce matin, elle avait reçu une lettre du registre. Son cœur avait fait un bond. Lequel ? s'était-elle demandé. Lequel ? Etait-ce le garçon, qui était plus proche d'elle par l'âge ? Ou bien la femme, ce terrible fac-similé d'elle-même, en plus vieux ? Ou bien encore, l'homme mystérieux, celui qui avait le même âge que Jack ?

Ce n'était aucun des trois. C'était lui. Celui qu'elle ne s'attendait pas à rencontrer. Son père.

Robyn et Jack quittèrent la maison quelques minutes plus tard. Ils avaient pris une bouteille de rosé dans le réfrigérateur, un paquet de chips, des olives et du pain, et ils se rendirent dans le parc. L'été était arrivé tout doucement, et en cette fin de mai la chaleur et le soleil étaient tentants. Ils allaient retrouver les amis de Jack, Jonathan et Leo, dans le parc de Whittington, pour pique-niquer et faire une partie de frisbee. Pour ne pas être la seule fille, Robyn avait demandé à Nush de les rejoindre. Elle n'avait pas vu son amie depuis des semaines, et celle-ci lui manquait. Nush était la clé vers son autre vie, la vie qu'elle avait eue avant de rencontrer Jack, lorsqu'elle avait encore une assurance inébranlable, qu'elle était la reine de la scène, le centre de son minuscule univers. Le fait de retrouver Nush l'aiderait peut-être à redevenir cette personne-là.

Nush était déjà là quand ils arrivèrent, allongée au soleil sur une serviette de plage, un verre de vin à portée de main. À cette distance, il semblait que Leo essayait désespérément de grimper sur elle.

— Oh, mon Dieu ! s'exclama-t-elle en se redressant brusquement à leur approche. C'est qui, ce mec ? Je lui ai dit un million de fois au moins que j'ai déjà un copain, mais il veut absolument me sauter !

— Je ne veux pas te sauter, rétorqua Leo d'un ton de reproche. Je veux simplement te faire un câlin.

Nush le regarda, en prenant un air horrifié.

— Mais je ne te connais même pas ! hurla-t-elle d'une voix stridente. Sérieusement, Jack. Qui c'est ?

— Laisse-la tranquille, dit Jack en riant, et en tirant son copain par le bras.

— Je voulais un câlin, protesta Leo avec une moue boudeuse.

— Désolé, Nush, reprit Jack. Il est un peu comme un chien, tu sais, ça ne veut rien dire. Tu n'as qu'à lui tapoter la tête de temps en temps, et il te laissera tranquille.

Leo sourit d'un air penaud et ouvrit une canette de bière.

— C'est ta faute, il ne fallait pas être en retard, dit-il à Jack.

— Nous n'avons que dix minutes de retard. Et je ne veux pas être tenu pour responsable de ta sexualité trop exubérante.

Jonathan les rejoignit au bout de quelques minutes. Robyn et Nush s'assirent côte à côte avec des gobelets en plastique remplis de vin, leur lunettes de soleil sur le nez, comme si elles avaient vingt ans, ou plus, et regardèrent les trois hommes se comporter comme des adolescents.

— Alors, dit Nush, en passant un bras sous celui de son amie et en posant la tête sur son épaule. C'est comment, la vie de couple ?

Robyn déposa un léger baiser sur les cheveux noirs et brillants de Nush, et sourit.

— C'est super.

— Je n'arrive toujours pas à le croire. Je ne peux pas croire que tu vis avec quelqu'un ! Il me semble que c'est hier que tu es sortie avec ce Christian Machin-Truc, au club, pour ton anniversaire...

— Oh, mon Dieu, oui ! Ne m'en parle pas.

— Au fait, je l'ai vu la semaine dernière, ajouta Nush en lui donnant un coup de coude dans les côtes. Il m'a demandé de tes nouvelles.

— Bah, fit Robyn avec un petit frémissement. Je ne sais pas ce qui m'a pris. J'ai l'impression que c'était dans une autre vie…

— Oui, eh bien dans un sens, c'est ça. Mais je vais te dire, quand même. Tu nous manques. C'est complètement mort, là-bas, sans toi.

— Oh, non, je suis sûre que tu as pris la relève.

— Nan.

Nush posa les yeux sur ses pieds nus et tira sur une touffe d'herbe.

— Ce n'est plus pareil. Tu sais, tu es partie, moi j'ai quelqu'un, c'est la fin d'une époque, en réalité. Nous avons tous grandi.

Elle sourit tristement. Robyn lui rendit son sourire et l'attira contre elle.

— Oui, je pense qu'on a grandi.

— Alors, qu'est-ce que tu fais ? Comment est ta vie d'adulte ? Tu fais du… repassage, ce genre de trucs ?

Agenouillée dans l'herbe, Robyn éclata de rire, en se renversant en arrière.

— Nooon ! Mais je m'occupe de la lessive, et je vais à la laverie automatique.

— Quoi, tu emmènes les vêtements de Jack ? Est-ce que tu plies aussi ses caleçons ?

— Non ! Je paie pour un service de lavage !

— C'est quoi, un service de lavage ?

Robyn sourit. Elle non plus, deux mois auparavant, elle ne savait pas ce qu'était un service de lavage.

— Tu emmènes ton linge, et tu paies la dame de la laverie automatique pour qu'elle le lave à ta place.

Nush fronça le nez.

— Quoi, tu veux dire qu'elle touche tes sous-vêtements sales, et tout ?

— Oui. Elle les passe à la machine, et ensuite elle les plie à ta place.

— Bah ! C'est nul.

Robyn se mit à rire. Il y avait longtemps qu'elle n'avait pas joué à avoir une conversation entre princesses de l'Essex, et ça lui manquait.

— Et l'autre jour, continua-t-elle, j'ai vidé une poubelle.

— Tu as… vidé une poubelle ? répéta Nush, ébahie.

— Oui, une vraie poubelle, dégoûtante, pleine de vieilles céréales et de trucs comme ça.

— Oh, mon Dieu ! s'exclama Nush, en plaquant une main contre son cœur. Maintenant, tu es une vraie déesse, pour moi.

Les hommes faisaient les intéressants entre eux, et surtout pour les deux superbes adolescentes qui les regardaient. Robyn et Nush échangèrent un sourire.

— Tchin, dit Nush, en levant son gobelet en plastique. À toi, et à ta nouvelle vie d'adulte.

— Oui, et à toi, qui n'es pas encore obligée de vider les poubelles.

— Alléluia ! Et comment ça marche, à la fac ?

— Ne m'en parle pas.

— Quoi ? À ce point ?

— Oui, à ce point. Je suis en train de me planter, et en beauté.

— C'est pas vrai ?

— Si. Je crois qu'ils ne vont pas tarder à me virer.

— Putain ! Mais pourquoi ?

Robyn haussa les épaules.

— Je ne sais pas. Je n'ai pas le cœur à ça, c'est tout. Et c'est tellement dur. Il faut vraiment, vraiment en vouloir, pour réussir. Et d'un côté je me dis, je ne sais pas, peut-être que je me faisais juste des idées quand je voulais devenir médecin. Peut-être que j'étais juste...

Elle marqua une pause, cherchant à mettre de l'ordre dans ses idées.

— Il se passe beaucoup de choses dans ma vie en ce moment, et quand je me suis inscrite à la faculté de médecine j'étais une personne, et maintenant, eh bien, je ne suis pas quelqu'un d'autre, je suis juste entre deux étapes. Tu vois ?

— Tu veux dire que... tu n'es plus une fille, et pas encore une femme ?

— Oui. Enfin, non. C'est-à-dire, en quelque sorte. Je veux dire, il y a des trucs, c'est compliqué. C'est...

Robyn soupira lourdement, et laissa tomber dans l'herbe la pâquerette qu'elle faisait tourner entre ses doigts.

— C'est mon père. Mon vrai père. Je veux dire, le donneur. Il veut me connaître.

Les sourcils parfaitement dessinés de Nush s'arquèrent d'une façon outrée.

— Pour de vrai ?

— Oui, pour de vrai. J'ai reçu une lettre par la poste, ce matin.

Nush regarda Robyn, les yeux écarquillés.

— C'est terrible ! Mais comment il a su où tu habitais ?

— Oh, mon Dieu, c'est une longue histoire. Il y a d'autres trucs... Il y a...

Elle soupira de nouveau, et parla à Nush de son frère, de sa sœur et du Registre des fratries.

— Oh, mon Dieu ! Comme c'est excitant ! s'exclama Nush, en agrippant les mains de Robyn.

— Tu trouves ?

— Mon Dieu, oui ! Tu imagines ? Ton frère et ta sœur ! Et ils vivent tous les deux à Londres ! Combien y avait-il de chances pour que ça soit le cas ?

— Eh bien, comme la clinique est à Londres, je suppose...

— Et ton père ! Ton vrai père. Je suis sûre qu'il est super. Parce que toi aussi, tu es super. Je ne veux pas dire que ton autre père n'est pas super. J'adore ton père. Mais tu sais, tu as toujours été un peu... spéciale.

Robyn battit des paupières. C'était l'impression qu'elle avait eue, autrefois. Quand elle était seule. Maintenant, elle ne se sentait spéciale que lorsque Jack la regardait.

— Oui, dit-elle doucement. Je vois ce que tu veux dire. C'est juste que...

« Et si je le rencontre, que je le déteste, et que cela détruit ma vie ? » eut-elle envie de répondre. Puis elle se rappela que sa vie « parfaite » était actuellement en train de glisser vers le bas, telle une maison de bois emportée par un torrent de boue. Et ce dont elle avait besoin maintenant, c'était sans doute que quelque chose vienne s'interposer pour interrompre ce processus. Elle s'était déjà inscrite dans le registre pour rencontrer son frère et sa sœur, en partant du principe qu'ils allaient lui montrer la voie. À présent, il lui semblait que la voie sur laquelle ils allaient la guider, dans ce rêve éveillé, menait en fait vers leur père. Sa vie était en train de partir en miettes, et elle laissait faire. Il fallait qu'elle la remette d'aplomb. Et Nush avait raison, elle avait quelque chose de spécial. Elle-même avait cru autrefois qu'elle était spéciale. Sa famille la trouvait spéciale. Son petit ami aussi. Son père était peut-être la personne qui l'aiderait à croire de nouveau en elle.

—Si c'était toi, tu le ferais ? demanda-t-elle à son amie.

—Bon sang, oui ! En plus, il n'est même pas très vieux, non ? Cinquante-trois ans. C'est plus jeune que ton père et ta mère. Peut-être qu'il est drôle. Et peut-être même qu'il va t'aider à régler les problèmes que tu as à la fac. N'oublie pas que ce gars est médecin !

—Oui, bon, il est possible qu'il soit médecin. Mais il se peut aussi que ce soit un pauvre type, un complet *loser*. Il me semble que si sa vie était si super que ça, il ne s'en ferait pas pour nous, tu vois. Pour un truc qu'il a fait il y a vingt ou trente ans…

—Mais bien sûr que si ! Peut-être qu'il vient d'avoir des enfants, ou des petits-enfants ? Ou bien peut-être qu'il attendait que vous soyez tous adultes ? Ou bien, il s'est juste réveillé un matin, il a souri à sa femme parfaite, préparé le petit déjeuner pour ses enfants parfaits, a pris le volant de sa Lamborghini, et s'est dit tout à coup : Pourquoi pas aujourd'hui ? Tu sais, genre « c'est aujourd'hui ou jamais ». Peut-être qu'il a pris contact justement parce que sa vie est géniale !

Robyn battit des cils, déroutée. Elle ne s'attendait pas à une réponse aussi réfléchie de la part de son amie. Elle déglutit, essayant de ravaler un mauvais pressentiment. Et finit par sourire.

— Oui, et peut-être qu'il est malade, et qu'il ne lui reste plus que six mois à vivre.

Nush eut l'air exaspérée.

— Oui, peut-être, admit-elle. Mais tu m'as demandé ce que je ferais si j'étais à ta place, et je te l'ai dit.

Robyn garda le silence un moment, faisant glisser ses doigts sur un brin d'herbe soyeux.

— Et si c'est un type nul, Nush ? Si je le déteste au premier coup d'œil ?

Nush haussa les épaules et prit la bouteille de vin à moitié vide.

— Eh bien, au moins, tu le sauras. Et c'est mieux que de ne rien savoir du tout, non ?

Robyn tendit son gobelet en plastique et hocha la tête.

Nush avait peut-être raison.

Jack et Robyn arrivèrent chez eux à huit heures, ce soir-là. Jack avait réussi à se débarrasser de Jonathan et de Leo qui insinuaient lourdement que dans un monde idéal, ils auraient raccompagné Jack et Robyn chez eux et auraient bu à s'en rendre malades, jusqu'à des heures indues.

L'appartement leur parut un peu triste. Rien n'avait bougé depuis qu'ils étaient partis, presque huit heures plus tôt. Le soleil était passé sur la terrasse, puis à travers les fenêtres de devant, et celles de derrière. Il avait réchauffé la poussière, les meubles, les parquets cirés. À présent, les pièces étaient sombres, fraîches et silencieuses.

Jack ôta ses tongs et prit deux bières dans le réfrigérateur. Il ôta le bouchon en se servant du bord du comptoir, comme les mecs des feuilletons américains, et alla s'asseoir dans le canapé à côté de Robyn qui semblait pensive.

La jeune femme sentait les bras de sa vie actuelle se nouer autour d'elle, et la serrer étroitement. Elle étudiait les minuscules détails de sa maison, les parties usées du kilim ocre brun, les tulipes sombres qui retombaient autour du vase rond de la table, la fissure dans le mur derrière la télévision qui semblait dessiner un éclair, les moulures dans les plinthes, le portrait de femme au crayon accroché près de la porte d'entrée, et enfin une critique encadrée du premier roman de Jack, parue dans le *Guardian,* et qui avait pour titre *Le mot parfait.*

Chaque détail était nouveau, et pourtant déjà familier. Mais il y avait toujours cette mélancolie sous-jacente. Elle aurait dû avoir l'impression que sa vie était parfaite, mais ce n'était pas le cas. Elle aurait dû passer ses examens de première année à la fac de médecine haut la main, mais au lieu de cela elle se traînait péniblement, se préparait même à échouer.

Quand Jack s'assit à côté d'elle, elle se tourna vers lui. Sa bouche était desséchée par l'alcool, et elle dit, d'une voix creuse et atone :

— Je veux connaître mon père biologique.

— Waouh, fit Jack en haussant les sourcils. Tu as fait un tour à cent quatre-vingts degrés, depuis ce matin ?

Elle acquiesça d'un signe de tête.

— Qu'est-ce qui t'a fait changer d'avis ?

Robyn haussa les épaules, en tirant sur les fils de son short effrangé.

— Rien. C'est juste que... Depuis que je me suis inscrite dans le registre, j'ai l'impression qu'il manque quelque chose. Non, c'est pire que ça... j'ai l'impression que je suis censée être quelque part... tu sais, comme s'il y avait quelque chose qui n'était pas complété, dans ma vie. Et j'étais tellement décidée à vivre sans jamais connaître cet homme, tu vois. J'avais décidé que mon père et ma mère me suffisaient, que moi, je me suffisais, et maintenant... Je ne me suffis plus. Tu comprends ? Ce n'est pas assez.

Elle se mit à pleurer, et Jack la prit dans ses bras. Elle enfouit son visage contre son tee-shirt de coton qui sentait le soleil et la transpiration.

— C'est bien, dit-il, les lèvres dans ses cheveux. C'est bien.

Elle s'écarta et le considéra avec curiosité.

— Pourquoi dis-tu que c'est bien ?

Jack soupira.

— C'est bien, parce que j'avais peur que ça soit ma faute.

— Comment ça, ta faute ?

— Toi, expliqua-t-il en soupirant. Ta façon d'être depuis que tu t'es installée ici. En fait, avant même que tu te sois installée. J'ai cru que tu étais…

Il observa un court silence et reprit :

— Je ne sais pas ce qui s'est passé… quand je t'ai donné les clés. Pendant un moment, j'ai eu l'impression que tu me trouvais répugnant. Et puis tu es devenue complètement froide. J'ai cru que j'avais tout gâché, tu comprends ? Je m'en voulais terriblement d'avoir demandé à une fille de dix-huit ans de venir habiter chez moi. Mais après tu es revenue, et j'ai été submergé de bonheur. J'avais tellement eu peur de te perdre. Mais tu n'étais quand même plus la même. Tu n'as jamais plus été la même. Cette étincelle qu'il y avait en toi, la première fois que je t'ai vue, ton expression sûre de toi, satisfaite… tout cela a disparu. Et j'ai cru que c'était ma faute. J'ai cru que c'était moi qui t'avais fait ça. Que le fait d'avoir quitté ta maison, tes amis, de vivre avec moi, t'avait fait cela…

Robyn essuya subrepticement les larmes sous ses paupières.

— Non ! Non, ce n'était pas ta faute. C'était la mienne. Tu as toujours été le sens de ma vie, tu as toujours été parfait, Jack. C'est moi qui me suis effondrée. C'est moi qui ai besoin d'être aidée. Et une fois que j'aurai surmonté cette étape, pour le meilleur ou pour le pire, eh bien il n'y aura plus que toi et moi. Toi et moi, seuls au monde. Je t'aime tant, Jack, je t'aime tant.

Il lui sourit avec soulagement. Il pressa son front contre le sien et prit à deux mains son visage humide de larmes.

— Viens, dit-il. Allons t'aider à franchir l'étape. Allons écrire à ce fameux père biologique.

DEAN

— Je venais là avec mon chien, dit Lydia.

Les mains dans les poches de son jean, elle négocia la pente qui menait à une voie ferrée désaffectée et envahie de mauvaises herbes.

— Tu avais un chien ?

— Oui, un berger allemand. Il s'appelait Arnie. Je venais jusque-là avec lui et je me soûlais.

— Super.

Dean essaya d'imaginer la jeune femme qui pour l'heure marchait avec grâce devant lui, en train de rôder le long d'une vieille voie ferrée avec un gros chien, en buvant du whisky Wild Turkey, ou quelque chose du même genre, directement au goulot.

— Eh bien, crois-moi, c'était tout sauf super. C'était même plutôt tragique.

Il la suivit jusqu'en bas de la pente, et elle s'installa dans l'herbe. Il s'assit à côté d'elle en entourant ses genoux de ses bras et regarda autour de lui.

— C'est tranquille par ici, non ?

— Oui. C'est l'endroit idéal pour réfléchir.

Elle posa le menton dans ses mains et laissa son regard se perdre loin devant elle.

— Nous avons plein de choses auxquelles réfléchir maintenant, pas vrai ? ajouta-t-il, en jetant un coup d'œil appuyé au sac en plastique qu'il tenait à son bras.

— Je crois que nous devrions aller voir la police.

— Quoi, tu es sérieuse ?

— Oui. C'est sacrément sérieux, cette affaire. C'est…

La voix de Lydia s'éteignit, et Dean déglutit. Il ne s'était pas encore remis de ce qui venait de se passer. Il tira un petit sac de la poche de sa veste et entreprit de se rouler un joint. Lydia le regarda faire du coin de l'œil. Elle ne dit rien et reporta son regard sur l'enchevêtrement de mauvaises herbes, de détritus et de ronces, de l'autre côté de la voie ferrée.

— Je crois qu'il l'a tué. Mon père. Je crois que mon père a tué le bébé, et qu'ensuite il a tué ma mère…

— Non, protesta Dean, qui ne pouvait pas concevoir une possibilité aussi sombre et aussi inquiétante. Non, il doit y avoir une autre raison. Il doit y avoir…

— Ça colle, répliqua-t-elle froidement. Ça colle exactement aux événements. Mon père était bizarre. Vraiment bizarre. Il ne se comportait pas comme un père, et j'ai toujours pensé que c'était parce que ma mère était morte et l'avait laissé seul avec moi. J'ai toujours cru qu'il me détestait parce que je n'étais pas ma mère. Mais maintenant, plus je réfléchis, et plus je vois ce qui s'est passé, tu comprends ? Si je ferme les yeux, je le vois en train de faire ça. Je le vois vraiment. Mais ce que je ne comprends pas, c'est pourquoi je ne m'en souviens pas… Je devais être là. Ou bien je devais savoir que ma mère était enceinte, et qu'il allait y avoir un bébé. J'ai dû voir le bébé, tu comprends ? Et j'ai dû me rendre compte que, du jour au lendemain, il avait disparu. Comment ai-je pu oublier une chose pareille ? Ça aurait pourtant dû être gravé là, ajouta-t-elle en se tapotant le crâne. Quelque part là-dedans… J'aurais dû le savoir. J'aurais dû le savoir, bon sang !

Elle enfouit la tête entre ses mains et poussa un grognement sourd.

— Putain de bordel de famille de merde, marmonna-t-elle.

Dean la considéra avec un peu d'inquiétude. Il avait envie de la consoler, mais craignait de ne parvenir qu'à empirer les choses.

— Écoute, dit-il en lui prenant le bras. Écoute. Je ne veux pas que tu penses que je ne te crois pas, mais ce n'est peut-être pas aussi terrible que tu l'imagines. Il y a peut-être une autre explication…

— Quoi, par exemple ?

Dean haussa les épaules.

— Quelqu'un a peut-être pris le bébé ? Ou bien il a été adopté ? Peut-être qu'après la mort de ta mère ton père ne s'est pas senti capable de s'occuper du nouveau-né, et qu'il l'a donné…

Dean se tut brusquement. L'idée venait de le frapper comme un coup de poing en pleine poitrine : il aurait pu être en train de parler de lui. Il en eut le souffle coupé pendant quelques secondes, puis il inhala doucement. Son cœur battait la chamade. Il lécha le papier à cigarettes, scella le joint et l'alluma. La première bouffée suffit à lui calmer les nerfs un instant. Il imagina le père de Lydia. Il le voyait gros, avec la peau luisante, un rottweiler sans poils. Il imaginait des yeux chassieux, des doigts épais et une bouche grimaçante. Il l'imaginait laid, un peu fou, crachant sur le sol. Le genre d'homme capable de tuer un bébé en le lançant par terre. Le genre d'homme qui pouvait tuer sa femme, puis s'asseoir dans un fauteuil et continuer de vivre comme si de rien n'était. En d'autres mots, il imaginait l'homme qui était gravé dans le souvenir de Lydia. Un homme bizarre. Étrange. Laid.

Et puis il se demanda ce que sa propre fille imaginerait quand elle penserait à lui, dans quelques années. Ce qu'elle penserait de l'homme qui n'avait pas voulu l'élever parce qu'elle était trop petite, et trop intelligente, et trop parfaite. L'homme qui ne pouvait pas l'élever parce qu'il était trop insignifiant, trop stupide, et tellement pathétique. Imaginerait-elle un homme laid ? Un homme méchant ? Le détesterait-elle au point d'imaginer qu'il était capable de jeter des bébés par la fenêtre ?

Il blêmit à cette pensée et tira trois ou quatre fois sur le joint, goulûment, avant de le passer à Lydia.

Celle-ci le prit sans un mot, et il la regarda avec intérêt le porter à ses lèvres et inhaler. Soudain, à ce moment-là, il la vit telle qu'elle s'était décrite autrefois : une fille solitaire, ivrogne, et *loser*. Il la fixa, et eut l'impression de la voir s'effacer pour laisser la place à une adolescente aux épaules voûtées, accompagnée de son chien fidèle, assise au bord d'une voie ferrée désaffectée, tentant vainement d'oublier sa souffrance et sa détresse en ingurgitant de l'alcool. Soudain, il se sentit plus proche d'elle que de n'importe quel autre être humain qu'il avait connu dans sa vie. Il eut envie de l'attirer vers lui et de la serrer dans ses bras, mais il voyait bien que pour le moment elle était perdue dans ses terribles pensées. Après avoir tiré deux bouffées, elle lui rendit le joint avec un petit sourire et s'allongea dans l'herbe haute en croisant les bras sur sa poitrine.

Il s'allongea également. Pendant un moment ils demeurèrent silencieux, observant le ciel d'un bleu pur et se repassant le joint jusqu'à ce qu'il ne reste plus qu'un minuscule mégot brun.

Le silence était total, à peine brisé de loin en loin par le pépiement d'un petit oiseau invisible. Dean n'avait plus connu un tel silence depuis son enfance qu'il avait passée dans un endroit semblable à celui-ci, quelque part dans le Devon. Parfois, il s'allongeait ainsi avec Tommy, en nage, épuisés d'avoir joué aux soldats pendant des heures. Il se rappelait clairement ces moments quand, haletant, il sentait l'herbe lui chatouiller le cou, et le soleil lui brûler les joues. Il se rappelait avoir avalé cette sensation, l'avoir gardée précieusement en lui, conscient que c'était un moment rare, et très spécial. Et maintenant il connaissait cela de nouveau. Un jour parfait, sans nuages, un soleil généreux, des herbes hautes, et une âme sœur. Il ferma les yeux et inspira de nouveau, en se demandant combien de temps il lui faudrait encore attendre pour se sentir aussi comblé.

Il laissa ses pensées divaguer, sous la lueur rouge de ses paupières baissées. Il pensa à des choses auxquelles il ne s'était pas autorisé à penser depuis longtemps. Il pensa aux moments qu'il avait vécus devant la chambre d'hôpital, quand Sky était en train de mourir derrière la porte. Il pensa au visage de Rose quand le médecin lui avait annoncé ce qui s'était passé, à la façon dont tous les muscles qui maintenaient son visage s'étaient affaissés, la faisant soudain paraître aussi vieille que si elle avait eu cent ans. Et il pensa à sa fille dans cette boîte en plastique qui lui donnait une allure tellement inhumaine, comme quelque chose qu'une personne normale n'était pas programmée pour regarder. Comme un homme à deux têtes, par exemple, ou bien une vache à six pattes. Quelque chose de bizarre, d'invraisemblable, et pourtant d'extrêmement beau. La vision fugace d'un ange céleste. Pendant longtemps, il avait évité de penser à ces choses-là, parce qu'elles lui donnaient la nausée. Mais ici, maintenant, il avait la force de le faire.

Soudain une brise s'éleva, faisant surgir un bruit léger comme de l'eau coulant sur des rochers. Il ouvrit les yeux et vit que Lydia n'était plus là. Il s'assit trop vite. Le sang lui monta à la tête et lui donna le vertige. Puis il l'aperçut, à quelques pas de là, les mains dans les poches.

— Tu as raison, dit-elle quand il se leva. Je vois les choses sous un angle trop dramatique. Il peut y avoir toutes sortes d'explications. Il faut que je voie Rod. J'ai besoin de parler à mon oncle.

Dean approuva d'un signe de tête.

— Tu sais où il habite ?

— À peu près. Je connais le nom du village. Une fois que nous serons arrivés, nous n'aurons qu'à demander. Le problème, c'est qu'il est un peu tard. Si nous y allons maintenant, nous ne pourrons pas attraper le train pour rentrer à Londres. Je vais sans doute prendre une chambre quelque part, dans un *bed and breakfast*, ou quelque chose comme ça. C'est à toi de décider ce que tu veux faire. Soit je demande au taxi de te déposer à la gare, soit tu restes avec moi.

Dean se leva et s'étira, en réfléchissant. Il avait envie de savoir ce qui était arrivé au petit frère de Lydia. Mais il avait le sentiment que Lydia préférerait être seule pour accomplir ce genre de démarche. Et il sentait qu'il avait des choses à faire, lui aussi, qu'il devait voir des gens et leur parler. Il en avait plus appris sur lui-même au cours des dix minutes qu'il venait de passer ici, dans ce coin perdu où il avait respiré un air lourd et pur, que pendant les vingt dernières années. Contrairement au père de Lydia, il pouvait choisir d'être un homme. Et contrairement à ce qu'il avait toujours cru, il pouvait être quelqu'un de bien.

Maintenant, il avait vu d'où venait Lydia, il avait vu son HLM, son village un peu minable, le lieu auquel elle avait échappé. Et il avait vu où elle était arrivée, sa maison, la gouvernante, le coach avec ses muscles et son faux bronzage. Il ne voulait pas d'une grande maison, d'une gouvernante, ni d'un coach musclé et bronzé. Il voulait simplement un peu plus que ce qu'il avait. Et pour la première fois de sa vie il était persuadé non seulement qu'il était capable d'obtenir plus, mais aussi qu'il méritait plus que ce qu'il avait.

— C'est bon, dit-il. Je crois que je vais rentrer, si ça ne t'ennuie pas ?

— Ça ne m'ennuie pas, répondit Lydia en souriant.

— Et il est sympa, cet oncle ?

— Pour autant que je m'en souvienne, oui. Je ne me rappelle pas grand-chose, mais je suis à peu près certaine qu'il était gentil.

— Bien, fit Dean en hochant la tête. Et ça ne te pose pas de problème, de rester là ?

— Aucun, dit-elle en riant. Je suis une grande fille.

— Oui, je sais. Tu es brillante. C'est juste que…

Il observa un moment le bout de ses baskets en se demandant s'il devait dire ce qu'il avait dans la tête. Il leva les yeux et s'empourpra un peu.

— Je viens juste de te trouver. Je n'ai pas envie de te perdre. C'est tout.

Il se passa quelque chose de bizarre sur le visage de Lydia. Ses traits se tordirent, comme si elle s'apprêtait à imiter quelqu'un de célèbre pour le faire rire, et soudain elle se mit à pleurer.

— Viens là, dit-elle.

Il s'abandonna dans ses bras et la laissa le serrer contre son cœur. Elle avait toujours cette raideur, cette réserve, mais moins qu'auparavant. Il y avait plus de familiarité entre eux.

— Je n'irai nulle part, dit-elle en pressant les lèvres contre son oreille. Je serai toujours là pour toi, maintenant. D'accord ?

— D'accord, chuchota-t-il.

Ils quittèrent alors le silence et la solitude de cette minuscule parcelle de l'univers et retournèrent vers le taxi qui les attendait.

LYDIA

La première personne à laquelle Lydia s'adressa – une femme au foulard bleu – savait parfaitement qui était Rodney et où il habitait.

— Par là, lui dit-elle d'un air un peu vague. Là, de l'autre côté de l'hôtel de ville, le cottage qui a l'air sur le point de s'effondrer. Il y a un saule pleureur devant la porte.

Lydia lui sourit, avec un mélange de reconnaissance et d'amusement. Elle avait eu raison de penser que rien n'avait changé. Certes, les gens du coin devaient dire le contraire, ils devaient dire que le village n'était plus comme avant, que tout était différent. Mais aux yeux de Lydia l'endroit où elle avait été élevée était exactement le même qu'autrefois. Même les dames d'un certain âge avec des foulards bleus n'avaient pas changé.

Elle se tenait à présent devant le cottage qui était tel que la femme l'avait décrit, effondré et presque en ruine. Malgré cela, il ne manquait pas de charme. L'un de ses charmes, et non des moindres, provenait de l'extraordinaire saule pleureur qui faisait retomber ses branches comme une chevelure au-dessus du jardin. Son ombre projetait sur le sol des motifs compliqués ressemblant à des arabesques orientales.

La porte d'entrée était constituée de larges panneaux de bois peints en gris. Lydia saisit un lourd anneau et s'en servit pour frapper un disque en métal. Elle se tourna vers le chauffeur de taxi, garé dans la rue, et lui adressa un petit sourire nerveux.

Un instant plus tard, la porte s'ouvrit, et il apparut. Oncle Rod apparut. C'était un petit homme maigre, d'allure juvénile, mais au visage émacié et aux traits taillés à la serpe. Ses cheveux étaient visiblement teints en noir, et il avait toujours un petit anneau d'argent à l'oreille gauche. Il portait un tee-shirt au nom d'un groupe de heavy metal, avec des serpents et des croix, et un jean noir usé. Il la dévisagea avec curiosité, derrière ses petites lunettes cerclées.

— Bonjour, dit-elle en prenant un air dégagé. Je suis Lydia.

Un sourire s'épanouit sur le visage de Rod.

— Mais bien sûr ! C'est toi ! Bon sang, tu n'as pas changé du tout. Entre.

Il ouvrit plus largement la porte, laissant voir une cuisine dallée et un petit chien aux poils graisseux, assis derrière lui.

— Je ne vous dérange pas ? Je n'arrive pas au mauvais moment ?

— Non, non. J'étais juste en train de préparer le dîner. Tu peux te joindre à moi, si ça te dit ?

Lydia dévisagea l'homme qui ressemblait à un gentil lutin, et devina la lueur d'un foyer confortable derrière lui. Son estomac était vide, et elle vit sur le comptoir de la cuisine une planche à découper recouverte d'herbes aromatiques, et un plat en fonte qui contenait un petit poulet. Elle retourna vers le chauffeur de taxi, lui donna cinq billets de vingt livres qu'elle avait retirés de son gros porte-monnaie, puis le regarda partir en direction de la ville.

— Je dois dire, déclara Rod en la faisant asseoir devant une table de cuisine jonchée de papiers et de vieux journaux, que tu as l'air en pleine forme. La dernière fois que je t'ai vue, tu devais avoir dans les…

— Dix-huit ans. C'était pour l'enterrement de papa.

— Oui, c'est cela. Je t'ai vue, mais de loin. Je ne voulais pas m'imposer.

Lydia hocha la tête d'un air compréhensif, mais en réalité elle ne comprenait pas pourquoi oncle Rod était resté à l'écart le jour de l'enterrement. Elle n'en avait même aucune idée.

— Tu venais juste de partir à l'université, n'est-ce pas ? Avec ton bac en poche, m'a dit ta tante Jean. Ton père devait être drôlement fier de toi.

— Il ne l'a pas su, expliqua Lydia en faisant glisser ses mains sur ses cuisses. Il était à l'hôpital quand j'ai eu mes résultats. Je le lui ai dit, mais je ne crois pas qu'il m'ait entendue…

Rod acquiesça d'un signe de tête et s'adossa au comptoir de la cuisine en croisant les jambes.

— Eh bien, je crois deviner pourquoi tu es là aujourd'hui…

Lydia sourit.

— Tu as reçu le document ?

— Oui, je l'ai reçu.

— Oui. Je suis désolé. Ce n'était pas la meilleure façon, sûrement. Mais, je ne sais pas... cela faisait presque trente ans que je gardais ce secret pour moi, tu comprends ? Trente ans que je savais toutes ces choses sur toi...

Il se tut, se tourna vers le comptoir et commença à préparer le poulet avec des gestes saccadés. Pendant qu'il le saupoudrait d'herbes, le farcissait, le badigeonnait avec du beurre, puis découpait des carottes en tranches, pelait des pommes de terre et mettait de l'eau à bouillir, Lydia ne le quittait pas des yeux, écoutant les paroles qui s'écoulaient de ses lèvres dans un accent gallois sec et nerveux.

— Mais bon, disait-il, tu sais, quelquefois, on a l'impression que c'est le bon moment. Tu mets quelque chose de côté, tu l'oublies, tu sais que tu devrais faire quelque chose mais tu remets sans cesse. Et puis il se passe quelque chose, et tu te dis : Ah, ah, maintenant je sais pourquoi j'ai attendu, maintenant je sais pourquoi je le remettais tout le temps à plus tard, parce que le bon moment, c'est maintenant. Eh bien, c'est exactement ce que je me suis dit quand j'ai lu cet article de journal. Je pouvais vivre sans que tu saches qui était ton père, dans un sens c'était un peu mon dernier cadeau à mon frère. Mais que tu ne connaisses pas tes frères et sœurs, que tu te croies seule au monde... Eh bien, j'ai peut-être commis une terrible erreur, il se peut que tu me détestes pour toujours à cause de ça, mais tout au fond de mon cœur j'ai la conviction d'avoir fait ce qu'il fallait.

Il lui tournait le dos, à présent, et elle voyait ses omoplates saillir contre le tissu de son tee-shirt noir. Elle se sentit inexplicablement désolée pour lui et se leva pour aller se camper à côté de lui.

— C'est bon, dit-elle en lui prenant le bras. Vous avez fait ce qu'il fallait. Vraiment.

— Vraiment ? répéta-t-il en croisant son regard.

— Oui. Absolument. J'ai été soulagée d'apprendre que mon père n'était pas mon père, et, mon Dieu…

Les mots lui vinrent aux lèvres un peu trop vite, tant elle éprouvait de joie et de bonheur.

— J'ai trouvé mon frère ! Je me suis inscrite sur ce registre, et j'ai trouvé mon petit frère ! Il s'appelle Dean. Il a vingt et un ans. Il est adorable. Et j'ai aussi une sœur, mais je n'ai pas encore pris contact avec elle. Je pense que je le ferai en rentrant chez moi. Je crois que je suis prête, à présent. Et la semaine dernière, notre père s'est inscrit, lui aussi. Le père biologique. Le donneur ! Il veut nous rencontrer. Et c'était tellement bizarre. Je ne dirai pas que j'étais heureuse quand j'ai reçu votre lettre, je ne peux pas dire que je n'étais pas en colère contre vous… Mais tout s'arrange, maintenant. Et je vous assure que, quoi qu'il arrive, vous avez fait ce qu'il fallait. Vraiment.

— Dieu merci. Oh, Dieu soit loué. Depuis, je n'ai pas cessé de me torturer, tu comprends. De me demander si je n'avais pas brisé ta vie. Mais j'avais eu ce sentiment qu'il fallait le faire. Et Dieu merci, je ne m'étais pas trompé.

— Mais pourquoi avez-vous fait ça d'une façon aussi anonyme ? demanda Lydia, en se penchant pour caresser le petit chien aux poils graisseux qui s'était assis à ses pieds et la contemplait d'un air plein d'espoir.

— Je ne sais pas trop... Je suppose que je voulais te laisser la possibilité d'y réfléchir seule, tranquillement. Tu vois ce que je veux dire ? Sans penser à quelqu'un d'autre. Juste réfléchir à ton père, et à la façon dont tu es venue au monde. Sans avoir à t'inquiéter pour ton pauvre vieil oncle Rod. Et ne crois pas que je n'ai jamais pensé à toi, pendant toutes ces années. Car j'y ai pensé, et très souvent. Tu étais une si drôle de petite fille, si grave, si sérieuse, j'ai toujours eu un gros faible pour toi. Je t'emmenais jouer dans le square... je t'ai même emmenée au grand magasin, un jour, pour t'acheter de nouvelles chaussures. Mais je suppose que tu ne t'en souviens pas.

Il sourit, et une brume de nostalgie envahit ses yeux.

Lydia secoua la tête. Elle ne se rappelait absolument pas. Mais il y avait d'autres souvenirs oubliés, des souvenirs plus importants, à ramener à la surface. Elle alla prendre le sac en plastique qu'elle avait posé sur la table et qui contenait les vêtements de bébé.

— Écoutez... J'ai passé toute la journée ici, avec mon frère à... je ne sais pas ce que je voulais faire exactement. Affronter ma peur du passé, sans doute. Je voulais montrer à mon frère d'où je venais, lui montrer l'immeuble, l'endroit où ma mère est morte, les lieux où j'allais quand j'étais plus jeune. Quand j'étais comme lui. Et je voulais essayer de comprendre ce qui s'était passé ce jour-là, quand ma mère est tombée du balcon. Je me disais que si j'allais là-bas et que je revoyais les lieux, cela déclencherait peut-être quelque chose dans ma mémoire. Et que je me souviendrais. Ça n'a pas marché, mais j'ai découvert qu'il y avait encore d'autres trucs que j'avais oubliés.

Elle lui tendit le sac en plastique sans un mot, et il jeta un coup d'œil à l'intérieur.

— Seigneur, dit-il.

Il posa la cuillère en bois qu'il tenait à la main et sortit les vêtements du sac. Il les contempla, en clignant les paupières derrière les verres épais de ses lunettes.

— Seigneur. Où as-tu trouvé cela ?

— C'est l'homme qui vit dans l'appartement, à présent, qui les a trouvés dans l'armoire de papa. Il les a gardés, pendant tout ce temps.

Lydia sentit les battements de son cœur s'emballer et se prépara mentalement à entendre la vérité. Quelle qu'elle soit.

— Seigneur Jésus, murmura Rod.

Livide, il prit les petits habits et s'assit lourdement sur une de ses chaises paillées et tachées de peinture. Puis il ôta ses lunettes et se pinça l'arête du nez.

— Je n'arrive pas à croire que ton père a gardé ça. Je ne peux pas le croire.

— Mais à qui sont ces vêtements ? s'exclama Lydia, soudain incapable d'attendre plus longtemps.

Rod se releva et ouvrit le four avec un vieux gant matelassé. Il enfouit le plat avec le poulet à l'intérieur et revint s'asseoir en face de Lydia. Il lui sourit tristement.

— Ils étaient à ton petit frère. Il s'appelait Thomas.

Lydia fut parcourue d'un frémissement, et une terrible tristesse s'abattit sur elle.

— Thomas ?

— Oui. C'était un adorable petit bonhomme. Vraiment mignon.

Les battements du cœur de Lydia s'accélérèrent.

— Que lui est-il arrivé ? demanda-t-elle avec brusquerie.

Rod soupira et remit ses lunettes sur son nez.

— Oh, mon Dieu. Pour être franc, je ne sais pas par où commencer, Lydia. Tout cela est tellement insupportable. Vraiment. Et j'avais juré… oh mon Dieu, j'avais juré de ne jamais rien dire. Mais le petit Thomas, eh bien… il est mort.

Lydia sentit sa gorge se nouer. C'était cela. Exactement ce qu'elle craignait.

— C'est lui ? C'est mon père ? C'est lui qui a tué mon petit frère ?

Rod la considéra avec stupeur.

— Quoi ? Trevor ? Tuer son bébé ? Seigneur Dieu, non ! Non ! Comment peux-tu… pourquoi me poses-tu cette question ?

Lydia se détendit.

— Je ne sais pas. Je pensais… Mais que s'est-il passé ?

— Eh bien, le petit Thomas n'avait que cinq jours quand ta maman est morte. C'était un tout petit bébé. Et ton papa… je pense qu'il a fait une espèce de dépression. Il ne pouvait pas s'en occuper. Notre mère a pris le bébé, mais elle n'était plus très jeune. Elle approchait des soixante-dix, et elle n'était pas en très bonne forme, elle non plus. Il y avait une dame dans le village qui nous a proposé de prendre le bébé chez elle…

— Oh, mon Dieu, vous voulez dire que mon père a abandonné son enfant ?

— Non, non, il ne l'a pas abandonné. Tu te trompes. Ça ne s'est pas passé comme ça. Il a juste laissé cette dame s'occuper du bébé. C'était un arrangement provisoire. Tu sais, jusqu'à ce que ton père se soit ressaisi. Mais il ne s'est jamais vraiment remis, ton père. Tu comprends, il adorait ta mère. Tu le savais ? Il était en adoration devant elle. Et il ne voyait pas comment il aurait pu être heureux sans elle. Cette dame s'est attachée au bébé de plus en plus, et elle lui a même donné un nouveau prénom. Et puis une nuit, Thomas devait avoir environ six mois, oh mon Dieu… ce fut une nuit terrible, vraiment terrible. Cette femme… elle s'appelait Isabelle, et elle vit toujours ici, de l'autre côté du village. Elle s'est mise à hurler, à hurler, comme un animal blessé, tu vois ? Au début, j'ai cru que c'étaient des renards qui hurlaient. J'ai essayé de me rendormir, mais les hurlements étaient de plus en plus forts, et ils se rapprochaient. Et puis on a cogné à la porte. Et cette femme, Isabelle, était là, avec cette chose dans les bras. On aurait dit un ballot de linge, mais non, ce n'était pas du linge, c'était lui. C'était le petit Thomas. Il était mort dans son sommeil. Comme un vieil homme. Il avait fermé les yeux, et il ne les a jamais rouverts. Elle était allée le voir parce qu'il ne s'était pas réveillé pour réclamer son biberon comme d'habitude, et elle l'avait trouvé comme ça. Endormi. Alors, le petit Thomas n'est jamais revenu à la maison. Et tu n'as pas pu le connaître.

« Et voilà pourquoi, quand j'ai vu cet article, Lydia, quand j'ai vu ces sœurs qui se ressemblaient tant et qui avaient l'air tellement heureuses, j'ai eu envie que tu aies cela, toi aussi. C'était déjà bien assez triste que ta mère soit morte. J'ai cru que cela avait tout tué. Je croyais que c'était le pire qui pouvait arriver. Mais quand on m'a apporté ce petit bout d'homme, là, dit-il en désignant la porte. Chez moi, mon propre neveu, ma famille, eh bien... Je ne crois pas qu'il puisse se produire quelque chose de pire que cela, je ne crois pas qu'il y ait de plus grand chagrin. Et ton père...

Il plaqua ses mains sur son visage.

— Annoncer cela à ton père... Aller à l'appartement au petit matin, et lui dire que son petit bonhomme était parti... il ne s'en est jamais remis. Jamais, jamais, jamais.

— Mais ça ? dit-elle en lui montrant les traces de peinture rose sur les vêtements de bébé. Comment est-ce arrivé sur ces vêtements ? C'est la même peinture que dans ma chambre, et sur le ciment…

Rod prit le morceau de coton bleu entre ses doigts.

—Ce sont les habits qu'il portait quand ta mère est morte.

Lydia attendit en silence qu'il s'explique. Rod soupira.

—Il pleurait dans son couffin. Ta mère était en train de repeindre ta chambre. Elle est allée vers lui, avec de la peinture sur les mains. Elle n'a jamais pu laisser un bébé pleurer, ta maman. Elle était trop tendre. J'étais là, et ton père aussi. Nous avions eu une prise de bec, tous les deux. C'était assez sérieux, et nous t'avions envoyée jouer en bas, avec la voisine.

—Pourquoi vous disputiez-vous ?

—Nous nous disputions parce que… parce que… eh bien, c'était à cause de moi. Je venais de rompre avec ma petite amie. C'était une vraie petite amie, c'était sérieux. Je lui avais demandé de se marier avec moi, et elle s'était mise à rire. Elle m'avait répondu : « Tu n'es pas un type qu'on garde, Rod. » Tu imagines ? Enfin, bref, j'avais bu. Je suis venu vous voir tous, en espérant trouver un peu de réconfort. Ta maman était là, en train de peindre la chambre. Je me suis assis avec elle un moment, et je l'ai regardée faire. J'ai toujours été un peu amoureux de ta mère, Lydia, même si j'ai honte de le dire. Et je crois que ton père le savait. Il me taquinait à ce sujet, mais ce n'était jamais très sérieux. Mais je crois qu'après ta naissance il s'est mis à se tracasser au sujet d'un tas de choses...

— Quelles choses ?

— Eh bien, le fait que tu ne lui ressemblais pas. Je ne pense pas qu'il se soit senti lié à toi, du moins pas vraiment. J'espère que tu n'es pas triste que je te dise ça ?

— Non, répondit-elle avec un rire rauque. Non, cela ne me rend pas triste du tout. Je ne peux pas être plus triste à son sujet que je ne l'étais déjà.

Rod lui lança un regard affectueux et poursuivit :

— Donc, j'étais là, dans la chambre, avec ta maman. Il faisait chaud. Elle portait un vieux short en jean, et un tee-shirt que je lui avais donné... Je crois que c'était un Aerosmith. Elle s'était assise sur ton lit, et elle était tout près de moi, parce que, comme je te le disais, j'avais besoin d'être consolé. Elle ne me touchait pas, parce que ses mains étaient toutes couvertes de peinture rose. Mais ton père est entré avec toi, il nous a vus comme ça, et il s'est fait des idées. Il y avait peut-être une atmosphère d'intimité dans la chambre. En fait, c'est sûr, car ta mère et moi, nous partagions un secret. Ou plutôt, deux secrets. Toi, et ton frère. J'étais la seule personne à savoir d'où vous veniez vraiment, tous les deux...

Il s'interrompit et tapota le plateau de la table.

— J'étais avec elle, les deux fois, quand elle est allée à Londres pour le traitement.

Lydia plissa les yeux et émit un petit grognement bizarre.

— Thomas était aussi l'enfant d'un donneur ?!

— Oui. Bien sûr. Il ne pouvait pas être de ton père, n'est-ce pas ? Ton père ne pouvait pas avoir d'enfants, c'est pour ça que Glenys est allée au Centre de fertilité. C'était la cause de tout. Et personne n'aurait jamais pu dire cela à Trevor. Il aurait préféré vivre toute sa vie sans avoir d'enfants, plutôt que d'admettre qu'il était incapable d'engendrer. Et ta mère voulait des enfants, plus que tout au monde. Des bébés, c'était tout ce qu'elle voulait. Alors, elle avait le choix entre deux options. Soit elle pouvait aller avec un autre homme… mais ta mère n'aurait jamais fait une chose pareille, elle aimait trop ton père, elle l'avait dans la peau, tu sais ? Ou bien, elle pouvait choisir de prendre un inconnu. C'est ce qu'elle a fait, et elle m'a demandé de l'accompagner. Je l'ai aidée à choisir ton père biologique. Je l'ai aidée à choisir pour toi, et pour ton frère. Vous aviez tous les deux le même père.

Lydia ferma les yeux, absorbant cette nouvelle.

— Alors, oui, nous avions nos secrets. Et c'étaient de gros secrets, un peu effrayants. Et puis ce petit garçon est né et, ça peut paraître étrange, il ressemblait à ton papa, ce qui aurait dû être une bonne chose. Mais ça ne l'était pas, car naturellement, s'il ressemblait à ton père, alors il me ressemblait un peu aussi. Ton père est donc entré dans cette chambre et nous a vus là, et soudain il a dû décider, il a dû croire, que ses pires craintes étaient avérées. Que ta mère et moi nous avions une liaison, et que les deux bébés étaient de moi. C'est alors que la dispute a commencé et que ta mère t'a emmenée chez les voisins en leur demandant de te faire sortir dans le parc.

—Je savais? demanda Lydia, consciente de la bizarrerie de sa question, puisqu'elle interrogeait son oncle sur quelque chose qu'elle avait elle-même vécu et dont elle aurait dû garder le souvenir. Est-ce que je savais ce qui se passait?

—Non, pas du tout. Tu n'avais que trois ans. Tout ce que tu savais, c'est que tu venais d'avoir un petit frère et que ta mère repeignait ta chambre en rose. Donc, ton père s'est mis à nous accuser, ta mère et moi, de toutes sortes de choses. Il a dit qu'elle m'avait toujours préféré parce que j'étais le plus intelligent. Bah! Quelle ironie. En vérité, tout le monde préférait toujours mon frère, parce qu'il était le plus beau. Mais c'est comme ça. Il nous a dit: «Vous deux! Vous êtes toujours à rigoler derrière mon dos, toujours à vous chuchoter des secrets, vous devez me prendre pour un idiot. Je sais que cette petite n'est pas de moi. J'ai toujours su qu'elle n'était pas ma fille. Et maintenant, regardez ce garçon!» Il tendait le doigt vers la chambre voisine en disant cela. «C'est toi tout craché, Rod. C'est ton portrait craché, putain!» Il s'était mis dans la tête que, puisqu'il n'avait pas réussi à faire un enfant à sa femme en cinq ans, il devait être stérile. Mais la seule explication pour lui, c'était que les deux enfants étaient de moi. Je me suis mordu la langue pour ne pas lui dire la vérité. Mais plus Glenys essayait de le persuader que les enfants étaient les siens, plus il était en colère. Et alors, le bébé s'est mis à pleurer. Ta mère est allée le prendre. Et pendant ce temps, ton père…

Rod s'interrompit et soupira, tout tremblant au souvenir de cette scène.

— Ton père a pris un couteau dans le tiroir de la cuisine. Oh, Seigneur Jésus…

Il pressa une main contre son cœur, dans un vain effort pour en calmer les battements précipités.

— Le seul fait d'y penser me donne encore la nausée. Il a pris un couteau et il a menacé ta mère. Ta mère m'a passé le bébé. Si elle ne me l'avait pas mis dans les bras, j'aurais pu faire quelque chose. Mais tu sais, Lydia, sincèrement, aujourd'hui encore, je ne peux pas croire qu'il ait voulu lui faire du mal. Non, je ne le crois pas. Je pense qu'il voulait juste lui faire peur. Je crois que s'il s'était trouvé devant elle avec le couteau, il se serait arrêté, parce qu'il l'aimait tellement. Mais il lui a couru après avec ce couteau, et moi je suis resté planté là avec le bébé… et puis tout s'est passé très vite. Et je suis resté là, le bébé dans les bras… Tout d'abord, ta mère s'est précipitée sur le balcon, et ton père était là, brandissant son couteau. Et ta mère…

Rod soupira.

— J'ai tout vu, mais je te jure que ça s'est passé si vite que je n'ai rien pu faire pour l'empêcher. Elle a grimpé sur le rebord du balcon pour se sauver. J'ai eu l'impression qu'elle essayait d'enjamber pour atteindre l'autre balcon, celui des voisins. Elle était là, et… une seconde plus tard, c'était fini.

Il s'interrompit et inspira de nouveau.

— Pendant un instant, il y a eu le silence. Tout ce que j'entendais, c'était ma propre respiration, j'étais haletant. Et puis tout a éclaté, il y a eu des hurlements. « Appelez une ambulance, une ambulance... »

— Et... et... j'étais là ? demanda Lydia. Je l'ai vue ? Depuis le square, je pouvais voir ?

— Non, tu n'as rien vu. La voisine t'avait emmenée un peu plus loin pour faire pipi.

— Quand ma mère est morte, j'étais en train de faire pipi ?!

— Eh bien, oui, sans doute, répondit Rod d'un ton navré. Et quand la voisine a vu ce qui s'était passé, elle t'a vite emmenée à l'arrière du bâtiment, chez une de ses amies.

— Et que m'a-t-on dit ? Que m'a-t-on dit, pour ma mère ?

— Je ne sais pas. Ce qu'on dit généralement aux enfants, je suppose. « Maman est partie vivre avec les anges », ce genre de choses. Et puis tu es venue dormir chez moi, une nuit ou deux.

— Vraiment ?

— Oui, le bébé est allé chez maman, et toi tu es venue ici. Seulement deux nuits. Par la suite, ton père ne m'a plus jamais permis de te revoir. Nous n'avons plus jamais échangé un mot après ce jour-là, lui et moi. Mais tu étais là, avec moi, pendant qu'ils retenaient ton père pour le questionner. Ils ont failli l'arrêter pour homicide, mais ils n'avaient pas assez de preuves, surtout avec ma déposition. Car, quoi qu'il se soit passé ce jour-là, je suis sûr d'une chose : ton père n'a pas tué ta mère. Ta mère… je ne sais pas, en fait. Je ne sais pas ce qui lui est passé par la tête. Elle s'est peut-être prise pour ce putain de Spiderman, je n'en sais rien. Tout ce que je sais, c'est qu'elle tenait son bébé dans les bras, et que moins de trente secondes plus tard elle gisait morte sur la dalle de ciment.

— Elle est morte sur le coup ?

— Oh oui. Instantanément.

Lydia baissa les yeux et contempla de vieilles miettes de pain incrustées dans un trou de la table.

— Je ne me souviens de rien, chuchota-t-elle.

— Eh bien, c'est sans doute mieux comme ça, non ? C'est peut-être une bénédiction ? Du moins, c'est ce que je pensais quand tu étais petite. Nous n'en parlions pas. Nous ne parlions jamais de ta mère. Nous ne parlions pas de ton frère non plus. La famille de ta mère n'a jamais pardonné à ton père. Et ils ne m'ont jamais pardonné de l'avoir « laissé s'en tirer », comme ils disent. Notre famille a complètement éclaté après cette affaire. Personne n'en est sorti indemne. Ton père encore moins que tous les autres.

— Et moi non plus, dit Lydia en grimaçant.

Rod eut un sourire triste.

— Oui, c'est ce que je craignais. Tout le monde pensait que comme tu n'avais rien vu, comme tu ne te rappelais pas, tu n'en souffrirais pas. Mais de vivre pendant toutes ces années avec un homme qui ne voulait pas croire que tu étais sa fille, coupée de ta famille, sans ta mère… Cela n'a pas dû être facile.

— Ce n'était pas facile. Pas facile du tout.

Il sourit de nouveau, tristement, et soupira.

— Écoute, nous avons beaucoup de choses à nous dire tous les deux. Je suis sûr que tu as un million de questions à me poser. Tu ne veux pas passer la nuit ici ? J'ai une chambre d'amis, et le lit est tout prêt. Je vais ouvrir une bouteille de vin. Ce serait bien, d'avoir une nouvelle chance de refaire connaissance. Aussi bizarre que ça puisse paraître, nous étions très proches autrefois, toi et moi.

Lydia considéra son visage doux, aux traits fins, et se dit que oui, elle concevait qu'ils aient pu être proches. C'était le genre d'homme qu'une petite fille devait aimer avoir comme oncle. Elle l'imaginait très bien la poussant sur une balançoire, ou l'emmenant dans les magasins. Elle n'avait pas de mal à le voir comme un ami.

— Ce serait bien, dit-elle. Ça me plairait. Il y a tant de choses que j'aimerais savoir. Au sujet de ma mère, et du bébé. Vous avez des photos ?

— Oh oui, j'en ai. Ma mère m'a laissé ses albums quand elle est morte, il y a quelques années. Toutes les photos de famille. Des photos de toi quand tu étais enfant, de ta mère…

— Je les ai aussi. Mon père m'a donné ses albums. Ce que j'aimerais avoir, ce sont des photos du bébé. De Thomas.

— Oui. Oui, je crois que j'en ai. Et si tu veux, demain matin, après avoir pris un copieux petit déjeuner, je pourrai t'emmener au cimetière de Penrhys. Tu verras l'endroit où le petit Thomas est enterré. Si tu le veux, bien sûr…

— Je... oui, balbutia Lydia, en proie à un mélange d'émerveillement, de tristesse et de crainte. Oui, merci. J'aimerais beaucoup y aller. Car il n'est pas seulement mon frère, n'est-ce pas ?

Rod la regarda d'un air interloqué.

— C'est aussi leur frère, à eux. Le frère de Dean et de Robyn. Et c'est le fils de Daniel Blanchard. Je veux voir sa tombe, pour eux. Pour eux tous.

— C'est bien. Bien. Alors, c'est décidé. Maintenant, je crois que...

Il lança un coup d'œil, par-dessus son épaule, à la pendule accrochée au mur et s'exclama :

— Oui, c'est bon ! Comme disent les marins, le soleil a atteint le bout de la vergue ! Ce qui signifie que l'après-midi est raisonnablement avancée pour se servir un verre de vin. Et je vais te dire... je n'aurai jamais autant apprécié un verre de vin de toute ma vie !

MAGGIE

Le processus était assez compliqué. Il s'agissait d'imprimer les e-mails et de les emporter à la clinique pour les faire lire à Daniel. Ensuite, celui-ci rédigeait une réponse en français, d'une écriture tremblante et difficile à déchiffrer, et Maggie la tapait à l'ordinateur, chez elle, pour l'envoyer à Marc. Il ressortit de tout cela que Marc arriverait ce jeudi à l'heure du déjeuner, dans l'intention de passer en Angleterre une période d'une durée indéterminée. En d'autres termes, et Maggie était heureuse que cela n'ait pas été dit explicitement, il resterait jusqu'à la mort de Daniel.

Elle avait acheté une méthode d'apprentissage du français, et elle écoutait les bandes enregistrées dans sa voiture, quand elle circulait entre chez elle, la maison de Libby, son travail et la clinique.

« J'ai laissé ma porte déverrouillée », disait en ce moment une femme d'un ton légèrement condescendant.

— J'ai laissé ma porte déverrouillée, répéta Maggie avec autant de conviction qu'elle le pouvait.

Elle se demandait toutefois si elle aurait un jour l'occasion de dire à quelqu'un, en français, qu'elle avait oublié de fermer sa porte.

Elle mit son clignotant et tourna à gauche, abandonnant la route principale pour s'engager dans l'allée, devant la maison de Daniel. Marc devait arriver d'ici peu, et elle allait défaire le lit de Daniel afin d'y mettre des draps propres. Elle avait aussi quelques sacs de provisions sur le siège arrière de sa voiture. Des ingrédients de base, comme du pain, du lait, du fromage. (Du cheddar uniquement. Elle s'était attardée devant ces fromages français aux noms de terroirs, chez Waitrose, mais elle avait renoncé, découragée. Comment des fromages achetés à Bury Saint Edmunds auraient-ils pu soutenir la comparaison avec d'authentiques fromages français ?) Elle avait aussi apporté des pommes, des bananes, et deux ou trois pots de soupe surgelée. Et un morceau de savon. (C'était toujours agréable d'avoir une savonnette toute neuve, même si celle qui était entamée appartenait à votre frère.)

Elle coupa le contact, et la dame à la voix condescendante s'arrêta au beau milieu d'une phrase, dans laquelle il était question d'un magasin de chaussures. Tout en prenant les courses sur le siège arrière et en entrant dans le bâtiment, Maggie continua de parler français à mi-voix :

— Je vais à la maison de Daniel. J'ai quelques achats. Je m'appelle Maggie. Comment s'est passé votre vol ?

Maggie portait sa nouvelle robe dos nu. C'était agréable, à son âge, d'avoir encore de jolis bras et un décolleté qui ne ressemblait pas à un voile de crêpe. Elle aimait pouvoir porter des vêtements légers quand il faisait chaud. La robe était blanche. La journée qui l'attendait était tellement sombre et chargée d'incertitudes que son subconscient l'avait poussée à choisir une couleur qui évoquait la nouveauté et l'innocence. Ses pieds étaient chaussés de spartiates beiges, et ses cheveux méchés de blond étaient retenus en arrière par des barrettes.

Alors qu'elle franchissait le seuil de l'immeuble, elle reçut un SMS. Le message émanait de Marc. *Chère Maggie, je suis dans un taxi. Je serai là dans une heure.*

Exactement une heure plus tard, elle fut attirée à la fenêtre par un bruit de pneus sur le gravier. Une voiture ralentit en arrivant à la hauteur de l'immeuble. Maggie mit ses lunettes de soleil. C'était un taxi, et un homme était assis à l'arrière. Elle fit remonter les lunettes sur sa tête, puis décida, dans un fugitif moment de vanité, de les remettre sur son nez. La lumière était vive aujourd'hui, elle voulait donner une bonne impression, et si possible paraître jeune.

Elle se redressa et dévala l'escalier pour aller l'accueillir dans l'allée, avec un grand sourire de bienvenue.

Sa première phrase en français était toute prête dans sa tête, elle l'avait répétée des dizaines de fois : *Bonjour, Marc, ravie de vous rencontrer.*

Le taxi s'arrêta dans l'allée, et elle alla vers la portière du passager, le vit se pencher pour l'ouvrir. *Bonjour, Marc*, se répéta-t-elle en elle-même. *Bonjour, Marc.* Mais, quand il sortit du taxi, tous les mots qu'elle avait soigneusement répétés s'envolèrent, et elle le regarda bouche bée, les poings crispés contre sa poitrine. L'homme qui venait de descendre du taxi, devant la maison de Daniel, n'était autre que… Daniel.

Il lui sourit aimablement.

—Vous devez être Maggie. Enchanté de faire votre connaissance. Je suis Marc.

Maggie demeura muette, les yeux fixés sur l'homme qui disait s'appeler Marc, mais qui de toute évidence était Daniel.

—Je… bredouilla-t-elle.

Aucun autre mot ne put franchir ses lèvres.

—Vous vous sentez bien ? demanda-t-il en laissant retomber la main qu'il lui avait tendue.

—Oui. *Oui*, répéta-t-elle en français. Désolée, je… euh…

Son cerveau se remit tout doucement à fonctionner, et les pensées qui étaient restées coincées comme dans une impasse se remirent à circuler. Cet homme n'était pas Daniel. Cet homme était en trop bonne santé pour être Daniel. Cet homme était Marc. Donc, cet homme n'était pas seulement le frère de Daniel mais aussi son jumeau.

—Je suis désolée, dit-elle. Daniel ne m'a rien dit, il ne m'a pas dit… excusez-moi, je ne sais pas quel est le mot français pour…

—*Jumeau*, dit en souriant l'homme qui s'appelait Marc.

—*Jumeau?* répéta Maggie.

—*Oui. Jumeau. Jumelle*, si c'est une fille.

—Oh… dit-elle, essayant d'assimiler un autre fait inattendu.

Marc parlait anglais.

—Votre frère m'a dit que vous ne saviez pas… que vous ne parliez que le français.

L'homme sourit, puis se mit à rire. Et, en entendant ce rire, Maggie comprit que, bien qu'ayant les mêmes traits que Daniel, Marc était totalement différent de son frère.

—Mon frère, énonça-t-il en sortant son portefeuille pour payer le taxi, ne m'a pas vu depuis trente ans.

Il haussa les épaules, suggérant par là qu'aucune autre explication n'était nécessaire.

Il paya le chauffeur et lui dit au revoir dans un anglais parfaitement correct, puis contempla Maggie avec un large sourire.

—Vous n'êtes pas non plus comme je le croyais, dit-il.

—Oh. À quoi vous attendiez-vous? Mais il vaut peut-être mieux que je ne pose pas la question…

—Oui, cela vaut mieux.

Il sourit de nouveau, un grand sourire qui creusa deux fossettes dans ses joues, ce à quoi son frère ne s'autorisait que rarement. Puis il souleva sa petite valise et regarda l'immeuble.

—C'est donc là que mon frère se cache depuis tant d'années?

— Oui, répondit Maggie en souriant à son tour. C'est ici qu'il habite. Entrez, allons vous installer.

Il la suivit dans le hall de l'immeuble, et dans l'escalier.

— Je n'arrive toujours pas à croire que Daniel ne m'ait pas dit que vous étiez son jumeau, dit-elle tout en faisant tourner sa clé dans la serrure.

— Eh bien, il y a si longtemps que nous ne nous sommes pas vus. Il a peut-être oublié ?

— Peut-être, admit-elle avec un sourire.

Elle ouvrit la porte et s'effaça pour laisser entrer Marc.

— Eh bien, Daniel a un très joli petit appartement. Je ne le savais pas. Je craignais qu'il ne vive pas confortablement, et même qu'il se trouve un peu dans la pauvreté. Mais cela ne semble pas être le cas.

Il fit lentement le tour des deux pièces du rez-de-chaussée, s'avança jusqu'à la fenêtre du salon et jeta un coup d'œil dans le jardin, depuis la terrasse de l'appartement.

— C'est joli, très joli. Vous vivez également ici ?

Il se tourna vers elle en lui posant la question, et sa ressemblance avec son frère fit éprouver à Maggie un nouvel instant de désarroi. Elle se détourna, redoutant qu'il ne surprenne son expression.

— Non, je vis en ville, près de la gare. Par là, expliqua-t-elle avec un geste vague en direction de l'est. Voulez-vous voir le premier étage ?

— Naturellement.

Il sourit, l'air enchanté, et lui emboîta le pas. Elle lui montra la chambre de Daniel, avec des poutres apparentes, et la salle de bains contiguë. Il posa sa valise sur le lit.

— Merci, Maggie. Merci de votre aide. Vous croyez que je peux me doucher rapidement, avant que nous ne repartions pour l'hôpital ?

Maggie tressaillit, désarçonnée.

— Oh, oui, bien sûr. Désolée. J'aurais dû y penser. Vous avez tout ce qu'il faut ? J'ai préparé des serviettes et une nouvelle savonnette pour vous, mais avez-vous besoin d'autre chose ?

— Non, merci, Maggie. Cela ira très bien.

Elle sortit de la chambre et descendit l'escalier sur la pointe des pieds. Assise sur la terrasse, elle attendit que Marc soit prêt, en contemplant les jardins et la campagne, au loin. Elle était encore déconcertée par la réticence de Daniel à lui révéler les détails le concernant. Un jumeau. Un jumeau qui parlait anglais. Un jumeau qui semblait ne pas avoir souffert des mêmes maux existentiels que son frère qui, lui, évoluait dans un monde fermé, replié sur lui-même.

Elle attendit, en arrachant nerveusement les petites peaux autour de ses ongles manucurés. Elle avait envie de poser une foule de questions. Mais ce n'était pas le jour. Aujourd'hui, c'était le moment des retrouvailles. Les questions pouvaient attendre.

Marc apparut quelques minutes plus tard, les cheveux humides, vêtu d'une chemise à carreaux bleue très chic et d'un pantalon indigo. Il sentait le savon et l'eau de Cologne et, comme son frère autrefois, il était incroyablement beau.

— Voilà, dit-il en tapotant ses joues rasées de frais, je suis tout propre. Et prêt à affronter la suite, j'espère.

Maggie se leva en souriant.

— Quel âge aviez-vous, la dernière fois que vous vous êtes vus ?

— Vingt-quatre ans. Oui, ajouta-t-il d'un ton de regret en baissant les yeux. C'est fou. Des jumeaux. Séparés. Ma mère…

Il releva la tête, les yeux embués de larmes.

— Ma mère a le cœur brisé… Mais nous aurons tout le temps de parler dans la voiture ! s'exclama-t-il en frappant dans ses mains et en retrouvant son sourire. Et maintenant, au bout de trente ans, je suis tout à fait prêt à le revoir. Allons-y.

— Oui, allons-y.

Une fois dans la voiture, il regarda en silence par la fenêtre pendant quelques minutes.

— C'est très grave ? demanda-t-il au bout d'un instant. Vraiment ?

Elle soupira et jeta un coup d'œil dans le rétroviseur extérieur avant de tourner.

— Je ne sais pas, Marc. Franchement, c'est très étrange. Difficile à dire. Mais d'après moi il va très mal. Disons que… je pense que vous êtes arrivé à temps.

Elle le regarda, plaquant un sourire contraint sur son visage.

Marc se détourna et reporta les yeux sur le paysage.

Elle laissa passer un moment de silence, avant de reprendre, d'une voix hésitante :

— Écoutez, Marc. J'ai quelque chose d'autre à vous dire. Cela va sans doute vous surprendre, mais il y a quelques semaines Daniel m'a confié quelque chose. Quelque chose d'extraordinaire. Il m'a dit que lorsqu'il est arrivé en Angleterre il avait tellement besoin d'argent qu'il est devenu donneur. Savez-vous ce que ça signifie ?

— Non, je ne suis pas sûr…

— Eh bien, vous savez, les femmes qui ne peuvent pas avoir d'enfants, ou plutôt dont les maris ne peuvent pas avoir d'enfants, se rendent dans des cliniques pour être artificiellement… euh…

— Ah, fit Marc, en hochant la tête d'un air entendu. Oui, un *donneur*. Je vois ce que vous voulez dire.

— Bien. Donc, votre frère a fait cela. Et la clinique l'a informé qu'il y avait quatre enfants. À lui.

Marc haussa les sourcils.

— Ah, oui ? dit-il, stupéfait.

— Oui. Et il m'a demandé… à vrai dire, je ne sais pas si c'est à cause des médicaments, ou de la maladie qui se répand dans son cerveau, mais il m'a demandé d'essayer de les retrouver. Je n'y suis pas encore parvenue. Mais j'espère pouvoir le faire. Et si ça marche, je leur demanderai de venir… de venir voir Daniel.

Elle décocha un coup d'œil à Marc, pour voir comment il prenait cette révélation. Il hocha lentement la tête et se frotta le menton.

— Ouah, finit-il par dire.

Il se mit à rire, doucement au début, puis de plus en plus fort. Quand il se tourna vers Maggie, elle vit un sourire épanoui sur son visage.

— C'est fantastique ! Vous voulez dire que j'ai des nièces et des neveux ?

— Eh bien, oui, je suppose.

— C'est une nouvelle incroyable ! Je pensais… je pensais qu'une telle chose ne pourrait jamais arriver. Je n'ai pas d'enfants, et j'ai toujours cru que mon frère n'en avait pas non plus. Et tout d'un coup il y en a ! C'est merveilleux ! Absolument merveilleux ! Merci, Maggie. Vous êtes une vraie amie, pour mon frère. Il a de la chance de vous avoir rencontrée.

Son sourire était empreint de gratitude, et Maggie eut une sensation un peu spéciale. Elle s'efforça de l'ignorer et sourit d'un air dégagé.

— Oh, vraiment, ce n'est pas grand-chose. N'importe qui aurait fait pareil.

Ils parcoururent les corridors de la clinique côte à côte. Le fait de marcher ainsi, avec une copie en bonne santé de son ami mourant, avait quelque chose d'un peu surnaturel. Le souffle court, Maggie se prépara à la rencontre.

Daniel était dans le même état que le jour précédent. Faible, gris, à peine conscient. Marc eut un haut-le-corps en le voyant, et l'espace d'une seconde il parut sur le point de faire demi-tour et de repartir. Maggie lui prit le bras.

— Ça va ?

Il avait un poing pressé contre sa bouche, l'autre main au fond de sa poche. Il inspira profondément et eut un sourire forcé.

— Oui, dit-il doucement. Je crois que ça va. Ça ira.

Il s'approcha du lit, et Maggie le suivit.

— Daniel, dit-elle à mi-voix, en lui touchant délicatement l'épaule. Daniel, c'est moi, Maggie. Tu m'entends ?

Daniel bougea légèrement et ses lèvres desséchées s'entrouvrirent. Il voulut parler, mais ne put émettre qu'un son inarticulé.

— J'ai amené quelqu'un avec moi. Quelqu'un de spécial. C'est ton frère, Daniel, c'est Marc. Il est là. Peux-tu ouvrir les yeux? Tu le vois?

Daniel cligna les paupières, et ses lèvres esquissèrent un sourire. Il ouvrit la bouche et prononça lentement le nom de son frère:

— Marc.

Celui-ci s'approcha et lui posa une main sur l'épaule.

— Oui. *Oui, Daniel, c'est moi*, dit-il en français.

— Marc.

Daniel sortit sa main cachée sous les draps et la laissa retomber lourdement sur celle de Marc. Et alors, tout à coup, Marc fit une chose complètement inattendue. Il ôta ses chaussures, grimpa sur le lit et se cala dans un tout petit espace contre le corps décharné de son frère. Il lui passa le bras autour de la taille, prit sa main dans la sienne et l'embrassa sur la joue, juste au-dessus de l'oreille, avec un mélange de force et d'affection.

Maggie fut sur le point de le mettre en garde. « Faites attention, il y a une intubation, un cathéter, ne le serrez pas trop. » Mais elle ravala les mots et les laissa retomber au fond de sa gorge. Puis elle tourna le dos et sortit de la chambre.

Une heure plus tard, ils se retrouvèrent dans le couloir et allèrent s'asseoir près de l'étang où nageaient les carpes koï. La chaleur de la journée s'était dissipée, laissant place à une fin d'après-midi triste, dominée par un ciel gris. Le vent était frais, et Maggie était allée chercher son gilet dans la voiture. Marc avait les yeux fixés sur le gravier de l'allée, sous ses pieds.

— Je devais le savoir, dit-il. C'est tellement bizarre. Mais je devais le savoir. Pour avoir écrit cette lettre à ce moment-là, après avoir vécu toutes ces années sans prendre contact. J'ai dû le sentir. Vous savez, on dit que les vrais jumeaux ont ce… comment dit-on ? Ce lien…

— Psychique ?

— Oui, un lien psychique, répéta-t-il en se tapant le front de l'index. Je me souviens, j'étais au travail, dans mon bureau, et j'ai vu un oiseau par la fenêtre. Il était très haut et volait comme ça…

Il dessina un cercle devant lui.

— En rond, encore et encore. Et je me suis dit que j'aurais aimé que cet oiseau cesse de tourbillonner dans le ciel, qu'il file tout droit au-dessus de la Manche et qu'il aille se poser sur la fenêtre de mon frère pour lui dire qu'il me manquait. Et au moment où j'ai pensé cela, j'ai décidé de lui écrire. Il me semble que c'est un signe, non ? Et puis, voilà, je suis là, et mon frère va nous quitter.

Il laissa tomber sa tête sur ses genoux et, quand il se redressa, Maggie vit des larmes rouler sur son beau nez droit.

— Et je suis arrivé juste à temps.

Il sourit courageusement. Sans réfléchir davantage à ce qu'elle faisait, Maggie lui prit les deux mains et les pressa gentiment.

— Merci, dit-il d'une voix sourde. Merci.

Ils restèrent un moment silencieux, main dans la main. Maggie fut parcourue d'un frémissement.

— Oh, dit Marc, se méprenant sur sa réaction. Vous avez froid ? Nous devrions rentrer, aller chercher du café…

Maggie acquiesça d'un signe de tête. Elle n'avait pas déjeuné et elle avait envie d'un sandwich. Il rentrèrent doucement dans le bâtiment et se dirigèrent vers la cafétéria.

— Pour… pourquoi vous êtes-vous brouillés, Daniel et vous ? demanda-t-elle, hésitante.

— Brouillés ?

— Oui, vous vous êtes querellés ?

— Ah, je comprends. Non, il n'y a pas eu de dispute. Nous ne nous sommes pas battus.

— Oh. J'ai cru…

— Non, non, non. C'est à cause de ce qui est arrivé. Quand il était à l'université. Il vous a parlé de l'enfant ?

Maggie le considéra d'un air interrogateur.

— Il ne vous a rien dit ? poursuivit Marc en soupirant. Oh, mon Dieu. Eh bien, ce n'est peut-être pas surprenant. C'est une chose difficile à dire. Et c'est à cause de cela qu'il est parti. C'est à cause de cela qu'il ne pouvait plus me parler. Il ne pouvait plus être le même homme qu'autrefois. À cause de cette chose terrible... effroyable.

Ils tournèrent au bout du couloir, et Marc tint la porte ouverte à Maggie. Quand elle passa devant lui, son corps effleura le sien et elle éprouva une étrange sensation de nostalgie. Une sensation si forte qu'elle dut réprimer un grognement. Mais elle ignora le sentiment qu'elle venait d'éprouver, le mettant sur le compte de trop nombreuses émotions contradictoires se disputant sa tête et son cœur.

—Quelle chose effroyable? demanda-t-elle, d'une voix plus énergique qu'elle ne l'aurait voulu.

—Oh, c'est dur pour moi de vous en parler. Il ne vous l'a pas dit, et maintenant il est malade. Et peut-être avait-il une bonne raison de ne pas en parler. Il ne voulait sans doute pas que vous le sachiez...

—Non, il ne voulait pas. J'essayais toujours de le faire parler de son passé, de la raison pour laquelle il s'était retrouvé dans ce pays, mais il avait... *Il a* cette façon spéciale de répondre à une question, sans rien vous révéler. Mais je dois reconnaître qu'il s'est beaucoup plus dévoilé au cours de ces quelques semaines que pendant les mois précédents. C'est un peu comme si... comme s'il ne voyait plus de raison de protéger encore ses secrets. Comme si cela n'avait plus de sens.

—Eh bien, dans ce cas, nous devrions parler. Je devrais peut-être tout vous dire. Cela me rend triste, mais j'ai l'impression que mon frère ne pourra plus confier de secrets à qui que ce soit, désormais. Il n'en aura plus le temps.

Ils prirent des tasses de thé et des sandwichs et les emportèrent dans le salon réservé aux visiteurs. Ils s'assirent de part et d'autre d'une table noire, décorée d'un bouquet de fleurs sèches et multicolores dans un vase noir. Maggie mordit du bout des dents dans son sandwich, attendant que Marc se mette à parler.

—Eh bien, voilà. Mon frère était dans sa dernière année de médecine. Il était interne et espérait devenir pédiatre. Il avait été envoyé dans le service de cancérologie pédiatrique d'un hôpital des environs de Dieppe, et une nuit on l'appela pour administrer de… de la morphine. C'est bien ainsi que vous dites ?

Maggie acquiesça d'un signe de tête.

—Et il s'est trompé de dose. Il était tard, il était fatigué. L'enfant est mort d'une overdose.

Maggie étouffa une exclamation de stupeur, plaquant les mains devant sa bouche. Marc hocha tristement la tête et soupira.

—Il y eut une enquête pour homicide involontaire. Marc fut finalement acquitté, mais il ne pouvait plus exercer la médecine. Il ne voulait plus rien faire. Il est resté pendant un mois enfermé dans sa chambre d'étudiant, sans voir personne. Et alors, notre mère… vous savez, elle n'a jamais été très bien, elle-même. Elle a toujours eu des problèmes. Dans la tête, précisa-t-il, en se tapant le front du bout de l'index. Ce n'était pas une femme très stable, et cet accident l'a beaucoup affectée. Elle a renié mon frère. Elle disait qu'elle ne pouvait pas vivre en sachant qu'un de ses fils avait tué un enfant. Et je pense que Daniel avait beaucoup de mal à me voir, moi son frère, son double en quelque sorte, en sachant que je ne pouvais pas comprendre ce qu'il ressentait. Et en sachant aussi que notre mère m'aimait encore, mais qu'elle ne l'aimait plus, lui. Et un jour il a disparu, tout simplement. Comme ça, dit Marc en claquant des doigts. Parti. Sans un mot, sans une explication.

« J'ai eu le cœur brisé. Pendant cinq ans, nous n'avons pas su où il était. Et puis il nous a annoncé qu'il était ici, en Angleterre. Il m'a envoyé des lettres, avec l'adresse imprimée en en-tête, vous voyez ? Je savais donc où il habitait. Mais il ne m'a pas invité. Et je n'ai pas demandé à venir le voir. Je ne sais pas pourquoi ça s'est passé comme ça. Je ne sais pas pourquoi il y a ce vide entre nous que ni lui ni moi ne parvenons à franchir. À croire que, puisque nous sommes jumeaux, il faut que ce soit tout ou rien. Soit nous formons un tout, soit nous sommes séparés. Il n'y a pas de situation intermédiaire possible. Donc, nous avons choisi de ne rien avoir. Et maintenant, il va partir et je ne le reverrai jamais. Pas tel qu'il était.

— Pauvre Daniel, murmura Maggie, une main toujours pressée contre sa gorge. Et pauvre de vous. C'est une terrible histoire.

—Je sais. C'est une tragédie. Un homme bon, intelligent... il a suffi d'une infime erreur, et... *pouf!* tout est parti en poussière.

—Pas étonnant qu'il ne m'en ait jamais rien dit. Vous imaginez ce qu'il a dû éprouver, pendant toutes ces années? La culpabilité, le manque de confiance en soi. Comment reprendre assez d'assurance pour faire quelque chose d'important?

—Oui, exactement. D'ailleurs, vous voyez comment il a eu ces enfants? Il a laissé les autres prendre toutes les responsabilités à sa place.

—Oui, mais d'un autre côté il a donné une progéniture à des gens qui ne pouvaient pas en avoir. Un peu comme s'il avait voulu payer le fait d'avoir ôté la vie à un autre enfant.

—Oui, c'est vrai aussi. Mais je crois que ce qu'il voulait surtout éviter, c'était de prendre un risque. Après cet accident, il a vécu toute sa vie en évitant les risques.

—Oui... admit Maggie.

Ses pensées dérivèrent, et elle comprit que c'était pour cela que leur relation naissante n'avait jamais emprunté la direction qu'ils auraient souhaitée. C'était pour cela qu'il ne l'avait jamais prise dans ses bras pour l'embrasser. Qu'il ne lui avait jamais dit qu'il l'aimait. C'était pour cela qu'ils étaient seulement amis. Parce qu'il ne voulait pas se sentir responsable d'elle, ou de ses sentiments. Parce qu'il ne voulait pas la faire souffrir.

—Oui, ajouta-t-elle, d'une voix mal assurée. Oui. Je m'en rends compte. Vraiment. Comme c'est triste. C'est très, très triste.

LYDIA

Son frère n'avait pas de deuxième prénom, et d'ailleurs elle non plus. Pour une raison obscure et indéterminée, leurs parents n'avaient pas jugé bon de leur en donner. Elle contempla la petite plaque de pierre gris perle, dans laquelle étaient gravées les lettres *Thomas Pike*. Son frère. Il aurait eu vingt-huit ans en août.

Elle était déjà venue ici. Elle se rappelait, maintenant, comme si c'était hier. Sa mère était enterrée de l'autre côté de la chapelle, entre sa propre mère et le père de Lydia. Lydia était venue sur la tombe de sa mère quand elle était enfant, et elle était revenue plus tard, pour l'enterrement de son père.

Rodney se tenait à côté d'elle, les mains dans les poches de son jean.

— Tu te sens bien, ma chérie ?

— Je crois, répondit-elle en souriant.

Les cendres de son frère se trouvaient sous ses pieds. Une minuscule boîte pleine de poussière. Elle ne se sentait pas vraiment bien. Elle était triste, endeuillée.

— Pourquoi est-il enterré dans cette partie du cimetière ? Tout seul ?

Rodney fit un pas vers elle, en secouant la tête.

— Je ne sais pas dans quel état était ton père, à ce moment-là. Je n'étais pas là pour le voir. Mais je suppose qu'il n'arrivait pas à admettre tout ça. Cette tombe minuscule. Et il ne voulait pas que tu le saches, non plus. Loin des yeux, loin du cœur, tu sais…

Lydia reporta les yeux sur la tombe, parcourue d'un frémissement glacé. Une fois de plus, son père avait fait une erreur. Encore une erreur. Comme chaque fois. Comment avait-il pu laisser Thomas ici, un si petit garçon, seul et loin de sa mère ? Comment quelqu'un aurait-il pu croire que c'était la meilleure chose à faire ?

— Je veux qu'il soit déplacé, déclara-t-elle d'un ton résolu. Je veux que Thomas soit ramené à côté de notre mère.

Rodney souffla en gonflant les joues.

— Eh bien, je ne suis pas sûr que ça soit possible. Toutes les places sont réservées des dizaines d'années à l'avance, tu sais. Les gens ne veulent rien laisser au hasard. Il n'y a pas de lot disponible à côté de ta mère. Tout est pris.

— Eh bien, ne peut-on pas le mettre avec elle ? Dans la même tombe ?

Rodney haussa les épaules, d'un air d'ignorance.

— Je pourrais demander ? proposa-t-il.

— Bien. Merci. C'est horrible.

Elle frissonna. L'air était humide et glacé dans le cimetière, et elle avait la tête lourde car elle avait trop bu de vin la veille et s'était couchée tard. Rodney et elle étaient restés éveillés jusqu'à trois heures du matin, démêlant les fils de leur histoire commune. Lydia s'était tout de même réveillée tôt, bien décidée à venir au cimetière, et à éprouver tout ce qu'elle devait éprouver avant de pouvoir prendre un nouveau départ.

Ils s'étaient tout d'abord rendus sur la tombe de sa mère qui était toujours nettoyée et entretenue par Rodney et par le frère de Glenys. Puis Lydia s'était tenue un moment devant la tombe de son père, essayant désespérément de ressentir autre chose qu'une rage sourde et un vague dégoût. Elle aurait voulu pouvoir faire sourdre de son cœur un peu de pitié et de compassion, mais il n'en contenait pas. La vie distribuait souvent un jeu difficile, mais tout le monde n'aboutissait pas forcément à l'échec, comme son père. Certaines personnes parvenaient tout de même à tirer partie de ce que le destin leur avait donné. « Si la vie vous donne des citrons, faites de la limonade », disait le dicton.

— J'aimerais partir, à présent, dit-elle à Rodney en souriant. Il faut que je rentre chez moi.

— Bien sûr, ma petite chérie. Rentre chez toi, et prends le temps d'absorber toutes ces informations. Réfléchis à tout ça.

Elle hocha la tête, contente qu'il ait su deviner comment elle réagissait. Car c'était exactement ce qu'elle voulait faire. Rentrer pour réfléchir.

— Je vais t'emmener à la gare. Il y a un train toutes les heures, et nous avons encore le temps d'attraper le prochain.

Lydia jeta un dernier regard à la pierre grise qui recouvrait la tombe de Thomas Pike. Elle s'agenouilla dans l'herbe et fit glisser ses mains sur la dalle. Elle allait revenir, elle le savait déjà. À présent, ce petit village dur et farouche n'était plus seulement le réceptacle de mauvais souvenirs pour elle. Elle avait perdu beaucoup, mais elle regagnait de plus en plus de choses chaque jour. Elle embrassa le bout de ses doigts, et les pressa contre la pierre.

Je vais régler tout ça, promit-elle silencieusement à Thomas.

Puis son oncle et elle regagnèrent la voiture, dans la lumière dorée du soleil levant.

— Ah! s'exclama Bendiks depuis le palier du premier étage, quand elle arriva chez elle, quatre heures plus tard. Tu es rentrée! J'essayais justement de te joindre par téléphone.

Lydia lui lança un coup d'œil surpris, puis posa les yeux sur son sac, dans lequel se trouvait son téléphone portable.

— J'étais dans le métro.

— Ah.

Il descendit l'escalier et alla vers elle.

— Tout va bien? s'enquit-elle.

— Oui! Bien sûr. J'avais simplement hâte de savoir comment ça s'était passé... avec ton frère, au pays de Galles. Et pour te dire la vérité, tu me manquais un peu. La maison paraît très grande, quand on est seul.

Lydia sourit, en proie à un soudain élan d'affection. Il l'embrassa sur les joues et lui prit délicatement son sac à bandoulière.

— Voilà, laisse-moi faire, dit-il.

Il sentait le shampoing et le savon. Mais, sous ce parfum frais et léger, il y avait cette autre odeur, celle qui la troublait toujours, cette odeur un peu musquée qui lui était si personnelle.

— Tu sais que nous avons une séance cet après-midi ? annonça-t-il avec un sourire en déposant le sac sur les marches. À trois heures ?

— Merde, oui, bien sûr. Désolée, j'avais complètement oublié.

— Je m'en doutais. Aussi, je ne vais pas t'obliger à la faire. Mais si tu veux, on peut quand même la maintenir ?

Lydia s'efforça de libérer un peu d'espace dans sa tête, afin de pouvoir réfléchir à ce choix.

— Quelle heure est-il ?

— Bientôt une heure.

— Alors d'accord. C'est oui. Je crois que l'exercice me fera du bien.

— Excellent. C'est cool, déclara Bendiks. Je te retrouve à trois heures, et nous commencerons par une petite course. Et tout en courant tu me raconteras.

Ils coururent pendant près d'une heure. Ils n'étaient pas partis pour une séance d'entraînement aussi longue, mais Bendiks n'avait pas d'autre client, le soleil brillait, il y avait une brise agréable et le trottoir semblait se dérouler devant eux, mètre après mètre, comme un tapis interminable. Ils prirent un rythme régulier et assez lent pour pouvoir parler sans perdre leur souffle, et Lydia raconta tout à Bendiks. Elle lui relata ses retrouvailles avec Rod, l'histoire du bébé qui était mort dans la maison d'une voisine, elle décrivit la petite tombe située à une centaine de mètres de celle de sa mère, et l'impression qu'elle avait de se débarrasser de son passé alors même qu'elle l'étreignait. Bendiks écoutait et disait les mots qu'il fallait au moment où il le fallait. Cela faisait longtemps que Lydia n'avait pas ouvert son cœur de cette façon à un autre être humain, qu'elle ne s'était pas livrée, sans réserve et sans omissions. Elle se moquait de la façon dont elle allait être perçue, de ce que Bendiks pouvait penser, du fait qu'elle puisse être ennuyeuse, ou en train de transpirer à grosses gouttes, ou de savoir si son mascara avait coulé. Elle éprouvait un sentiment de totale liberté, et c'était grisant.

Ils revinrent à la porte de la maison à quatre heures et quart, titubant de fatigue, et descendirent directement au gymnase. Lydia regarda du coin de l'œil les contours du corps de Bendiks, visibles sous les vêtements trempés de sueur, elle contempla les cheveux humides qui bouclaient sur sa nuque, en éprouva une onde de chaleur dans le bas du ventre. Avant même de réfléchir à ce qu'elle disait, elle s'entendit proposer :

— Tu ne veux pas faire un sauna ?

Elle eut le souffle coupé, en prenant conscience du fait qu'elle venait de prononcer ces mots à haute voix. Un sauna ? La suggestion était digne d'un film porno sordide, façon années soixante-dix. Elle n'osa pas croiser le regard de Bendiks. Le silence, qui dura moins d'une seconde, lui sembla plus long qu'une saison entière. Elle ferma les yeux et attendit de voir quelle sorte de cataclysme elle avait déclenché.

— Cool, dit Bendiks. Je finissais par croire que tu ne me le demanderais jamais.

Elle ouvrit les yeux et le regarda fixement.

— D'accord. Super. Je vais… euh… chercher des peignoirs.

Elle sortit les peignoirs d'un placard dans lequel Cait et Tom avaient abandonné toutes sortes de serviettes et de vêtements d'été. (« Nous en achèterons d'autres », avait dit Cait avec un haussement d'épaules nonchalant.) Elle les rapporta dans le sauna. Son cœur battait à tout rompre, elle avait peur et se sentait à la fois stupide et étrangement excitée.

— Je vais me changer, annonça-t-elle, en passant un peignoir à Bendiks.

Il sourit d'un air amusé. De toute évidence, son état d'esprit devait transparaître sur son visage.

— Merci, dit-il en prenant le peignoir. On se retrouve à l'intérieur.

Lydia se précipita à l'arrière du sauna et essaya de se rappeler les instructions que Cait lui avait laissées pour le faire fonctionner. Il y avait une unité de télécommande fixée au mur, et elle pressa plusieurs boutons au hasard, jusqu'à ce qu'un bruit lui indique que quelque chose s'était mis en route. Aussitôt, elle ôta rapidement ses vêtements imprégnés de transpiration, enfila le peignoir, serra étroitement la ceinture et remonta le col afin qu'on ne puisse voir son décolleté. Alors elle contempla tristement ses pieds affreux et sentit toute l'énergie qui l'avait poussée à faire cette suggestion idiote commencer à s'étioler et à disparaître. Mais quand elle entra dans le sauna, Bendiks était assis là, les jambes écartées, le peignoir entrouvert, son torse brillant dans la pénombre. Et quand elle referma la porte derrière elle toute l'atmosphère semblait vibrer de sexualité. Le sexe était entré dans cette pièce, et elle venait de fermer la porte, l'enfermant ici, avec eux. Maintenant, elle allait enfin savoir si Bendiks était gay ou non. Car s'il était hétérosexuel, s'il ne faisait pas juste semblant de l'être pour lui escroquer une multitude de billets de cinquante livres et une chambre bon marché, alors il ne sortirait pas de cette pièce sans qu'il se soit passé quelque chose entre eux.

Il lui sourit, l'air presque timide. Et alors, très lentement, un mur de vapeur s'éleva entre eux et Bendiks ne fut plus qu'une sorte de statue fantôme sur le banc opposé. Ils gardèrent le silence un moment. Elle le vit ôter les manches du peignoir et laisser celui-ci retomber sur le banc. Si bien qu'il était maintenant nu au-dessus de la taille. Il renversa la tête en arrière et la posa contre la paroi du sauna. Ses jambes étaient étendues devant lui et légèrement écartées, si bien que s'il y avait eu moins de vapeur Lydia aurait bénéficié, qu'elle l'ait ou non souhaité, d'une vue imprenable sur ses parties les plus intimes. Ce déshabillage lent et mesuré la laissait perplexe.

Etait-ce délibéré ? Ou bien avait-il simplement chaud ?

— J'adore le sauna, dit-il. J'avais oublié que ça me plaisait autant.

— Je n'avais encore jamais essayé.

— Tu es vraiment drôle, Lydia ! s'exclama Bendiks en riant. Tu achètes une maison avec un sauna, et tu ne t'en sers pas ?!

— Je suis galloise. Au pays de Galles, les gens ne font pas de sauna.

Bendiks rit de nouveau, et Lydia se dit qu'on ne devait pas souvent faire de l'humour, en Lettonie.

— Viens là, dit-il en tapotant le banc à côté de lui. Je vais te masser la nuque.

Elle lui lança un coup d'œil, l'air probablement horrifiée, car il se remit à rire.

— Tu as peur de moi ! Il ne faut pas.

— Je n'ai pas peur, protesta-t-elle. Je suis seulement…

— Viens, répéta-t-il en tapotant de nouveau le banc. Tu es nouée. J'ai envie de te faire ce massage depuis notre première rencontre.

Elle sourit gauchement et se rapprocha de lui sur le banc en lui tournant le dos et en faisant descendre son peignoir sous les épaules. Bendiks posa les mains sur ses omoplates et fit doucement glisser le vêtement un peu plus bas, si bien qu'elle dut agripper les revers à deux mains pour le maintenir. Il posa alors une main à l'arrière de son crâne, et lui poussa lentement la tête vers la poitrine.

— Là. C'est bien.

Alors, de ses mains très douces, il poussa et massa sa peau humide jusqu'à ce qu'elle sente tous ses muscles se détendre et devenir aussi souples et malléables que des sacs de sable.

Maintenant. Maintenant, ce serait parfait…

Au moment où ces mots lui traversaient l'esprit, elle sentit ses lèvres se poser sur son dos et son souffle tiède lui effleurer la peau. Les mains sur ses épaules, il la ramena contre lui, et au lieu de se demander ce qu'elle devait faire et comment elle devait répondre, Lydia resta là, docile et grisée, enivrée par l'idée d'être désirée et caressée par un si bel homme. Chaque parcelle de son corps vibrait sous ses caresses, et elle sentit un grognement sourd, un gémissement de pur plaisir, se former au plus profond d'elle-même et remonter dans sa gorge.

Quand ses lèvres viriles se posèrent au creux de son cou, elle gémit tout haut. Alors, encouragé par sa réaction, il lui fit délicatement tourner la tête vers lui et posa les lèvres sur les siennes, enfin… Leur premier baiser.

Oui, oui, oui, je savais que tu n'étais pas gay. Je savais que nous pouvions le faire. Je savais que je pouvais t'avoir. Je savais que je n'étais pas aussi stupide que ça…

Toutes ces pensées passèrent par la tête de Lydia. Et pendant qu'ils s'embrassaient elle eut l'impression nette que tous les morceaux du puzzle se mettaient en place. La grande maison vide, le chat bleu, le manque d'amis, la drôle de famille, son enfance. Tout se mit en place, et elle sut brusquement, et sans l'ombre d'un doute, qu'elle n'avait rien de bizarre. Un homme comme Bendiks n'aurait pas embrassé une détraquée. Un homme comme Bendiks ne pouvait embrasser qu'une femme attirante. Une femme avec du charme et de la beauté. Une femme qu'il serait fier d'avoir à ses côtés. Et alors qu'elle pensait à ces choses-là il s'écarta, rompant leur baiser, et la regarda dans les yeux.

— Cela fait des semaines, des mois, que je rêve de faire ça.

— Moi aussi, avoua-t-elle.

Il la considéra avec stupéfaction.

— C'est vrai ? Tu rêvais réellement de le faire ?

Elle acquiesça et il lui prit le menton en riant.

— Waouh. C'est fantastique. Je croyais... je croyais que tu pensais que je n'étais qu'un imbécile. Je croyais que tu te trouvais trop bien pour moi. Et je croyais...

Sa phrase resta en suspens.

— Quoi ? demanda Lydia, en cherchant son regard.

— Ne le prends pas mal, mais pendant quelque temps je me suis dit que tu étais peut-être... gay ?

— Tu as cru que j'étais... ?

Lydia éclata de rire.

— Quoi ? Pourquoi ris-tu ? fit Bendiks, tout en faisant courir le bout de ses doigts sur ses épaules et sur son dos.

— Parce que moi aussi j'ai cru que tu étais gay !

Il la considéra avec stupéfaction et plaqua une main contre sa poitrine.

— Moi ?

— Oui, toi !

— Mais… mais pourquoi ?

— Je ne sais pas, reconnut-elle. Peut-être parce que je voulais me protéger de toi. Ou bien, c'était à cause de tes sourcils épilés…

Bendiks porta immédiatement les doigts à ses sourcils.

— Mais je ne m'épile pas les sourcils !

— Ah non ?

— Non. Enfin, un tout petit peu. Juste au milieu. Et quelques-uns par là, aussi, ajouta-t-il, en désignant la pointe de ses sourcils. Oh, mon Dieu. Ça me donne l'air gay ?

— Non ! Juste l'air très soigné, tu vois.

— Et quand on est soigné, on est gay ?

— Non ! s'exclama-t-elle de nouveau. Tu es beau. Tu es parfait. Tu n'as pas l'air gay. Enfin, plus maintenant. Pas après…

— Après quoi ? s'enquit-il en souriant.

— Après cela, précisa-t-elle, en désignant leurs corps, toujours lovés l'un contre l'autre.

Il approcha son nez de celui de Lydia et en effleura le bout. Les yeux plongés dans les siens, le souffle contre sa joue, il sourit.

— Nous n'avons même pas encore commencé, dit-il.

Alors ils commencèrent.

DEAN

— Tiens, dit Rose, en tendant à Dean un petit flacon en plastique empli d'un liquide rose.

Il considéra le flacon d'un air interdit.

— C'est quoi ?

— C'est pour tes mains. Un gel antiseptique.

Il cligna les paupières en déchiffrant l'étiquette.

— C'est ce qu'ils avaient à l'hôpital, tu sais, pour les prématurés, expliqua-t-elle avec brusquerie.

Il fit gicler une petite quantité de produit au creux de sa main et se frotta les paumes l'une contre l'autre. Le gel avait une odeur de fruits. Il passa le flacon à sa mère qui l'imita. On leur avait déjà demandé d'ôter leurs chaussures à la porte d'entrée.

« Pas de chaussures dans cette maison », avait décrété Rose d'un ton hautain, comme si cela lui donnait une sorte de supériorité sur les autres.

Dean n'était plus venu chez Rose depuis les premiers temps de sa relation avec Sky. Il sentit un frisson glacé lui parcourir le dos tandis qu'il la suivait dans le hall, et entra dans la salle de séjour. Il avait cru qu'il ne reviendrait plus jamais ici. Les murs étaient garnis d'immenses portraits de Rose avec ses enfants, pris par des photographes professionnels. Il y en avait un, suspendu au-dessus de la fausse cheminée de style géorgien, qui dépassait tout : Rose avec ses quatre filles. Sky avait un ventre énorme, et sa sœur Savannah, de ses bras recouverts de tatouages, maintenait sur ses genoux son gamin au museau aplati. Elles étaient toutes en blanc. Et maintenant il y en avait un nouveau, au-dessus de la table de la salle à manger en verre, plus grand que tous les autres. C'était une photo de Sky, dont on ne voyait que le visage, en noir et blanc. Un vase contenant trois lys orientaux était posé juste en dessous, et une bougie brûlait dans un petit verre rouge. Dean eut la gorge serrée en voyant le portrait et se rappela à quel point elle était jolie. Une fois de plus, il ravala un sentiment inavoué de perte et de chagrin.

— Entrez, dit Rose en désignant d'un geste le canapé de cuir. Asseyez-vous. Je vais faire du thé.

Sienna, sa plus jeune fille, était pelotonnée dans un fauteuil assorti au canapé et posé près de la fenêtre en arc de cercle. Elle sourit à Dean et à sa mère.

— Salut.

Dean fit un signe de tête, et sa mère dit bonjour.

Il faisait chaud, dans la maison de Rose. Trop chaud. Dean se dit qu'avec toute sa paranoïa concernant les microbes sur les mains et les semelles de chaussures elle aurait dû maintenir une température plus fraîche chez elle.

Il sourit à sa mère, et celle-ci lui rendit son sourire.

— Ça va ? chuchota-t-elle.

— Oui, ça va bien.

— Je viens de l'entendre se réveiller ! lança Rose, depuis la cuisine. Vous pouvez aller la voir, si vous voulez !

Dean déglutit. À la télévision, un homme était en train de dire à une femme : « Tais-toi, tu ne sais pas de quoi tu parles ! » Sienna s'agita, changea de position. Dean coula un regard en coin à sa mère.

— Viens, dit celle-ci. Je sais où elle est. Tu veux la voir ?

Dean pensa au père de Lydia. Il pensa à l'idée qu'elle avait eue de lui pendant toutes ces années, comme s'il n'était qu'une bête. Et puis il pensa à sa petite fille dans une boîte en plastique, reliée à une infinité de fils, pas tout à fait réelle, pas tout à fait prête à entrer dans l'existence. Il pensa à ce jour de mars froid et triste où il s'était allongé dans le cimetière, la tête au-dessus de la tombe de sa petite amie, essayant en vain d'attraper la photo de sa fille. Et il pensa à Thomas, son frère, qui n'avait pas eu la moindre chance. Il sourit avec détermination.

— Oui, dit-il. Oui, d'accord.

Ils montèrent l'escalier ensemble, doucement, calmement, sans doute pour ne pas faire peur au bébé, se dit-il. Il suivit sa mère dans une chambre qui semblait être celle de Rose. La pièce contenait un immense lit à deux places garni de coussins en fausse fourrure et de plaids en velours. Une lumière rougeâtre filtrait par la fenêtre munie de rideaux à enrouleurs rayés de rouge et d'or. Comme dans tout le reste de la maison, un parfum artificiel émanait d'un diffuseur électrique.

Au début, Dean se sentit mal à l'aise à l'idée de s'introduire dans le boudoir de Rose, où régnait une atmosphère d'intimité très féminine. Puis il la vit, dans un couffin en osier posé sur un cadre de bois, à côté du grand lit de Rose. Le couffin était garni d'un drap aux fines rayures rose pâle et surmonté d'un mobile à l'allure vaguement oppressante, aux branches duquel étaient suspendus des nounours aux yeux écarquillés.

La fillette était éveillée et contemplait le mobile. Ses mains, qui s'ouvraient et se fermaient, ressemblaient à de minuscules méduses roses. Elle portait une grenouillère rayée rose et rouge, avec les mots *Petite Chipie* inscrits sur la poitrine. Dean cligna les paupières, déconcerté. Elle était grande. Trop grande pour son costume en coton, dont le tissu était tendu sur son ventre rond et dont les boutons semblaient prêts à craquer.

— Bonjour ! dit sa mère, en contournant le grand lit pour s'approcher du couffin. Bonjour, mon petit chou.

Le bébé se désintéressa du mobile et se tourna vers l'endroit d'où provenait la voix. Quand elle vit la mère de Dean, ses petites lèvres esquissèrent un sourire de ravissement.

— Regardez-la ! dit la mère de Dean d'une voix chantante et haut perchée. Regardez-la ! Comme elle est grande ! C'est une grande fille !

Le bébé agita les jambes d'un air heureux et fit entendre un gazouillis. Dean sourit sans s'en rendre compte. Bien que sa mère lui ait montré des photos du bébé sur son téléphone, il n'avait jamais pu se débarrasser de la vision qu'il avait gardée de la minuscule créature à la peau bleu glacier, dans sa boîte en plastique transparent. Et pourtant, elle était là ; grande, robuste, souriante, presque grasse.

— Viens là, ma jolie, chantonna sa mère. Viens voir mamy.

Mamy. Sa mère était devenue une mamy. Dean blêmit. Il n'avait pas encore pensé à ça. Il la regarda prendre tendrement le bébé souriant et la caler au creux de son bras. La fillette avait beaucoup de cheveux, des cheveux sombres comme les siens. Et comme Lydia. Sa mère passa une main dans la douce chevelure et sourit à Dean.

— Regarde, chantonna-t-elle pour le bébé. Regarde qui est là ! C'est ton papa ! Oui, c'est lui !

Le bébé écarquillait de plus en plus les yeux, au fur et à mesure que la voix de sa grand-mère se faisait plus aiguë.

— Tu veux lui faire un câlin, mon chéri ? demanda sa mère d'une voix normale.

Il haussa les épaules, sourit timidement, puis hocha la tête.

Ils s'assirent tous les deux au bord du lit, et la maman de Dean lui passa le bébé.

— Comme ça, expliqua-t-elle en lui arrangeant les mains. Il faut lui soutenir la tête. C'est cela. Bien.

Dean regarda Isadora, et celle-ci lui rendit son regard. C'était toujours là, cette impression de profonde intelligence, cette assurance qui l'avait déboussolé quand il l'avait vue, dans la salle d'accouchement. Mais cette fois-ci cela ne lui faisait plus peur. Cette fois, il pouvait absorber ce regard, et le garder en lui, comme une sorte de magnifique compliment. Il contempla le bébé et ressentit la même chose, la même sensation que lorsqu'il avait vu Lydia pour la première fois. Il l'avait reconnue et avait éprouvé un attachement instantané pour elle. « Oui, dit une petite voix dans sa tête. Oui. C'est toi. Et tu es moi. Et je suis toi. Nous sommes pareils. »

Il observa les contours de son visage, sa bouche charnue, ses yeux écartés, le duvet de ses sourcils qui formait une ligne épaisse, et il s'émerveilla de la force des gènes de son père biologique, qui s'étaient battus pour surpasser et vaincre les terrifiants avant-postes du clan Donnelly.

Isadora gigota un peu dans ses bras, et Dean l'assit instinctivement sur ses genoux. Elle repéra aussitôt la boucle métallique brillante qui pendait au bout de la fermeture éclair de sa veste à capuche, et chercha à s'en emparer. Dean la lui donna et posa le visage contre ses cheveux. Elle sentait la transpiration, les fraises, et encore autre chose. Quelque chose qui pénétra sa conscience, le renvoyant très loin au début de sa vie, dans sa propre enfance. L'odeur exotique et un peu âcre d'une vie toute nouvelle.

— Elle est belle, n'est-ce pas ? dit sa maman avec tendresse.

Il hocha la tête, sourit et, sans y penser, embrassa la tête du bébé. Ses petites mains s'étaient refermées sur la boucle en métal et sur les doigts de Dean, et le tout baignait dans une bave tiède et sirupeuse. Dean la regarda un moment et là, tout d'un coup, il prit conscience d'une chose terrible : la boucle risquait de se détacher accidentellement ! Et elle se retrouverait dans la bouche du bébé, sans rien pour la retenir ! Isadora risquait de l'avaler ! De mourir ! Il détacha délicatement la boucle de la bouche de la fillette qu'il serra contre lui. Son précieux, précieux bébé.

MAGGIE

Marc accueillit Maggie à la porte de l'appartement de Daniel, le vendredi matin. Elle avait beau y être préparée, elle eut une fois de plus le souffle coupé par la ressemblance étonnante qu'il présentait avec son frère. Elle s'efforça de surmonter le choc et plaqua un grand sourire sur ses lèvres.

— Bonjour !

— Bonjour, Maggie, répondit Marc en se reculant contre le mur pour la laisser entrer.

— Vous avez bien dormi ?

— Très bien. Comme cela arrive souvent aux jumeaux, mon frère et moi avons vraisemblablement acheté le même matelas sans le savoir, de sorte que je me sentais comme chez moi. Et je viens de prendre le petit déjeuner sur la terrasse. Merci beaucoup pour les provisions.

— Oh, ce n'est rien. Je ne savais pas ce que vous aimiez, alors j'ai pris un peu de tout.

— Je suis prêt. Mais je pourrais peut-être vous offrir une tasse de café, avant de sortir ?

—Non, merci. J'ai déjà pris un café. Et même deux, en fait. Je n'ai pas très bien dormi, la nuit dernière.

Marc lui lança un regard de compassion.

—Alors maintenant, je me sens mal. Il n'est peut-être pas très normal que moi j'aie si bien dormi…

—Mais pas du tout! C'est très bien. Il faut que vous gardiez vos forces.

—Oui, vous avez raison. Oh, avant de partir, je dois vous dire qu'il y avait du courrier, ce matin. Le facteur a sonné, et j'ai dû signer pour une lettre. Voilà.

Il prit une pile de lettres sur la table derrière lui et la lui tendit.

Maggie la feuilleta rapidement, et son regard fut attiré par le cachet du Registre des fratries. Elle contempla l'enveloppe un moment, puis l'ouvrit délicatement. Elle déplia la feuille en retenant son souffle, lut la missive, puis soupira de soulagement.

Une fille. Robyn Inglis. Elle vivait au nord de Londres et souhaitait faire la connaissance de Daniel. Maggie laissa fuser un rire léger. Puis, pressant une main contre son cœur, elle rit un peu plus fort. Enfin! Elle arrivait juste à temps! Elle continua sa lecture. La jeune fille étudiait la médecine à l'université de Londres et vivait à Holloway, avec son petit ami qui était romancier. Elle disait qu'elle aimait les vêtements et qu'elle travaillait à temps partiel dans un magasin de mode d'Oxford Street. Sa mère était secrétaire dans une agence immobilière, et son père directeur d'une société d'entretien de bâtiments. Elle était originaire de l'Essex. *Mais très franchement, je ne suis pas un stéréotype des filles de l'Essex!* écrivait-elle. Elle donnait un numéro de téléphone mobile, une adresse e-mail, et son désir de rencontrer Daniel semblait parfaitement sincère. Malgré tout, le message était extrêmement sobre. Maggie remit la lettre dans l'enveloppe.

— Est-ce que ce sont de bonnes nouvelles? demanda Marc qui l'observait en silence, l'air pensif.

— Oui. De très bonnes nouvelles. Je vous en parlerai dans la voiture.

Une heure plus tard, Maggie avait encore du mal à ne pas laisser voir la surprise et le contentement qu'elle éprouvait, tandis que Marc et elle avançaient dans les couloirs de la clinique. Les coins de sa bouche s'étiraient malgré elle en un sourire, ses yeux pétillaient. Daniel lui avait demandé de faire quelque chose pour lui, quelque chose d'important, qui le rendrait heureux, au moment où le dernier chapitre de sa vie était près de se terminer. Elle l'avait fait, sans vraiment arriver à croire qu'au bout de cette quête étrange, impersonnelle, se trouvaient des gens bien réels. Sans vraiment croire qu'elle pourrait amener une de ces personnes, en chair et en os, dans la chambre d'hôpital lumineuse de Daniel. Elle avait cru qu'ils écriraient trop tard, ou bien qu'ils n'écriraient pas du tout. Elle s'était dit que ça ne pouvait pas être aussi facile. Et ce ne fut que lorsqu'ils parvinrent sur le seuil de la chambre qu'une nouvelle peur l'étreignit. Et si, finalement, il était déjà trop tard ?

Les muscles de son visage souriant se figèrent. Elle avait tellement été étourdie par le soulagement, à l'idée d'avoir réussi dans sa mission, qu'elle n'avait même pas envisagé une seconde qu'il se pouvait qu'il soit effectivement trop tard. Peut-être, au moment même où elle déchirait l'enveloppe avec son index, Daniel était-il en train de pousser son dernier soupir. Alors qu'elle vibrait et tressautait d'impatience, peut-être fermait-il les yeux pour la dernière fois. Elle s'immobilisa devant la porte et inspira profondément. Marc lui lança un regard d'encouragement.

— Vous vous sentez bien ?

— Oui, ça va.

Elle plaqua sur son visage son expression habituelle, parfaitement anodine, et ouvrit la porte.

Son cœur sombra. Daniel semblait au plus mal. Il ne se tourna même pas quand elle murmura :

— Daniel, c'est moi.

Il demeura immobile, la tête tournée vers la fenêtre, les yeux mi-clos. Une croûte sèche s'était formée au coin de ses lèvres.

— Daniel, répéta-t-elle.

Elle lui toucha doucement l'épaule, et il se tourna de quelques millimètres, en gémissant.

— Comment te sens-tu ? demanda-t-elle avec douceur.

— Très… fatigué.

Il laissa sa tête retomber contre l'oreiller et ferma les yeux.

— Je n'attends pas que tu me répondes, et je t'en prie, n'essaye pas de parler. Mais je veux que tu saches que j'ai été contactée par une des filles. La plus jeune. Elle s'appelle Robyn. Comme le prénom de garçon, mais avec un *y* au lieu d'un *i*. Elle a l'air très gentille, je dois dire...

Maggie guettait une réaction, Daniel n'en eut aucune. Elle sentit sa joie lui échapper. Ce n'était pas ainsi qu'elle avait imaginé ce moment.

— Je vais prendre un café, dit-elle. Marc, voulez-vous rester avec lui ?

Marc eut un signe de tête compréhensif.

— Bien sûr, dit-il en s'installant à côté du lit de Daniel et en prenant la main de son frère.

— Je reviens dans quelques minutes, dit-elle à Daniel. Nous en reparlerons. Nous parlerons de cette fille, d'accord ?

— Oui. Oui...

Maggie sortit de la chambre en silence et se dirigea tout droit vers le bureau des infirmières, au bout du couloir.

— Bonjour ! lança-t-elle gaiement à une petite femme noire qui s'appelait Cressida.

Celle-ci leva les yeux de ses papiers et sourit.

— Bonjour. Comment allez-vous, aujourd'hui ?

— Très bien. Vous êtes occupée ? Puis-je vous parler ?

— Non, je ne suis pas occupée. Entrez, asseyez-vous.

Maggie s'assit et rapprocha sa chaise du bureau.

— Voyons, je sais que vous ne pouvez rien me dire de sûr, je le comprends très bien. Mais

Daniel… il a l'air très mal, aujourd'hui. Je ne l'avais jamais vu aussi mal.

— Oui, dit Cressida, il dort beaucoup.

— Oui. Mais il y a déjà longtemps qu'il dort beaucoup, et jusqu'ici il était assez bien en se réveillant. Mais là, maintenant, il m'a paru…

Elle s'interrompit pour chercher ses mots, et reprit :

— On a l'impression qu'une lumière s'est éteinte.

Cressida sourit d'un air compatissant.

— Oui, c'est comme ça. Les fenêtres se ferment, maintenant, vous comprenez ? Petit à petit. Comme une maison qu'on ferme pour la saison. Vous voyez ce que je veux dire ?

Maggie cligna les paupières. Elle pensa à une histoire qu'elle avait lue à Matilda, en la mettant au lit, quelques jours plus tôt. *Maintenant, Nounours en a assez. Nounours doit se reposer.* Le texte était accompagné de l'image d'un vieil ours en peluche usé et raccommodé, dont la tête ne tenait plus que par un fil. Elle avait dû interrompre sa lecture, la gorge nouée. *Maintenant, Nounours en a assez.* Elle pensait à son pauvre Daniel, à son corps déjà envahi par le poison de la mort, à sa peau grise comme du mastic, à sa bouche desséchée. *Nounours doit se reposer…*

— Je viens juste de retrouver sa fille, dit-elle d'une voix brisée. Ils ne se connaissent pas. Elle veut le voir. Vous croyez… vous croyez qu'il nous reste un peu de temps ?

— Je ne sais pas, répondit Cressida en souriant.

— Mais d'après votre expérience… quand un patient est dans cet état… quand il a commencé à se refermer ? Combien de temps lui reste-t-il, en général ?

— D'après mon expérience, dit gentiment Cressida, on ne peut pas faire de généralités. Mais je peux vous dire que j'ai vu des gens sur le point de mourir s'accrocher à la vie pendant des heures, et même des jours, dans l'espoir de voir une personne aimée. Sait-il que sa fille va venir ?

— Oui… je crois.

Cressida hocha la tête, répugnant visiblement à prononcer des paroles qui auraient pu être interprétées comme un diagnostic.

— Mais il y en a d'autres, aussi, lâcha Maggie, comme malgré elle. D'autres qui voudront peut-être le voir. Est-ce que je dois… je veux dire… croyez-vous qu'ils devraient venir rapidement ? Tout de suite ?

Cressida soupira.

— C'est très difficile à dire. Chaque cas est unique. Daniel sera peut-être encore là la semaine prochaine. Mais, à l'inverse, la fin pourrait survenir plus vite que nous ne le pensons. Il vaut sans doute mieux faire en sorte qu'il ait vu toutes les personnes qu'il aime assez rapidement. Surtout si elles doivent venir de loin.

Maggie opina. Elle pensa à cette fille adorable, cette Robyn Inglis, dans son appartement du nord de Londres et se demanda combien de temps elle mettrait pour venir. Allait-elle juste enfiler une veste et partir sur-le-champ ? Elle aurait peut-être des engagements, des rendez-vous à honorer, des arrangements à mettre en place… Cela lui prendrait-il quelques heures, ou quelques jours ?

Maggie remercia Cressida pour le temps qu'elle lui avait consacré, alla se chercher un café et une banane au distributeur de la réception et se rendit dans le jardin. Elle s'assit sur un banc, près de l'étang rempli de carpes koï. Quelques semaines plus tôt, elle s'était trouvée là, pirouettant entre les bras de Daniel Blanchard. Elle laissa son regard errer sur les eaux noires de l'étang, suivant la danse capricieuse des poissons dorés, sous la surface. Comment en était-elle arrivée là ? Comment la vie l'avait-elle amenée à ce dénouement tragique et théâtral ? Comment elle, Maggie Smith, mère, grand-mère et réceptionniste, se retrouvait-elle responsable de la vie de tant de gens ? Quand Peter et elle avaient divorcé, des années auparavant, elle s'était dit que ce divorce serait sans doute l'épisode le plus dramatique qu'elle connaîtrait dans sa vie. C'était plus qu'elle ne pourrait en supporter, lui avait-il semblé. Le passage au tribunal, les discussions violentes, les conversations avec les enfants, le fait d'annoncer la nouvelle à la famille et aux amis… Rien de tout cela n'était dans son style. Mais elle avait essuyé la tempête et atteint la côte opposée, souriante, et s'était consolée dans un nouvel intérieur très chic. Et ses relations avec son ex-mari, la nouvelle copine de celui-ci et ses deux enfants n'avaient pas été détériorées par cette épreuve. Elle avait toujours pensé en secret que c'était entièrement grâce à elle.

Mais… tout cela appartenait à l'évidence à une autre catégorie de drames humains.

Elle éplucha sa banane et s'aperçut qu'elle n'avait pas faim. La joie et l'impatience qu'elle avait éprouvées une demi-heure auparavant avaient complètement disparu. En revanche, elle but son café avec avidité, comme si cela pouvait l'aider à fendre le brouillard épais qui assombrissait ses pensées, et à décider quelle était la meilleure conduite à tenir.

La lettre de Robyn se trouvait dans son sac. Elle jeta subrepticement un regard à celui-ci. Puis elle observa les carpes. Elle reporta son attention sur le sac, prit la lettre et son téléphone, et se mit à écrire un message. Il lui fallut un bon quart d'heure pour le rédiger. C'était une chose tellement froide, et difficile à dire, à une personne inconnue. Finalement, elle se décida pour le texte suivant :

Chère Robyn,

Je m'appelle Maggie Smith. Je suis une amie de Daniel Blanchard. Il a reçu votre lettre et il aimerait vous rencontrer. Malheureusement, sa santé est défaillante en ce moment, ce qui explique pourquoi c'est moi qui vous envoie ce message. J'espère que vous voudrez bien excuser le ton urgent et dramatique de cette communication, mais je crois qu'il vaudrait mieux que vous veniez aussi vite que possible. Si vous voulez toujours le voir, répondez-moi, et je vous donnerai le nom de la clinique où il séjourne, à Bury. J'attends avec impatience de vos nouvelles.

Elle estima que le message exposait clairement l'urgence, sans donner de détails susceptibles de bouleverser ou de dissuader la jeune fille. Elle avait délibérément utilisé le mot « clinique » plutôt qu'« hôpital », sans préciser qu'il s'agissait de soins palliatifs, au cas où l'idée de voir son père s'éteindre juste après avoir posé les yeux sur elle découragerait Robyn de faire le déplacement. Maggie relut le message pour la troisième fois. Alors, les yeux fermés, crispée à l'idée de l'énormité de ce qu'elle allait faire, elle appuya sur la touche d'envoi.

De grosses larmes lui brûlèrent les paupières. Elle sentait la fin approcher, comme une flamme menaçante, et elle n'était pas prête à l'affronter. Pas du tout.

LYDIA

Le lendemain matin, Lydia quitta la maison silencieuse en catimini, avant le lever du soleil. Elle n'avait pas dormi de la nuit. Son corps était trop excité, après son expérience avec Bendiks, et son esprit trop submergé par des éléments nouveaux et extraordinaires qui occupaient ses pensées. Elle était restée allongée dans son lit vide. Bendiks lui avait bien proposé de rester dormir avec elle, mais elle avait besoin d'espace. Elle avait regardé la lune traverser le ciel, atteindre son apogée dans une lueur bleu glacier vers deux heures du matin, puis disparaître lentement alors que le soleil émergeait dans un épais ruban rouge à l'horizon.

Alors qu'elle gagnait la porte d'entrée sur la pointe des pieds, elle eut la sensation que, depuis ce qui s'était passé la veille entre Bendiks et elle, une atmosphère spéciale régnait dans la maison. C'était dans l'air, aussi puissant qu'un parfum se répandant entre les briques et sur les marches de l'escalier. Bendiks et elle avaient fait l'amour dans cette maison. Pas seulement une fois, mais trois. Et dans plusieurs endroits différents. Dans le sauna, dans son lit, dans la douche. Ils avaient marqué toute la maison de leur empreinte. Et elle aimait cette maison, parce qu'elle retenait cette atmosphère torride. Ce qui s'était passé la veille avait complètement transformé Lydia. Elle avait changé du tout au tout, et elle voulait que ce changement envahisse tout ce qui était sa vie, y compris cette grande demeure sans caractère. Le fait d'y faire l'amour avec Bendiks avait donné une âme à sa maison.

Elle s'engagea dans l'allée à grandes enjambées et gagna la rue. À chaque pas, une douleur agréable se répandait tout le long des muscles fins qui allaient de son bas-ventre à ses genoux. Elle allongea de plus en plus sa foulée, pour mieux éprouver cette sensation. C'était une bonne douleur. Cela voulait dire qu'elle avait fait des choses qu'elle était destinée à faire, et qu'elle les avait faites avec un total enthousiasme.

Elle ne savait pas très bien où elle allait, mais au bout d'une demi-heure ses pas l'amenèrent aux abords de Camden Town. Elle reconnut l'odeur particulière de Camden au petit matin. Les poubelles pleines attendant d'être vidées, l'odeur âcre de la bière émanant des pubs aux volets fermés. C'était là qu'elle avait été heureuse pour la dernière fois. Juste là, dans ce quartier sale, dans un appartement crasseux, avec son amie débraillée, tandis qu'elle faisait démarrer une petite affaire qui allait faire d'elle une millionnaire.

Elle suivit un dédale de rues familier, tournant à gauche et à droite, jusqu'à ce qu'elle se retrouve dans la rue où elle avait vécu, sous la fenêtre de l'appartement qu'elle occupait avec Dixie. Elle leva les yeux et tressaillit en voyant un panneau accroché au mur. *À vendre*. Les battements de son cœur s'accélérèrent, une vague de nostalgie l'envahit. Le propriétaire n'avait pas souhaité relouer l'appartement à des bons à rien du nord de Londres, il avait préféré le mettre en vente. Elle pouvait l'acheter ! Elle pouvait en devenir la propriétaire ! Elle pouvait posséder son passé ! Mais, alors même que cette idée lui traversait la tête, elle sut qu'elle n'avait plus besoin de mettre la main sur son passé. Le présent était devenu le seul endroit où elle avait envie de se trouver.

Elle sourit à la fenêtre et lui lança un au revoir silencieux.

Quand Lydia revint de sa promenade, Bendiks n'était plus là. Elle remarqua que sa veste à capuche n'était pas suspendue au portemanteau et que son sac de sport s'était volatilisé. Elle en déduisit qu'il était parti travailler. Vaguement déçue, elle se mit à la recherche de Juliette pour lui demander si elle l'avait vu sortir. Juliette n'était pas dans la cuisine. Lydia finit par la trouver dans la buanderie, en train de sortir des draps du sèche-linge.

— Hum, euh... Juliette, bredouilla-t-elle, avec sa gaucherie habituelle qui ressortait chaque fois qu'elle se trouvait en présence de quelqu'un accomplissant des tâches ménagères pour elle. Je voulais vous demander... auriez-vous vu Bendiks, ce matin ?

— Non, répliqua Juliette d'un ton brusque. Je ne l'ai pas vu.

Elle lui tourna le dos et se mit à plier des draps avec cette précision quasi scientifique qui fascinait toujours Lydia.

— Oh, bien, marmonna celle-ci, quelque peu déroutée. D'accord.

Les yeux fixés sur le dos de Juliette, elle remarqua l'attitude rigide de la jeune femme, qui trahissait une tension certaine. Sa première réaction fut de sortir, mais elle se ravisa.

— Je me disais qu'il avait dû partir travailler. Et qu'il vous en avait peut-être informée…

— Je vous dis que je ne l'ai pas vu, lança sèchement Juliette sans se retourner. Je ne sais pas où il est.

Lydia grimaça, mais Juliette fit brusquement volte-face.

— J'aimerais vous dire quelque chose, si vous n'y voyez pas d'inconvénient ?

Lydia fit un signe négatif de la tête.

— Je voudrais vous dire que cet homme, ce Bendiks… il ne me plaît pas.

Le visage d'ordinaire si doux de Juliette était crispé. Lydia hocha de nouveau la tête et se tut.

— Vous savez, je nettoie sa chambre. Je vois ce qu'il achète. Deux nouvelles montres, depuis qu'il vit ici. Ensuite je vois un sac de chez… comment ça s'appelle ?…

Elle claqua des doigts et s'exclama :

— Marc Jacob ! Je vois ce sac dans sa chambre. Je vois des crèmes, des parfums, des gels pour les cheveux, et ce sont toujours des marques connues ! Et ensuite, je le vois vous emprunter cinquante livres ! Je suis désolée de vous dire tout ça. Je suis vraiment désolée, et j'espère que vous n'êtes pas fâchée. Mais, mademoiselle Pike... Lydia, je vous aime beaucoup. Vous êtes très gentille. Je suis heureuse de travailler pour vous. J'aime votre maison. J'aime tout, ici. Mais cet homme... je crois que je ne l'aime pas.

Lydia contemplait Juliette bouche bée, attendant que des mots lui viennent à l'esprit et fassent dévier la conversation vers une zone plus confortable. Mais rien ne venait, et un long silence s'installa.

— Enfin...

Juliette roula un drap entre ses doigts et sourit.

— Enfin, je suis sûre que ce n'est pas grave. Je voulais juste vous dire ces choses-là, d'accord ? Vous êtes seule. J'ai envie d'être là, pour vous protéger. J'ai l'impression que ça fait aussi partie de mon travail.

Son sourire s'élargit, et Lydia se détendit et sourit aussi. Certes, l'opinion que Juliette avait de Bendiks l'agaçait un peu, et elle était déconcertée à l'idée qu'il dépensait son argent en gels de grandes marques pour ses cheveux, mais elle était aussi touchée et réconfortée par la déclaration d'affection de Juliette. Cela dissipait le sentiment inconfortable que faisait naître chez elle la nécessité d'employer quelqu'un pour s'occuper de sa maison. Cela la rendait même heureuse.

— Merci, dit-elle. J'apprécie vraiment ce que vous dites. Je voulais vous dire aussi que je suis contente que vous soyez là. Et si je peux faire quelque chose un jour pour vous ou pour votre famille, vous n'avez qu'à…

Juliette se rembrunit et leva une main pour l'interrompre.

— Non. Je fais mon travail. Vous m'avez offert ce job, et vous me payez bien. J'aime mon travail. Ma famille est heureuse, et je suis heureuse aussi. Merci.

Le sourire revint sur ses lèvres, et Lydia s'inclina, dans une attitude presque asiatique.

— Non, protesta-t-elle. C'est moi qui dois vous remercier.

Elle essaya de résister à la tentation d'entrer dans la chambre de Bendiks pour voir de ses propres yeux les preuves de ses dépenses extravagantes. En vain. Elle aurait voulu que Juliette se trompe. Elle aurait voulu découvrir un vieux tube de Cold Cream de chez Pond's et un sac en plastique du supermarché Next. Mais à peine eut-elle passé la tête dans l'entrebâillement de la porte qu'il fut clair que Juliette n'avait pas exagéré. La chambre était immaculée, le lit refait et garni d'un mélange de coussins gris acier et vert sauge. Et là, recouvrant presque chaque mètre carré de la pièce, se trouvaient les preuves d'un shopping compulsif, dans les boutiques les plus luxueuses. Des sacs colorés munis d'anses en ficelle étaient alignés le long d'un mur. Une veste en cuir encore munie de son étiquette était suspendue à la porte de l'armoire. Et à ses pieds, comme si elle avait eu besoin de preuves supplémentaires, se trouvait une étiquette en carton tombée d'un vêtement et portant le nom d'un styliste : *Paul Smith*.

Lydia ressortit, les joues en feu, en proie à une profonde déception. Elle était déçue, mais pas étonnée. « Bien sûr, lui souffla une petite voix, du plus profond de son cœur. Bien sûr. C'était à ton argent qu'il en voulait. Qu'aurait-il pu vouloir d'autre ? » Elle avait été folle d'imaginer qu'il pouvait y avoir autre chose, derrière son numéro de séduction. Elle avait été folle, un point c'est tout.

Elle se tint un moment devant la porte de Bendiks, une main pressée contre son cœur, au bord des larmes. Elle était malade de chagrin et de honte. Puis elle repoussa ses cheveux en arrière, prit une longue inspiration et retourna se mettre au travail.

— Écoute, tu peux me parler ?

C'était Dean. Sa voix était précipitée.

— Oui, répondit Lydia en faisant pivoter le fauteuil de son bureau pour se détourner de l'ordinateur. Oui, bien sûr.

— Il vient de se passer quelque chose de complètement fou. Tu ne vas pas le croire…

— Quoi ? Que s'est-il passé ?

— Je viens juste de recevoir un SMS. D'elle. De l'autre fille. De Robyn.

Lydia ouvrit la bouche, mais aucun son n'en sortit.

— Elle dit que nous devrions nous rencontrer. Apparemment, il est très malade…

— Qui est malade ?

— L'homme. Le donneur. Notre père biologique. Il est très malade, et une femme lui a envoyé un message par téléphone, en disant que nous devrions aller le voir tout de suite.

— Quoi ?

— Oui, je te l'ai dit, c'est fou.

— Mais où est-il ?

— Aucune idée. Elle ne me l'a pas dit. Juste qu'elle y allait, et que peut-être nous devrions y aller tous ensemble.

— Mais pourquoi ne m'a-t-elle pas avertie aussi ?

— Je ne sais pas. Comme je te disais, je n'ai reçu qu'un SMS. Je ne lui ai pas encore répondu. Alors, qu'est-ce que je dois lui dire ?

— Oh, mon Dieu, je ne sais pas. Je ne crois pas... tu veux y aller ?

Il y eut un court silence, de l'autre côté de la ligne.

— Je ne sais pas, finit-il par répondre. C'est un peu...

— Oui, je sais. Un peu soudain.

— Oui, c'est ça. Mais c'est juste que... Je veux dire, et s'il était vraiment malade ? S'il était mourant ? Tu sais ? Et que c'était notre dernière chance de le voir ?

— Oui, exactement, murmura Lydia.

— Oui, reprit Dean, d'une voix plus ferme. Oui. Je crois que je vais y aller. J'irai. Ça paraît... ça paraît évident, dans un sens. Tout ça. Sky qui meurt, la rencontre avec toi, le bébé, et maintenant, ça... C'est comme si tout ça devait arriver, et qu'il fallait que ça arrive maintenant. C'est... je ne sais pas, ça me paraît normal.

Lydia laissa le silence se prolonger un instant, le temps de rassembler ses idées.

— Tu es toujours là ? demanda Dean.

— Oui, oui. Je suis toujours là. Mais… je ne suis pas sûre. Il y a déjà eu tellement de choses à absorber, ces derniers temps. Je ne sais plus où donner de la tête…

— Je t'en prie, Lydia. Viens avec moi. S'il te plaît.

Lydia inspira violemment. Les mots, prononcés avec simplicité, provoquèrent un sursaut chez elle. « Je t'en prie, Lydia. » C'était son petit frère. Bien sûr, qu'elle irait avec lui.

— Oui, dit-elle. Désolée. Oui, bien sûr, je viendrai. Réponds-lui oui. Et rappelle-moi dès que tu l'auras eue au téléphone. Pour me répéter ce qu'elle t'a dit, d'accord ?

Dean la rappela deux minutes plus tard.

— Elle y va demain. Demain après-midi. Nous avons rendez-vous à la gare de Liverpool Street, à quatre heures et quart. Tu viendras ?

— Oui, je t'ai dit oui ! Ne t'inquiète pas. Et comment la reconnaîtrons-nous ?

— Elle a dit qu'elle aurait une robe rouge et des lunettes noires.

La description fit rire Lydia qui imagina leur demi-sœur comme une sorte d'agent secret des années quarante.

— D'accord. Et quelle impression t'a-t-elle faite ?

— Elle avait l'air bien. Tu sais. Accent londonien. Assez amicale. Une fille normale, en fait.

— Bon, c'est bien. Mais tu ne veux pas venir ici, d'abord ? Tu viens un peu plus tôt, et nous irons ensemble ?

— Bien sûr. Absolument. Je viendrai vers deux heures, d'accord ?

— Oui, fit Lydia, soulagée. Oui, vers les deux heures. À demain.

Il y eut une courte pause, puis Dean demanda, d'une voix teintée d'inquiétude :

— Tu vas bien, Lydia ?

— Oui, répondit-elle d'un ton bref. Je vais bien.

— Tu as l'air un peu triste.

— Non, je vais bien, je t'assure. Sincèrement. À plus tard.

Elle coupa la communication et se renversa contre le dossier de son fauteuil.

Et soudain, de façon tout à fait inattendue, elle fondit en larmes.

ROBYN

C'était aujourd'hui que Robyn était censée rencontrer son frère, sa sœur et son père biologique. La journée avait commencé sous un soleil brillant, puis le ciel s'était chargé de nuages menaçants, et l'air s'était rafraîchi. Le jour précédent, il avait fait très chaud et elle s'était rendue à l'université vêtue d'une robe bustier, le genre de vêtement qu'elle réservait généralement à des vacances à l'étranger. Elle avait donc promis à Dean qu'elle porterait une robe rouge, mais aujourd'hui on semblait avoir changé de saison. La robe à laquelle elle pensait était trop légère, aussi passa-t-elle son armoire en revue, afin de dénicher une touche de rouge. C'est alors qu'elle aperçut la couleur pain brûlé de sa robe de soirée, celle que Jack lui avait offerte pour leur anniversaire. Elle toucha le tissu et se dit que dans un sens c'était la robe idéale pour un jour comme aujourd'hui. Car cette journée se devait d'être de bon augure, et la robe elle-même serait une sorte de porte-bonheur. Et enfin, l'idée de porter un vêtement qui n'était absolument pas adapté à la situation lui plaisait beaucoup.

Elle enfila la robe et un sweat-shirt à capuche rouge, pour protéger ses bras et ses épaules. Elle chaussa des ballerines rouges et se fit un chignon à la va-vite, sur le côté, en prenant soin de dégager sa nuque pour que son tatouage soit bien visible. Elle se regarda dans le miroir et décida qu'elle faisait très jeune. Alors, elle mit de l'eye-liner noir et du rouge à lèvres. Quand elle se regarda de nouveau, elle trouva qu'elle ressemblait à Lily Allen. Cette idée la fit rire, malgré sa nervosité.

Jack sourit quand elle entra dans son bureau, un moment plus tard.

— Tu es vraiment très jolie.

Robyn sourit de plaisir, et il enchaîna :

— C'est la dernière fois que je te pose la question, mais tu es vraiment sûre que tu ne veux pas que je t'accompagne ?

— Absolument sûre. Franchement.

Elle tira sur une bouloche de laine noire échappée de son polo, et la laissa tomber sur le sol. Puis elle lui posa la main sur la joue. Sa peau était chaude, hérissée d'une barbe naissante. Il pressa sa propre main contre celle de Robyn, la maintint un moment et l'embrassa.

— N'oublie pas, je veux que tu prennes des notes. Je veux avoir tous les détails possibles, pour raconter cette histoire dans mon prochain roman…

— Oui, d'accord ! s'exclama-t-elle en riant. Et tu écrirais quoi, sur ce qui se passe maintenant, par exemple ?

Il se renversa dans son fauteuil et l'observa avec un petit sourire.

— J'écrirais : « Elle avait mis sa robe préférée. Celle que son merveilleux petit ami lui avait offerte, trois mois plus tôt. Elle aimait profondément son petit ami. Elle avait tellement de chance de l'avoir rencontré... »

Robyn lui donna une bourrade affectueuse et se mit à rire.

— C'est bon, je m'en vais. Le dernier train revient vers minuit. Tu m'attendras ?

— Oui. Bien sûr. Mais...

Il s'interrompit et contempla le sol en cherchant ses mots.

— Qu'est-ce qu'il y a ? demanda-t-elle.

— Rien.

— Allez, tu ne peux pas me faire ça. Dis-moi ce que c'est.

— Eh bien, reprit-il en soupirant. Imagine qu'il soit mourant, et... et que vous ayez tous l'impression qu'il n'en a plus que pour quelques heures, et que tu sois obligée de repartir prendre le train ? Que feras-tu ?

Robyn haussa les épaules. Elle n'avait pas pensé à ça.

— Je suppose que je rentrerai, et que je retournerai le voir le lendemain.

Jack approuva d'un hochement de tête. Robyn était certaine qu'il avait d'autres idées en tête, mais elle n'avait pas le temps de l'écouter. Elle l'embrassa et partit.

Alors qu'elle se dirigeait vers la gare, elle eut la sensation que le monde vacillait et basculait autour d'elle, comme un ivrogne un peu effrayant. Rien n'avait la même apparence que la veille. Rien n'était tout à fait comme elle s'y attendait. Avec sa robe de soirée orange et ses lunettes noires, elle avait l'impression d'endosser une nouvelle personnalité. Pendant un moment, elle ne parvint pas à se rappeler pour qui elle voulait se faire passer. Et puis tout à coup, dans un sursaut, elle se rappela : elle faisait semblant d'être elle-même.

Une demi-heure plus tard, quand elle monta l'escalator de Liverpool Street, elle était toujours en proie à ce sentiment étrange et irréel, d'être en train de jouer son propre rôle. En fait, plus elle approchait du point de rendez-vous, « à côté du Burger King », plus elle s'accrochait à son rôle. Elle était devenue si ténue, si peu substantielle, ces dernières semaines. Elle ne pouvait tout de même pas rencontrer ces personnes, son frère et sa sœur, en n'étant pas au moins celle qu'elle avait été autrefois.

Elle vérifia l'heure. Deux minutes de retard. Elle remit de l'ordre dans ses cheveux, tira sur l'encolure de sa robe, rajusta la taille. Une fine couche de transpiration avait surgi sur sa peau, et elle inspira profondément pour maîtriser sa nervosité. Elle était Robyn Inglis, la fameuse Robyn Inglis, et ça, c'était cool.

Elle ralentit le pas, puis s'immobilisa complètement en les voyant. Elle était sûre que c'étaient eux. Inutile de décrire les vêtements et les accessoires, car cela ne faisait pas l'ombre d'un doute. Une grande femme mince avec des cheveux noirs séparés par une raie sur le côté, et un grand garçon mince avec des cheveux noirs coupés court. La femme portait de très beaux vêtements, un jean très chic, un tee-shirt bleu et un cardigan à maille fine. Le garçon portait des vêtements banals et bon marché, visiblement de chez Primark. Pris séparément, rien ne semblait les relier. Mais quand on les voyait côte à côte, comme en ce moment, ils ne pouvaient être que frère et sœur.

Robyn s'avança comme dans un brouillard. Toutes ses inquiétudes et ses préjugés se dissipèrent, et elle oublia qu'elle voulait se présenter sous un certain jour. Au fur et à mesure qu'elle approchait, elle distinguait mieux leur nez, leurs joues creusées, leurs lèvres pleines, leur mâchoire carrée. Ils n'étaient pas identiques, mais ils se ressemblaient. Ils étaient comme elle. Prenant conscience de l'énormité de ce qui se passait, elle hâta le pas. Elle voulait s'approcher encore, encore, en voir davantage. Elle voulait se retrouver devant eux et les regarder au fond des yeux.

La femme leva la tête, repéra Robyn et aussitôt son visage grave s'éclaira d'un sourire. Elle dit quelque chose au garçon qui se tourna à son tour et sourit, avec plus de retenue. Alors, ils allèrent à la rencontre les uns des autres, comme des morceaux de métal attirés par un même aimant invisible.

Robyn se rappellerait toute sa vie les moindres détails de cet instant. Elle se rappellerait les odeurs d'huile et de viande qui s'échappaient du stand du Burger King, la voix impersonnelle annonçant l'arrivée d'un train, de l'autre côté du hall de gare, le rayon de soleil tombant de la verrière et touchant le sol de marbre sous ses pieds. Puis elle se rappellerait qu'une femme du nom de Lydia, qui sentait le shampoing, l'avait brièvement serrée dans ses bras. Et ensuite qu'un garçon du nom de Dean, qui lui fit l'effet d'être un petit enfant, l'avait à son tour attirée contre lui. Elle se rappellerait leur visage, leurs yeux, tous trois se dévisageant comme s'ils cherchaient ce qui leur avait désespérément manqué toute leur vie : le besoin vital de reconnaître chez quelqu'un d'autre une partie de soi. Elle eut vaguement l'impression de se trouver au-dessus de la scène, comme si elle l'observait de l'extérieur tout en y participant. Un peu comme dans un rêve.

Elle ne se rappela pas vraiment ce qu'ils dirent ; ce n'étaient que des mots. Si ce moment avait été une scène du film tiré du roman de sa vie, il n'y aurait pas eu de dialogue. Juste une bande sonore dans le fond, peut-être quelque chose évoquant une épopée, comme *Chasing Cars*. En revanche, elle se rappelait l'impression irrésistible de faire partie d'un groupe. Et aussi un sentiment de fierté incomparable, quand elle s'était avancée vers le quai numéro 9, entre sa sœur si belle et son frère superbe, et qu'ils étaient montés dans le train qui les emmenait à la rencontre de leur père.

LYDIA

Lydia posa sur son père un regard intimidé.

— Bonjour, je suis Lydia.

Daniel l'observa longuement et sourit.

— Tu es très jolie, dit-il d'une voix rauque. Et toi aussi, ajouta-t-il en se tournant vers Robyn.

Les deux filles eurent un rire heureux, et un peu nerveux. Puis il vit Dean et tendit vers lui une main sèche, comme une serre d'oiseau de proie.

— Et tu es très beau.

Il ferma les yeux, comme s'il avait dû fournir un effort intense pour les tenir ouverts. Mais sa bouche garda son sourire, et sa main continuait d'agripper celle de Dean. Debout autour de lui, ses trois enfants le contemplaient.

Un profond silence régnait dans la chambre. Un silence qui traduisait le choc, le respect, l'acceptation, et la réflexion. Et le fait qu'ils ne savaient pas quoi dire. De toute évidence, aucun d'eux n'éprouvait ce qu'il s'était attendu à éprouver, et tous étaient décontenancés par le spectacle terrible de cet homme mourant, dans son lit d'hôpital. Et de toute évidence aussi, ce moment n'était pas tiré tout droit du dénouement d'un de ces feuilletons télé à l'eau de rose, destinés à tirer des larmes aux spectateurs. La conversation ne serait ni passionnante ni émouvante, mais maladroite et banale. Le fait d'avoir rencontré cet homme au cours des dernières heures de son existence n'allait pas changer la vie de Lydia. Ni de quiconque, d'ailleurs.

Mais, de toutes les choses remarquables qui étaient arrivées à Lydia au cours de la semaine, celle-ci était probablement la plus extraordinaire. Elle se tenait près de son père. Entourée par son frère et sa sœur. Et dans une autre partie de la chambre se trouvait un homme qui était son oncle. Non seulement son oncle, mais aussi le frère jumeau de son père. Presque toutes les personnes présentes dans cette pièce étaient liées à elle par le sang. Cette pensée étourdissante la comblait de bonheur. Elle sourit à Dean, et celui-ci lui rendit son sourire. Elle se demanda à quoi il pensait. Contrairement à elle-même et à Robyn, c'était la première fois qu'il posait les yeux sur un homme qu'il pouvait considérer comme son père.

—Comment te sens-tu, Daniel? demanda Maggie, la femme sympathique qui leur avait expliqué dans la voiture qu'elle était «l'amie» de Daniel.

Il pencha la tête légèrement de côté.

—Je suis heureux, répondit-il.

Le visage de Maggie s'éclaira et ses yeux s'embuèrent de larmes.

—Bien. C'est vraiment, vraiment bien.

Lydia comprit que cette femme blonde et douce n'avait jamais souhaité autre chose. Et peut-être que malgré tout son cynisme elle devait admettre que c'était cela l'apothéose, le bonheur qui durait toujours. Résumé dans ces quatre mots, « je suis heureux », et « bien ». La boucle était bouclée, l'histoire arrivait à sa conclusion.

Soudain, Daniel souleva de nouveau ses paupières et son regard étrange passa sur eux trois, d'un visage à l'autre. Puis ses paupières s'alourdirent et se rabaissèrent.

— Où est le garçon ? demanda-t-il d'une voix sourde. L'autre garçon ?

Lydia sentit sa gorge se nouer. Elle s'attendait à ce que la question surgisse. Elle sourit tristement et posa la main sur l'épaule de son père.

— C'était mon frère. Il est mort quand il était bébé. La mort subite du nourrisson.

Elle vit son père froncer les sourcils.

— Je le savais, dit-il. Je le savais. Pauvre petit bébé. Quel âge avait-il ?

— Six mois. Il s'appelait Thomas.

— Thomas, répéta-t-il, comme pour mieux prendre conscience du prénom. Pauvre petit garçon. C'est triste. Pour toi. Pour ta mère. Pour nous tous. C'est très triste.

Puis il se détourna et reposa lourdement sa tête sur l'oreiller.

— Merci à vous tous. Merci d'être venus. Je suis heureux.

Il ferma les yeux, et Lydia jeta un coup d'œil interrogateur à Maggie. Celle-ci sourit et s'approcha de Daniel.

— Veux-tu te reposer, à présent ? demanda-t-elle en lui prenant la main.

Il hocha la tête lentement, avec peine. Et un instant plus tard ils virent qu'il s'était déjà rendormi. Le cœur de Lydia tressauta. Brusquement, elle revint en arrière et se retrouva dans cette chambre d'hôpital étouffante à Cardiff, attendant que son père meure, et se demandant à quoi ressemblerait la mort quand elle arriverait.

— Venez, dit Maggie en relâchant la main de Daniel. Allons prendre une tasse de thé. Il faut le laisser dormir.

À minuit, Maggie les ramena tous à l'appartement de Daniel. Celui-ci était toujours vivant, et le dernier train pour Londres était parti depuis longtemps. Marc resta à la clinique. Il allait passer la nuit sur un lit de camp, à côté de son frère, ne supportant pas l'idée que Daniel puisse mourir seul, au milieu de la nuit. La chambre de Daniel avait paru presque douillette à leur départ. Marc s'était allongé sous la couverture, et seule la lampe de chevet était allumée. Tout était calme, silencieux. Il était presque difficile de croire qu'au milieu de tout ce confort, dans cette atmosphère paisible, se trouvait un homme en train de mourir.

Ils gardèrent tous le silence, dans la voiture de Maggie. Ils avaient parlé toute la journée, tellement parlé. À présent, ils avaient besoin de digérer les événements. Lydia était assise devant, et l'air qui entrait par la fenêtre soulevait ses cheveux, les plaquait sur son visage. Ses yeux étaient tournés vers l'extérieur, et le paysage défilait devant elle en lambeaux lumineux. Des éclairages publics, des devantures, des bornes, des feux de circulation. Et tout là-haut, par-dessus tout ça, une énorme pleine lune qui l'observait comme si elle savait ce qu'elle pensait. Elle fixa les contours cotonneux de la lune et contempla son existence. La ligne qui prenait naissance dans un cabinet médical de Harley Street était sur le point de se terminer dans une petite chambre d'hôpital de Bury Saint Edmunds. Elle pensa à l'homme gris et maigre allongé dans le lit, l'homme qui lui avait dit qu'elle était belle, et essaya de déceler une pointe d'émotion en elle. Mais il n'y avait rien. Daniel semblait être quelqu'un de bien. À en juger par son amie et son frère, il était certainement quelqu'un de bien. Mais il n'était rien de plus que cela. Un homme. Un homme gentil, d'origine française.

Elle détourna son attention de la lune, pour projeter son regard à l'intérieur de la voiture. Elle observa son frère au visage creux, barré par les lumières multicolores de l'extérieur, le regard perdu dans le vague. Puis elle passa à sa jolie petite sœur, son téléphone à la main, appuyant furieusement sur les touches pour envoyer un SMS. Et elle sut que c'était tout ce qui comptait pour elle. Non pas son père, mais ces deux-là. Son frère et sa sœur. Elle était contente d'avoir vu son père. Satisfaite de pouvoir tirer un trait sur cette partie de sa vie personnelle. Mais ce dont elle avait besoin, ce n'était pas un père. C'était une famille.

— Bien, dit Maggie.

Étouffant un bâillement, elle tira des draps d'un grand placard en haut de l'escalier.

— Les filles pourraient partager le grand lit, dans la chambre de Daniel ? Il faut que je change les draps, car Marc a dormi là. Et vous, ajouta-t-elle à l'adresse de Dean, vous pourriez dormir en bas, dans le canapé. C'est d'accord ? Il y a des tas de couvertures ici. Ça vous va ?

Dean acquiesça d'un air absent et prit la couverture que Maggie lui tendait.

— Il y a tout ce qu'il faut dans la cuisine. Du pain, du lait, des jus de fruits, et cetera. Et vous avez mon numéro de téléphone en cas de problème. Si vous avez besoin de quoi que ce soit, appelez-moi. Je n'habite qu'à dix minutes d'ici. Je serai là en un rien de temps.

Elle leur montra la cuisine, la terrasse, les verrous de la porte d'entrée, après quoi elle partit, avec un air d'excuse.

— Je reviendrai demain matin, tôt. Et s'il se passe quelque chose dans la nuit, je vous préviendrai.

Lydia referma la porte derrière elle, et ils s'entre-regardèrent tous les trois, Dean, Robyn et elle. De toute évidence, ils pensaient tous la même chose. Ils venaient de vivre des heures graves et intenses, et la figure maternelle de Maggie venait de se retirer, les laissant seuls. Étant donné leur âge c'était étrange, cette sensation d'avoir été laissés seuls à la maison, livrés à eux-mêmes. Et après les événements pesants de la journée, c'était un peu comme si on venait de leur accorder la permission de se conduire comme des enfants.

— J'ai cru voir une bouteille de vin dans ce réfrigérateur, non ? dit Robyn, avec une lueur malicieuse dans les yeux.

— Il y en a deux, précisa Lydia.

— Oui, et il y en a toute une rangée par là, regardez.

Dean désignait un porte-bouteilles rectangulaire fixé au mur dans le hall.

— Je ne suis même pas fatiguée, fit remarquer Robyn.

— Moi non plus, renchérit Dean.

Lydia sourit.

— Eh bien moi, je l'étais. Mais, mon Dieu, après une journée pareille, j'ai vraiment besoin de boire un verre...

— On le fait, alors ?

— De toute façon, il ne pourra plus jamais le boire lui-même, n'est-ce pas ? répliqua Lydia.

Robyn lui lança un regard choqué et ravi.

— Lydia ! Tu ne peux pas dire une chose pareille !

Dean éclata de rire.

— Pourquoi ris-tu ? fit Lydia.

— À cause de toi. Tu n'as pas de cœur.

— Oh si, j'ai un cœur ! protesta-t-elle, d'un ton espiègle. Mais c'est vrai, non ? Si nous ne le buvons pas, il sera gaspillé.

— Et son frère ? Il aura peut-être envie de le boire quand il reviendra, tu sais, après...

— Regarde ! rétorqua Lydia en faisant un geste vers le porte-bouteilles. Il y en a des tas ! Nous remplacerons celle que nous allons boire. Allons. Je suis sûre qu'il voudrait que nous buvions ce vin. Je le sais. Il est français, pour l'amour du ciel!

En quelques minutes, ils eurent sorti des verres, trouvé un tire-bouchon et pris dans le réfrigérateur une bouteille qui avait l'air d'être très chère. Ils s'installèrent sur le sol du salon, Lydia entreprit de déboucher la bouteille. L'un d'eux avait allumé les lampes sur les tables et la porte de la terrasse était ouverte, laissant passer des bouffées de vent frais. Robyn alluma une bougie, la pièce prit une allure confortable, et tout leur sembla très naturel. La pendule sur la cheminée indiquait qu'il était une heure moins le quart.

Lydia leva son verre de vin.

— À nous. Qui que nous soyons.

Elle regarda son frère et sa sœur, et soudain elle sut exactement qui ils étaient, tous les trois. Ils étaient les gosses. Juste les gosses, purement et simplement. Pas des « gosses » comme ceux qui allaient et venaient dans une maison, et appartenaient tous aux mêmes parents. Pas le genre de « gosses » dont les parents parlaient quand ils n'étaient pas là. « Tu n'as pas vu les gosses ? » Mais des gosses quand même.

— Les gosses de Daniel, dit-elle en souriant. Adorables, et dans toute notre gloire.

— Et nous sommes adorables, pas vrai ? ajouta Robyn avec un grand sourire.

Dean émit un grognement de protestation.

— Vous deux, peut-être. Mais moi, je suis bidon.

Les filles se mirent à rire affectueusement, et ils trinquèrent. Dean trouva un lecteur de CD, et mit le seul CD dans la collection de leur père qui leur convenait à tous les trois. *Reload*, de Tom Jones. Le disque fournit un fond sonore enjoué à leur conversation émaillée de rires. La soirée prit un air de fête, et Lydia se sentit envahie d'une douce chaleur en regardant leurs visages jeunes, animés et souriants, dans la lueur de la bougie. Puis, presque comme un fantôme, elle vit un visage se dessiner à côté des leurs, celui d'un autre jeune homme, souriant, qui ressemblait un peu à Lydia, un peu à Dean, et un peu à Robyn. Un jeune homme avec l'accent gallois et une grande sœur qui s'appelait Lydia. Son nom était Thomas.

— Portons un autre toast, dit-elle, interrompant la conversation. À Thomas. Le frère que nous avons perdu.

Les visages redevinrent graves et, l'espace d'un instant, elle se reprocha d'avoir gâché l'atmosphère joyeuse et détendue. Puis les deux autres sourirent et levèrent leur verre.

— Oui, à Thomas. Que son âme repose en paix.

Curieusement, personne ne parla de Daniel. Ils étaient dans une bulle qui n'appartenait qu'à eux, un monde impénétrable dans lequel ils ne laissaient entrer que ce qu'ils trouvaient amusant, intéressant, ou excitant. Demain, Maggie Smith les ramènerait à la clinique, et s'ils n'arrivaient pas trop tard ils verraient vraisemblablement leur père mourir. Mais cette soirée n'était qu'à eux, et à leur club des merveilles secret.

Ils avaient déjà bu la moitié de la deuxième bouteille de vin, et Dean était en train de rouler un joint sur le plateau de verre de la table du salon.

— Au fait, dit-il à Lydia. C'est qui, ce type gay ?

— Quel type gay ? répondit-elle en grimaçant.

— Celui qui habite chez toi. Celui qui a tous les…

Il plaça ses mains devant son torse, pour décrire des pectoraux surdéveloppés.

— Bendiks ?

— Ouais ! fit-il en s'esclaffant.

— Je ne vois pas ce qu'il y a de drôle.

Dean ricana de nouveau et lança un coup d'œil à Robyn qui riait comme lui. Lydia sentit se creuser le fossé des années qui les séparaient.

— Bendiks, répéta-t-il. Tu sais, c'est vraiment drôle, ce nom.

— Je ne comprends pas…

— Parce qu'il est gay ! lâcha Dean, en riant aux éclats. Bon, je ne t'apprends rien, *dick*, c'est un mot d'argot pour le sexe des mecs. Et comme il est gay, c'est plutôt marrant. Ça veut dire que Ben met son *dick* dans le derrière des autres types…

Lydia hocha la tête, et sourit.

— Ah, je vois. Je n'y avais jamais pensé. Mais il n'est pas gay.

— Oh si, tu t'en apercevras tôt ou tard. Il est complètement homo.

— Non. Franchement, je sais que non…

— Et c'est qui, ce *Ben Dicks*, putain ? les interrompit Robyn avec impatience.

—Bendiks est mon locataire. Il habite chez moi. C'est aussi mon entraîneur sportif.

—Oh, fit Robyn en arrondissant les lèvres. Je vois.

—Sérieusement, Lydia, reprit Dean. Il est pédé comme un phoque. C'est évident.

Lydia secoua la tête et sourit.

—Je suis sérieuse. Il n'est pas gay. Moi aussi, je croyais qu'il l'était. Mais je lui ai posé la question.

—Quoi ? C'est vrai ? Et qu'est-ce qu'il a dit ?

—Il n'a rien dit. Il… il m'a embrassée. Et le reste…

Ils écarquillèrent les yeux, Robyn plaqua une main devant sa bouche, et pendant quelques secondes Lydia eut l'impression d'être une vieille tante parlant à ses neveux.

—Bon ben, ça veut dire que je me suis trompé, admit Dean. Mais j'aurais juré…

—Il s'épile les sourcils, reprit Lydia.

La remarque les fit une fois de plus éclater de rire.

—C'est vrai… et quand un homme s'épile les sourcils ça lui donne l'air gay. Vous ne trouvez pas ?

—Ah, ouais ! Dis-lui d'arrêter. Dis-lui que ça envoie les mauvais signaux aux autres.

À cet instant précis, Tom Jones entama la chanson *Sex Bomb*. La coïncidence les fit rire tous les trois. Dean avait fini de rouler le joint et il suggéra d'aller s'asseoir sur la terrasse pour le fumer. Les filles le suivirent, Robyn avec une couverture sur les épaules, et Lydia avec son cardigan. L'air était vif et glacé, et les chaises en rotin imprégnées d'humidité.

— Il y a une jolie vue, fit remarquer Robyn, en resserrant les pans de la couverture sur ses épaules. Je ne m'étais pas rendu compte que nous étions si loin de la ville.

Dean craqua une allumette et l'approcha de l'extrémité du joint. Lydia l'observa, réprimant l'élan maternel qui la poussait à lui dire qu'il ne devrait pas fumer, que c'était mauvais pour sa santé, et qu'il avait promis d'arrêter. Mais Dean avait une mère. Ce n'était pas à elle de lui dire ça.

— C'est comment, l'endroit où tu vis ? lui demanda Robyn.

La question fit rire Dean.

— Qu'est-ce qu'il y a ? s'exclama la jeune fille.

— Rien, répondit Dean. C'est une bonne question, voilà tout.

— Je vis dans une grande maison, déclara Lydia en souriant. Dean trouve ça dôle.

— Tu es allé chez elle ? s'enquit Robyn, les yeux élargis de surprise.

— Oui. Des tas de fois. Ce n'est pas une « grande maison », c'est un palais ! Putain, elle a même un code postal rien que pour elle !

— Oh, non, riposta Lydia. Sérieux, c'est juste une maison. Elle est grande. Il faudra que tu viennes me voir.

— Cool ! fit Robyn. Et je pourrai voir ton petit ami homo, aussi ?

— Ce n'est pas mon petit ami, je te l'ai dit.

Robyn eut un sourire malicieux.

— Comme tu veux, répondit-elle d'un air entendu.

Le souffle court, Lydia réfléchit à la possibilité de faire des confidences à Dean et à Robyn. La différence d'âge se faisait de nouveau sentir, et elle se demanda comment ils réagiraient à ses problèmes. Mais n'était-ce pas là justement tout l'intérêt d'être liée à d'autres personnes ?

— Vous allez me dire ce que vous pensez de ça... commença-t-elle.

Et elle leur relata l'histoire de Bendiks, sa faillite financière, les billets de cinquante livres, les vêtements de stylistes, et pour finir les soupçons de Juliette.

— Il t'a plu ? demanda-t-elle à Dean. Quand tu l'as rencontré chez moi... qu'est-ce que tu en as pensé ?

Comme elle s'y attendait, Dean haussa les épaules.

— Je me suis juste dit qu'il était gay.

Robyn pouffa de rire.

— Bon, sérieusement, il m'a paru sympa. Un peu sombre et passionné, mais après tout c'est un Européen de l'Est. Mais il ne m'a pas fait l'effet d'un pique-assiette.

Lydia soupira et ne dit rien.

— Je suis sûre qu'il y a une explication rationnelle, déclara Robyn d'un ton rassurant. Peut-être que c'est quelqu'un d'autre qui lui a payé tout ça ?

Lydia fit un geste de dénégation. Elle savait que ce n'était pas possible. Elle avait la conviction que quelqu'un l'avait prise pour une imbécile.

— Oh, bon. De toute façon, ce n'était pas une relation sérieuse. Ce n'était que pour s'amuser, tu sais…

Elle laissa sa phrase en suspens, en espérant avoir l'air cool, nonchalante. Mais, à en croire l'expression de pitié dans les yeux de sa sœur, elle avait lamentablement échoué.

— Et toi ? ajouta-t-elle, changeant rapidement de sujet. Tu as un petit ami ?

Robyn ramena ses pieds sous elle et frissonna légèrement.

— Oh, oui. Et si tu trouves que c'est mal de penser que ton copain est peut-être gay, alors écoute ça…

Dean et Lydia lui lancèrent un regard interrogateur.

— J'ai cru que mon copain était mon frère.

Dean plissa les yeux derrière un nuage de fumée.

— Continue, dit-il.

— En fait, ce n'est pas très drôle. Mais quand j'ai commencé à sortir avec mon copain, un jour je l'ai vu dans le miroir, et j'ai cru que c'était moi. Et aussi, plusieurs de mes amis l'ont rencontré, et ils disaient tous qu'il me ressemblait tellement qu'il aurait pu être mon frère. Et cela aurait été possible, non ? À l'époque je ne savais même pas que j'avais deux frères. J'ai commencé à paniquer. Et alors, j'ai découvert que mon deuxième frère, tu sais, le petit Thomas, était né la même année que Jack. Et pourtant, je continuais à coucher avec lui ! Ce n'est pas complètement dingue ? Sérieusement ? Je couchais avec lui, tout en sachant qu'il y avait une possibilité qu'il soit mon frère...

— Ouais, ça, c'est vraiment merdique, admit Dean en faisant la grimace.

— Ouais. Je sais. Mais je ne pouvais pas m'en empêcher. C'était comme... une force que je ne contrôlais pas. Mais au bout de quelque temps je n'ai plus pu supporter cette idée, et je l'ai plaqué. Enfin, je ne l'ai pas vraiment plaqué, j'ai pris mes distances. Je ne l'ai plus vu pendant quelque temps. C'était atroce. Mais bon, en fin de compte, tout était OK. Vous savez, en réalité, il s'est révélé que Jack n'était pas mon frère, et que je n'étais pas une sale perverse. Sa mère est venue me voir, je lui ai posé la question, et elle m'a répondu que j'étais cinglée ! Donc, c'est cool. Mais quand même. Vous savez... je suis malade, ou quoi ?

Elle se mit à glousser de rire, et Lydia comprit que c'était la première fois qu'elle s'autorisait à rire d'une chose aussi grave. C'était la première fois qu'elle trouvait quelque chose de drôle à la situation. Lydia se dit que c'était ça, d'avoir des frères et sœurs. C'était cette légèreté d'esprit, ce bavardage à bâtons rompus, ces rires. On se débarrassait des poids inutiles, on chassait les nuages obscurs pour atteindre une issue.

— Tu lui en as parlé ? Tu lui as dit à quoi tu avais pensé ?

Robyn secoua vigoureusement la tête.

— Pas question.

— Pourquoi ?

— Il m'aurait prise pour un monstre, répondit-elle en haussant les épaules. De croire qu'il était mon frère, et de baiser quand même avec lui ! Et il m'en aurait voulu de lui avoir menti. Tu ne crois pas ?

La question révélait les doutes de la jeune femme, et Lydia prit un instant de réflexion pour lui répondre.

— Je ne crois pas. Pourquoi t'en voudrait-il ? Ce n'est pas ta faute. Pas du tout. Nous avons tous des choses dingues, un peu folles, au fond de nous. Et nous nous trouvons sans arrêt des excuses un peu bizarres. S'il t'aime, s'il tient à toi, il le comprendra sûrement.

— Oui. Je pense que tu as raison. Je sais qu'il flippe encore à l'idée que nous avons failli nous séparer. Je n'ai jamais réussi à lui expliquer ce qui s'était passé. Mais je devrais sans doute le faire. Tu as raison. Toutes ces pensées bizarres font partie de ma personnalité, et il faudra qu'il l'accepte. Et tu sais, de vous voir aujourd'hui, de voir notre père biologique, tout cela m'a fait comprendre ce qui n'allait pas dans ma vie depuis un an. Et…

Elle se tut un moment et inspira. Puis elle sourit.

— Et ça m'a fait comprendre ce que je dois faire. J'ai toujours cru que mon père biologique était un dieu, et que j'étais moi aussi une sorte de divinité. Mais en réalité, c'est juste un homme, et je suis juste une fille, le reste de ma vie n'est pas gravé dans la pierre, et à partir de maintenant je vais la vivre au jour le jour !

Elle prononça ces mots avec un sourire de satisfaction, et Lydia eut le cœur empli de fierté en voyant quelqu'un d'aussi jeune résoudre ses problèmes avec autant de détermination.

Du coin de l'œil, elle vit Dean écraser le joint contre le mur de briques et le glisser dans la poche de sa veste.

— C'est drôle, dit-il en fourrant les mains dans ses poches et en s'adossant au fauteuil. Parce que moi, ça m'a fait l'effet inverse. J'ai vécu trop longtemps au jour le jour. De vous voir toutes les deux, aussi intelligentes et aussi… comment dire ? déterminées, et tout… cela m'a fait réfléchir à ce que je pouvais faire. Personne ne m'a jamais dit que je devrais faire quelque chose de ma vie. Tout le monde m'a laissé croire que c'était aussi bien de se laisser pousser par les événements. La seule qui croyait que j'aurais pu être mieux que ce que j'étais, c'était Sky…

— Qui est Sky ?

Dean tressaillit et se pressa contre le dossier du fauteuil.

— C'était ma copine. La mère de ma fille. Elle est morte…

— Oh, non, Dean, je… je suis désolée, balbutia Robyn, avec un léger mouvement de recul.

— Ouais, eh bien, c'est la vie, non ? J'aurais préféré que ça n'arrive pas. C'est ce qui s'est passé de pire dans ma vie, tu sais. Mais c'est comme ça, et j'ai fini par me faire à cette idée. Et maintenant je me dis que, peut-être, je peux devenir la personne qu'elle aurait aimé que je sois. Tu sais, je peux me remuer, et faire quelque chose. Contribuer à quelque chose. Je veux dire…

Il eut un sourire en coin et ajouta :

— Apparemment, ça doit être quelque part, en moi. Dans mes gènes. Après tout, je viens d'une famille de gens intelligents...

— Et ton enfant ? interrogea Robyn. Parle-moi de ton enfant.

— C'est une petite fille. Isadora. On l'appelle Izzy, c'est plus court. Elle va avoir quatre mois...

— Ouah ! Un bébé. Tu as un bébé. Et ça veut dire... ça veut dire que je suis sa tatie !

— Ouais. Ouais, c'est vrai. Vous êtes toutes les deux ses taties.

— Oh, mon Dieu ! Tu entends ça, Lydia ? Toi et moi... nous avons une nièce ! Nous sommes ses tantes ! Je n'ai jamais rien entendu d'aussi cool ! Tu as une photo d'elle ? Une photo d'Izzy ?

— En fait... marmonna-t-il en cherchant à l'intérieur de sa veste. J'en ai apporté une. Ma mère me l'a donnée. La voilà...

Il alluma son briquet et tint la flamme devant la photo. Lydia se pencha, et sa tête toucha presque celle de Robyn. Elle n'avait jamais vu de photo du bébé, elle non plus. Elle était là, un petit être en formation, avec de grands yeux, une bouche pleine et une masse de cheveux bruns.

— Oh, oui, dit Robyn en touchant un coin de la photo du bout de son index. Oh, oui, c'est bien l'une de nous. Elle fait partie de la famille, ça ne fait pas l'ombre d'un doute.

Ils restèrent ainsi un moment, tous les trois. Trois têtes brunes réunies autour de la flamme du briquet, contemplant avec un mélange d'affection et d'émerveillement cette preuve des liens puissants qui existaient entre eux. Ce bébé les réunissait bien plus sûrement que l'homme qui s'éteignait lentement à la clinique. Les yeux plongés dans les prunelles sombres de l'enfant, Lydia sentit des larmes perler sous ses paupières. Soudain, elle comprit à quoi servaient les bébés. Jusqu'ici, elle n'avait pas compris quel rôle un bébé pourrait bien jouer dans sa vie. Maintenant, elle savait.

La continuité.

L'assurance apaisante que tout continuerait, minute après minute, jour après jour, année après année, siècle après siècle. L'assurance que la vie ne se limitait pas à sa seule expérience. Que longtemps après qu'elle aurait disparu, il y aurait d'autres êtres comme elle ; et que peut-être un jour, quand il ne resterait plus comme trace de son passage qu'un bloc de granit dans un cimetière du pays de Galles, quelqu'un quelque part dirait quelque chose comme : « La grand-tante de ma mère a fait fortune grâce à la peinture, vous savez. » Et peut-être que non. Peut-être que plus personne ne parlerait d'elle, et que sa pierre tombale serait oubliée, recouverte de mousse et de crasse. Mais quand même, de savoir ça... de savoir qu'il n'y avait pas qu'elle. Et de se rappeler que sans la reproduction et la continuité il n'y aurait que la vieillesse et la décrépitude. Un point final...

Alors que là, entre les mains de Dean, se trouvait la preuve que la vie continuait.

— Elle est belle, dit Robyn, en lâchant la photo. Vraiment, vraiment belle.

— Ouais, reconnut Dean qui laissa s'éteindre la flamme du briquet et remit le cliché dans sa poche. Ce qui est plutôt miraculeux, étant donné qu'elle me ressemble.

Le commentaire détendit l'atmosphère, et ils rirent ensemble.

— Alors ? reprit Dean en se tapant sur les cuisses. Qui a envie d'un bol de corn flakes ?

Ils mangèrent leurs céréales sur leurs genoux, autour de la table basse du salon. La pendule marquait deux heures et demie, mais il leur semblait qu'il était trop tôt pour aller se coucher.

Ils formaient une famille, à présent. Lydia le savait, et elle était certaine que les autres le savaient aussi. Il aurait été surprenant qu'ils ne se retrouvent pas de nouveau tous les trois, à l'avenir, mais une soirée comme celle qu'ils vivaient ce soir ne se représenterait plus jamais. Les différentes raisons qui les avaient amenés ici… le fait qu'ils soient dans la maison de leur père, attendant qu'il meure, l'heure tardive, la pleine lune… Et non seulement ça, mais le caractère complètement nouveau de la situation. C'était leur premier rendez-vous, et Lydia aurait voulu que ça ne finisse jamais.

Ils mangèrent en silence. On n'entendait que le bruit des cuillères contre la porcelaine et le craquement des céréales sous leurs dents. Quand ils eurent fini, ils retournèrent immédiatement à la cuisine pour se resservir. Et quand ils eurent mangé leur deuxième portion, ils ouvrirent une nouvelle bouteille de vin, roulèrent un autre joint et regagnèrent la terrasse. Le ciel était déjà moins sombre, et la lune avait disparu. L'aube n'allait pas tarder à poindre.

Lydia frissonna, et Robyn ôta la couverture de ses épaules, pour la draper sur leurs genoux. Puis elle se pelotonna contre Lydia et posa la tête sur son épaule. Lydia se raidit un peu. Le geste lui rappela l'attitude de Dixie, au début de leur amitié. Lydia avait appelé ça « faire copain-copain », et Dixie s'était moquée d'elle en l'appelant « l'Homme en fer-blanc », l'un des personnages du *Magicien d'Oz*. Lydia repensa à ces moments, avec la tête de Robyn sur son épaule, ses cheveux qui lui effleuraient la joue, ses genoux pointus s'enfonçant dans sa cuisse. Elle chercha profondément en elle quelque chose qui, elle le savait, se cachait quelque part, un sentiment basique, humain, naturel. Et alors elle le sentit déferler en elle, se répandre de son cœur à ses pieds, à ses mains. Lydia passa un bras autour des épaules minces de Robyn et l'attira contre elle. Puis elle posa sa tête sur celle de la jeune fille et respira son odeur, l'odeur de sa petite sœur.

— Poussez-vous, dit Dean en se levant.

Lydia et Robyn se pressèrent sur le côté, et il se glissa à côté d'elles. Il passa un bras autour d'elles et ramena leur tête vers lui.

— C'est la meilleure soirée de ma vie, dit-il doucement.

Lydia et Robyn sourirent et le serrèrent contre elle. Et ils demeurèrent ainsi, Dean, Lydia et Robyn, tel un triangle humain, trois enfants qui s'étaient perdus, enfin réunis.

— Cette nuit, on ne dort pas ! déclara Robyn, avec un grand bâillement.

— Non, répondit Lydia. Pas question de dormir.

Ils finirent par s'endormir, malgré tout. Ils sortirent plusieurs couvertures du placard de Daniel et transformèrent le salon en terrain de camping. À quatre heures du matin, ils éteignirent les lumières, mais ne dormirent pas tout de suite. Il y avait encore des choses à raconter, d'autres choses qui les faisaient rire. (« Écoutez, avait lancé Dean d'un ton mélodramatique. Vous croyez que Maggie se mettra avec le jumeau, quand l'autre sera mort ? C'est un peu comme avoir un double en réserve, non ? ») Ils avaient aussi d'autres choses à apprendre les uns des autres. Mais, quand le soleil commença son ascension au-dessus du Suffolk, Robyn et Dean finirent enfin par se taire, leur respiration se fit profonde et régulière, et Lydia sut qu'il n'y avait plus qu'elle qui veillait, dans la maison de leur père. Elle les contempla un moment, scrutant ces visages doux et juvéniles, abandonnés dans le sommeil. Les beaux cheveux noirs de Robyn étaient répandus autour de sa tête, et Dean avait posé une main sous sa joue, comme un enfant. Ils étaient en sécurité.

Elle s'endormit.

DANIEL

Entre ses paupières à peine entrouvertes, Daniel aperçoit une lueur verte, une spirale jaune, l'ombre d'un mouvement. En tournant la tête sur la droite, il voit une surface blanche, des lignes, des angles, un visage. De là, le visage apparaît comme une tache rose dans un tableau abstrait, avec des parties plus sombres, au milieu, qui s'effacent et réapparaissent quand il les fixe. Il sait que cette personne est Maggie, car il reconnaît sa voix. À certains moments, il comprend ce qu'elle dit. Il parvient à s'accrocher aux sons qui sortent de sa bouche et à les traduire en mots, dans ce monde bizarre et nouveau où il évolue. Un peu plus tôt, il ne sait pas si c'était hier, ou aujourd'hui, elle a parlé des enfants. *Les enfants.* Il lui a répondu. Il n'est pas sûr que sa réponse ait été intelligible. Il aurait voulu exprimer un sentiment de joie, d'excitation, mais il est fort possible que Maggie ait interprété sa réaction comme un malaise. Elle avait appelé une infirmière. Celle-ci était venue, et il y avait eu cette sensation de chaleur sur le côté droit, quand elle s'était penchée sur lui, la solidité rassurante d'un corps humain. Plus personne ne le touche, désormais. Même pas Maggie. Elle se contente de lui presser doucement la main. Parfois, cela lui fait mal. Parfois, ses mains sont douloureuses, comme si elles étaient couvertes de plaies. Mais en ce moment il n'a pas mal. Il se sent bien. Il a l'impression que du miel se déverse dans ses veines.

Et donc, les enfants sont venus. Il s'en souvient très clairement. Trois belles créatures humaines. Ils l'ont regardé avec de la pitié, de la curiosité, mais pas avec amour. Il ne s'attendait pas à recevoir de l'amour. Mais à un certain moment, avant qu'ils arrivent, ou pendant qu'ils étaient là, il avait cru qu'il était déjà mort. Il était même certain d'être mort, mais ce n'était pas du tout le cas. Car il s'était réveillé quand les enfants étaient arrivés, et il avait même prononcé quelques mots. Donc, non, il n'était pas mort. Mais rien ne disait qu'il ne l'était pas, à présent. Quoique non... il n'aurait pas distingué ces formes, ni entendu ces voix, s'il avait été mort. Et les enfants étaient revenus.

L'homme est là, lui aussi, à côté de Maggie. C'est son frère. Marc. Un peu plus tôt (était-ce hier ou aujourd'hui ?), son frère l'avait pris dans ses bras. Son frère l'avait embrassé. Et quand son frère l'avait embrassé, l'étrange esprit nouveau de Daniel l'avait emporté loin de cette chambre pendant un laps de temps. Son nouvel esprit l'emmène sans arrêt hors de cette pièce. Et cette fois il l'a ramené dans la chambre où son frère et lui dormaient lorsqu'ils étaient enfants. Il y avait des volets de chêne aux fenêtres, et un sol carrelé.

Daniel et son frère dormaient là ensemble, côte à côte, dans un petit lit à deux places, serrés l'un contre l'autre comme lorsqu'ils étaient dans le ventre de leur mère. Ils s'éveillaient chaque matin, poitrine contre poitrine, respirant l'haleine de l'autre. Ils ouvraient les yeux et souriaient de bonheur en se retrouvant, à l'aube d'une nouvelle journée à vivre ensemble.

Daniel s'était endormi de nouveau comme ça, les bras de son frère refermés autour de lui, leurs mains entrelacées. Chaque fois qu'il s'endort, il est étonné de se réveiller de nouveau. Le sommeil est si proche de la mort qu'il ne peut imaginer comment il fera la différence entre les deux, quand le moment sera venu. Lorsqu'il s'était éveillé de ce sommeil-là, son frère ne se trouvait plus sur le lit, et la chambre était vide. C'est la seule fois où Daniel a éprouvé une inquiétude, car sa chambre était vide. Plus la maladie prend de l'ampleur, et moins il est seul. Probablement parce qu'il dort plus longtemps, mais aussi parce que les gens n'aiment pas le laisser seul, au cas où personne ne serait là pour le voir partir. C'est comme lorsque vous attendez le bus… plus vous attendez, et plus il devient difficile de renoncer et de partir à pied.

Mais, à présent, la chambre n'est pas vide. Il y a Maggie, et Marc, et les enfants. Il ouvre les yeux, un millimètre seulement, et l'espace d'une seconde il a l'impression d'avoir une brève vision de son passé. Maggie et lui, côte à côte dans l'obscurité, devant un restaurant, attendant un taxi. Il a posé sa veste sur ses épaules nues, mais il ne la touche pas. Il ne la touche jamais. Il y a la même distance entre son frère et Maggie à présent, quelques centimètres à peine qui les séparent. Daniel a perdu l'habitude d'avoir un double de lui-même. Il regarde son frère, et il ne se dit pas : C'est mon frère, mais : C'est moi. Son frère est devenu un reflet de lui-même, et non un prolongement. Il laisse retomber ses paupières et inspire. Sa respiration fait un bruit abominable qui évoque les halètements d'une bête diabolique. Il sent son sang tourner dans son corps, avec une urgence remarquable. Vitale.

Les enfants. Elle parle de nouveau des enfants. Il essaye de capter ses paroles.

Il parvient à émettre un mot, un son. Une sorte d'appel fort et inquiétant, même à ses propres oreilles. *Qui ?*

Il les voit se tourner vers lui avec un parfait ensemble, comme dans une chorégraphie bien réglée.

— Qui ? répète-t-il.

Maggie est à côté de lui, maintenant, elle lui tient la main, comme elle le fait toujours.

— Les enfants, dit-elle. Ils sont là. Ils voulaient te revoir.

— Tous ? articule-t-il d'une voix éraillée.

— Oui, tous ! Dean, Lydia et Robyn.

Il lutte le plus possible contre le sommeil qui le terrasse. Mais, finalement, il se laisse retomber dans l'inconscience. Loin du souvenir qui a monté la garde dans son esprit telle une sentinelle, pendant la plus grande partie de sa vie d'adulte.

Il y a du mouvement tout autour de lui. À travers la fente étroite de ses paupières à peine soulevées, il distingue quelque chose de la couleur d'une flamme. Cela fait du bruit lorsque ça bouge, un bruit de froissement, comme un paquet enveloppé de papier kraft que l'on défait. Au-dessus de la masse rouge orangé il y a une tête, des cheveux sombres, de grands yeux qui plongent dans les siens, un parfum légèrement douceâtre, un scintillement argenté aux oreilles.

— Il ouvre les yeux, annonce la fille à la robe rouge orangé.

Daniel perçoit d'autres mouvements, une mer de taches pâles se précipitant soudain vers lui, comme des satellites vers leur navire mère. Il voit un tricot blanc, avec une inscription dessus. Une tête brune surmonte le tricot. Et une autre tête brune, qui semble rattachée à un corps mince et souple vêtu de couleurs bleutées issues des profondeurs de la mer. Un homme et une femme. Il aimerait que sa vision soit plus claire. Mais, même sans les voir, il sait qu'il s'agit de Dean et de Lydia. Une douleur lui transperce les jambes, comme s'il recevait des dizaines de coups de feu entre le pubis et les pieds. Il réprime une grimace, car il sait que toute manifestation de malaise sera suivie par une visite de l'infirmière, qu'il aura une autre injection de morphine, et que celle-ci le renverra aussitôt dans un sommeil profond. Pour l'instant, il a besoin de cette douleur qui l'aide à rester éveillé.

Il se concentre sur ses yeux. Il faut qu'il les ouvre, qu'il voie ce qui se passe. Malgré ses efforts, il ne distingue que des contours flous, comme dans une aquarelle pointilliste constituée d'une infinité de taches.

— Voulez-vous de l'eau ?

C'est la fille à la robe rouge orangé qui a parlé. Il se souvient de la robe qu'il a vue hier. Elle s'appelle Robyn.

Il fait oui de la tête, et elle approche délicatement la paille de ses lèvres. Il n'a plus avalé d'eau depuis des heures, peut-être même depuis des jours. Il n'a plus besoin d'eau, puisqu'il va mourir, mais il veut prendre celle que lui offre cette jeune fille, parce que c'est sa fille.

— Vous me voyez ? demande-t-elle, en reposant la tasse sur le plateau.

Il secoue la tête et sourit.

— Robe... rouge, parvient-il à articuler.

— Oui ! Oui, je porte une robe rouge ! s'exclame-t-elle, enchantée, en se tournant vers les autres.

Elle s'éloigne maintenant et Lydia, l'autre jeune femme, s'approche.

— Bonjour, Daniel, dit-elle.

Sa voix est étrange, elle semble chanter. Et tout à coup il se rappelle qu'elle est galloise. Et puis l'autre s'approche aussi, le garçon. Il a des cheveux très courts qui forment une sorte de casquette sur sa tête. Il est maigre aussi, tous ses enfants sont très minces. Il paraît avoir moins confiance en lui que les autres. Daniel aimerait pouvoir le rassurer. Mais il ne peut strictement rien faire. À part sourire.

— Bonjour, dit le garçon.

« Bonjour » ? Est-ce le matin ?

La vague revient et le submerge. La vague de sommeil se referme sur lui, comme s'il était un poids plongeant à pic au fond de l'océan. Le garçon lui touche le bras, et une douleur atroce surgit alors. Daniel réprime toute réaction. La douleur est bonne. Tant qu'il y a de la douleur, cela signifie qu'il est toujours là, présent parmi les vivants. Il pense aux choses qu'il aimerait dire, il veut dire qu'il est désolé. Désolé pour sa lâcheté, car c'était lâche de ne chercher à les voir qu'au moment où il savait qu'on ne lui demanderait rien de plus. Il voudrait leur dire qu'ils sont beaux, tous les trois. Il voudrait dire qu'il est fier d'eux, et que maintenant il sait ce qu'il a fait. Il se demande si l'existence miraculeuse de ces trois êtres peut d'une certaine façon compenser la vie de cet enfant malade qu'il a détruite un jour, dans un hôpital de Dieppe, parce qu'il avait sommeil et manquait de concentration. Il aimerait leur dire : « Voilà mon frère, il est à vous, prenez-le à ma place. Il est exactement comme moi, mais en mieux. Gardez-le. C'est un présent que je vous fais. » Il voudrait dire qu'il n'a pas eu une très belle vie, mais que maintenant, dans ces ultimes instants, il voit bien qu'elle n'a pas été si mauvaise que ça. Et il voudrait dire au revoir. Il veut leur dire au revoir, chacun à leur tour, prendre chaque visage entre ses mains, le tenir, l'embrasser, le regarder dans les yeux, et dire, d'une voix haute et claire : « Au revoir. » Mais il n'a plus de mots à sa disposition.

Sa bouche desséchée ne lui appartient plus. Elle est flasque, accrochée à son visage, comme si quelqu'un l'avait collée là par hasard. Il n'y aura plus de mots. Il n'y aura plus d'au revoir, ni de regards, ni de baisers. Il n'y aura plus que ça. Cette masse flottante d'humanité qui semble se soulever de terre lorsqu'il laisse ses paupières retomber. La chambre vacille. Il agrippe le drap de ses deux mains, pour ne pas tomber. La chambre revient à sa place. Il s'oblige à rouvrir les yeux. Les gens rassemblés autour de lui le regardent. Ils parlent. Il n'entend pas ce qu'ils disent. Mais il les sent, se pressant autour de lui, comme une enveloppe réconfortante. Ils sont tous là. Il peut partir, à présent.

Il entend de nouveau sa propre respiration. Son souffle est atroce. Il voudrait l'arrêter, mais le contrôle de son corps lui a échappé depuis longtemps. Le piège s'est refermé sur lui, et il ne peut plus retourner en arrière.

Alors il sourit, et se laisse emporter.

PLUS TARD, LE MÊME JOUR

DEAN

Tommy était assis devant une table en plastique blanc, dans le jardin de l'Alliance. Il avait une pinte de bière dans une main, son téléphone dans l'autre. Quand il vit Dean approcher, il mit rapidement fin à la communication.

— Ça va bien ?

Il fit mine de se lever en posant la question, puis se ravisa. Dean haussa les épaules et sourit.

— Oui, je crois que ça va. Tu veux une autre pinte ?

— Non, répondit Tommy en désignant sa chope pleine. J'ai ce qu'il faut.

Dean alla au bar, puis revint s'asseoir en face de son cousin avec une pinte. Il venait à peine de débarquer du train et portait les mêmes vêtements depuis deux jours. Il se sentait sale, fripé.

— Comment ça s'est passé ? demanda Tommy, en le regardant par-dessus son verre.

— Il est mort.

Tommy élargit les yeux.

— C'est une blague ?

— Non. Il est mort ce matin. Comme ça.

— Quoi… sous vos yeux ?

— Ouais. Quand on est arrivés, samedi, il était réveillé, il parlait, et tout. C'était chouette. Et puis sa copine nous a emmenés chez lui, et on a tous passé la nuit là-bas. On est retournés le voir ce matin, et on voyait bien qu'il était au bout. Pratiquement une heure après notre arrivée, il est mort.

— Merde.

— Ouais. Bon...

Dean étira ses jambes sous la table en soupirant.

— Comment il était ?

— Assez malade, en fait, répondit Dean, en plissant les yeux.

— Non, je veux dire... à quoi il ressemblait ?

— Putain, il avait vraiment mauvaise mine, mais son frère était là, et ils étaient jumeaux. Alors, j'ai pu voir de quoi mon père biologique devait avoir l'air, quand il était normal.

— Et ce jumeau, il ressemble à quoi ?

— Un peu à moi. Un peu à Lydia. Un peu à Robyn, mon autre sœur. Et beaucoup au bébé...

— À ton bébé ?

— Oui. À mon bébé.

Dean sourit et se mit à rire doucement, comme pour lui-même. Tommy lui jeta un regard intrigué.

— Qu'est-ce qu'il y a ?

— Rien. Rien, répéta Dean en souriant.

— Et maintenant, qu'est-ce qu'il va se passer ?

— J'en sais rien. Il y aura les obsèques, sans doute la semaine prochaine. J'irai. Et après, je ne sais pas. Je resterai en contact avec tout le monde, je suppose. Les filles, son frère jumeau, et même sa copine, qui a l'air d'être très sympa. J'ai aussi pris une autre décision. Au sujet du bébé. D'Isadora. Je veux m'occuper d'elle. Peut-être que je la prendrai avec moi de temps en temps, ou que je l'emmènerai se balader. Parce qu'un jour, quand je serai prêt, j'aimerais vraiment être son père, tu vois. Je pourrais passer des examens, trouver un job, avoir un appartement, et alors elle pourrait venir vivre avec moi. Lydia m'a dit qu'elle m'aiderait, et l'autre, Robyn, a vraiment envie d'avoir une petite nièce qui fasse partie de sa vie…

Tommy hocha la tête d'un air approbateur, exprimant silencieusement ses sentiments.

— Tout d'un coup, il y a tous ces gens autour de moi, des gens bien. C'est comme si…

Il s'interrompit. Un sourire radieux s'inscrivit sur son visage, et il aurait voulu s'exclamer : « C'est fantastique ! J'ai découvert un monde nouveau, j'en fais partie, c'est une sorte de tribu, j'ai des sœurs extraordinaires, et cet oncle français qui a l'air tellement cool, c'est comme si je venais de rentrer dans un club très fermé, et que j'étais devenu un VIP ! » Mais il ne dit rien de tout cela. Son père biologique venait de mourir, et ce n'était pas convenable de se sentir aussi heureux. Et pourtant, il l'était. Plus heureux qu'il ne l'avait jamais été.

C'était ce qu'il avait ressenti, déjà, le matin même, juste après que son père eut inspiré pour la dernière fois et exhalé son dernier souffle. Ils étaient tous rassemblés autour de lui comme des sentinelles, et le frère de Daniel avait poussé une longue plainte et avait crié quelque chose en français, et son amie s'était mise à piailler comme un petit oiseau perdu. Mais ses sœurs et lui étaient restés silencieux.

« Ça y est ? » avait-il chuchoté à l'oreille de Lydia.

Elle avait eu un bref signe de tête et lui avait serré le bras. Robyn avait regardé autour d'elle, nerveusement.

« Oh mon Dieu », avait-elle dit, à mi-voix.

Et alors, elle s'était mise à pleurer, elle aussi. Il ne se rappelait pas combien de temps ils étaient restés comme ça. Maggie avait passé les mains dans les cheveux de Daniel. Son frère lui avait fermé les paupières. Et ils avaient fini par sortir tous de la chambre. Ils étaient allés à l'extérieur, près d'un étang rempli de gros poissons rouges, et sans dire un mot les trois frère et sœurs étaient tombés dans les bras les uns des autres. C'est à ce moment que Dean avait ressenti cette formidable réalité. Cette étreinte contenait une promesse muette d'engagement, et de confiance. Elle contenait tout leur avenir.

Un soleil chaud filtrait à travers un fin voile de nuages. Dean croisa les mains sur son ventre, et pour la première fois il songea à l'univers. Il pensa à cette nuit infinie, puis il pensa à ce grain de poussière éclairé par le soleil qu'était la Terre, à la surface de laquelle se démenait la masse indistincte de l'humanité. Des milliards de gens, des milliards de vies, et pendant si longtemps il avait cru n'être qu'une infime poussière. Mais à présent, c'était un peu comme si la main d'un géant tenant une énorme loupe s'était dirigée vers lui, à travers le cosmos, pour lui montrer ce qu'il était en réalité.

Il attendit que le téléphone de Tommy sonne de nouveau, pour sortir le sien de sa poche. Il chercha parmi ses contacts le nom de Kate et, sans prendre le temps de réfléchir trop longtemps, il tapa un SMS.

Salut, c'est Monsieur ma Copine est Morte. Juste pr te dire que je les ai vus. Mes sœurs, mon père, tous, cé cool. Dis moi si tu veux kon se voie. Je veux retourner en fac. Tu peux m'aider?

Il ne relut pas, pressa le bouton d'envoi avec un sourire confiant. Il se sentait prêt. Prêt à tout affronter : l'amour, la paternité, la famille, les études. Il était même prêt à se faire rembarrer si ça devait arriver.

Tommy termina sa conversation au téléphone et jeta un coup d'œil curieux à Dean.

— Qu'est-ce que tu fabriques ?

— Rien, mon pote. J'avance, c'est tout.

Un instant plus tard, son téléphone vibra. Un message de Kate.

Super nouvelles ! T'es libre vendredi ?

Il répondit aussitôt :

OK pour vendredi. Te rappelle. À plus.

Dean sourit et éteignit son téléphone.

ROBYN

Robyn fit tourner la clé dans la serrure de la porte d'entrée et retint son souffle. Elle avait l'impression d'être partie pendant au moins une semaine et d'être devenue une personne entièrement différente de ce qu'elle était. Son cœur était empli d'amour, pour tout le monde mais avant tout, par-dessus tout, pour Jack. Elle poussa le battant, posa son sac et se précipita dans le bureau. Jack leva les yeux de son ordinateur et ils tombèrent littéralement dans les bras l'un de l'autre, enfouissant leur visage dans leur chevelure.

— Tu m'as tellement manqué, dit Robyn.

— Pas autant que tu m'as manqué, toi.

— Beaucoup plus, je t'assure, rétorqua-t-elle en riant. Beaucoup plus !

Jack prépara du thé que Robyn but assise sur ses genoux, en lui parlant de sa magnifique grande sœur, de son adorable frère, de l'étrange torpeur dans laquelle ils avaient assisté à la mort de leur père, à côté de son frère jumeau. Elle lui raconta la nuit fantastique qu'elle avait passée dans l'appartement de son père, avec Dean et

Lydia, à boire du vin et à se défoncer en fumant des joints, si tard qu'ils n'avaient finalement eu que trois heures de sommeil. Puis elle lui parla de la conversation qu'elle avait eue avec Lydia.

— Tu sais, commença-t-elle avec précaution, j'ai raconté quelque chose à Lydia, la nuit dernière. C'était à propos de nous, de l'époque où nous nous étions séparés. Tu te souviens, comme j'étais bizarre avec toi ?

— Comment aurais-je pu oublier ? répondit Jack d'un ton sec.

— Il y avait une raison à ça. Pour laquelle je n'ai pas voulu te voir pendant tout ce temps. Je pensais que je ne t'en parlerais jamais, mais Lydia m'a conseillé de le faire. Lydia m'a dit que tu comprendrais... parce que tu m'aimes.

Jack, qui jusque-là avait paru simplement intéressé, eut un regard inquiet.

— Continue, dit-il doucement.

— Eh bien, il y a eu un moment, quelque temps après qu'on s'est rencontrés, où j'ai cru... j'ai cru que tu étais mon frère, acheva-t-elle dans un souffle.

Jack éclata de rire.

— Quoi ?

— Ce n'est pas drôle ! C'est vrai. Je croyais que tu étais mon frère. En fait, j'en étais absolument convaincue.

— Seigneur ! Mais pourquoi ?

— Je ne sais pas. Parce que tu me ressembles. Parce que tu ne connais pas ton père. Parce que je ne connaissais pas le mien. Parce que j'avais trouvé ta mère bizarre, le soir où nous avons parlé de mon père biologique qui était un donneur de sperme. Et surtout parce que le Registre m'avait envoyé une lettre dans laquelle ils disaient que j'avais un frère qui était né la même année que toi...

— Quoi, c'est vrai ?!

— Oui. Alors, tu comprends pourquoi j'avais des doutes. Et j'ai complètement paniqué.

— Mais pourquoi tu ne m'en as pas parlé ?

— Je ne pouvais pas. Je ne pouvais pas t'annoncer, moi, que ton père était un donneur de sperme. Et je ne pouvais supporter l'idée que nous étions un couple incestueux. Je ne me sentais capable de rien, tant que je n'étais pas absolument sûre de me tromper. Et à la minute où j'ai su que je m'étais trompée, je suis revenue vers toi. En quelques minutes.

Jack garda le silence un moment, puis demanda :

— Et quand as-tu su que je n'étais pas ton frère ?

— C'est ta mère qui me l'a dit.

— Ma mère ?!

— Oui. Je lui ai posé la question, et elle m'a répondu. Si elle t'avait eu par insémination artificielle, elle ne m'aurait pas menti, n'est-ce pas ? Elle était obligée de me dire la vérité, non ?

— À moins qu'elle n'ait désiré en secret avoir des petits-enfants à deux têtes ? répliqua Jack avec un sourire malicieux.

— Oui, d'accord, dit Robyn, le cœur plus léger à présent. Je n'avais pas envisagé cette éventualité...

— Ma mère est une femme étrange. On ne sait jamais, avec elle.

Robyn sourit et se lova contre le torse de Jack. Elle expira doucement, tandis que les derniers vestiges de son malaise s'évaporaient.

— Mon vrai frère s'appelait Thomas, reprit-elle au bout de quelques secondes. Il est mort quand il était bébé. Mais, s'il n'était pas mort, il aurait eu le même âge que toi. Vous auriez pu être amis…

Jack hocha tristement la tête.

— Ça m'aurait plu, dit-il en inspirant l'odeur de la chevelure de Robyn.

— Oui. À moi aussi.

Deux heures plus tard, Robyn et Jack étaient assis dans un train qui avançait en cahotant. Le compartiment était presque vide. Très peu de gens avaient de bonnes raisons de se rendre de Londres à Buckhurst Hill à quatre heures de l'après-midi. Jack tenait la main de Robyn. Ils ne parlaient pas. Robyn avait la tête trop pleine de questions et d'émerveillements pour trouver des mots à dire.

Ses parents avaient prévu un barbecue.

« Juste des steaks et de la salade de pommes de terre, avait dit sa mère avec l'air de s'excuser, quand Robyn lui avait téléphoné le matin même pour dire qu'elle voulait les voir. Ça ira, ma chérie ? »

Robyn avait pris sa décision pendant le voyage en train, à son retour de Bury Saint Edmunds. Elle pensait au moment où cet homme avait exhalé son dernier souffle. C'était tellement choquant.

Elle n'avait encore jamais vu quelqu'un mourir. Bien sûr, elle avait approché des cadavres, en cours d'anatomie, mais elle n'avait jamais vu la vie quitter le corps d'une personne. La scène repassait dans sa tête sans arrêt. Le visage soudain affaissé, le terrible silence, après une heure d'épouvantables râles d'agonie. L'expérience avait été bouleversante. C'est à peine si elle se rappelait ce qui s'était passé, de quoi ils avaient parlé pendant qu'ils attendaient qu'il meure, ce qu'ils avaient fait. Elle avait quitté la clinique avant les autres, terriblement impatiente de retrouver Jack et sa vie normale.

Elle n'aurait pas dû se rendre à la clinique. Elle n'était pas encore assez mûre pour voir un homme mourir. Et elle savait maintenant clairement qu'elle n'était pas prête mentalement à passer les cinq prochaines années de sa vie à étudier la médecine.

Sa mère leur ouvrit la porte, quarante minutes plus tard. Elle portait un corsage à fines bretelles et une jupe fleurie en coton. Son brushing était récent et ses cheveux bruns se soulevaient de part et d'autre de son visage, comme de lourds rideaux de velours. Elle avait aussi mis du parfum, et un joli collier. Manifestement, elle était décidée à faire un effort pour le charmant petit ami de sa fille.

— Entrez, entrez, c'est tellement adorable de… vous voir, acheva-t-elle, en les embrassant tour à tour.

Le père de Robyn était dans le jardin de derrière, en train de piquer délicatement de gros steaks juteux du bout d'une longue fourchette. Il avait une tasse de thé à la main et portait un chapeau pour se protéger du soleil, et un short. Le cœur de Robyn fit un léger bond quand elle le vit. Il était si grand, si fort, si doux et si solide. Elle songea à l'autre homme, ratatiné dans son lit d'hôpital. Cet homme n'avait été qu'un vecteur, dix-neuf ans auparavant, quand il avait passé son sperme à une inconnue pour lui permettre d'avoir un enfant. C'était tout ce qu'il était. Rien de plus qu'un flacon vide. Naturellement, elle avait eu de la peine pour lui, car il avait l'air d'être quelqu'un de bien. Son frère lui avait plu. Elle avait été déconcertée par la ressemblance entre les deux hommes, mais à part cela elle n'avait absolument rien ressenti.

— Bonjour, papa, dit-elle en se pressant entre ses grands bras et en ressentant cette sensation merveilleuse et familière d'affection. Je t'aime.

— Je t'aime aussi, mon petit chou, dit-il en l'embrassant sur le front. Comment vas-tu ?

Elle haussa les épaules avec désinvolture et s'assit sur une des chaises de teck du patio.

— Je vais bien.

— Content de te voir, Jack, ajouta son père en tendant une grosse main.

Jack s'assit à côté de Robyn, et la mère de celle-ci arriva avec une bouteille de vin rosé de chez Tesco et quatre verres.

— Alors, comment ça s'est passé ? demanda-t-elle un peu nerveusement, en passant la bouteille à son mari.

— C'était horrible, avoua Robyn en frissonnant. Absolument horrible. Je ne veux plus jamais de ma vie voir quelqu'un mourir. C'est la chose la plus choquante que j'aie jamais vue…

Sa mère fit la moue, d'un air entendu. Robyn soupira. Bien sûr, sa mère avait vu mourir ses deux filles aînées. Sa mère comprenait.

— Désolée, je ne voulais pas paraître insensible, je…

— Je sais, dit sa mère. Je sais. Mais parle-nous du reste. De ton frère et de ta sœur. Comment sont-ils ?

Robyn leur raconta tout. La première rencontre, le voyage en train, la façon dont ils se parlaient, pressés d'en apprendre le plus possible sur les deux autres et de partager leur histoire. Elle leur parla aussi du quatrième, Thomas, qui n'avait pas atteint sa première année. Elle décrivit à ses parents le beau frère jumeau, la jolie petite amie aux cheveux blonds. Celle-ci leur avait expliqué que Daniel n'avait jamais terminé ses études de médecine, qu'il n'avait pas été médecin, qu'il vivait seul et d'une façon un peu mystérieuse, qu'il ne s'était jamais marié et n'avait pas eu d'enfants. Elle leur raconta comment ils étaient tous les trois tombés dans les bras les uns des autres, près de l'étang, après la mort de Daniel, et qu'ils avaient déjà prévu de se retrouver le week-end prochain chez Lydia, pour un barbecue. Elle leur raconta que son frère Dean avait une petite fille qui s'appelait Isadora, qu'il l'amènerait avec lui, et que Lydia avait une immense maison dans le nord de Londres, qu'elle avait inventé une formule de peinture, qu'elle était millionnaire, mais qu'elle était très simple, et qu'elle avait les pieds sur terre, et un charmant accent gallois. Elle leur raconta son voyage de retour, seule dans le train vide, à ressasser les événements incroyables de la journée, et à organiser son avenir. Et puis elle leur dit autre chose. Quelque chose de bizarre. Qu'elle parvenait tout juste à croire elle-même.

— J'ai pris une décision aujourd'hui, annonça-t-elle en serrant le genou de Jack, un peu trop fort. Une grande décision. Je ne veux plus devenir médecin. Je vais quitter l'université. Le problème, c'est que je n'ai jamais envisagé de faire autre chose, je pensais que c'était réglé d'avance, que j'avais ça dans le sang. Et c'est peut-être vrai, mais Dean et Lydia ont fait autre chose. Ils n'ont pas basé leur choix sur ce que faisait notre père biologique. Alors, je vais voir mon directeur d'études demain, lui dire que j'arrête, et…

Elle marqua une pause, car la suite était difficile à dire.

— Quand je suis rentrée de la gare, j'ai vu une annonce dans la vitrine d'un café. Ils cherchent une serveuse. J'ai eu une impression bizarre, comme si c'était un signe. C'est un joli petit café, avec des tables sur le trottoir, tenu par une gentille dame. Je suis entrée, j'ai demandé… et elle m'a donné le job ! C'est payé seulement six livres de l'heure, mais j'aurai des pourboires. Et ce qui est encore mieux, c'est que ça ferme à sept heures, et que je ne travaillerai pas le soir. Et comme c'est le point de rencontre du quartier, je connaîtrai beaucoup de gens. Et peut-être qu'ensuite, quand j'aurai les idées plus claires et moins de pression, je trouverai ce que je veux vraiment faire. Vous savez, je me… retrouverai, en quelque sorte.

Elle se tut et regarda ses parents.

— Qu'en pensez-vous ? Je vous déçois beaucoup ?

Il y eut un moment de silence, puis son père se mit à rire.

— Oh, oui ! s'exclama-t-il en croisant les bras sur son gros ventre. Oh oui, nous sommes terriblement déçus ! Nous l'avons toujours été, et nous le serons toujours. Je veux dire… nous avons toujours voulu que notre enfant soit médecin, n'est-ce pas ma chérie ? ajouta-t-il en se tournant vers sa femme. Sinon, franchement, nous aurions fait tout cela pour rien…

Ses parents rirent ensemble, et Robyn les imita. Elle se leva, se glissa entre eux et les prit tous les deux par le cou pour les embrasser.

— Comment pourrais-tu nous décevoir ? dit sa mère en lui passant la main dans les cheveux. Tu es notre vie. Tu es tout ce que nous avons. Peu importe ce que tu fais, l'essentiel est que tu sois heureuse.

Robyn posa la joue sur l'épaule de sa mère. Elle songea à ses adorables parents, à son gentil petit ami, à sa meilleure amie un peu dingue, à son frère qui ressemblait à un enfant, à sa sœur, si calme et élégante, et elle se dit que oui. Oui, elle était certainement, complètement, totalement heureuse. Et elle sourit.

MAGGIE

Maggie s'enfonçait dans le canapé de Daniel, laissant son corps imprimer une trace visible sur le tissu. Daniel était parti et ne reviendrait plus. Il n'était plus nécessaire d'éviter de laisser des traces de son passage dans son appartement. Marc était en train de se changer, en haut, et elle allait le ramener à la clinique, où le corps de Daniel avait été préparé pour l'enterrement.

Quand elle était rentrée de la clinique, la veille, elle n'avait pas pu recouvrer le calme nécessaire pour trouver le sommeil. Aussi avait-elle sorti les sacs, ceux qu'elle avait remplis chez Daniel quelques semaines plus tôt, pour feuilleter les cahiers. Elle les avait rapportés aujourd'hui, pour les montrer à Marc. Car ils étaient écrits en français et, à en juger par le peu qu'elle avait su traduire, ils semblaient assez importants.

Marc descendit un instant plus tard et lui sourit.

— Je suis prêt. On y va ?

Elle sourit également. Il portait une chemise blanche, un pantalon beige, et son apparence était soignée. Mais elle devina à ses yeux qu'il avait dû pleurer.

— J'ai apporté certaines choses pour que vous y jetiez un coup d'œil, annonça-t-elle en lui tendant la pile de carnets. Je pense qu'il s'agit du journal de votre frère. Je me disais que vous pourriez les lire… et me dire ensuite de quoi ils parlent ?

Elle prépara deux tasses de café, les apporta sur la terrasse. Assis à l'ombre d'un parasol rouge, Marc parcourait les carnets. Il ne leva pas les yeux quand Maggie arriva, et il prit sa tasse de café sans détourner son attention de sa lecture. Maggie s'assit délicatement sur une chaise à côté de lui, le regard dans le vague.

— Alors, dit-elle, quand Marc releva les yeux. C'est intéressant ?

Marc referma un des carnets, et cligna les paupières.

— C'est son journal. Il écrivait de façon… comment dites-vous ? Sporadique ? C'est cela ?

Elle acquiesça d'un signe de tête.

— Mais il semble que le mystère soit levé sur la façon dont mon frère pouvait mener une vie aussi confortable, sans travailler. Apparemment, il a eu une bienfaitrice. Une dame qui s'appelait…

Il s'interrompit pour feuilleter un des cahiers, et trouva la page qui l'intéressait.

— Bettina. À ce qu'il semblerait, ils ont eu une longue liaison. Elle est morte, en lui laissant cet appartement et tout son argent. Il semblerait aussi, ma chère Maggie, que mon frère ait été très amoureux de vous.

Maggie pâlit.

— Oui. Voici ce qu'il dit : « J'ai enfin rencontré une femme avec laquelle j'aimerais vieillir. Une femme belle et raffinée, qui a de la classe, de l'élégance, un cœur bon et généreux. Mais oh, il est trop tard, trop tard. Oh, Maggie, je t'aime. J'espère qu'un jour je te le dirai. Mais, me connaissant, je ne le crois pas. »

La gorge douloureusement nouée, Maggie se détourna pour que Marc ne voie pas son chagrin. Des larmes brûlantes se pressaient sous ses yeux rougis. Son estomac se contracta de bonheur en pensant à l'amour de Daniel, puis de chagrin à la pensée de ce qu'elle avait perdu. Elle attendit un bref instant, jusqu'à ce qu'elle ait pu ravaler ses larmes, puis elle se tourna vers Marc et sourit.

— C'est merveilleux. Et comme c'est drôle, cette femme riche ! Vous imaginez ? Il n'y avait que Daniel pour séduire une femme et la persuader de lui laisser sa fortune !

Elle eut un rire nerveux, un peu mal à l'aise de voir révélés au grand jour tous les mystères qui l'avaient entouré. Peut-être aurait-elle préféré laisser les choses comme elles étaient. Garder de lui un souvenir intact, triste mais parfait. Il valait mieux donner ces journaux à son frère, pour qu'il explore la vie intérieure de Daniel. Maggie, elle, ne voulait pas savoir. Non, elle ne voulait vraiment pas savoir. Plus maintenant. Il était trop tard.

— Nous devrions y aller, dit-elle. Allons dire adieu à votre frère.

Elle tendit la main, et Marc la prit, timidement.

— Oui, Maggie. Allons lui dire adieu.

LYDIA

Le bruit que fit la porte d'entrée en s'ouvrant résonna dans la maison vide. Juliette ne travaillait pas le dimanche et Bendiks était sorti. Queenie dévala l'escalier en entendant sa maîtresse et se frotta frénétiquement contre les jambes de Lydia, avec des sourires de bonheur. Lydia prit la chatte dans ses bras et l'emmena avec elle faire le tour des chambres, vérifiant que rien n'était en désordre, et cherchant avant tout des traces de la présence de Bendiks. Mais tout était tel qu'elle l'avait laissé. Propre. Immaculé. Stérile.

Elle continua son ascension de l'escalier et fila droit dans son bureau. C'était le début de l'après-midi, et il n'y avait rien d'autre à faire que de travailler. Elle avait rendez-vous la semaine suivante avec un client, et elle négligeait son travail depuis quelques jours. Maintenant que tout était réglé, qu'elle avait retrouvé ses frère et sœur, que son père était mort, que son histoire personnelle était éclaircie et que sa vie avait pris un sens, il était temps de reprendre pied dans la réalité. Elle tira un dossier de son classeur et l'ouvrit sur le bureau. Elle fit ensuite démarrer son ordinateur portable, consulta ses e-mails, puis soupira, leva les yeux au ciel, essayant de se rappeler ce qu'elle était censée faire exactement. Tout cela était si éloigné de la personne qu'elle était devenue ces derniers jours, de la femme qui s'était défoncée en fumant un pétard avec son petit frère et sa petite sœur sur cette terrasse à Bury, qui avait dormi sur le sol comme une adolescente, qui avait fait l'amour dans un sauna et bu du vin rouge avec un de ses oncles au pays de Galles.

Pendant des années elle n'avait vécu et respiré que pour son travail. Pendant des années son cerveau avait été clair, ordonné, spacieux et ouvert comme un loft à la décoration minimaliste. Maintenant, il était devenu un grenier où s'entassaient des boîtes de magie et de curieux trésors. Le contenu de sa tête était trop perturbant pour qu'elle parvienne à retourner à son travail.

Après être restée une demi-heure assise devant son bureau, elle se leva et décida d'aller se promener. Elle jeta un coup d'œil par la fenêtre et vit un lieu qu'elle avait évité pendant des mois. Elle entendit les bruits qui lui glaçaient le cœur : les hurlements stridents de petits enfants dans une aire de jeu. Elle n'avait jamais vraiment réfléchi à son aversion pour les terrains de jeu, pensant simplement que c'était lié aux sentiments ambivalents que lui inspiraient les enfants en général. Maintenant, elle savait précisément pourquoi elle les évitait, et elle savait aussi qu'il était temps de surmonter son appréhension.

Elle était à mi-chemin dans l'escalier quand elle entendit une clé tourner dans la serrure et distingua la silhouette de Bendiks derrière la vitre dépolie. Retenant son souffle, elle plaqua un sourire sur ses lèvres. Bendiks la dévisagea avec étonnement lorsqu'il franchit la porte.

— Tu es revenue ! Où étais-tu passée ?

Elle fut déstabilisée, une fois de plus, par sa beauté. Un tressautement dans sa poitrine lui révéla que son attirance pour lui n'avait même pas diminué d'un degré, en dépit des fautes qu'il avait commises.

— Je suis allée voir mon père.

La confusion s'inscrivit sur les traits de Bendiks.

— Mais je croyais que ton père était...

Lydia s'assit sur les marches, et soupira.

— Non. Pas celui-là. L'autre. Mon père biologique.

— Ouah, fit Bendiks en se frottant le menton. C'est pas rien. Comment ça s'est passé ? Tu vas bien ?

Elle sourit, lui parla de la clinique et lui raconta comment, pour la deuxième fois de sa vie, elle avait vu son père mourir. Bendiks s'assit sur la marche juste en dessous, et la considéra avec beaucoup de compassion.

— Tu es quelqu'un de très fort, Lydia, dit-il avec sincérité. Tu es fantastique. Y a-t-il quelque chose que je peux faire pour toi ? As-tu envie de parler ? Je suis libre ce soir... nous pourrions dîner ensemble ?

Lydia ramena ses cheveux derrière son oreille et acquiesça.

— Ce serait bien. Si tu es sûr que…

— Naturellement, j'en suis sûr ! Je t'aime beaucoup, Lydia. Et je veux être là pour toi…

Il s'interrompit tout à coup et baissa les yeux d'un air embarrassé.

Voilà, songea Lydia. Quelque chose de mauvais se prépare.

— Écoute, Lydia, je… je dois te dire quelque chose. Je vais déménager.

Lydia cligna les paupières, décontenancée.

— Oh…

— Ça n'a rien à voir avec toi, je te le promets. C'est…

Il contempla le sol en cherchant ses mots.

— C'est moi. Je suis faible. J'ai encore dépensé de l'argent, Lydia. Je me suis de nouveau endetté.

— Oh, Bendiks… murmura Lydia, secrètement soulagée.

— Oui, je sais. Il me restait une carte de crédit qui n'était pas bloquée. Et tant que je vivais ici, dans cette belle maison, je pouvais faire comme si tout allait bien. Je pouvais faire croire que je réussissais dans la vie. Mais ma vie n'est pas une réussite. Ma vie est stupide. Je suis stupide. Alors, aujourd'hui, j'ai déchiré cette carte. Et j'ai tout mis en vente sur eBay. Mes vêtements, mes chaussures, mes… jouets ! Toutes ces choses dont je croyais avoir besoin. Ces choses que je croyais importantes. Regarde…

Il prit le sac qu'il avait posé entre ses jambes et le brandit devant elle.

— Je me suis acheté un téléphone à carte. Comme un gamin ! Et aussi, j'ai trouvé une chambre dans un quartier hideux, je ne me rappelle même pas le nom de la rue. C'est le parc quelque chose, dans une banlieue perdue ! Mais ce n'est pas cher, et comme ça tous les matins, en me réveillant, j'aurai quelque chose qui me rappellera que je dois travailler dur et vivre selon mes moyens, si je veux devenir un jour quelqu'un qui peut vivre dans une maison comme celle-ci, et ne le devoir qu'à lui-même. Tu comprends ? Alors, il n'y a rien de personnel dans ma décision. J'ai adoré vivre ici avec toi. Tu m'as fait un grand honneur. Mais je dois partir si je veux mener une vie convenable. Oh, et aussi…

Il sortit son porte-monnaie de la poche de sa veste et en sortit des billets de banque.

— Tiens, cent cinquante livres. C'est à toi, je crois ? ajouta-t-il, malicieux.

Lydia contempla sans un mot les billets qu'il lui tendait.

— Non, Bendiks. Je ne veux pas de ton argent.

— Ce n'est pas mon argent, c'est le tien. C'est l'argent que je t'ai emprunté, alors que je savais très bien que je n'étais pas en position de te rembourser. Mais c'est ce que j'ai tiré de la vente de mon téléphone, et je veux que tu le prennes. Je dormirai mieux ce soir.

Lydia continua de fixer les billets en silence. Elle n'avait pas besoin de cet argent. Elle ne le voulait pas. Mais elle savait qu'elle devait le prendre, pour Bendiks.

— Merci, dit-elle en prenant les billets. Tu n'étais pas obligé de faire ça. Merci.

— Non, Lydia, c'est moi qui te dis merci. Merci d'avoir été si gentille pour moi. Merci aussi pour... tu sais...

Il sourit timidement et enchaîna :

— J'espère que nous continuerons de nous voir. Si tu le veux bien ? Parce que moi, j'aimerais que l'on se revoie. Ça me plairait beaucoup.

Lydia le regarda et pensa que oui. Oui, elle aimerait le revoir. Elle aimerait refaire l'amour avec lui. Et même si elle savait que ce n'était pas vraiment sérieux entre eux, qu'ils ne se marieraient pas, n'auraient pas d'enfants, ne vivraient pas heureux ensemble jusqu'à la fin de leurs jours, elle espérait que, quoi qu'il arrive, ils resteraient amis.

— Cool, dit-elle en se frottant les bras. Je t'appellerai, sur ton nouveau téléphone à carte.

— Oui ! s'exclama Bendiks avec un grand rire. Oui ! Je te donnerai mon numéro !

Lydia sourit. Et elle sentit tous les minuscules morceaux de sa vie qui flottaient autour d'elle, égarés, se remettre doucement en place.

Voilà, songea-t-elle, voilà. Maintenant, tout est bien. Maintenant, je peux continuer à avancer.

Mais alors, elle se rappela qu'il y avait encore un fragment de sa vie qui était resté en suspens.

L'aire de jeu était pleine à craquer. Il était quatre heures, les crèches et les écoles venaient de se vider de leurs occupants, le soleil était très haut dans un ciel d'azur. Assise sur un banc, elle faisait face au terrain de jeu.

Regarde-les, se dit-elle, stupéfaite. Regarde-les.

D'où venaient-ils, tous ? Qu'allaient-ils devenir ? Avaient-ils été conçus par amour, par devoir, par passion, ou bien dans un moment de beuverie ? Connaissaient-ils leur père ? Connaissaient-ils leur mère ? Avaient-ils des frères et des sœurs ? Des demi-frères, des demi-sœurs, des cousins, des oncles, des tantes ? Chaque enfant représentait une histoire fascinante de rencontres, de sentiments, de moments, de conséquences, et chaque enfant fabriquerait aussi sa propre histoire. C'était étourdissant.

Lydia n'avait jamais remarqué que tout s'intégrait dans une sorte de vaste réseau. Chaque individu s'insérait dans l'ensemble et produisait un effet sur tout ce qui l'entourait.

Il n'y avait toujours eu qu'elle. Lydia. Elle n'avait rien à faire avec qui que ce soit d'autre et était destinée à n'avoir aucune histoire à elle. C'est pour cette raison qu'elle n'avait jamais posé de questions personnelles à Juliette, car une seule question aurait fait surgir toute une masse potentielle de gens à qui elle aurait dû penser. C'est pour cette raison qu'elle avait pris un chat, alors qu'elle avait toujours aimé les chiens. Un chat ne vous demandait pas de devenir son ami. Et c'est aussi pour cette raison que le bébé de Dixie la rebutait. Parce que Dixie faisait surgir des gens nouveaux, des histoires nouvelles, des relations nouvelles. C'était cela, la procréation. C'était la chose la plus naturelle du monde. Et pour Lydia, pendant très longtemps, cela avait été une idée terrifiante.

Mais, à présent, elle savait où était sa place dans cet ensemble. Elle avait des liens, et une histoire. Une histoire étonnante. Qui n'était pas celle de tout le monde. Elle avait un frère, une sœur, et une petite nièce toute neuve, avec des cheveux noirs. Elle avait un autre frère, un minuscule petit être enterré près de sa mère. Elle avait une gouvernante qui était sans doute surprotectrice et méfiante, mais pour qui elle avait du respect et de l'affection. Elle avait un oncle au cœur tendre du côté de son père gallois, et un oncle au cœur tendre du côté de son père français. Et maintenant, elle avait un homme qui voulait d'elle, qui la trouvait désirable et intéressante. Elle n'avait pas de mère et pas de père, mais elle avait beaucoup plus, finalement, que la plupart des gens.

Elle ôta son gilet en cachemire et exposa ses bras nus au soleil. Puis elle contempla les enfants à travers les barreaux du square. Innocents, inconscients de leur propre histoire, qui s'épanouissait chaque jour un peu plus, les emportant vers une conclusion inconnue.

Et puis elle pensa à une petite fille qui grandissait dans un cottage, dans un village, quelque part au cœur du pays de Galles.

Elle pensa à Viola Dixon-Parry qui était la fille de sa meilleure amie et qu'elle n'avait jamais tenue dans ses bras.

Elle sortit son téléphone de son sac et chercha le numéro de Dixie.

Remerciements

Ma plus profonde gratitude va à Sarah Bailey, à Jonny Geller, à Kate Elton, à Louise Campbell, à Georgina Hawtrey-Woore, à Claire Round, et à absolument tous à Arrow et Cornerstone, à Google, à Wikipédia, à ma famille, mes enfants, mon mari et tous les gens merveilleux du Board.

Merci à Marae pour ses talents de dactylographe, et à Maggie Smith, qui m'a permis d'utiliser son nom en échange d'une donation à la remarquable œuvre charitable Room to Read. C'est un très joli nom, avec lequel j'ai eu plaisir à travailler.

Merci également à mes adorables amis qui sont mes fans sur Facebook et aussi parfois dans la vraie vie. Je voudrais remercier en particulier Yasmin, Janet et Denis pour leur loyauté, leur enthousiasme, leurs câlins, leurs *playlists* et le champagne. À mes amis de Twitter, tout ce que je peux dire, c'est que je suis désolée. Je ne suis pas une très bonne *gazouilleuse*.

Composition :
Soft Office – 5 rue Irène Joliot-Curie – 38320 Eybens

Achevé d'imprimer par GGP Media GmbH, Pößneck
en octobre 2012
pour le compte de France Loisirs,
Paris

N° d'éditeur : 70044
Dépôt légal : novembre 2012
Imprimé en Allemagne